KB069770

조선공주실록

❸

조선공주실록 ❸

초판 1쇄 인쇄 2019년 6월 21일 **초판 1쇄 발행** 2019년 6월 28일

지은이 유오디아
펴낸이 연준혁

웹소설사업분사 이사 정은선
책임편집 조윤희 오가진
디자인 윤정아
삽화 별

펴낸곳 (주)위즈덤하우스 미디어그룹 **출판등록** 2000년 5월 23일 제13-1071호
주소 경기도 고양시 일산동구 정발산로 43-20 센트럴프라자 6층
전화 031-936-4000 **팩스** 031)903-3893
홈페이지 www.wisdomhouse.co.kr

값 13,800원
ISBN 979-11-90182-17-1 04810
      979-11-90182-14-0 (세트)

*이 도서의 국립중앙도서관 출판예정도서목록(CIP)은 서지정보유통지원시스템 홈페이지(http://seoji.nl.go.kr)와 국가자료종합목록시스템(http://www.nl.go.kr/kolisnet)에서 이용하실 수 있습니다. (CIP제어번호: CIP2019022314)

유오디아 장편소설

조선공주실록 ③

위즈덤하우스

조선왕조에서 즉위식은 선왕의 국상 기간 중에 치러진다. 이 때문에 즉위식 당일이 지나면 다시 국상으로 돌아간다. 그러나 이번 만큼은 달랐다. 폐주를 내쫓고 즉위한 새 임금인 만큼 즉위식 이후에는 연회가 벌어졌다. 이 연회에서 왕의 가장 가까운 상석에 자리한 것은 반정의 일등공신인 박원종이었다.

　마치 예쁜 옷을 입혀놓은 인형처럼 말없이 앉아 있는 수련과 다르게 그는 연회를 처음부터 주도해 나갔다.

　"하하하하!"

　축하 인사도 모두 그를 향하고 있었다.

　"선왕을 향한 충심이 오늘날의 대감을 만든 것이 아니겠습니까?"

　"감축, 또 감축드리옵니다. 대감!"

흥에 겨운 원종은 직접 일어나 신하들 한 명 한 명에게서 술잔을 받았다. 적어도 그는 오늘 이 자리에서 임금이나 다름이 없었다. 문득 원종의 눈에 연회장 뒤편으로 조용히 들어오는 윤임의 모습이 보였다. 그는 윤임을 보자 술잔을 내려놓고는 조용히 그에게로 다가갔다.

　"임아."

　원종의 부름에 윤임이 고개를 숙였다.

　"숙부님."

　"그래. 내가 시킨 일은 어찌 되었느냐?"

　망설이던 윤임이 대답했다.

　"쉽지 않을 듯합니다."

　"쉽지 않다?"

　이 말은 승자의 기쁨에 도취된 원종의 기분을 상하게 만드는 일이었다.

　"예. 무엇보다 공주⋯⋯."

　잠시 자신의 입에 '공주'라는 호칭을 담았던 윤임이 말을 머뭇거린다. 그의 시선이 단상 위에 앉아 있는 수련을 향했다. 이유는 모르겠지만 윤임은 그녀가 가련하게 느껴졌다.

　"전하께서도 반대하시다면 더욱더 쉽지 않겠지요."

　"어리석은 놈. 그깟 일 하나 제대로 처리하지 못해서야!"

　원종이 윤임을 꾸짖었다. 윤임이 조용히 고개를 숙이자 원종이 말했다.

"아무래도 내가 직접 나서야겠구나."

떠들썩한 연회가 마무리된 밤. 원종이 대비전을 찾았다.

"이 늦은 시각에 무슨 일이오?"

"전하께 아뢰기 전에 대비마마께 먼저 아뢰고 윤허를 받아야 할 일이 있습니다."

"내게 윤허를 받을 일이 있다면 앞으로 주상에게 받으시오. 내 뜻이 주상의 뜻과 같을 것이니."

"하나 이 문제는 다릅니다."

"무슨 문제요?"

"향후 거창위의 거취 문제입니다."

홍연의 이야기에 대비가 약간 당황한 표정을 지었다. 원종은 대비의 눈치를 보지 않고 스스럼없이 말을 꺼냈다.

"전하와 거창위의 혼인은 폐주의 명으로 인한 것. 폐주가 폐위된 이상 무효로 하셔야 합니다."

"그게 무슨 말이오!"

이 말에는 대비도 참지 않고 화를 냈다. 생각보다 완강하게 나오는 대비의 태도에 원종도 약간 당황한 표정을 지었다. 대비가 원종을 꾸짖듯 말했다.

"정녕 그리 말한다면 폐주가 왕위에 있을 때 혼인한 이들도 전부 무효를 시킬 셈이요?"

"대비마마! 이것은 전하와 관련된 것입니다. 다른 이들과는 같을 수가 없지요."

"내겐 같은 문제요."

단호한 대비의 태도에 원종이 말을 바꾸었다.

"허면 무효는 어렵더라도 이혼은 하셔야겠습니다."

"이혼?"

대비가 어이없다는 표정을 지었다. 원종은 꿋꿋하게 자신의 주장을 이어나갔다.

"신수근은 폐주의 충신으로 지금은 간신으로 죽었으나 공주이시던 전하를 여러 차례 살해하려 하였고 이 사실은 이젠 모든 이들이 알고 있사옵니다."

"그야……."

"거창위는 바로 그 신수근의 아들입니다."

이 말에는 잠시 대비도 할 말을 잃었다. 원종은 이때가 기회다 싶어 준비해온 말을 모두 꺼내놓았다.

"게다가 신수근은 선왕의 하나뿐인 형제이신 월산대군의 묘를 파묘한 희대의 악신이자 간신입니다. 거창위를 제외한 그의 아들은 전부 죽었고 그의 부인도 노비가 되어야 하는데……. 노비를 모친으로 둔 이를 국서로 세울 수는 없지 않사옵니까?"

"아."

대비의 표정이 심각해졌다.

"전하의 유일한 '흠'이 현재로서는 거창위뿐이옵니다. 거창위로 인해서 전하의 정통성이 위협을 받게 되실 수도 있습니다."

"거창위는 사냥터에서 위험에 빠진 주상의 목숨을 구한 일이 있소."

"그때 전하를 해하려 한 이들이 바로 거창위의 형제들이었지요."

"그랬소?"

이것은 대비도 모르는 사실이었다. 수련은 자신이 사냥터에서 위험에 빠졌을 때 홍연이 구해준 일만 대비에게 이야기했기 때문이었다.

"신은 오직 충심으로 간언하건대 신이 사후에 전하를 지켜드릴 수 없게 되었을 때 이 문제가 신하들은 물론이고 백성들의 입을 오르내리는 화두가 된다면……."

"그만. 그만하시오. 그만하면 내 잘 알아들었으니."

원종이 머리를 숙였다.

"대비마마. 전하께서 보위에 오르지 않으셨더라도 거창위는 신수근의 아들로서 죽어야 하는데 전하께서 보위에 오르셨고 거창위에게는 공이 있으니 목숨만은 살려주어야 합니다. 하나 그는 '국서'가 되어서는 안 됩니다."

대비의 입에서 고민 섞인 한숨이 흘러나왔다.

"또한 신수근의 집안에서 본다면 전하는 그 집안의 며느리. 신수근의 죄를 묻자고 전하를 그 집안의 다른 여인들처럼 노비로 삼을 수도 없지 않사옵니까?"

"말도 안 되는 소리!"

수련을 노비로 취급하는 듯한 원종의 말이 대비의 분노를 샀다.

"그래서 신이 오직 충심으로 드리는 말씀이 아니겠습니까?"

"아무리 그리하더라도 부부의 연을 그리 함부로 끊을 수는 없지 않겠소?"

거창위를 위한 대비의 마지막 발언이었다. 이 발언 역시 원종은 예상했다는 듯 대비 모르게 입가에 묘한 미소를 지었다.

"대비마마의 말씀대로 부부의 연은 하늘이 맺어주는 것이라 함부로 끊을 수는 없는 것입니다. 다만 이제 막 즉위하신 전하께 '흠'이 있어서는 안 될 일입니다. 거창위는 흠이 없으신 전하의 유일한 '흠'이옵니다. 통촉하여주시옵소서!"

대비의 고민이 깊어졌다.

그날 밤 원종이 탄 남여가 신수근의 집 앞에 멈춰 섰다. 그는 만약을 대비해 칼을 찬 무사들을 여럿 데리고 왔다. 무사들이 상갓집 등 아래에 자리를 잡고 서자 원종은 당당하게 집 안으로 들어섰다. 그를 가장 먼저 발견한 것은 홍연의 모친 한씨였다. 원종을 본 그녀는 자리에 털썩 주저앉으며 홍연을 찾았다.

홍연아!"

안에 있던 홍연이 달려 나와 어머니를 부축했다. 원종은 마당에 서서 자신의 어머니를 부축한 홍연을 향해 활짝 웃으며 인사를 건 넸다.

"우상대감과 자제분들이 그리 가시고 상주가 없을까 염려하였 는데 다행히 거창위가 있었군."

한씨가 그녀를 보며 바들바들 떨었다. 홍연이 원종을 쏘아보며 말했다.

"문상을 오셨으면 예를 갖추고 들어오시고 아니면 돌아가시 지요."

찾아온 문상객이 단 한 명도 없는 텅 빈 빈소를 둘러보며 원종이 말을 이었다.

"이 몸도 언젠가는 죽을 테니 훗날에 저승에서 인사나 나누는 것으로 대신하지. 오늘 용건은 거창위에게 있으니."

홍연의 얼굴이 차갑게 굳었다. 그는 유모에게 어머니를 안채로 모시라고 한 뒤 마루에서 내려와 원종과 마주 섰다.

"그래서 이곳까지 찾아오신 용건은 무엇입니까?"

원종이 입가에 미소를 지었다.

"이미 알고 있을 텐데."

"공주와 이혼하라?"

홍연의 입에서 나온 대답이 만족스러운지 원종이 집이 울리도록 크게 웃었다.

"다 거창위를 위해서 하는 말이네."

"공주께서도 그리하시겠다 하시오?"

"공주라……. 거창위는 빈소를 지키느냐 세상이 바뀐 것을 아직 모르는 것이냐? 아니면 인정하기 싫은 것이냐?"

홍연도 알고 있었다. 오늘이 공주의 즉위식이란걸. 그의 아내는 오늘로 조선의 왕이 되었다.

"공주께 묻지는 않았지만 아마 쉽게 윤허하진 않으시겠지."

"그렇다면 내 대답도 같소. 그러니 돌아가시오."

홍연이 더는 원종과 마주하지 않겠다는 듯 돌아서려 했다. 원종이 말했다.

"국서가 될 생각인가, 거창위?"

홍연의 걸음이 멈췄다. 원종이 홍연의 등에 대고 말했다.

"그럼 자네가 국서 하게. 전하께서도 원하실 듯하니."

다시 원종에게 돌아선 홍연이 인상을 쓰며 물었다.

"무슨 속셈이오?"

"난 그저 자네가 국서를 하면 참 재미있겠다 싶어서."

"재미?"

"조선 최초로 여인이 왕이 된 것도 모자라 최초의 국서가 생겼는데, 그 국서의 모친이 '노비'라니."

홍연이 주먹을 움켜쥐었다. 원종을 이를 아는지 모르는지 그를 놀리듯 계속 말을 이어나갔다.

"우의정 신수근은 대역죄인으로 죽었다. 마땅히 그 일가의 사내들은 모두 처형을 당해야 하고 계집은 노비가 되어야 하지."

"그만하시오!"

홍연이 소리치자 원종은 이런 그의 반응을 즐기는 표정이었다.

"어미는 노비가 노비로 살 텐데. 자네는 궁궐에서 호의호식하며 살겠다?"

"박원종 대감!"

원종이 웃으며 말했다.

"그래서 자네에게 기회를 주려는 것이지. 전하와 이혼하겠다면 어미와 조용히 살아갈 수 있게 해주마. 부친께 못다 한 효는 모친께는 해야지. 안 그런가? 신, 홍, 연."

원종의 입을 통해 또박또박 읽히는 자신의 이름을 들으며 홍연은 이를 악물었다.

"공주께서 허락지 않으실 것이오."

"당연히 그리하시겠지. 전하께서는 그리 매정하신 분이 아니시거든. 제 오라비가 아닌 폐주조차도 바로 죽이시지 못할 정도로 마음이 여리신 분이시니."

"공주께 무슨 짓을 하려는 것이오?"

"전하께서는 자네와 자네 모친을 지키기 위해 왕위까지 걸어야 하실지도 모르시네. 자네는 전하께 '흠'이 될 테니까. 아니지. 아니야. '목숨'도 거셔야 할 것이네. 왕위를 잃은 군주는 대부분 살아남기 어려우니."

"박원종!"

홍연이 원종에게 달려들어 그의 멱살을 잡아챘다. 그러자 그의 호위무사들이 홍연의 목에 검을 가져다 댔다.

홍연은 원종을 노려보며 자신의 손을 거두려 하지 않았다. 그의 이러한 행동에 잠시 놀란 듯 보였던 원종이 피식 웃었다.

"자네만 사라지면 돼. 자네만 이 도성에서 사라지면 자네 모친도 살고 전하도 살고. 모두 상부상조하는 결과를 얻을 수 있지."

원종이 그의 손을 잡더니 멱살을 잡은 손을 강제로 떼냈다.

"선택은 자네만 할 수 있어. 전하의 마음도 자네만이 돌릴 수 있고. 알아 들었는가?"

망연자실한 홍연을 보며 원종이 의기양양하게 돌아섰다.

아침이었다.

내가 왕이 되고 나서 맞이한 첫 아침. 그리고 내 곁에는 여전히 홍연이 없다. 여러 명이 누워도 충분할 금침 위에 홀로 누워 있는 건 나 혼자. 말로 다 표현하기 힘든 허전함에 몸을 일으키는 것도 힘들다. 아니면 어제 종일 치른 즉위식과 이어진 연회로 인한 피로가 남아 있는 걸까?

"전하. 기침하실 시간이옵니다."

아직 익숙지 않은 호칭까지. 나인의 소리에 대답을 해야 하나 말아야 하나 고민하는데 장 상궁의 목소리가 들려왔다.

"오늘은 조회가 없는 날이니 전하를 깨우지 말거라."

"예."

장 상궁. 누구보다도 편한 상대인 그녀의 목소리가 들려오자 난 허리를 일으켜 세웠다.

"장 상궁."

내가 그녀를 부르자 잠시 후 문이 열리더니 장 상궁이 안으로 들어왔다.

"예. 전하."

"풋."

그녀의 입에서 나온 '전하'라는 호칭에 나도 모르게 웃음이 터져 나왔다. 웃는 내 얼굴을 보고 장 상궁도 안심한 것일까. 그녀의 얼굴에도 웃음이 찾아왔다.

"실은 소인도 혹 실수할까 걱정이 많았사옵니다."

"실수?"

"전하를 공주마마라 부르지나 않을까 말이옵니다."

"자네는 그리 나를 불러도 되네."

"아니 되옵니다. 공주마마와 전하는 하늘과 땅 차이만큼이나 다르옵니다."

"그렇겠지."

왕의 이름이 가진 무게에 절로 한숨이 나온다.

"소세물을 올릴까요?"

"응."

고개를 끄덕이던 나는 돌아서 나가려는 장 상궁을 붙들었다.

"장 상궁."

"예. 전하."

"거창위는?"

내 기억이 맞는다면 오늘은 장례 마지막 날. 홀로 빈소를 지키고
있을 그를 생각하면 가슴이 먹먹해진다.

"사람을 보내 소식을 알아올까요?"

잠시 고민하던 나는 고개를 저었다.

"아니. 내가 직접 가겠네."

"전하."

갑자기 장 상궁이 내 말을 지적한다.

"앞으로는 본인을 칭하실 때 '과인'이라 하셔야 하옵니다."

과인. 임금이 스스로를 겸손하게 낮추어 부르는 말.

"익숙해지려면 오래 걸리겠지?"

"삼일 후부터 조회가 있사옵니다. 그전까지는 익숙해지셔야겠
지요."

"그렇겠지……."

또다시 나오는 한숨. 나는 정말 엄청난 선택을 해 버린 것 같다.

"출궁을 준비하올까요?"

"요란법석하게 할 필요는 없네. 암행이면 충분할 거야."

"예. 그리하겠사옵니다."

※ ※ ※

새벽부터 홍연은 수레를 끌며 선산에 올랐다. 그 수레에는 아버지와 형제들의 관이 실려 있었다. 그의 뒤를 어머니 한씨와 유모가 흐느끼며 뒤따랐다.

그를 도와주는 이는 아무도 없었다. 선산에 도착해서도 마찬가지였다. 하인들은 전부 도망갔고 몰려든 사람들은 서로 눈치만 보며 구경만 했다. 홍연은 말없이 혼자서 아버지와 형제들의 묏자리를 팠다.

"아이고! 아이고!"

그의 어머니와 유모의 통곡소리만이 조용하던 아침의 선산을 울리고 있었다. 밤새 상갓집 대문을 밝히던 등불은 꺼져 있었다. 그것을 바라보는 내 마음은 편치 않았다.

지난밤 궐에서 즉위식과 함께 연회가 펼쳐지는 동안 홍연은 상주였다. 그는 기뻐할 수 없었고 무엇보다 내 곁에서 함께할 수가 없었다.

⁂ ⁂ ⁂

"무언가 이상하옵니다."

장 상궁은 활짝 열려 있는 대문을 보고는 고개를 갸웃거렸다. 불안한 마음에 난 홍연을 부르며 집 안으로 들어섰다.

"홍연!"

집 안에는 아무도 없었다. 위패가 놓였던 빈소 자리만 있을 뿐 사람의 그림자는 그 어디에서도 찾아볼 수가 없었던 것이다.

"왜 아무도 없느냐?"

이 물음에 장 상궁과 동행한 나인들이 집을 돌아다니기 시작했다. 불안함 마음에 집 안을 서성이는데 윤임이 나타났다.

"전하."

이곳에 오는 것은 나와 동행한 이들 외에는 아무도 몰랐다. 난 그가 궁궐에서부터 뒤쫓아왔음을 깨달았다.

"윤 교리."

더는 그를 '오라버니'라고 부르지 않는다. 한때는 마치 그와 하나의 단어처럼 묶여 있는 듯했던 그 말이 이제는 내 입에서 나오려 하지 않는다. 이 부분은 스스로도 당황스럽게 느껴지는 부분이었다. 이상한 일이지만 어느 순간부터 그는 나와 멀게만 느껴지는 사람이었다. 윤임도 자신을 부르는 내 목소리에서 거리감을 느꼈는지 잠시 망설이다 입을 열었다.

"지금 바로 궐로 돌아가셔야 합니다."

"왜죠?"

"대신들이 더는 폐주의 일을 미룰 수 없다며 대전으로 몰려와 전하를 알현하길 원하고 있습니다."

이젠 폐주가 왕이 아니라 내가 조선의 왕이었다. 신하들이 만나고자 하는 왕은 바로 나였다. 하지만 홍연을 만나지 못했다.

내 눈치를 보던 장 상궁이 말했다.

"전하께서는 당장 궐로 돌아가기 어려우시니 윤 교리께서 먼저 입궐하시어 전하께서 지금은 아무도 알현치 않으시겠다고 전해주시옵소서."

윤임도 텅 비어 있는 신수근의 집안을 둘러보면서 고개를 끄덕였다. 이 상황을 이해한다는 뜻 같았다. 그러나 다시 나를 돌아본 그는 조금 전 모습과는 상반되는 대답을 내놓았다.

"전하. 피할 수 있는 일이 아니옵니다."

알고 있다. 이 문제에 대한 답은 오직 나만 할 수 있을 테니까. 그들은 이융을 죽이고자 하겠지만 반대로 그를 살리려면 난 그들에게 내 주장을 당당히 펼쳐야 했다.

"난 이 나라의 왕이기 전에 이 집안의 며느리예요."

그리고 홍연의 아내다.

그는 지금 얼마나 힘들어하고 괴로워하고 있을까?

왜 나는 그런 그의 곁에 함께할 수가 없게 되었을까?

"거창위는 신이 찾아보도록 하겠습니다. 그러니 전하께서는 속히 입궐하여 주십시오."

윤임은 자신의 뜻을 꺾을 생각이 없어 보였다. 난 다시 한번 텅비워진 신수근의 집을 돌아보고는 대답했다.

"궐로 돌아가겠어요."

"주상전하 납시오!"

대전의 문이 열리자 나를 기다리던 신하들이 일제 돌아섰다. 이곳에 여인은 오직 나 혼자뿐이었다. 그들은 혼자서 걸어 들어오는 내게 눈을 떼지 못했다. 어제 즉위식을 치렀음에도 '여왕'을 보는 일은 아직 그들에겐 생소한 일인 듯 보였다. 용상에 앉아 그들을 돌아보자 속으로 절로 한숨이 나왔다. 그만큼 지금 내가 앉은 용상은 무게감이 있는 자리였고, 동시에 당장이라도 누군가를 잡아먹으려는 이들이 주시하고 노려보는 자리였기 때문이었다.

"전하."

시작은 원종이었다.

"예로부터 난폭한 임금은 많았으나 폐주와 같이 심한 자는 없었사옵니다."

영의정 유순도 나섰다.

"하온데 의금부에 하옥한 폐주의 처분은 어찌하시려는지요?"

대신들의 눈이 모두 내 얼굴을 향한다. 내게서 나올 다음 말만을 기다리고 있었다. 그들이 바라는 것은 하나. 이융의 죽음. 그러나 막 즉위한 왕을 무시하고서라도 신하인 그들이 독단적으로 이융을 처형할 수는 없는 일이었다. 난 원종과의 약조를 되새기며 그에게 물었다.

"과인이 어찌하였으면 좋겠소?"

원종은 다른 누구도 아닌 자신에게 의견을 물어본 것을 매우 만족하는 얼굴이었다.

"폐주를 강봉하여 군君으로 삼고 전례는 노산군(단종)의 예를 따르는 것이 좋겠사옵니다."

지금 조정에서는 임금인 나보다 원종의 말을 따르는 신하들이 더 많았다. 그가 이렇게 나오자 다른 신하들에게서는 말이 나오지 않았다.

"그리하시오."

폐주 이융은 '연산군'에 봉해져 강화도 교동으로 유배길에 올랐다. 그러나 모든 것은 이제부터 시작이었다.

※ ※ ※

모든 일들이 나의 재가를 기다렸다. 연산군의 충신들이었던 이들은 간신이 되어 처형당했고 살아남은 일가친척은 노비가 되었다. 많은 관청들이 사라지거나 이름이 바뀌었다. 새로 이름을 짓는 것 하나로 반나절 동안 신하들이 언쟁을 벌이기도 했다.

열흘이라는 시간이 정신없이 흘러갔다. 아직 조정일에 적응조차 하지 못한 내가 할 수 있는 말은 '그리하라'와 '아뢴 대로 하라' 단 두 마디뿐이었다. 우습게도 이 두 마디에 모든 일은 신하들이 바라는 대로 조속히 진행되었고 조정은 빨리 안정되어가는 듯 보였다. 지치는 것은 그저 나 하나뿐이었지만.

"전하. 아침 수라이옵니다."

화려한 수라상을 두고 나는 입맛을 잃어버렸다. 수라가 끝나면 바로 아침 회의에서 끝내지 못한 내용을 이어나가야 했다. 난 수라상을 물린 채 보료 위에 드러눕고 말았다. 며칠째 잠을 충분히 못 자서인지 눈꺼풀이 무거워 눈을 뜨기가 어려웠다.

"전하?"

장 상궁이 내게 다가와 이마를 짚어보더니 깜짝 놀란다.

"열이⋯⋯."

그녀가 날 대신해서 나인에게 말했다.

"어서 어의영감을 모셔오너라, 어서!"

난 여전히 눈을 감은 채로 손을 들어 휘휘 저었다.

"소란스럽게 할 필요 없네. 잠시만 쉬면 될 듯하니까."

"아니옵니다."

"과인은 피곤할 뿐이야."

이것이 조정 대신들이 바라는 것이 아닐까? 날 지치게 만드는 것. 난 왕이 되기 위한 아무런 준비를 하지 못했다. 왕이 되기 위한 교육도 받지 못했다. 그런 내게 조정의 모든 일들은 이제 시작인데 모든 게 너무나도 빨리 진행되어가고 있다. 이것이 옳은 일일까?

입에서 흐느낌이 새어 나왔다. 손등으로 가린 눈에서 눈물이 흘러내리기 시작하자 장 상궁이 주변의 나인들을 모두 물렸다. 그녀만 남은 것을 알게 되자 내 울음소리는 더욱 커졌다.

즉위식 이후에 쌓여 있던 압박감과 부담감이 한 번에 몰려와 나를 무겁게 내리누르고 있었다. 혼자 허우적대며 힘들어하는데도 나를 위로하고 구해줄 사람은 아무도 없었다. 그게 너무나도 힘들었다.

나 혼자서 감당하기에는 너무나도 큰일들만 일어났다. 이런 내마음을 이해해주는 누군가가 절실하게 필요한 순간이었다.

"흑……."

나인들이 나가며 닫혔던 문이 다시 열리는 소리가 난다. 장 상궁이 우는 나를 두고 나가는 것이라고 생각했다. 길게 끌리는 치맛자락 사이로 천천히 움직이는 발소리. 낯설게만 느껴지는 그 발소리가 내 머리맡에서 멈춘다.

잠시 후 내 양 어깨 위에 얇고 가녀린 두 손이 천천히 닿아왔다. 나는 눈물을 가리려 눈을 가리고 있던 손등을 치우고는 두 눈을 떴다. 그런 내 앞에 나타난 익숙한 얼굴. 우는 나를 보며 안타까운 표정을 지으며 내려다보고 있는 사람은 바로 여진이었다.

"여진?"

"언니."

내가 그녀의 이름을 부르자 여진은 기쁜 표정을 지으며 쳐다본다. 놀란 내가 허리를 세우며 일어나 앉자 여진이 나를 보며 환하게 웃는다.

"어떻게 여기에……."

"저도 영산군 대감과 혼인했으니 이제 종친이라고요. 후훗."

입은 소리 내어 웃고 있었지만 눈가에는 이미 눈물이 촉촉했다.

"여진아!"

난 두 팔로 여진의 목을 끌어안았다.

"아휴, 숨 막혀요!"

"여진아! 보고 싶었어!"

"저도요, 언니. 아니, 전하."

"여진아!"

반가움이 가득해야 할 재회인데 나는 계속 눈물만 났다. 끌어안은 이는 여진인데 나는 이 자리에 없는 누군가가 자꾸만 떠올라

가슴이 아팠다.

❀ ❀ ❀

여진을 침전에 들어오게 한 후 장 상궁은 조용히 문을 닫고 나왔다. 그녀의 앞에 누군가 돌아서서 침전을 떠나려 하고 있었다. 윤임이었다. 윤임을 본 장 상궁이 그를 불러 세웠다.

"나으리……."

장 상궁의 부름에 윤임이 걸음을 멈춰 서 그녀를 돌아보았다.

"영산군 부인을 모셔온 분이 나으리이십니까?"

"예."

"거창위 대감은……."

"부친의 삼년상을 홀로 치르고 있으니 당분간 입궐은 어려울 것입니다."

더이상 홍연에 대해서 전해줄 말은 없다는 듯 윤임이 돌아서 가려고 할 때였다. 장 상궁이 윤임에게 말했다.

"아직 전하께서는 모르시옵니다."

수련이 모른다는 것.

그것은 바로 원종을 주축으로 한 대신들이 수련의 이혼을 추진하고 있다는 사실이었다. 이것은 수련만 모르고 있는 일이었다. 홍연의 존재가 왕이 된 수련에게 '흠'이 된다는 말을 들은 뒤로는 대비도 이 문제에 대해서 이야기하기를 꺼려 했다. 사실상 조정에 공론화가 되어 수련이 이를 받아들이는 절차만 남아 있었다.

"지금도 조정 일에 많이 벅차하시옵니다. 하온데 그 사실을 알게 되신다면……."

장 상궁의 가슴이 먹먹해졌다. 지금 수련에게 가장 필요한 사람은 홍연이었다. 그런데 홍연은 수련과 함께할 수가 없었다. 단순히 함께할 수 없는 것을 넘어서 이들 부부는 이별을 앞두고 있었다.

"얼마나 놀랐는지 몰라요."

여진이는 영산군에게서 들은 나에 대한 이야기를 꺼냈다.

"그런데 왜 오라버니는 이 사실을 끝까지 숨기려 했을까."

난 한숨과 함께 입을 열었다.

"불의의 사고였던 것 같아."

언제부터인가 내 기억은 홍연과 헤어지던 어린 날에서 끊겨버렸다.

"잃어버린 그 시간들이 내게 좋은 추억인지 아닌지는 알 순 없지만."

난 여진이 내민 두 손을 맞잡으며 웃었다.

"'너희'를 만났으니까."

윤임과 여진을 포함해서 말하는 것.

"오라버니와 제가 전하께 도움이 되었다니 기뻐요."

여진은 늘 그렇듯 순수하고 착하다. 말에 꾸밈도 그 어떤 거짓도 없다.

"고마워."

진심이 담긴 이 한마디에 서로를 바라보는 눈가가 촉촉해진다.

"처음 만났을 때부터 전하는 뭔가 달랐어요. 하지만 이젠 그 이유를 알 것 같아요. 임금님이 되셨으니까요."

"그건 나도 마찬가지야."

내 말에 여진이 눈을 동그랗게 뜨고 쳐다본다.

"예?"

"여진이 네가 내 아우 전이의 부인이 되다니."

방긋 웃는 나를 보며 여진도 따라 웃었다.

우린 침전에 머리를 맞대고 나란히 누웠다. 난 손가락으로 천장에 그림을 그려대듯 움직이며 여진이에게 물었다.

"전이가 잘해주니?"

"네."

대답은 짧지만 돌아오는 말에 행복한 웃음이 섞여 있다. 바로 여진이 내게 물어왔다.

"전하는요?"

"응?"

난 손가락 그림을 그만두고는 눈을 들어 반대편에 누운 여진에게 눈길을 주었다.

"거창위 대감 아니 이제 국서 대감이라고 불러야 하나요?"

"국서라……."

아직은 낯설게만 다가오는 말.

"입궐하면서 들었는데 전하께서 즉위하신 뒤로 단 한 번도 거창위 대감께서 입궐하신 적이 없대요. 정말인가요?"

그를 만나러 간 적이 있다. 그를 만나지 못했지만 지금 그가 어떤 상태인지는 안다.

그는 가족을 잃었다. 얼마 전 장 상궁은 그가 지금 아버지 신수근의 삼년상을 치르고 있다고 했다. 그 삼년상을 모두 마칠 때까지는 궐로 오라고 할 수가 없다는 것을 안다. 반대로 왕이 된 나는 그의 아내로서 곁에서 함께할 수도 없다. 나는 왕이 되었고 그의 아버지와 형제들은 나를 죽이려 했었으니까.

"여진아."

"네?"

"난 훌륭한 임금이 될 자신은 없어. 하지만 좋은 아내는 되고 싶어."

과연 이 바람은 이뤄질 수 있을까?

＊ ＊ ＊

밤.

낮에 여진이 다녀가고 나서 며칠 동안 불안했던 마음은 많이 가라앉았다. 하지만 그것이 다가 아니었다. 여전히 넓은 침전에는 나 홀로 잠을 청해야 했다. 고요한 침묵 속에 조용히 타 들어가던 촛불을 가만히 응시하는데 협방에서 낯익은 목소리가 들려왔다.

"전하."

"한수냐?"

한수였다. 난 깜짝 놀랐다. 연산군이 폐위된 이후로 그는 궐에서 사라졌고 보지 못했기 때문이었다.

"예."

그는 문 밖에 있을 나인들을 의식한 듯 내가 들릴 만한 아주 작은 목소리로 대답했다. 난 자리에서 일어나 그의 목소리가 들린 협방의 문을 열었다. 한수가 고개를 숙인 채 한쪽 무릎을 꿇고 앉아 있었다.

"그간 어디에 있었느냐?"

"궐을 떠나 있었사옵니다."

"다시 과인의 앞에 나타난 이유가 무엇이냐?"

"소인을 강화로 보내주시옵소서."

강화에는 연산군이 있다.

"폐주의 곁으로?"

이 물음에 한수가 천천히 고개를 들었다. 안대에 가려진 눈을 제외하고서라도 그는 분명 내가 아는 누군가를 닮았다.

"그분을 곁에서 모실 수 있게 윤허해 주시옵소서."

난 그를 처음 만난 곳을 떠올렸다. 그곳은 연산군의 생모인 윤씨의 위패를 모시는 혜안전이었다.

"너에 대해 알아보려 했다. 하나 그 누구도 너에 대해 자세히 아는 자들이 없었다. 이리 닮았는데 어찌 알아보지 못했을까."

스스로에게 던진 의문에 한수의 눈동자가 살짝 흔들렸다.

"어찌 살아서 오늘날을 본 것이냐, 한건."

왕의 여인. 그것도 중전과 간통하고도 살아남았다. 그리고 그는 자신의 아들인 연산군의 곁을 맴돌고 있었다.

"소인은 소인의 잘못을 바로잡으려 하였을 뿐이옵니다."

"잘못? 이융은 결국 왕이 되었다. 그런 이융의 곁에 머물렀던 이유가 잘못을 바로잡기 위해서였다고?"

"그분께서 스스로 보위에서 물러나시기를 바랐사옵니다."

한수, 아니 한건의 말을 어디까지 믿을 수 있을까? 만약 그가 자신의 친자를 왕에 앉히고 그 밑에서 권력을 휘둘렀다면 나는 그의 말을 믿지 않았을 것이다. 그러나 그가 연산군의 밑에서 한 일은 고작 혜안전을 지키는 별감이 되는 것이었다. 그 이후에는 연산군의 명으로 내 곁에 머물렀었다.

"좋다."

"성은이 망극하옵니다."

한건이 내게 인사를 하며 다시 고개를 숙였다. 난 깊은 한숨과 함께 그가 있는 협방의 문을 닫았다.

그때였다.

"전하."

문 밖에서 내관의 목소리가 들려왔다. 깊은 밤. 아직 침전의 불이 꺼지지 않은 것을 보고 아뢰는 것이 분명했다.

"무슨 일이냐?"

"윤 교리께서 알현을 청하시옵니다."

윤임은 여전히 연산군 때와 마찬가지로 교리직을 유지하고 있었다. 하지만 원종의 조카인 그가 하는 일은 더 포괄적이었다. 궐 내에 치안을 유지하고 금위군을 맡고 있는 것도 그랬다. 그렇다고 그가 궐 문이 닫힌 이 시간까지 궐에 있으리라고는 생각지 못한 일이었다. 잠시 뜸을 들이던 나는 입을 열었다.

"들라 하라."

"예."

난 벽에 걸어둔 용포를 속적삼 위에 걸친 채 금침 위에 바르게 앉았다. 잠시 후 윤임이 안으로 걸어 들어왔다. 그는 문 가까이를 벗어나지 않고 큰 절을 올리며 자리에 앉아 고개를 숙였다.

"무슨 일인가?"

내가 묻자 그가 대답했다.

"조금 전 별감 한수가 이곳으로 몰래 들어가는 것을 보았습니다."

그 말은 윤임이 계속 내가 머무는 침전의 주변을 머물며 지키고 있었다는 말이 된다. 난 고개를 끄덕이며 바로 인정했다.

"그가 과인에게 강화에 있는 폐주에게 보내달라고 청하였고 그리하라 윤허하였다."

윤임은 여전히 나를 똑바로 보지 않고 고개를 숙인 채 대답했다.

"별감 한수가 어떤 말을 아뢰었는지가 중요한 것이 아닙니다. 한수는 폐주의 총애를 받았던 별감입니다. 그런 자를 홀로 독대하시는 것이 얼마나 위험하신 일인지 모르십니까? 폐주의 곁으로 한때 폐주가 총애했던 별감을 보내는 일은 전하의 독단으로 결정하실 일이 아닙니다. 충분히 대신들과 상의한 후에 결정하셔야 합니다."

"그대는 누구의 신하인가?"

윤임이 고개를 들어 나를 쳐다보았다. 나는 그와 시선을 맞추며 재차 물었다.

"과인의 신하인가? 아니면……."

나를 왕위에 올린 이들의 신하일까.

"전하의 신하입니다."

윤임은 분명한 어조로 내게 대답했다. 하지만 그는 원종의 조카였다. 난 이 궐에서 그 누구의 말도 바로 믿을 수가 없는 처지였다.

믿으려면 시험하는 수밖에 없었다.

난 자리에서 일어서며 말했다.

"출궁하겠네."

"거창위에게 가시려는 것입니까?"

"그렇다면 과인의 길을 막을 것인가?"

돌아온 침묵이 그의 마음을 대변한다. 그는 내가 홍연에게 가는 것을 원치 않는다. 사적인 감정 때문이든 아니면 왕을 향한 충정 때문이든.

"아내가 지아비를 찾아가는 것이 잘못된 것이라면 막게."

"전하는 이제 사대부가의 부인이 아니십니다."

틀린 말이 아니다. 그래서 이 말이 내 가슴을 미어지게 만든다. 홍연 때문이었다. 홍연도 이 사실을 알기에 나를 찾아오지 못하고 있는 것일까?

그렇다면 내가 가야 한다. 그의 곁으로 내가 가야 한다.

"그렇다면 오늘 밤만은 그리될 것이네."

나의 결심에 윤임도 더는 아무 말 하지 못했다.

가을산은 걸음을 옮길 때마다 낙엽이 부서지는 소리를 냈다. 홍연이 머무는 곳은 신수근의 묘소 아래 초막이었다. 짚을 엮어 만든 허술한 문 밖으로 빛이 새어 나왔다. 그도 잠들지 못하는 밤을 맞고 있었던 것이다. 그 안에 홍연이 있을 것이라는 생각에 가까이 다가갈수록 가슴이 세차게 뛰었다.

문 앞에 멈춰 서서 큰 숨을 들이켜자 몸에 힘이 빠졌다. 짚을 엮어 만든 문도 스스로 열 수 없을 정도로 몸에 힘을 잃어버렸다. 이 문을 열수 있는 것은 오직 그를 향한 그리움뿐이라는 걸 알았다. 문을 열기 전 문틈으로 살짝 안을 들여다보니 익숙한 이의 뒷모습이 보였다. 거적을 대충 깔고 있는 초막 안에 앉아 초를 하나 켜 둔 채로 그는 홀로 생각에 잠겨 있었다. 그 모습만으로도 눈물이 났다.

아내는 왕이 되어 구중궁궐에서 지내는데 지아비는 홀로 산속 초막에서 시묘살이를 하고 있다니! 이런 얄궂은 운명을 가진 부부가 이 조선에 과연 몇이나 될까?

눈물이 준 작은 힘으로 짚문을 열었다. 짚이라 소리도 나지 않는지 아니면 깊은 생각에 잠겼는지 홍연은 여전히 등을 돌리고 앉아 있다. 나는 그의 등 뒤로 다가가 쓰러지듯이 그를 뒤에서 끌어안았다.

"홍연."

그의 이름을 부르는 순간 눈물이 났다. 그간 그가 홀로 견뎌냈을 슬픔과 외로움도 느껴졌다. 난 그를 끌어안은 손에 힘을 주었다. 내 손길 위에 그의 손이 닿았다. 그가 천천히 고개를 돌려 자신을 끌어안은 내 얼굴을 바라보았다.

"수련……."

내 이름을 부르는 그의 눈동자가 붉었다. 난 뒤에서 그를 끌어안은 채로 작게 속삭이듯 말했다.

"많이 힘든 거 알아요."

그는 말이 없다. 앞만 보고 가만히 누운 채 마치 세상의 모든 짐을 이고 있는 사람처럼. 우린 왜 이렇게밖에 만날 수가 없었던 걸까.

"하지만 나는 당신이 필요해요. 궐로 와줘요. 응?"

그의 입이 열렸다.

"난 이제 죄인의 아들이오."

이 한마디가 그와 나 사이에 벽을 세운다. 불안함에 난 그의 등을 너른 등을 꼭 끌어안았다.

"당신은 내 목숨을 구했어요. 무엇보다 내 지아비이고. 이 사실은 하늘이 무너져도 변하지 않아."

침묵 속에 젖어든 홍연은 말이 없다. 뒤에서는 보이지 않는 그의 얼굴 때문일까? 얼핏 그는 잠이 든 것처럼 보인다. 난 차라리 그가 잠이 든 것이 나을지도 모른다는 생각을 했다.

"수련."

그가 내 이름을 부르더니 돌아눕는다. 나와 그의 눈동자가 하나로 연결된 듯 서로를 바라보고 있었다.

"어머니가 지금 혼자 계시오. 이 일들로 인해서 많이 힘들어하시니 어머니 곁에는 내가 필요하오."

나도 그가 필요하다. 하지만 남편과 자식들을 잃은 그의 어머니만큼은 필요치 않겠지.

"시간을 주시오."

말끝을 흐리며 그가 내게서 시선을 거둔다. 난 그게 싫어서 그의 품 안으로 파고들며 대답했다.

"응. 그럴게요."

새벽 별이 하늘에서 반짝거렸다. 초막 안에서 잠든 수련을 가만히 내려다보던 홍연이 자리에서 일어나 의관을 단정히 했다. 매일 새벽마다 그가 하는 일이었다. 그는 신수근의 묘소가 있는 산에 올랐다.

절을 하며 예를 올리는 그의 곁으로 낙엽을 밟는 소리가 가까워졌다. 산짐승의 소리가 아닌 사람의 소리라는 걸 깨달은 홍연이 소리가 나는 방향으로 고개를 돌렸다. 그의 곁으로 다가오는 사람은 다름 아닌 윤임이었다. 윤임의 얼굴을 본 홍연의 표정이 싸늘하게 굳어버렸다. 자신을 반기지 않는 홍연의 얼굴을 본 윤임이 그 자리에서 멈춰 서며 말했다.

"산 아래에 전하를 모실 가마를 가져왔습니다."

"전하는 초막에 계시오."

"알고 있습니다."

윤임의 이 말은 그가 홍연에게 할 말이 있어서 이곳에 온 것임을
암시하는 것이었다.

"내게 할 말이 있소?"

홍연의 물음에 윤임은 수련이 머무는 산 아래 초막으로 눈길을
돌리며 말했다.

"외숙부님의 말씀을 전하러 왔습니다."

윤임의 외숙부는 박원종. 다시 홍연의 얼굴을 돌아보며 윤임이
말했다.

"시간이……. 얼마 남지 않았다고."

✸ ✸ ✸

새벽부터 대신들이 속속 경복궁으로 입궐하고 있었다. 오늘 아
침은 의정부회의가 열리는 날이었다. 이 회의를 주관하는 사람은
반정공신으로 좌의정의 자리에 오른 박원종과 그 일파들이었다.
오늘 회의의 주제는 명나라에 보낼 사신 문제였다. 폐주 연산군이
쫓겨나고 새 왕이 즉위했다. 선왕의 유지에 따른 것이었지만 명나
라가 이를 무시하면 일이 복잡해진다. 아직 지방관아에는 왕이 바
뀐 사실도 또 새 왕의 즉위에 대해 의문을 가진 자들이 많았다. 이
들이 여론을 조정하고 반란을 일으킬 수 있는 가능성도 배제할 수

없었다.

"명나라에서는 과거 무측천의 전례가 있어 여군에 대해서 상당히 민감한 반응을 가지고 있소. 그러니 일단은 다른 이유를 들어 새 국왕의 책봉서부터 받을 수 있도록 합시다."

영의정 유순이 먼저 운을 뗐다. 대부분은 이 말에 동감하는 듯 고개를 끄덕였는데 병조판서 신윤무가 손을 들며 나섰다.

"나는 의문이 있소이다. 선왕께서 보위에 계실 적에 경연에서 무측천의 예를 들어 말씀하시기를 여군이 왕이 되면 나라가 필시 망한다는 말씀을 하시였소."

이미 세상은 바뀌었다. 그리고 세상을 바꾼 것은 원종이었다. 다른 신하들이 원종의 눈치를 살피는데도 그 신윤무의 말은 멈추지 않았다.

"게다가 재가하는 여인은 두 지아비를 섬기게 되고 따라서 두 지아비 모두를 괄시하여 어느 한 곳의 제사를 받들지 않으려 꼼수를 부린다 하였소. 그래서 과부의 재가를 금지하는 명도 선왕께서 내리신 것이 아니겠소?"

원종의 날카로운 시선이 신윤무를 향했다. 결과적으로 그는 오늘 회의에서 부제로 다루게 될 사안에 불만을 표기한 것이다. 바로 수련과 거창위 신홍연의 이혼이었다.

"게다가 선왕의 소생은 영산군도 있는데 어찌하여 여인인 공주를……"

"흐흠!"

원종이 헛기침을 하자 우의정 성희안이 나섰다.

"적장녀 승계는 태조대왕의 뜻이었으며 조선경국전에 적힌 그 내용을 경국대전에 그대로 옮기라 명하신 것도 선왕의 뜻이었소."

"내가 말하고자 하는 것은!"

성희안은 신윤무의 말을 무시했다.

"무엇보다 조선이 건국된 이후로 첩의 자식이 왕이 된 예는 한 번도 없었소이다. 다들 선왕의 유지를 두 눈으로 확인하셨겠지만. 적장녀인 진성 공주에게 보위를 이으라 하심은 어쩔 수 없는 선택에 가까운 것일지도 모르오."

"흐음……."

다른 대신들의 분위기가 모두 성희안에게 동조하듯 흐르자 신윤무도 결국 입을 다물어야 했다. 다시 조용해진 회의장 안을 둘러보던 원종이 입을 열었다.

"마침 병판의 말도 나왔으니 이 문제도 공론화할 때가 온 것 같소."

이미 안다는 표정의 신하들을 보며 원종이 말을 이어나갔다.

"죄인 신수근의 아들을 국서로 받들 수는 없는 법이오. 거창위 신홍연이 이대로 국서의 자리를 받든다면 훗날 전하께 아뢰어 자신의 아비인 신수근을 재평가하고 그를 모함한 이들을 처벌하라 한다면 이 중에, 살아남을 자가 있소?"

대신들이 하나둘씩 고개를 숙였다.

"전하께서 먼저 부부간의 정을 끊자 말하실 순 없을 터이니, 우리 대신들이 전하와 거창위의 이혼을 아뢰어 추진토록 해야 할 것이오."

❋ ❋ ❋

날 잠에서 깨운 건 쏟아지는 빗소리였다.

"콜록콜록."

비가 불러온 습기가 초막 안을 가득 채우고 있었다. 내 기침소리에 맞춰서 어둠이 짙게 깔린 초막 안에 불이 켜졌다. 고개를 돌리니 윤임이 앉아 있는 것이 보였다. 불을 켠 윤임이 나를 돌아보며 말했다.

"이제 궐로 돌아가셔야 합니다."

난 그 외에 아무도 없는 초막 안을 둘러보며 말했다.

"거창위는?"

"그는 조금 전 사가로 갔습니다."

"사가에?"

홍연이 자신의 집으로 갔다는 소식에 대한 궁금증보다 나를 깨우지 않았다는 아쉬움이 더 컸다.

"그의 모친으로부터 온 급한 연락인 듯 보였습니다."

걱정이 일었다.

"그럼 나도 지금 당장 그의 사가로……."

"전하. 궐로 돌아가셔야 합니다."

윤임은 내가 왕이 된 이후로 한결같은 모습을 보였다. 그는 내게 왕으로서의 책임감을 요구했다.

나도 할 말은 있었다.

"어차피 과인이 없어도 조정 대신들이 다 알아서 조정을 이끌어 가지 않는가?"

그 중심에는 윤임의 외숙부인 박원종이 있다. 윤임도 이를 모르진 않을 텐데.

"전하. 하늘의 뜻이든 선왕의 뜻이든 지금 이 조선의 임금은 전하이십니다."

너무나도 당연한 말이기에 내 가슴을 쿡쿡 찌른다. 하지만 조정 신료들 중 내 편이라고 여길 수 있는 사람은 단 한 사람도 없었다. 그런 왕이 그런 내가 도대체 무엇을 할 수 있을까?

"윤 교리."

"예, 전하."

"그대는 누구의 편이오?"

그는 나를 사랑했다. 지금도 사랑할지 모른다. 그렇다고 해서 조정일까지 내 편이 될 수는 없겠지.

"전하의 편입니다."

어차피 뻔한 대답이었다. 그저 말뿐인 대답일지라도 지금 내게 는 어쩌면 간절한 것인지도 모르겠지만.

"고맙소."

❀ ❀ ❀

빗발이 더 굵어지고 있었다.

"콜록콜록……"

갓을 쓴 한 양반이 우비를 걸친 채 말을 타고 어느 집 대문 앞에 멈춰 섰다. 그가 말에서 내리더니 대문을 두드렸다. 얼마 지나지 않아 안에서 문이 열리더니 많은 사람들이 모습을 드러냈다. 그중 에서 가장 앞에 나선 것은 여진이었다.

"아버지!"

여진이 기뻐하며 그의 목을 끌어안았다.

"어이쿠! 여진이냐?"

"예. 아버지!"

여진이 울먹거리며 고개를 끄덕였다. 그는 바로 윤임과 해진. 여 진의 아버지인 윤여필이었다. 왕이 바뀌고 원종의 청으로 귀양에 서 풀려나 한양으로 돌아온 것이다.

"아버지. 저도 있어요."

해진도 나섰다. 그의 뒤로 보이는 덕풍군을 발견한 여필이 고개

44

를 숙였다.

"대감."

"장인어른. 고생이 많으셨습니다."

"아닙니다."

"아버지. 여기요. 여기."

여진이 영산군의 등을 떠밀며 말했다.

"아! 영산군 대감!"

"장인어른께 인사 올립니다."

"송구할 따름입니다. 제 부족한 여식이 마마께 누를 끼치지나 않았을지……."

"쳇, 아니거든요. 절대 그런 일은 없어요!"

"하하하하!"

덕풍군이 크게 웃자 해진이 말했다.

"일단 안으로 들어가세요. 비가 점점 더 거세지니까요."

"그래그래."

- 우르르, 쾅쾅!

이들과 함께 사랑채로 들어서려던 여필이 천둥소리에 잠시 걸음을 멈추고 하늘을 올려다보았다.

"가을비가 이리 요란스러워서야."

사랑채로 자리를 옮긴 여필의 주변으로 그의 딸들과 사위들이 자리했다. 윤임은 보이지 않았다.

"임이는 어디에 있는 게냐?"

여필의 물음에 해진이 답했다.

"궐에 있어요."

"궐에? 내가 온다는 소식을 듣지 못하였더냐?"

"아니요. 오라버니는 알 거예요."

이번에는 여진이 답했다.

"그런데?"

"외숙부님이 좌의정이 되신 후에는 거의 외숙부님 아들처럼 일해요. 하루 종일 궐에서만 머물고요. 오라버니는 아버지보다 외숙부님이 더 좋은가 보죠, 뭐."

"여진아."

해진이 꾸짖었다. 여필은 웃으면서 해진에게 말했다.

"좋은 날에 어찌 그러느냐. 게다가 여진이는 이제 아이가 아니다. 혼인까지 하였는데."

"그래도 혼날 일은 혼나야지요."

단호한 해진의 태도에도 여필은 계속 웃음 지었다.

"변한 것이 없어 좋구나. 이제 임이만 보면 되겠다. 그 아이도 많이 컸겠지."

"컸다 뿐인가요. 잘못했으면 오라버니는 큰일 날 뻔했다고요. 아버지, 이 부정 기억하시죠? 그가 어찌 되었는지도 아시고요! 그런데 오라버니가 이 부정의 여식과 혼인했으면 지금쯤……."

"여진아."

해진이 엄한 목소리로 여진을 불렀다. 그리고 영산군을 돌아보며 말했다.

"다른 분들도 잠시 비켜주시겠습니까?"

"나도, 언니?"

해진이 고개를 끄덕였다.

"부인. 잠시만 나가 있읍시다."

영산군이 뾰로통한 표정을 짓는 여진을 달래며 함께 밖으로 나갔다. 덕풍군도 눈치껏 자리를 비켜주자 이제 방 안에는 여필과 해진만이 남아 있었다.

"막 돌아온 내게 급히 해야 할 말이라도 있는 게냐?"

"예, 아버지."

"임이 일이냐?"

날카로운 여필의 지적에 해진이 고개를 끄덕이며 말했다.

"새 주상전하의 국서가 누구인지 아세요?"

"부마였던 거창위가 아니겠느냐? 신수근의 아들."

"그래요. 그런데 외숙부님께서 전하와 거창위를 이혼시키는 일을 추진 중이세요."

"신수근이 폐주의 간신으로 몰려죽었으니 어쩔 수 없는 일이잖느냐."

"문제는 외숙부님이 새 국서로 임이를 세우려고 하세요."

여필이 눈썹을 찌푸렸다.

"뭐?"

해진이 깊은 한숨을 내쉬었다.

"이건 옳지 못해요. 전하와 거창위의 사이가 좋은 것은 두말할 것도 없는데. 부부를 강제로 헤어지게 하는 것도 모자라서 그 사이에 우리 임이를 집어넣으려 하다니요?"

"네 말도 옳다."

"제 말이 옳다니요? 그럼 임이를 국서로 삼으려는 외숙부님도 옳다는 뜻인가요?"

예리한 해진의 지적에 여필의 표정이 어두워졌다.

"아버지이-!"

"해진아. 내가 억울한 귀양살이에서 풀려날 수 있었던 것은 네 외숙부이자 내 처남인 박원종 덕분이다."

"그래서 고마운 마음에 외숙부님의 뜻과 함께하시겠다고요?"

여필이 말을 돌렸다.

"임이는? 임이는 아느냐?"

"알겠지요! 외숙부님의 수족처럼 사는데!"

흥분한 해진을 다독이며 여필이 재차 물었다.

"해진아. 난 임이가 이 사실을 정말로 알고 있는지를 묻는 거다."

"직접 묻진 않았어요. 다만 저도 눈치가 있다면 모르진 않겠지요."

"넌 이 사실을 어찌 알았고?"

"외숙부님에게서 들었어요."

"직접?"

"네. 얼마 전 제게 찾아오셔서는 마치 임이가 국서가 되는 일이 저희 집안의 광명이 되는 것처럼 말씀하시더라고요."

"그이에게 아들이 있었다면 자신의 아들을 국서로 밀어붙였겠지. 안타깝게도 서자 외에는 아들이 없으니……."

"임이가 외숙부님 말을 아주 잘 듣지요. 그래서 그런 것이겠지요? 국서로 앉혀서 전하의 마음을 제 뜻대로 움직이게 하려고요."

여필이 천천히 고개를 저었다.

"네가 하나만 알고 둘은 모르는구나."

"예?"

"내가 아는 임이는 그리 호락호락한 아이가 아니야. 지금은 어찌 처남과 붙어 다니는지는 모르겠지만 그 아이도 그 아이 나름대로의 생각이 있을 것이다."

"아버지는 몰라요! 오랫동안 그 아이를 못 보셨잖아요?"

"아니, 난 안다."

여필이 단호하게 말했다.

비가 몰고 온 칙칙한 구름으로 인해 대전 곳곳에는 등불이 놓였다. 마치 밤과 같은 낮.

– 쏴아아아

빗소리만이 대전 안을 가득 채우고 있었다.

"주상 전하 납시오!"

이 빗소리를 뚫고 내관의 목소리가 대전을 울리자 앉아 있던 대신들이 자리에서 일어섰다. 나는 일어선 대신들 사이로 난 길을 통해 단위에 놓인 용상에 앉았다. 내가 앉자 대신들도 차례로 앉았다.

그러나 단 한 사람, 박원종만큼은 자리에 앉지 않은 채 나를 향해 고개를 숙이며 섰다.

"전하."

원종이 내게 물었다.

"출궁하셨다 들었사온데 어디를 다녀오셨는지요?"

출궁했다는 사실을 안다면 어디를 갔었는지도 안다는 뜻. 난 주저 없이 대답했다.

"신수근의 사저에 갔었소."

너무 당당하게 말한 것일까? 일순간 모여 앉은 대신들이 수군거렸다. 그들은 내가 부마인 홍연을 만나러 갔다고 생각하지 않았다.

대역죄인으로 죽은 신수근의 집에 갔었다는 점만 생각하는 것 같았다.

"자, 조용조용-"

원종의 이 한 마디에 대전이 조용해졌다. 그는 대전 안의 여론까지도 모두 자신이 장악했다는 듯 의기양양한 얼굴로 나를 돌아보며 말했다.

"전하. 거창위를 만나러 가신 것입니까?"

"그렇소."

"신이 알기로 거창위는 부친의 삼년상을 치르고 있다 들었습니다. 하여 삼년상이 끝나기 전까지는 주군이신 전하를 배알할 수 없음을 잘 아시지 않습니까?"

"경이 짚고 넘어가지 않는 것이 있으니 과인이 친히 알려주겠소."

"말씀하시지요."

"과인은 이 조선의 왕이기 전에 거창위 신홍연의 아내요."

이 한 마디에 원종의 표정이 싸늘하게 굳었다. 그의 주변에 앉은 신하들은 이제 내가 아니라 원종의 눈치를 살피기 시작했다.

"그러므로 과인과 거창위는 군신간의 예를 따지는 사이가 아니오. 하물며……."

"전하!"

우의정 성희안이 목소리를 높이며 나섰다.

"거사할 때 신수근을 가장 먼저 제거한 것은 그가 바로 주상전하를 시해하려 한 역적 중의 역적이기 때문이었습니다! 하온데 전하께서는 아직도 사사로운 정에 휘말려 죄인의 자식인 거창위를 돌보려 하심이 옳다 여기십니까?"

"과인은……."

변명하려 하는 내게 이번엔 유순이 나섰다.

"아직 국서가 바로 서지 않아 민심이 불안해하고 있사옵니다! 전하께서 거창위와의 부부의 연을 끊지 않으시면 종사가 위태로워질 것이옵니다!"

난 어이가 없다는 듯 웃었다.

"종사가 위태롭다니? 거창위가 무슨 죄를 저질렀단 말이오?"

"신수근의 아들인 것이 죄이지요."

몇 번을 다시 들어도 지겨울 법한 말이었다. 난 눈을 매섭게 치켜떴다.

"그는 과인을 구했소. 그대들이 말하는 부친인 신수근과 자신의 형제들로부터, 그들과 맞서 과인의 목숨을 구했단 말이오!"

"그것은 옳은 일이지요."

원종이 입가에 미소를 지으며 말했다. 난 원종을 쳐다보았다.

"부부의 연을 떠나서라도 충심으로 반드시 그리했어야 할 일이옵니다. 하오나 그는 그로인해 불효를 저질렀습니다. 그런 자를 국서에 자리에 앉힐 수는 없는 법입니다."

"과인은……."

이번에도 신하들은 내 말을 들으려 하지 않았다.

"전하! 이 종묘사직을 위해서라도 거창위와의 연을 끊으셔야 하옵니다!"

"그만, 그만!"

"통촉하여 주시옵소서!"

"그만하시오!"

"거창위와의 연을 끊는 문제는 사사로운 감정으로 미루어 되새겨보실 일이 아니옵니다!"

"그만!"

내 목소리가 높아지는데도 그 누구 하나 말을 멈추려 하지 않았다.

이번에도 원종이 나섰다. 그가 손을 들자 신하들은 기다렸다는 듯 일제히 입을 다물고 고개를 숙였다. 지금 이 대전 안에서는 누가 왕이고 누가 임금인지 알 수가 없었다.

"전하."

원종이 잔잔한 웃음을 지으며 입을 열었다.

"폐주가 과거 사화를 일으킨 연유가 무엇이었습니까? 폐비에 대한 복수를 한다는 것이었지요. 그 때문에 궐에도 피바람이 불었습니다. 다시 그 역사가 반복되길 원하십니까?"

"그게 무슨 말이오?"

난 이제 원종을 노려보고 있었다.

"전하와 거창위 사이에서 왕자가 생산된다면? 그 왕자의 외조부는 대역죄인이옵니다. 이를 어찌하시겠습니까?"

이번에도 어이가 없어서 웃음이 나왔다.

하지만 대전 안에서 나를 제외하고 웃는 이들은 아무도 없었다.

난 웃음을 거두고 원종을 향해 차갑게 말했다.

"이 일은 더는 거론치 마시오."

"전하!"

유순이 소리쳤지만 난 듣지 않았다.

"곧 거창위 신홍연을 국서로 삼을 교서를 내릴 것이오. 그가 삼년상을 치르고자 함에 미루었으나 오늘 대신들의 뜻을 보아하니 더는 미룰 수가 없는 듯하오."

난 자리를 박차고 일어섰다.

"다른 사안들에 대해서는 경들의 말을 우선으로 경청하겠소만 거창위의 문제에 대해서만큼은 듣지 않겠소."

난 용상에서 내려와 대전을 나가려고 했다. 걸어가는 내 등 뒤에 대고 원종이 말했다.

"폐주가 그러하였지요!"

원종의 말이 내 걸음을 붙들었다. 그는 내 등 뒤로 다가오며 목소리를 높였다.

"자신이 듣고 싶은 것만 듣고 자신이 행하고 싶은 것만 행하고,

폐주가 그랬습니다! 하나 폐주는 폐주이고 전하는 전하인데 이제 보니 두 사람이 아주 닮은 부분이 많은 것 같습니다!"

난 천천히 뒤돌아섰다. 조금 전과 달리 전혀 웃지 않는 얼굴의 원종이 나를 마주보고 서 있었다.

"거창위와 부부의 연을 끊지 않으시면 후에 큰 화가 되어 돌아올 것입니다."

"그래서? 그 뭔지도 모를 화가 두려워 지아비를 버리라?"

"전하는 이제 여인이 아니십니다. 이 나라의 임금이십니다."

"과인은 임금이 되기 전부터 거창위의 아내였소."

"거창위 역시 대역죄인의 아들이 될 줄은 스스로도 몰랐겠지요."

"좌상!"

"전하!"

원종이 무서운 눈빛으로 나를 몰아세웠다.

"거창위와의 연을 끊지 않으신다면 많은 이들이 다칠 것입니다!"

입술이 파르르 떨려왔다. 이유는 모르지만 금방이라도 울음이 터져 나올 것 같았다. 하지만 난 이곳에서는 울 수가 없었다. 그저 금방이라도 눈물이 차오를 것 같은 눈으로 원종을 노려보고는 돌아서 대전을 나왔다. 내가 나오고 대전의 문이 닫히자 기다렸다는 듯이 눈물이 왈칵 터졌다.

"전하?"

윤임이 그곳에 있었다. 난 눈물을 참으려 입술을 깨물었다.

"괜찮으십니까?"

윤임이 내게 물었을 때였다. 대전 안에서 신하들의 웅성거리며 주고받는 말소리가 들려왔다.

"여인이 왕이 되니 사사로운 정에나 휘둘리는 것이 아니겠소?"

"신하들의 말에는 전혀 귀를 기울이지 않으시니……."

"쯧쯧쯧. 도대체 이 조선의 앞날이 어찌되려는지."

윤임도 그 소리를 나와 함께 들었다. 더는 이 자리에 있을 수가 없었다. 난 윤임을 지나쳐 빠른 걸음으로 침전을 향해 걸어갔다.

침전에 도착해서는 장 상궁을 비롯해 나를 걱정하는 모든 이들을 내보냈다. 그리고 이불을 뒤집어 쓴 채 소리가 새어 나가지 않도록 엉엉 울었다.

박원종이 두려워서가 아니다. 임금보다도 더 원종을 따르는 신하들이 원망스러워서도 아니었다. 홍연과 함께하는 것조차도 마음대로 할 수 없는 처지가 서러워서도 아니었다. 허울뿐인 왕이 되지 않고자했지만 결국 그렇게 되어가는 이 상황이 싫었다. 알면서도 끌려가는 이 상황이 너무나도 싫었다.

"흐흑……. 흑."

홍연은 지금 그 누구보다 힘들다. 그에게 도움이 되진 못할망정 그에게 짐이 되고 싶진 않았다.

그때 밖에서 어마마마의 목소리가 들려왔다.

"문을 열게, 장 상궁."

"하오나 대비마마. 전하께옵서……."

"난 주상의 어미네."

이 한마디에 닫혔던 문이 열렸다. 난 뒤집어썼던 이불을 거둔 채 침전으로 들어오는 어마마마를 쳐다보았다. 어마마마가 내게 두 팔을 벌리며 말했다.

"이리 오렴."

"어마마마!"

대전에서 있었던 일을 알고 오신 것일까? 첫 마디를 이렇게 꺼내셨다.

"힘들겠지. 다 안다. 네가 지금 그 누구보다도 힘들다는 걸."

난 어마마마 품에서 고개를 들었다.

"이 나라의 임금은 좌상이에요! 모든 문무백관들이 다 그렇게 생각하고 있을 거라고요!"

"수련아."

어머니가 눈물로 범벅이 된 내 얼굴을 쓸어준다.

"지금 네게는 박원종이라는 산이 가장 크고 높은 산처럼 보일 것이다. 그러나 단지 그 산이 가장 높은 산이라서 그럴 뿐이다. 그

산이 사라지면 작은 산들을 전부 감당해야 해. 박원종이 그 산들을 막아주고 있다고 생각하렴."

"어쨌든 그가 당장은 제게 가장 큰 산임에는 틀림없어요."

"선왕께서도 친정을 하시기 전까지 정희왕후께서 정사를 돌보셨다. 그때 다들 이 나라는 여군女君의 것이라고 했지. 선왕께서 친정을 시작하시고선 한동안 정희왕후의 말씀을 먼저 귀담아 듣고 따르셨단다."

"그 말씀은 저보고 좌상의 말을 무조건적으로 따르라는 것인가요?"

"그것은 아니다."

"게다가 이 문제는 거창위와 관련되어 있어요! 절대 양보할 수도 물러설 수도 없는 문제라고요! 좌상만 없었다면!"

"수련아."

어마마마가 타이르듯 말했다.

"이제 시작일 뿐이야."

"왜 그 시작을 거창위와 함께할 순 없는 거죠?"

"이 나라를 다스리는 건 너다. 거창위와 함께하더라도 조정은 네가 다스려야 해. 선왕께서도 그러셨지만."

"하지만 아바마마는 사내셨어요. 전 여인이고요. 여인이 왕이 되었으니 전부 사내들로만 이뤄진 신하들이 절 가만두지 않는 거예요!"

"그럴지도 모르지. 하나 네가 보위에 오른 건 그들이 네가 만만해서도 아니고 네가 여인이어서도 아니다. 넌 선왕의 유지로 보위에 오른 것이다. 그러니 지금보다도 더 당당해져도 돼."

난 울음을 참으려 애쓰며 말했다.

"전 아직 거창위가 필요해요. 한데 신하들은 전부 저와 거창위를 갈라놓으려 해요."

"나도 너와 거창위의 일은 안타깝게 생각한다. 그가 신수근의 아들만 아니었다면, 이 생각을 안 해본 것도 아니다. 그렇다고 그가 신수근의 아들이 아닐 수도 없는 일이니."

"어떻게 해야 하나요? 제게 지혜를 주세요. 네?"

"넌?"

"예?"

"넌 어떻게 하고 싶니. 이 문제를 말이다. 신하들은 분명 자신들이 원하는 답을 얻을 때까지 너를 몰아세울 텐데."

난 눈에 힘을 주었다.

"거창위는 절대 포기 못해요. 그와는 절대 헤어질 수 없어요."

"그렇다면 맞서 싸울 준비는 되어 있니?"

난 고개를 저었다.

"혼자서는 못해요. 혼자서는. 그래서 그가 필요해요. 그가 제 곁에 있었으면 좋겠어요, 어마마마!"

"그럼 좋다."

어마마마가 말을 이었다.

"홍연을 입궐시켜라. 궐에 불러들여 네 곁에 두고 한 시도 떨어지지 마렴. 홍연이 네 곁에서 함께할 준비가 되어 있다면 이 어미도 도와주마."

어마마마의 응원에 힘을 얻은 나는 눈물을 훔쳐냈다.

"네, 그럴게요."

진독청.

윤임은 등을 의자에 기댄 채 눈을 감았다. 며칠째 잠을 제대로 자지 못했다. 그의 자리는 여전히 진독청에 있었지만 실제는 궐, 그것도 왕이 된 수련의 호위를 총괄했다. 금위군은 사실상 그의 명령을 듣고 있었다. 정확히 그의 이러한 권한은 좌의정이자 외숙부인 박원종이 준 것이기도 했다.

"곧 이 진독청도 다시 홍문관으로 이름이 바뀐다던데~"

"어디서 들었는가?"

"당상관들이 주고받는 말을 들었지."

"전하의 뜻인가?"

"어디 전하의 뜻이겠는가? 다 좌상대감의 뜻이겠지."

"하하! 세상이 어찌 돌아가는 지. 폐주가 가니 이젠 여왕이라. 그

위에는……."

"좌상대감이 있으시지!"

진독청 관리들이 떠들며 지나가는 말이 윤임의 피로를 앗아갔다. 속으로 한숨을 내쉰 윤임이 허리를 일으켜 세우며 의자에 바르게 앉았을 때였다.

"윤 나으리께서 이 안에 계시는가?"

다급하게 들려오는 목소리는 윤임도 아는 사람이었다. 윤임이 의자에서 벌떡 일어서자 곧 장 상궁이 급히 안으로 들어왔다.

"나으리!"

"무슨 일입니까?"

순간적으로 윤임은 수련과 관련된 일이라는 생각이 들었다.

"전하께서 사라지셨사옵니다!"

비가 매서웠다.

홍연은 어머니의 곁에서 간호를 하고 있었다. 비로 인해 추워진 날씨에 열병이 나신 것이다. 사실 그의 어머니는 오늘 아침까지만 하더라도 열이 너무 높아 정신을 차리지 못할 정도였다. 다행히 의원이 다녀간 후에는 열도 조금 내린 상태로 잠에 들었다.

그의 어머니는 많이 불안한 상태였다. 얼마 전 남편과 네 아들을 잃었기 때문이었다. 그녀는 잠이 들면서까지 잡은 홍연의 손을 놓지 않았다. 잠든 어머니의 손을 잡아 이불 속으로 넣어드리던 홍연은 어머니의 손이 많이 차다는 생각을 했다. 걱정 또 걱정뿐이었다. 이제 어머니에게 가족이란 자신뿐이었으니.

"도련님."

밖에서 유모의 목소리가 들렸다. 홍연은 어머니가 깰까, 작은 목소리로 대답했다.

"무슨 일인가?"

"손님이 오셨습니다."

"손님?"

홍연이 조용히 돌아서서 닫힌 방문을 열고 밖을 내다보았다. 그곳에는 비옷을 걸친 채 호위무사들에게 둘러싸인 원종이 서 있었다. 홍연이 밖으로 나와 마루 위에 섰다. 마음 같아서는 원종을 내쫓고 싶은 홍연이었다. 하지만 아픈 어머니를 생각하면 소란을 일으키고 싶진 않았다.

"손님으로 걸음 하셨다면 사랑채로 모시겠습니다."

원종이 짧게 웃으며 말했다.

"이곳으로 오다 의원을 만났네. 모친께서 중병이신가? 자네가 삼년상 중에 하산하여 이곳에 있을 정도면? 이럴 줄 알았다면 귀한 약재라도 한 첩 지어올 걸 그랬군."

"문병하러 오신 것이라면 돌아가시지요. 어머니께서는 대감을 만나지 않으실 터이니."

"난 자네를 만나러 왔네."

"하실 말씀이 있으십니까?"

"내 분명 도성을 떠나라 경고를 주었던 것 같은데? 아직도 도성에서 머물다니? 무슨 배짱인가?"

"그 말씀을 하고자 다시 걸음 하셨습니까?"

"난 똑같은 말을 두 번 이상 하는 걸 좋아하지 않네. 그러나 자네에게는 특별히 같은 말을 해 주지. 거창위, 불효와 불충. 어느 것이 더 무서운 줄 아는가? 불충은 벌을 받지만 불효는 저주를 받는다네."

닫혀 있던 안채의 문이 열리더니 홍연의 어머니 한씨가 얼굴을 드러냈다. 그녀는 아픈 기색이 완연한 얼굴로 원종을 향해 독설을 퍼부었다.

"가! 가시오! 내 아들, 하나 남은 내 아들! 내 아들 곁에 오지 말고 가!"

"어머니!"

"가! 가라고! 가란 말이야!"

정신 나간 사람처럼 소리를 지르던 그녀가 뒤로 넘어지듯 쓰러졌다.

"어머니!"

놀란 홍연이 어머니에게로 달려갔다. 그사이 원종이 혀를 차며 호위무사들과 자리를 떠났다.

"홍연아…… 아흐흑!"

홍연의 부축에 그녀가 흐느끼며 말했다.

"내가 짐이 되는 것이냐? 내가 살아서 네게 짐이 되는 것이냐? 네게 짐이 되느니 차라리 목숨을 끊겠다!"

그녀가 홍연의 부축을 뿌리치며 벽에 머리를 박으려고 했다.

"어머니!"

홍연은 그런 어머니의 팔을 붙잡았다. 그의 어머니는 아픈 몸에 어떻게 힘이 났는지 홍연의 손을 계속 뿌리치려고만 했다. 홍연이 울며 소리쳤다.

"어머니께서 목숨을 끊으시겠다면 소자도, 그 뒤를 따를 것입니다!"

정말로 죽음을 각오한 듯한 홍연의 말에 그의 어머니가 바닥에 엎어져 엉엉 울음을 쏟아냈다.

"내가 죄인이다. 죄인이야……. 대감께서 살아계실 적에 내가 옆에서 바른길을 가실 수 있도록 이끌었어야 했다. 으흑!"

"아닙니다. 아닙니다, 어머니. 다 소자의 잘못입니다. 소자가 잘못했습니다. 소자가 잘못했습니다."

"홍연아!"

두 모자가 끌어안고 한참을 통곡했다. 빗소리만이 모자의 서러운 울음소리를 감춰주려 애를 쓰고 있었다.

한참 울던 그녀가 홍연에게 물었다.

"어찌할 것이냐? 박원종, 저 자의 말대로 도성을 떠날 것이냐?"

홍연은 바로 대답하지 못했다. 이미 그의 마음은 어머니를 모시고 도성을 떠나도 여러 번을 떠났을 만큼 미련은 없었다. 그러나 이 도성 안에는 그에게 가장 소중한 존재가 있었다.

이수련.

그녀가 없는 삶은 단 한 번도 꿈꿔본 적이 없었던 그였다. 이런 날이 올 것이라고는 감히 상상도 할 수 없었던 시절부터 줄곧, 그의 마음 속 여인은 오직 이수련 한 사람뿐이었다.

"나는 노비가 되었어도 벌써 노비가 되었어야 했고 너 역시 목숨을 잃거나 살아도 귀양이나 가야 할 처지. 그런데도 불구하고 우리가 아직 이 집에서 살 수 있는 것은 네가 부마였기 때문이지. 이 이상 전하께 은혜를 바라는 것은 무리이지 않겠느냐?"

이 말의 의미가 어떤 것인지 알기에 홍연은 말을 잇지 못했다. 대신 그의 눈에서 굵은 눈물이 뚝뚝 떨어졌다. 그의 어머니가 한 손으로 홍연의 얼굴을 감싸 쥐었다.

"불쌍한 내 아들. 차라리 마음이라도 주지 않았다면, 이별이 고통스럽진 않을 터인데."

"소자는!"

그때였다.

"도련님! 어서 나와 보십시오!"

유모의 말에 홍연이 눈물을 훔쳐내며 어머니에게서 돌아섰다. 그가 방문을 열고 밖으로 나가자 빗속에서 그를 보며 환하게 웃고 서 있는 수련이 있었다.

"홍연! 내가 왔어요."

❀ ❀ ❀

사랑채 안이 어두웠다. 그런데도 먼저 들어선 홍연은 불을 켤 생각을 전혀 하지 않았다. 빗속을 뚫고 희미하게 비친 푸른빛에 의지해 등잔을 찾아냈다. 그 아래 놓인 부싯돌로 불을 붙였다. 곧 방 안이 해질녘에나 볼법한 주홍빛 불로 메어졌다.

"할 말이 있어서 찾아왔어요. 선산으로 갈까 하다가 여기로 왔는데 잘한 것 같아. 어마마마와 이야기를 해 봤어요. 지금 조정에선⋯⋯."

내 입으로 꺼내기도 기가 막힌 일이다. 신하들이 왕에게 이혼을 강요하다니. 선왕 때도 있었던 일이지만 그것은 선왕이 원해서 이혼했었다. 적어도 그때의 신하들은 폐비와 이혼하려는 선왕을 끝까지 말리지 않았던가?

난 잠시 뜸을 들이다 홍연의 얼굴로 눈을 돌렸다. 홍연의 시선은 계속 바닥에 머무르고 있었다.

"홍연?"

조심스럽게 그의 이름을 불렀다. 그는 내 부름에도 고개를 들지 않는다. 나를 보지 않는다.

"홍연?"

이런 그의 모습은 나를 왠지 모를 불안함에 휩싸이게 만든다.

"홍연. 나를 좀 봐요."

"……."

"홍연?"

두 손으로 그의 얼굴을 들었다. 동시에 그의 뺨을 타고 눈물이 흘러내리는 것이 보였다. 거짓말처럼 그의 눈물을 보며 내 눈에서도 눈물이 흘러내렸다.

"나를 좀 보라고요."

울먹이며 목소리가 잠겨든다. 나의 애원에도 홍연의 눈길은 여전히 바닥에 꽂혀 있었다.

"어마마마가 도와주신대요. 그러니까 일단 입궐해요. 입궐해서 내 곁에 있어요. 그럼 아무리 신하들이 당신을 내쫓으라고 해도……."

"전하."

'수련'이 아니다. 나를 '왕'으로 대하는 홍연이 시선을 천천히 들어 올린다. 나와 눈을 마주친 홍연이 말한다.

"신이 전하를 포기하겠습니다."

"아니야!"

난 두 손으로 귀를 틀어막으며 고개를 내저었다.

"난 아무것도 못 들었어요!"

"전하."

"아무것도 못 들었다고요!"

난 두 손으로 그의 어깨를 붙들었다.

"뭐가 문제예요? 무슨 일이 있었어요? 나한테 다 말해 봐요! 우린 부부잖아요! 네?"

"아뢰옵기 송구하오나 전하와 신의 인연은 여기까지입니다."

"홍연!"

난 소리를 질렀다.

"당신의 부친이 신수근이라서 그래요? 당신은 그 아버지와 맞서서 날 구했다고요. 당신은 내 지아비라고요!"

그의 시선이 다시 말없이 아래로 향했다. 난 붙잡은 그의 팔을 흔들었다.

"날 포기하지 말아요, 제발! 신홍연!"

두 번째로 그를 부르며 소리쳤다. 그러나 전혀 반응 없는 그의 태도가 나를 더 무섭게 만든다.

나도 이대로 물러설 순 없었다.

"내가 왕위를 포기할게요. 선왕의 유지든 뭐든. 이 조선이 어찌 되든 상관없어! 어차피 나 하나 없어도 잘 돌아가는데! 왕보다도 잘나고 왕보다도 어진 신하들이 조정에는 넘쳐나는데! 내가 다 버리고 여기로 올게요! 응? 그러니까 대답해 봐요. 나를 포기 안한다고! 흑!"

나도 알고 있었다. 그가 이런 선택을 할 수도 있다는 것. 그래서 무서웠다. 내가 더는 왕이 아니게 되더라도 그가 죄인 신수근의 아들이라는 사실은 영원하다는 것. 내가 왕이어도 남편인 그를 곁에 둘 수 없는데 하물며 내가 왕이 아니게 된다면 그의 목숨이나 지켜줄 수 있을까?

"신은 이제 홀로 남으신 어머니를 봉양하며 조용히 살아가고 싶습니다. 윤허하여 주십시오."

"싫어요!"

단호하게 거절하며 고개를 흔들었다.

※ ※ ※

"당신이 죄인의 아들이라 죄인이면 나도 죄인의 아내가 되면 돼! 그렇게 해서라도 나는 당신과 함께할 수만 있으면!"

홍연이 내 손을 뿌리치더니 방구석에 놓인 단도를 꺼내들었다.

"홍연?"

단도를 보고 놀란 것도 잠시. 그가 단도를 들더니 내 저고리 고름을 단 번에 끊어버렸다. 끊어진 옷고름이 바닥에 떨어졌다.

옷고름을 끊어낸 단도가 홍연의 손에서 힘없이 바닥으로 떨어졌다. 나는 입도 벙긋하지 못한 채 바닥으로 떨어진 내 옷고름과 단도를 번갈아 쳐다보았다. 방금까지도 흘러내리던 눈물은 일순간 시간이 정지된 듯 멈춰버린 상황이었다.

"옷고름이 끊어졌으니 전하께서는 더는 이 신씨 집안의 며느리가 아니십니다."

사대부의 이혼은 왕의 재가가 필요하다. 평범한 백성들은 옷고름을 끊어 이혼의 증표로 삼는다. 이까짓 옷고름을 뜯어낸 것. 내가 이혼의 증표가 아니라고 하면 아닌 것이다.

그러나 이 옷고름에 홍연의 마음이 담겼다. 내게서 완전히 돌아서려 하는 홍연의 마음이 담겼다.

"어떻게……."

"이제 신과 전하는 아무런 사이가 아닙니다. 그러니 이만 돌아가 주십시오."

"나는……."

뺨을 타고 쉴 새 없이 눈물이 겹쳐 흘러내린다. 소리를 잃어버린 눈물만이 지배하는 사랑채 바깥으로 요란한 비가 내린다. 비가 마치 나를 대신해서 소리 내 울어주는 것만 같다.

"나는……."

떨어진 바닥에 옷고름을 집어 들지만 다시 붙일 수는 없게 되었다.

홍연의 집을 어떻게 나왔는지 기억이 없다. 내 한손에는 끊어진 옷고름이 들려 있다. 다른 한 손으로는 옷고름이 없어져 벌어진 저고리를 움켜잡고 있다.

멀리서 여러 대의 말이 우르르 달려오는 소리가 들렸다. 무의식에 말을 피하려 길옆으로 물러섰다. 동시에 몸에 힘이 빠지며 쓰러지려는 것을 한 손으로 담을 짚으며 겨우 멈춰 섰다. 그 때문에 손에 들려 있던 옷고름이 땅으로 떨어졌다.

옷고름을 주우려 하는 순간 여러 마리의 말이 빠르게 내 옆으로 지나갔다. 그 말들이 지나간 자리에는 흙탕물 속에 짓밟힌 옷고름만 남았다.

떨어진 옷고름을 주우려 손을 뻗는 순간 그대로 힘없이 바닥에 주저앉았다. 조금 전 지나갔던 말들 중 한 마리가 돌아왔다. 그 말 위에서 누군가 뛰어내리더니 곧 익숙한 목소리가 들려왔다.

"전하?"

윤임이었다. 난 고개를 들어 빗속에서 윤임을 올려다보았다. 바로 그 순간 몸이 축 늘어지며 앞으로 고꾸라졌다.

"전하!"

윤임이 놀라 그런 나를 잡아주었다.

"임지 오라버니……."

왜, 윤 교리가 아니라 오래전 그를 부르던 말이 나왔을까? 내 의
지와 상관없이 나온 말은 틀림없었다. 어쨌든 목소리가 너무 작아
서 그가 못 들었을지도 모른다고 생각했다. 천천히 눈이 감기는
내 이마로 뜨겁고 큰 손이 닿았다.

"열?"

그의 말대로 내 이마에서는 펄펄 열이 끓고 있었다. 이 차가운
가을비를 맞고 얼마나 걸었는지, 얼마나 헤맸는지 기억이 나지 않
았다.

"잠시만 기다리십시오!"

윤임이 나를 번쩍 안아들었다. 그는 나를 말 위에 앉히더니 자신
의 품에 축 늘어진 내 머리를 기대게 만들었다.

"나으리!"

누군가 윤임을 부르며 다가왔다.

"궐로 돌아간다!"

윤임이 말을 움직였고 난 그의 품에 기대 정신을 잃었다.

궐이 발칵 뒤집어졌다. 침전은 밤새도록 소란스럽게 어의와 의
녀들이 드나들었다. 열이 높았고 눈을 뜨고 있는 것이 쉽지 않았
다. 그런데도 난 정신을 잃지 않으려고 다시 잠들지 않으려고 버티

고 있었다.

"수련아!"

어마마마의 목소리고 들렸다. 내 손을 잡아주는 어마마마의 손이 너무나도 뜨거워서 데일 것만 같았다.

"어마마마……."

"그래. 이 어미가 여기에 있다! 정신이 드느냐?"

어마마마는 유일한 내편이었다. 지금 내 곁에 있는 사람들 중에서 가장 믿고 의지할 수 있는 사람. 그런 어마마마 앞에서도 내가 찾은 사람은 단 한 사람.

"홍연…… 홍연을……."

어마마마라면 그를 불러주실 것 같았다. 그를 데려와주실 것 같았다. 그가 내 옆에 온다면 옷고름이 끊어지던 그 잔인한 기억은 단지 꿈이 되는 것이다. 난 그렇게 믿었기에 마음속으로 빌고 또 빌었다. 정신을 잃지 않고 잠들지 않고 계속 버티면 홍연이 올 것이라고. 내가 아프다는 소식을 듣는다면 그는 반드시 내 곁으로 올 것이라고.

❋　❋　❋

또렷하게 정신을 차린 것은 한밤중이었다. 내 곁에는 의녀와 나인들이 앉아 있었다. 장 상궁도 보였다. 그러나 내가 바란 사람은 없었다. 내가 기대한 사람은 없었다.

　신홍연.

　그는 없었다.

　다시 천천히 눈을 감은 나는 잠을 청했다. 이것은 꿈이라고 생각했다. 오늘 내게 일어난 일은 전부 꿈이라고. 그래야 다시 홍연을 만나러 갈 수 있다고.

❋　❋　❋

　뛰어난 어의가 항시 곁을 지켰기 때문에 내 열은 쉽게 내렸다. 다만 거동은 불편해서 며칠 동안 회의는 열리지 않았다. 어마마마가 직접 떠먹여 주시는 미음은 거절할 수가 없었다. 며칠이 지나 겨우 자리에 앉을 수 있게 되었을 때 원종이 독대를 청했다. 장 상궁은 반대했지만 난 그를 만나는 것을 피하지 않았다.

　"이리 몸이 많이 좋아지셨으니 다행이십니다."

　형식적인 인사로 시작한 원종은 바로 본색을 드러냈다.

　"전하께서 며칠간 병환으로 몸이 좋지 않으실 때, 거창위가 이혼서를 종친부에 보내왔습니다."

　놀랐다. 그런데 놀란 기색을 얼굴에 나타낼 만큼은 몸이 낫지 않았다. 적어도 원종이 기대한 만큼 놀란 모습을 보여줄 순 없었다. 그는 이런 아쉬움을 숨기려하지 않은 채 홍연이 올린 이혼서를 내 앞에서 또박또박 읽어 내려갔다.

"이러한 이유로 전하께 이혼을 청하니, 삼가 받아들여주시기를 간곡히 청하옵니다."

이혼서를 모두 읽은 원종이 내게 두 손으로 올리며 말했다.

"직접 보시겠습니까?"

"되었소. 경의 목소리로 똑똑히 들었으니."

"예."

원종이 내게 내밀었던 이혼서를 거둔다. 그의 손에서 접히는 이혼서에 적힌 홍연의 글씨가 내 눈을 아프도록 콕콕 찔러왔다. 외면하려 했지만 그의 글씨에도 내 마음은 아프다.

"거창위의 '간곡한' 청을 받아들여 윤허하시겠습니까?"

"윤허하오."

원종의 입가에 미소가 지어졌다 순식간에 사라졌다.

"하나 윤허하기 전에 분명히 말해둘 것이 있소."

"말씀하시지요."

"과인은 거창위와 이혼하더라도 다른 그 누구와도 혼인하지 않을 것이오."

"전하."

원종이 어색하게 웃는다.

"종묘사직을 위해서라도 내전의 자리를 비워둘 수는 없는 것입니다."

"과인은 경의 말을 이해하지 못하겠소."

"예?"

"설사 과인이 다시 혼인하여 왕자라도 생산하면? 그 아이는 이 씨요? 아니잖소."

"종실에서 양자를 들이셔서 대통을 이으시는 방법도 있습니다. 물론 지금 논의할 단계는 아니라고 생각됩니다만."

"이젠 과인의 후사까지 염려해주시는 것이오?"

"신은 늘 전하를 위한 충심으로……"

난 원종의 말을 끊었다.

"그래서? 과인이 혼인한다면 그 사내는 국서가 될 터인데, 그 자리에 어울리자는 누구이겠소?"

원종은 이 말을 기다렸다는 듯 환하게 웃었다.

"국서가 될 자를 간택한다면 이는 조선 최초의 국서가 되는 것이 아니겠습니까? 응당 그 자리에 어울릴 만한 자질과 집안이 뒷받침 되어야 하겠지요."

"마음에 두고 있는 자라도 있는 듯 들리오."

"생각해 본 적은 있사오나 내전의 주인이 될 국서의 자리인 만큼 간택을 통해 선발해야 하지 않겠습니까?"

"하하."

웃음이 터진 나를 보며 원종이 의아한 표정을 지었다.

"어찌 웃으십니까?"

"간택이라. 과인이 공주시절에도 간택을 통해 부마를 선발하지 않았소? 이번에는 간택을 통해 국서를 뽑으니 이 역시 조선 최초가 될 것이 아니오?"

뒤늦게 조금 전 내 웃음이 비웃음이었다는 것을 깨달은 원종의 표정이 싸늘해졌다.

"전하. 거창위와 이혼하시고 양자를 들여 대통을 이으시더라도 국혼은 치르셔야 합니다."

"어째서요?"

"국서의 자리가 계속 비어 있다면 많은 이들이 언젠가는 거창위가 그 자리를 다시 되찾을 것이라고 생각할 것이기 때문입니다. 아니면 전하의 뜻도 그러한지요?"

원종의 지적은 예리했다. 난 어쩌면 이 모든 상황들이 안정된 이후를 염두에 두었는지도 모른다. 여전히 내 마음 안에는 홍연이 머물고 있었으니까.

"전하. 신하들이 불안해하면 전하의 안위도 불안해집니다."

경고와 같은 말이었다. 그러나 난 들을 생각이 없었다.

"다들 경의 말을 과인의 말보다 잘 듣지 않소? 경이 가서 불안해하는 신하들을 잘 다독여 주시오."

"전하."

이를 악 물고 내는 듯 한 소리가 원종의 입에서 나왔다. 그는 화가 난 듯 보였다.

"전하께서는 홀로 그 용상을 지키고 있다고 생각하시온데 아닙니다. 전하의 모후이신 대비마마도 전하와 생사를 함께하시지 않겠습니까?"

홍연을 넘어서 이제는 내 어마마마까지 거론되었다. 그를 바라보는 내 시선이 날카로워졌다.

"지금 과인을 겁박이라도 하시겠다는 것이오?"

"겁박이라니요? 다음 상소를 보시지요."

그는 이제 대놓고 나를 무시하며 다음 상소를 펼쳐들었다.

"죄인 신수근의 부인 한씨를 제주관아의 노비로 보내라는 유생들의 상소입니다."

"과인의 말이 끝나지 않았잖소!"

"이 역시 전하께서는 윤허치 않으시겠지요. 사사로운 정이 많으시니. 그럼 다음 상소."

"좌상!"

아픈 목을 쥐어짜내 소리쳤다. 상소를 읽으려던 원종이 고개를 들어 나와 눈을 맞춘다.

"역시 전하께서는 아직 임금이 아니라 계집아이로만 보입니다. 자고로 계집은 사내가 다뤄야 하지요. 결국 임금이 계집이니 그 계집에게도 사내가 필요하지 않겠습니까?"

"뭐?"

"거창위가 그 자리를 내놓고 도망을 갔으니 다른 사내를 구해드리지요."

"박원종!"

그가 자리에서 벌떡 일어서려는 나의 팔목을 강제로 잡아 눌렀
다. 몸이 다 낫지 않은 상황에서 난 꼼짝달싹은 하지 못한 채 그를
노려만 볼 수밖에 없었다.

"이렇게 쉬워서야, 전하. 잘 들으십시오. 전하를 왕으로 만든 것
은 하늘도 아니고 선왕의 유지도 아니고 바로 이 박원종의 뜻이었
습니다."

"너!"

그에게 잡힌 손아귀에서 벗어나려는 내 팔이 심하게 떨려오던
그때였다. 닫힌 줄 알았던 문이 열리더니 윤임이 뛰어 들어왔다.

"숙부님!"

그는 내 손목을 잡고 있던 원종을 보자 놀란 얼굴로 우릴 떼어
냈다. 윤임의 손길에 원종은 순순히 날 잡았던 손을 놓아주었다.

"그만 하십시오! 전하 앞에서 어찌 이런 무례를 저지르십니까!"

윤임이 내 앞에 서서 원종을 향해 소리쳤다. 그러자 원종이 침전
이 떠나가라 크게 웃으며 말했다.

"잘 어울리십니다, 두 분. 전하. 이런 국서가 곁에 있다면 얼마나
좋으시겠습니까? 생각해 보십시오. 국서가 전하를 대신한다면 신
과 마주할 일이 없으실 테니 말입니다. 아니 그렇습니까?"

"숙부님."

윤임이 재차 원종을 말렸다. 원종이 혀를 차며 자리에서 일어서더니 앉아 있는 나를 내려다보며 말했다.

"거창위와의 이혼은 승정원에 알려 교지를 내리도록 하겠습니다."

이제 그는 내 허락도 받지 않았다. 자신의 의지와 자신의 생각대로 모든 것을 처리하려고 했다. 원종이 밖으로 나가자 내 한쪽 눈에서 소리 없는 눈물이 흘러내렸다. 이런 내 모습을 안타까운 시선으로 살피던 윤임이 손목에 난 상처를 발견했다. 조금 전 원종이세게 움켜잡으면서 생긴 상처였다.

"전하. 손목에 상처가……"

– 찰싹!

그가 걱정하던 바로 그 손으로 난 그의 뺨을 쳤다. 얼마나 세게 쳤던지 순식간에 그의 맞은 뺨이 붉게 달아올랐다.

"너도 같아."

치가 떨렸다.

"박원종의 혈족이자 수족이니…… 같은 놈이야."

윤임은 대꾸하지 않았다.

"과인의 편이라고? 이게 과인의 편이야? 꼭두각시처럼 휘둘리는 과인을 지켜보는 편? 그래서 재미있니? 재미있어?"

난 홍연을 잃었다. 아니, 빼앗겼다. 홍연도 나와 같은 상황에 처한 적이 있었을까? 무기력함 속에서 나를 포기할 수밖에 없었던 것일까?

"이제 이 나라는 박씨의 나라인가?"

※ ※ ※

"전하. 신 유순 아뢰옵기 황송하오나 죄인 신수근의 아들인 거창위 신홍연의 작위를 빼앗았으니……."

저들은 도대체 내게 무엇을 원하는 것일까?

"더는 도성에 살지 못하도록 신수근의 처 한씨와 신홍연을 도성 밖으로 내쫓으시옵소서."

나는 눈을 느릿하게 감았다 떴다. 그리고 말했다.

"그것은 윤허할 수 없소."

"예?"

영의정 유순이 놀란 눈으로 나를 쳐다보았다. 그의 곁에 서 있는 좌의정 박원종의 눈길도 용상에 앉은 나를 향했다. 난 일부러 그들의 시선을 피해 닫혀 있는 대전의 문을 응시하며 말했다.

"신홍연은 죄인의 아들이나 과인에겐 공신이니 이미 폐출된 것만으로도 죗값은 충분하오. 평생을 도성에서 살아온 이를 도성 밖으로까지 내쫓는 것은 두 번 죗값을 묻는 것과 같은 것이니 불허하겠소."

"전하!"

유순이 입을 열었지만 난 듣지 않았다.

"비어 있는 하성위의 옛집을 수리하여 신씨 모자가 그곳에서 기거하게 하고 외인의 출입만 금하겠소."

"하오나!"

"그리하시지요."

원종이 말했다. 그러자 유순은 허리를 숙이며 뒤로 물러섰다. 이번에도 내 뜻이었으나 결과적으로 원종이 받아들였기에 이루어진 것이 되어버렸다.

어쨌든 상관없었다. 나와 홍연은 이혼했고 원종은 더 이상 그를 위협적인 존재로 보지 않았다. 문제는 그다음이었다. 원종의 눈길이 어딘가를 향했다. 그쪽에서 누군가 앞으로 나섰다. 예조판서였다.

"하오면 이제 새 국서를 간택하기 위한 간택령을 내리도록 하시지요, 전하."

예조참판도 나서서 말을 더했다.

"내전을 정리하고 갖추어 새 주인을 맞아들일 준비 또한 이뤄져야 할 것이옵니다."

난 혼인하지 않을 생각이었다. 어차피 원종과 그 일파에게는 씨알도 먹히지 않을 말이라는 걸 알았지만. 하지만 여기서 내가 물러서지 않고 버틴다면 더는 원종에게 아무것도 아닌 존재가 된 홍연도 어마마마도 다시 위험해 질 것이다. 그리고 난 마지막까지 그들을 지키려 했다.

"윤허하겠소."

나의 대답이 떨어졌다. 만족스러운 표정을 짓는 원종의 표정을
난 애써 외면한 채 눈을 감아버렸다.

❀ ❀ ❀

늦은 오후. 침전으로 돌아온 나는 경서를 펼치고 아무 생각 없이
그것을 읽어나갔다.

"간택령을 내리다니?"

때마침 침전을 찾아온 어마마마가 다급한 목소리로 내게 되물
었다.

"거창위와 이혼한 지 하루도 지나지 않았다. 게다가 네 몸은 어
떠하고? 아직 다 낫지 않은 몸을 핑계로라도 간택령은 미룰 수 있
었는데!"

"어마마마."

거짓말처럼 내 목소리는 상당히 침착하다. 절대 침착할 수 있는
상황이 아닌데도 말이다.

"소녀 왕이 되고 보니 잃은 것도 있고……."

아주 큰 것을 잃었다. 넋이 나갈 만큼 아주 큰 존재를.

"잃어가는 것을 알면서도 지켜만 보아야 할 때도 있었어요. 그래

서 이제는 제게 남은 것이라도 지켜야겠다는 생각이 들었어요."

"이 어미 때문이냐? 이 어미 때문이야?"

난 눈을 감은 채 힘없이 고개를 가로저었다.

"아니요."

다시 눈을 뜬 나는 먼 곳에 시선을 둔 채 말했다.

"지켜야 할 것이 한 가지 더 있다는 사실을 알았거든요."

간택령이 내려지고 삼 일 뒤. 마치 간택령이 내려지기 전부터 준비되었다는 듯 두 명의 국서 후보가 추려졌다. 반정공신인 홍경주의 셋째 아들인 홍우영. 그리고 마찬가지로 반정공신인 박원종의 조카이자 윤여필의 아들인 윤임이었다.

하지만 다들 알고 있었다. 홍경주의 아들 홍우영은 윤임의 들러리일 뿐이었다. 최종적으로 국서가 결정된다면 그것은 십중팔구 윤임이 될 것이라는 사실도.

"하하하!"

막 원종의 사저에 도착한 윤임은 사랑채에서 들려오는 웃음소리를 듣고는 걸음을 멈췄다. 원종의 웃음소리였다. 오늘 윤임은 퇴궐하자마자 원종의 부름을 받고 이곳으로 오는 길이었다.

"아뢰올까요?"

그의 뒤에 서 있던 하인이 윤임이 온 사실을 알릴지 물었다. 윤임이 고개를 젓더니 마루에 올라 입을 열었다.

"숙부님. 윤임입니다."

"아? 왔구나. 어서 들어오너라. 어서."

"예."

윤임이 문을 열고 안으로 들어섰다. 안에는 손님이 있었다. 갓을 쓴 중년의 선비와 아직 상투도 틀지 않은 소년이었다. 윤임은 그중 갓을 쓴 선비가 누구인지 알아보았다. 그는 반정공신이자 도승지인 홍경주였다. 그렇다면 그 옆에 앉아 있는 소년은 이번에 윤임과 함께 간택에 오른 그의 아들 홍우영이 틀림없었다.

"도승지 대감."

윤임이 홍경주에게 정중히 인사를 올렸다. 그가 자리에서 벌떡 일어서며 웃는 얼굴로 윤임을 반겼다.

"아니아니, 소관에게 이리 예를 차리실 분이 아니신데 이리 와서 상석에 앉으시지요."

홍경주의 지나친 환대에 원종이 껄껄거리며 웃었다. 홍경주는 앉아 있던 자신의 아들도 불러일으켜 세우더니 말했다.

"어서 인사를 올리지 못하겠느냐? 곧 국서가 되실 분이시다! 어서!"

부친인 홍경주의 채근에 홍우영이 얼떨떨한 표정으로 고개를 숙였다.

"인사 올립니다. 홍우영이라 합니다."

윤임이 난감한 표정을 짓자 원종이 나섰다.

"대감. 대감이 그러시니 저 아이가 어찌할 바를 모르지 않습니까? 아직 결정된 사항도 아닌데……."

"결정되지 않았다니요? 국서의 자리는 응당 대감의 조카이신 윤교리에게 돌아갈 것을 만 천하가 아는데요."

"하하하!"

원종이 또 한 번 크게 웃었다. 그는 윤임에게 손짓을 해서 자신의 곁으로 불러 앉혔다. 뒤이어 홍경주가 자신의 아들과 함께 자리에 앉자 원종이 윤임에게 말했다.

"대감의 자제를 잘 봐두거라. 이번 간택이 끝나면 음서로 관직에 진출할 것이다. 앞으로 기대되는 인재이지."

윤임은 계속 말을 아꼈다. 그도 홍경주의 아들과 나란히 간택에 오른 사실을 모르지 않았다. 하지만 그를 제외한 이 자리에 있는 이들은 전부 국서가 그가 될 것이라 말하고 있었다. 홍경주가 윤임의 눈치를 살피며 말했다.

"적당한 시기에 핑계를 대어 간택에서 낙마하도록 할 것입니다. 그러니 이후에 국서가 되시면 제 모자란 아들 좀, 잘 부탁드리겠습니다."

홍경주가 두 손을 모아 원종과 윤임에게 인사를 하더니 아들과 함께 떠났다. 그들 부자가 떠나자 윤임이 원종을 쏘아보며 말했다.

"저를 부르신 것이 이 때문이었습니까?"

"다 너를 위한 일이다. 도승지도 너를 위해서 물러서주겠다 하지 않느냐?"

윤임은 이런 원종을 이해할 수가 없었다. 이미 조정은 원종의 지배하에 놓여 있었다. 여기에 얼마 전 그는 왕인 유나를 위협하듯 몰아세우기까지 했었다.

"이러시려고 반정을 일으키셨습니까, 숙부님?"

윤임이 마치 자신을 훈계하듯 말하자 원종의 얼굴에서 웃음이 사라졌다.

"그렇다면 너는? 어찌 반정에 가담했더냐? 공주 때문이었지. 공주인지 몰랐다 하더라도 네가 반정에 가담한 이유 역시 지금 임금이 된 진성 공주 때문이 아니었더냐?"

"저는!"

"이제 그 상으로 그 보답으로 네게 공주를 돌려주려 하고 있지 않느냐? 누가? 바로 네 외숙부인 나 박원종이 말이다. 그런데도 고맙다고 절은 하지 못할망정 어찌 그리 나를 보는 게냐?"

"주상전하께서는 선왕의 유지에 따라 적법하게 보위에 오르신 분이십니다. 한데 숙부님께서는!"

"맞다, 임아. 그러니 이제 네가 국서가 되어 나를 도와야 하지 않겠느냐?"

"숙부님!"

원종이 윤임에게서 고개를 돌렸다.

"계집이 왕이 되었다. 이는 하늘이 준 기회야. 한때 내가 아닌 신수근을 측근으로 택한 선왕을 원망도 했었지만 이젠 아니다. 계집이 왕이 된 이상 난 간신도 충신도 될 생각이 없다. 그저 임금 위의 임금이 되어 부귀영화를 누릴 것이다."

"그 부귀영화를 누리고자 저를 국서로 만드시려는 것입니까? 그렇다면 제가 먼저 간택에서 물러서겠습니다."

"뭐라고?"

원종이 다시 윤임을 돌아보았다.

"그리하면 숙부님께선 저도 전하도 마음대로 움직이실 수가 없으시겠지요."

윤임이 자리를 박차고 일어섰다. 다급해진 원종이 윤임에게 소리쳤다.

"허면? 네가 아니면 내 마음대로 움직일 국서 하나 못 구할까 봐? 조금 전에 보았던 홍우영. 그자를 너를 대신해서 국서로 앉히겠다. 어차피 계집은 사내 하기 나름. 아직은 관례도 치르지 않은 아이지만 어차피 그도 사내가 아니더냐? 그가 계집인 주상을 어찌 다루는지 함께 지켜보겠느냐?"

"숙부님!"

원종을 돌아본 윤임의 눈에서 불꽃이 튀었다. 이런 윤임의 반응을 즐기듯 원종의 입가에 미소가 지어졌다.

"그게 바로 사내이지. 그러니 내가 너보고 국서가 되어 주상의 유일한 사내가 되라는 것이다. 주상은 바로 네가 원한 여인이 아니었더냐."

"이런 식으로 얻고자 함이 아니었습니다!"

"정신 차려라!"

원종이 소리쳤다.

"반정은 끝났다. 넌 이제 국서가 되어 주상을 지키거라. 난 조정을 지킬 터이니, 알겠느냐?"

❋　❋　❋

"보시지요."

예조판서가 내게 두 명의 후보가 적힌 종이를 올렸다. 그들의 이름과 가계에 관한 간략한 내용도 포함되어 있었다.

"사흘 후 삼간택이 치러질 예정이옵니다만, 관례대로라면 전하께서 참관하시고 직접 선택하실 수도 있사옵니다."

나는 예조판서가 올린 종이 속 두 명의 이름을 확인하자마자 돌려주며 말했다.

"과인은 참여하지 않을 것이오."

"예?"

"계집이 지아비를 직접 고르면 두고두고 흉이 될 것이오. 그러니 경들이 알아서 하시오."

평계는 두었지만 사실상 나는 국서 간택에 관심이 없다는 뜻을
내비쳤다. 신하들은 이런 내 태도도 못마땅한 듯 보였다.

"전하께서는 한낱 계집이 아니시옵니다. 이 나라의 임금이시옵
니다. 그러니 흉이 되진 않을 것이옵니다."

난 속으로 헛웃음을 내뱉었다. 어차피 신하들은 원종의 지시대
로 그의 조카인 윤임을 지지할 것이다.

"대비마마와 과인의 의중은 같소. 그날 대비께서도 참관하실 터
이니 과인의 의중은 대비마마의 의중을 따르겠소."

그나마 이 대답이 만족스러웠던 듯 예조판서가 고개를 숙이며
조용히 물러갔다.

요란한 천둥소리에 난 눈을 떴다. 침전 안은 캄캄한 어둠 속에
놓여 있었다.

"밖에 누가 없느냐?"

내 물음에 당직 나인의 목소리가 돌아왔다.

"예, 전하."

"지금 시각이 어찌 되었느냐?"

"막 삼경이 되었사옵니다."

삼경. 그렇다면 내가 잠에 든 지 반 시각도 채 되지 않았다는 것이다. 그런데 내 머리는 긴 꿈을 꾼 것처럼 무겁기만 했다. 지근지근 아파오는 머리에 한 손을 올렸을 때였다. 또 한 번의 번개가 요란하게 치더니 곧이어 맹렬한 기세로 비가 쏟아지기 시작했다.

빗소리가 바늘이 되어 가슴을 계속 찌르는 것만 같다. 이유 모를 답답함이 바로 가슴에서부터 시작되고 있었다.

"장 상궁은 어디에 있느냐?"

"오늘은 당직이 아니시라 처소에 계시옵니다. 불러 뫼실까요?"

간택령이 내려진 후 나와 홍연을 향한 많은 이들의 관심이 줄어들었다. 다들 그와 나의 관계는 모두 끝났다고 생각하고 있었으니까. 어쩌면 난 바로 이러한 때를 기다리고 있었는지도 모른다. 내게서 돌아오는 대답이 늦어지자 나인이 조심스럽게 묻는다.

"전하, 어찌 하올까요?"

"아니다. 그럴 필요 없다."

난 닫힌 문 너머에 비친 나인의 그림자를 응시하며 말했다.

"나인 벼랑이를 불러와라."

"예, 알겠사옵니다."

하성위의 사저.

하성위 정현조는 세조대왕의 딸인 의숙공주의 부마였다. 의숙공주가 자식도 없이 죽자 하성위는 왕의 허락도 없이 재혼했다. 이에 폐주는 그에게 내린 사저를 빼앗았고 이 때문에 사저는 오랫동안 비워져 있었다. 바로 이곳이 홍연이 그의 모친과 머무는 곳이었다.

어명으로 이곳으로 거처를 옮긴 지 여러 날. 홍연은 밤늦도록 잠들지 못하는 날이 많았다. 자신이 나고 자란 본가보다도 더 큰 곳에 수련은 왜 그를 머물게 한 것일까? 하성위의 예를 되새겨 비록 이혼했어도 결단코 다른 여인을 아내로 맞지 말라는 뜻을 전하고 싶었던 것일까?

그렇다면 수련은 그를 잘못 본 것이 틀림없다. 그가 잔인하게 그녀의 옷고름을 뜯었을지언정 자신의 마음속에서 그녀를 내쫓은 적은 단 한 번도 없었기 때문이었다. 여전히 그의 마음속 아내는 이수련, 단 한 사람뿐이었다.

"안 자느냐?"

빗소리와 뒤섞여 들려오는 어머니 한씨의 목소리에 홍연이 자리에서 일어서 문을 열었다. 몰아치는 빗방울을 뚫고 그의 어머니는 비옷 하나 걸친 채 마루 위에 서 있었다.

"어서 들어오시지요."

한씨가 홍연의 안내를 받아 방 안으로 들어왔다. 세간 하나 없이 텅텅 빈 사랑채 홀로 앉은 홍연은 촛불 하나에 의지한 채 이불조차 깔지 않고 있었다.

"밤이 늦었는데 어찌 잠들지 않고?"

"잠이 오지 않아서."

홍연이 고개를 떨구었다. 이를 보는 한씨의 가슴이 미어졌다.

"안채에서 보니 이곳에 불이 켜져 있어 와 보았다."

"걱정을 끼쳐드려 송구합니다."

"내 걱정은 말거라. 난 너만 걱정한다."

"어머니."

그의 어머니가 긴 한숨과 함께 말을 꺼냈다.

"아무리 전하의 어명이라지만 어찌 이 큰 집에 우리 모자 단둘만 두셨을꼬? 혹여 목을 치기 전에 도망이라도 칠까 염려되어 그러셨을까."

"전하께서는 그러신 분이 아니십니다."

"나도 안다. 하나……."

한씨가 울먹거렸다.

"차라리 우리 모자의 목을 한날한시에 베어가신다면 그것도 이젠 은혜가 아닐까 싶다."

"어머니."

우는 한씨를 보며 홍연의 마음이 무거워졌다.

"내가 어찌 우는지 아느냐? 울지도 못하고 이러는 널 보며 대신 우는 것이다. 이런 너를 볼 때마다 이런 어미의 마음이 얼마나 찢어지는지 아느냐? 너와 전하의 부부의 연이 갈라진 것이 나 때문인 것 같아."

"아닙니다. 그것은 절대 아닙니다, 어머니!"

홍연이 어머니의 팔을 붙들며 강한 어조로 말했다. 그 말도 그녀의 눈에서 흐르는 눈물을 그치게 하진 못했다. 그녀가 홍연의 얼굴을 두 손으로 애처롭게 쓸었다.

"불쌍한 내 아들. 마음이 모질지도 못해 어느 날 갑자기 사라진 공주마마를 수년이나 찾아 헤매더니, 이젠 지척에 두고도 일평생 마음으로 찾아 헤매게 되었구나. 흐흑!"

자신의 마음을 대신 말해주는 어머니를 보며 홍연의 눈시울이 뜨거워지던 그때였다.

- 쾅쾅쾅쾅!

빗소리를 뚫고 대문을 두드리는 소리가 들리기 시작했다. 병사들이 잡으러 온 소리일까 한씨가 몸을 떨며 홍연의 뒤로 숨었다.

"우릴 죽이라 의금부사가 온 것이 아니더냐?"

어머니의 추측에 홍연도 눈을 크게 떴다.

- 쾅쾅쾅쾅!

"게 누구 안 계세요? 문 좀 열어주세요!"

다행히 들려오는 목소리는 젊은 여인의 목소리였다. 홍연과 어머니 한씨가 숨을 죽인 채 들려오는 소리에 귀를 기울였다.

"아무도 안 계세요? 저기요?"

귀 기울여 들려오던 목소리를 듣던 홍연이 놀란 듯 어머니 한씨에게 말했다.

"벼랑이의 목소리입니다."

"벼랑이? 네 사저에서 지내던 공주마마의 나인 말이냐?"

"예."

"그 아이라면 장 상궁을 따라 궐에 입궐했다 하지 않았느냐?"

순간 홍연의 머릿속을 스치고 지나가는 생각이 있었다.

"어머니."

"응?"

"전하께서 지금 이곳에 오신 듯합니다."

벼랑이가 대문을 두드리는 동안 난 그 옆 처마 아래에 기대어 서
있었다. 비를 피하기 위해서였다. 하지만 유독 벽이 높고 짧은 처
마 때문에 까치발을 딛고 서 있어도 몰아치는 비를 전부 피할 수
는 없었다.

비옷이 가려주는 것도 한계. 치맛자락은 벌써 다 젖어버린 지 오
래였다. 그런 내 옆에는 벼랑이가 내려놓은 등불 하나만이 거센 비
바람에 꺼지지 않고 아슬하게 타오르고 있었다.

– 쾅쾅쾅!

"저기요! 문 좀 열어주세요!"

벼랑이 나를 대신해서 대문을 한참 동안이나 두드렸지만 돌아

오는 소리가 없었다.

"전하. 너무 늦어서 다들 잠들었나 봐요."

주먹진 손이 빨갛게 되도록 문을 두드린 벼랑이가 한숨을 쉬며 말한다. 그러나 난 처마 밑에 붙어 선 채로 대문 쪽을 돌아보지도 않았다.

홍연은 지금 내가 온 것을 알고 있다. 그러기에 외면하고 있는 것이다. 그는 먼저 내 옷고름을 뜯어버렸고 직접 손으로 적은 이혼서를 바쳤으니 외면하고 있는 것이다.

나를 외면하고 있는 것이다.

예전의 나라면 바로 눈물부터 쏟았을 상황인데도 이상하게 눈물이 나지 않는다. 그를 향한 감정이 메말라고 있는 것일까? 계속 나를 밀어내고 거부하고 외면하기까지 하는 신홍연, 그를?

"전하. 이만 궐로 돌아가시면 안 될까요? 이러다가 순라군이라도 만나면……."

나보다도 더 많은 비에 흠뻑 젖어버린 벼랑이가 몸을 떨며 말한다. 그런데도 나는 아무런 대답을 해줄 수가 없었다. 난 오늘 꼭 그를 만나야 했다. 하고 싶은 말이 있었다. 그에게 꼭 전해야 할 말이 있었다.

"전하……."

미동도 보이지 않는 나를 보며 벼랑이가 다시 설득에 나섰다.

"장 상궁마마님이 아시면 소인에게 경을 치실 것이에요."

독한 가을비를 온몸으로 맞는 벼랑이의 입에서는 하얀 입김이 뿜어져 나오고 있었다. 등을 바짝 대고 처마 밑에 있던 난 고개를 들었다. 높은 담벼락 너머로 쏟아지는 빗속 사이로 혹시라도 보일지 모르는 그의 그림자라고 보기 위해서. 난 그 그림자에게라도 전해야 할 말이 있었다. 그러나 높은 벽을 넘지 못한 나의 시선은 빗속에서 산산이 부서져 내렸다.

"가자."

이것이 홍연, 당신의 대답이라면.

이미 짧은 처마 아래에서 젖어버린 몸이었기에 난 비옷도 내팽개친 채 걸어가기 시작했다.

"전하!"

이런 내 뒤를 벼랑이가 급히 쫓으며 떨어진 비옷을 어깨 위에 걸쳐주었다.

❀ ❀ ❀

홍연은 그곳에 있었다. 뒷문으로 조용히 나온 홍연은 담벼락 끝에 서서 짧은 처마 아래에 까치발을 들고 서 있는 여인을 보았다. 멍하니 바닥만을 응시한 채 서 있는 여인. 그녀는 수련이었다.

수련은 마치 홍연에겐 죄인인 양 담벼락에 등을 대고 돌아서 있었다. 이미 치마가 다 젖어버려 어깨에 걸친 비옷이 쓸모없게 되었다. 유독 높고 짧은 처마가 홍연의 눈에 아프게 박혀왔다. 당장이라도 그녀에게 달려가 자신이 입은 옷을 전부 내어주고서라도 비를 피하게 해주고 싶은 홍연이었다. 그러지 못하기에 그의 가슴은 천 갈래 만 갈래로 찢어졌다.

"가자."

"전하!"

높은 벽을 돌아보던 수련이 결국 돌아서 빗속으로 사라졌다. 그녀의 모습이 쏟아지는 비가 만든 밤의 안갯속으로 자취를 감추자 홍연은 천천히 눈을 감았다.

'수련. 이 못난 지아비를 용서하시오.'

홍연은 오늘도 가슴으로 울었다.

❀ ❀ ❀

홍연이 내게서 떠났다. 그의 마음이 내게서 떠났다. 인정하려 해도 인정할 수가 없다. 자신의 지아비조차 지킬 수가 없는 자리가 임금의 자리인가?

또르르, 말없이 내 뺨을 타고 흘러내리는 눈물. 나인이 나를 단장하는 모습을 옆에서 지켜보던 장 상궁이 흠칫 놀란다.

"전하?"

난 고개를 돌려 장 상궁을 바라보았다. 무언가 말하고 싶은데 말이 나오지 않는다. 눈물만 계속 흐르고 도무지 이런 감정을 스스로가 제어할 수가 없었다.

"모두 나가라."

"예."

침전을 가득 채운 나인들을 모두 내보내고 나서야 장 상궁이 내 뺨을 타고 흐르는 눈물을 닦아주며 말한다.

"소리 내어 우셔도 되옵니다."

예전에 장 상궁이라면 하지 않았을 말인지도 모르겠다. 더군다나 난 이제 공주가 아니다. 임금이었다.

"소리가 나지 않네."

마음은 엉엉 통곡하며 울고 싶은데 큰 소리가 나지 않는다. 그래서 소리 내어 울지 못하는 가슴이 꽉 막혀 금방이라도 터져버릴 듯 아프다.

"과인은 이제 어찌해야 하지?"

장 상궁을 보며 던진 물음이지만 결국 나 스스로에게 던진 말. 머리로도 마음으로도 난 받아들일 수가 없었다.

"이게 도대체 며칠째인가?"

모여든 대신들이 혀를 찼다. 왕이 조회에 열흘 가까이 나타나지 않았다. 병이 이유였으므로 따라서 경연도 열리지 않았다. 허울뿐인 왕이라고 해도 모습조차 드러내지 않는 왕을 향한 불만이 곳곳에서 터져 나왔다. 반대로 일찌감치 왕에 대한 기대를 저버린 신하들도 있었다.

"좌의정 대감."

좌의정 박원종의 곁에는 사람들이 몰려들었다.

"하하하. 전하께서 편찮으시니 이럴 때일수록 우리 대관들이 합심하여 나랏일을 살펴 전하의 근심을 덜어드리는 것이 우선이지 않겠소?"

"지당하신 말씀이시옵니다."

"오늘 올라온 상소들을 가져와 보시오. 한 번 보고 내 전하께 재가를 요청드리겠소."

"예. 대감."

이 상황을 말없이 지켜보던 이가 있었다. 윤임이었다. 윤임은 외숙부인 원종의 곁으로 모여드는 신하들을 가만히 바라보다가 대전을 나왔다. 그가 걸어가는 길에 마주친 모든 이들이 그에게 고개를 숙였다. 그보다 관직이 높은 관리는 고갯짓으로 인사를 건넸다.

윤임은 그 이유를 잘 알고 있었다. 조정을 손에 넣은 박원종이 그의 외숙부였다. 원종은 아들이 없었고 따라서 그를 국서 간택에 끼워 넣었다. 별다른 일이 없다면 국서는 윤임이 될 것이 자명했다. 이들은 지금 윤임이 아닌 윤임의 뒤에 있는 원종을 보고 고개를 숙이는 것이다. 그는 이들에게 눈길조차 주지 않은 채 침전으로 곧장 향했다.

"전하를 뵙고 싶습니다."

윤임의 정중한 청에 장 상궁이 고개를 저었다.

"전하께서는 편찮으십니다."

"알고 왔습니다."

"하오면 돌아가시지요."

윤임은 예상했다는 듯 찬찬히 제 할 말을 했다.

"한데 어찌하여 내의원 의관이 침전에 입시하지 않았습니까?"

"그것은……."

장 상궁은 주저하면서도 아무런 말을 하지 못했다. 윤임은 그런 장 상궁을 지나쳐 닫혀 있던 침전의 문을 열었다.

아픈데도 내의원 의관이 열흘간 단 한 번도 침전에 들지 않았다. 윤임은 왕이 병을 핑계로 대신들을 피하고 있다고 생각했다.

"그만하시지요!"

왕은, 그의 왕은 마치 죽은 듯이 이불을 덮고 반듯하게 누워 있었다. 정말로 아파 보이는 그녀의 모습에 윤임은 잠시 할 말을 잃었다.

'내게 조선은 그대의 나라인데…….'

그의 눈에 비치는 수련은 죽을 날만 기다리는 것처럼 보였다.

'신홍연은 더 이상 그대를 지켜줄 수 없어.'

윤임은 깨달았다. 이 궐에서 그녀를 지킬 수 있는 사람은 오직 자신뿐이란 걸.

❀ ❀ ❀

새가 시끄럽게 지저귀는 소리가 가까이서 들려왔다. 눈을 뜨자 곁에 앉아 있는 장 상궁이 제일 먼저 보였다. 장 상궁과 눈을 맞춘 나는 주변을 살펴보았다. 아직은 낮인 듯 환했다. 허리를 일으켜 세우자 순간이지만 어지럼증이 몰려왔다.

"전하?"

"잠시 어지러워서. 이젠 괜찮네."

"의관을……."

"아니."

의관을 부르겠다는 말에 난 단호하게 거절했다. 장 상궁이 걱정스러운 듯 내게 물었다.

"지난 열흘간 병을 이유로 조회를 열지 않으셨는데 의관까지 만나지 않으시니 조정에 말들이 나올까 저어되옵니다. 지금이라도 의관을 부르시어 보약이라도 한 첩 지어 올리게 하시옵소서."

"아닐세. 과인은 단지 조금 피곤할 뿐이네."

요새 잠이 많아졌다. 어쩌면 현실을 피해서 몸이 자꾸 나를 잠 속으로 이끄는 것인지도 모른다. 잠에 들었을 때만은 이 현실에서 벗어날 수 있었으니까.

✳ ✳ ✳

늦은 밤. 도성에서 제일 큰 기방의 불은 꺼지지 않고 있었다. 그
곳에서도 가장 큰 별채에는 오늘 박원종이 나타났다. 그는 아리따
운 기생 두 명을 좌우에 앉힌 채 술상을 받았다.

"하하하!"

연신 그의 웃음소리가 커져가는 가운데 닫혀 있던 문이 열리며
누군가 불쑥 나타났다. 홍경주의 아들인 홍우영. 윤임에 이은 두
번째 국서 후보였다. 그는 원종이 앉아 있는 것을 보고는 활짝 웃
으며 고개를 숙였다.

"부르셨습니까."

오히려 당황한 것은 원종이었다. 그는 오늘 이 자리에 홍우영을
부른 일이 없었기 때문이었다.

"내가 부르다니? 나는 자네를 부른 적이 없는데?"

"예?"

우영도 당황한 채 어찌할 바를 몰랐다. 그때 그의 뒤로 갓을 쓴
한 사람이 더 나타났다.

윤임이었다.

"제가 불렀습니다."

그는 이 말을 하며 들어서더니 손짓으로 원종의 곁에 있던 기생들을 전부 물러가라 지시했다.

"그게 무슨 말이냐, 임아?"

원종이 어리둥절하는 사이에 윤임이 우영의 어깨를 다독이듯 치며 자리에 앉혔다.

"지난번에 짧은 만남이 아쉬워 다시 한번 자리를 마련코자 하였습니다."

"한데 어찌 나를 사칭하여 불렀더냐?"

어리둥절한 눈으로 원종과 윤임을 번갈아 쳐다보는 우영. 윤임은 그런 우영에게 눈웃음을 지으며 원종에게 대답했다.

"조선 건국 이래 처음 있는 국서 간택이 아닙니까? 이 일로 호사가들이 말이 많은데 제가 자리를 만들어 홍 도령을 청한다면 이 역시 호사가들이나 좋아할 일이지요. 그래서 숙부님의 이름으로 홍 도령을 불렀으니 용서하시지요."

"아니다. 잘했다."

원종은 윤임의 대답을 만족스러워했다. 그것도 그럴 것이 윤임은 국서 후보로 간택된 것을 썩 마음에 들어 하지 않는 듯 보였었다. 그러나 오늘 이 자리로 인해서 윤임도 실은 그의 뜻을 따르려 했음을 알게 된 것이다.

"내가 자리를 비켜줄까?"

원종의 물음에 윤임이 웃으며 고개를 한 번 끄덕이더니 말했다.

"그전에 이 조카가 술 한 잔을 올리겠습니다. 홍 도령께도."

"좋다."

원종이 허벅다리를 치며 흔쾌히 응했다. 홍우영도 얼굴이 발그레해져서는 고개를 힘차게 끄덕였다. 윤임이 먼저 원종의 앞에 놓인 술병을 들어 술을 따랐다. 원종이 그 술을 마시자 다음에는 바닥에 놓여 있던 술병을 들어 우영의 술잔을 채워주었다. 우영이 그 술잔을 받아마시자 원종이 술병을 들어 윤임의 잔을 채웠다. 윤임이 그 잔에 담긴 술을 마시려고 술잔을 들어 올렸을 때였다.

– 픽.

멀쩡하게 앉아 있던 우영이 기절하듯이 옆으로 쓰러져 버렸다.

"뭐, 뭐냐?"

윤임이 태연스러운 얼굴로 쓰러진 우영을 쳐다보며 말했다.

"걱정하지 마십시오. 잠이 들었을 뿐이니."

"잠이 들어? 술에 뭘 탔단 말이냐? 어찌 그러하였느냐?"

윤임이 천천히 자리에서 일어섰다. 그리고 자신의 허리춤에 차고 있던 칼을 뽑아들며 말했다.

"고통 없이 저세상으로 보내주기 위해서였습니다."

말을 마친 윤임이 쓰러진 우영의 목을 칼로 힘껏 찔렀다.

– 푹!

우영은 소리 한번 내지 못하고 그렇게 목숨을 잃었다. 이를 본 원종이 놀라 짧은 비명을 내질렀다. 그사이 윤임이 우영의 목에 꽂은 검을 뽑아들었다. 동시에 피가 솟구치며 사방으로 우영의 피가 흩어졌다. 그 일부는 윤임의 메마른 표정의 얼굴로 튀었다.

"어찌 이러는 것이냐? 정녕 네가 미치지 않고서야!"

"눈속임을 위한 제물이 필요했습니다."

"제물이라니?"

윤임이 뽑아낸 검을 한쪽으로 내던져버리더니 자리에 털썩 앉았다. 그리고 바로 앞에 앉아 있는 원종을 서늘한 눈빛으로 응시했다.

"홍 도령은 자신이 국서 후보에 간택된 이유가 숙부님의 계략이었다는 사실에 분노하였고 오늘 숙부님을 독살할 계획을 세우게 됩니다."

"무슨 말이야? 도대체 무슨 꿍꿍이냐! 윽!"

무언가 이상한 느낌을 받은 원종이 두 손으로 자신의 가슴을 움켜쥐었다. 윤임은 자신의 앞에 놓인 술잔에 비친 얼굴을 쳐다보았다. 우영의 몸에서 나온 핏물이 곳곳에 묻은 것을 보자 옷깃으로 천천히 그것을 닦아내기 시작했다.

"윽! 임이 너…… 술에…… 독을 탄 것이냐?"

윤임은 대답하지 않은 채 제 얼굴에 묻은 피를 닦아내는 데만 열중했다. 이런 그의 모습에 충격을 받은 듯 크게 놀란 원종의 입에서 피가 흘러내리기 시작했다.

"그깟 계집 하나 때문에? 나를 죽이려 해?"

일순간 얼굴의 피를 닦아내던 윤임의 행동이 멈췄다. 윤임은 공허함에 가까운 눈동자를 들어 원종을 바라보며 차갑게 말했다.

"계집이 아닙니다. 이 나라의 임금이십니다."

"너! 너……!"

원종은 덜덜 떨리는 손을 들어 윤임에게 삿대질했다. 그것이 다였다. 그의 입에서 흘러내리는 피의 양은 점점 많아졌고 결국 원종은 힘없이 옆으로 쓰러졌다.

"모든 것은 숙부님께서 자초하신 일입니다."

원종의 숨이 완전히 끊어졌다는 것을 깨달은 윤임은 두 눈을 감았다.

❀ ❀ ❀

난 감았던 눈을 떴다. 머리맡을 밝히고 있는 촛불 빛이 천장에 아른거린다. 분명 잠들기 전에 장 상궁이 불 하나는 끄지 말라고 일렀던 것 같다.

깊은 한숨과 함께 다시 눈을 감고 잠을 청하려던 그때였다. 누군가 내가 누워 있는 가까운 곳에 앉아 있는 것을 알아차리고는 나는 고개를 돌렸다. 침묵을 유지한 채 나를 바라보며 앉아 있는 사내. 그는 윤임이었다. 놀란 나는 서둘러 허리를 일으켜 세우고는 이불을 끌어당겼다.

"여긴 어떻게……!"

그는 언제부터 침전 안에 들어와 있었던 것일까? 나와 눈이 마주친 그가 두 손을 모으며 앉은 자세에서 그대로 허리를 숙인다. 예를 표한 그가 다시 허리를 곧추세웠다.

"전하."

여전히 놀란 얼굴을 한 나를 바라보며 윤임이 부른다.

"누가 이곳에 그대를 들이게 했는가?"

그를 경계하듯 날카로운 말을 내뱉는데도 윤임의 태도에는 작은 흔들림도 없었다. 어딘가 평소와는 다른 그의 모습에 유심히 살펴보던 나는 또 한 번 깜짝 놀랐다. 그의 옷자락 곳곳에 핏자국이 묻어 있었던 것이다. 색이 물든 지 오래되어 선홍빛을 띠고 있었지만 그것은 분명 피였다.

"도대체……."

차마 말을 잊지 못하는 나를 앞에 두고 윤임이 묻는다.

"좌상 대감만 사라지면 이 나라를, 이 조선을. 전하의 나라라고 믿으시겠습니까?"

"좌상 대감이 사라지다니?"

그의 옷에 묻은 핏자국을 보고서 난 이해했다. 머리로 이해한 것을 바로 받아들일 수가 없었을 뿐이다.

"도대체 무슨 일을 벌인 거요?"

윤임은 대답하지 않는다. 그가 원한 답은 이것이 아니었기 때문이다.

"윤 교리, 대답하시오!"

바로 그때였다.

"전하!"

내관의 다급한 목소리가 밖에서 들려왔다. 불길한 예감이 몰려왔다.

"무슨 일이냐?"

내 물음에 내관이 답을 했다.

"좌상 대감께서 도승지 홍경주 대감의 자제인 홍우영에게 독살당하셨다 하옵니다!"

"뭐라? 독살?"

내관의 말을 듣자마자 내 시선은 윤임의 얼굴을 향했다.

윤임은 내 시선을 받자 말없이 고개를 숙였다.

"알고 있었소? 대답해보시오!"

내 목소리가 높아지자 윤임이 다시 고개를 들었다.

그러나 시선은 바닥에 둔 채 말했다.

"홍우영이 숙부님을 독살하는 것을 목격하여 신이 홍우영을 베었나이다."

"세상에……."

"이로 인해 처벌을 내리시겠다면 달게 받을 것이니 신을 벌하여 주시옵소서, 전하."

내관이 전한 말로는 박원종을 홍우영이 독살했다고 한다. 그 홍우영을 윤임이 죽였다고 했다. 무언가 이상했다. 내가 알기로 국서 간택 후보에 오른 홍우영은 아직 관례도 치르지 않은 소년이었다. 그가 왜 좌의정 박원종을 독살한단 말인가?

"홍우영이 어찌 좌상 대감을 독살한 것이오?"

"국서 간택에 건 기대가 많았던 모양입니다. 하오나 다들 좌상 대감을 숙부로 둔 신이 국서가 될 것이라는 떠드는 말을 듣고 그리 한 듯합니다."

좌의정 박원종이 죽었다. 그는 지금 조정에서 왕인 나보다도 더 큰 세도를 휘두르는 대신이다. 더군다나 그는 윤임의 외숙부였다. 그런데도 윤임은 마치 남의 죽음을 이야기하듯 말한다.

"윤 교리. 과인을 보시오."

윤임의 두 눈동자가 내 얼굴을 향한다. 그의 눈은 공허하다. 초점은 내 눈을 향하고 있지 않았다.

"묻겠소. 정녕 홍우영이 좌상 대감을 독살한 것이오?"

잠시 침묵하던 윤임이 대답했다.

"조금 전 신이 아뢴 대로 홍우영이 숙부님을 독살하였습니다."

아니다. 정말 홍우영이 박원종을 죽였다면 윤임의 태도는 이럴 수가 없다.

"과거 좌상을 따라 반정에 가담하고 폐주에게 칼을 겨눈 것은 과인 때문이었겠지."

그가 자신의 주군인 군왕에게 칼을 겨눈 것은 나 때문이었다.

"그대의 외숙부는 과인을 능멸하고 조정을 손에 넣었소. 그 때문이오?"

그의 대답을 듣는 것이 두려우면서도 나는 진실을 알고 싶었다. 그를 이렇게까지 만든 사람이 정녕 나인지. 그는 내 신하라고 답했다. 하지만 나는 그 말을 믿지 않았다. 믿으려고 하지 않았다.

"윤임!"

돌아올 수 없는 강. 나는 그가 이미 오래전 그 강을 건넜음을 깨달았다.

"주상전하 납시오!"

다음날, 대전. 삼삼오오 모여 웅성대던 대신들이 왕인 나의 등장에 모두 제 자리로 가서 앉는다. 어두운 침묵이 대전 안에 짙게 가라앉아 있었다. 대신들 사이를 걸어가 용상에 돌아앉자 모두가 고개를 숙이고 있는 모습이 보였다. 그 누구 하나 이 침묵을 먼저 깨려고 하지 않는다. 이런 풍경은 전혀 내게 익숙하지 않다. 모든 것을 좌지우지하고 이끌어나가려는 수장, 박원종이 갑자기 죽었기 때문에 그들은 혼란스럽다.

"좌상 대감의 부음을 전해 들었소. 공신인 그의 죽음은 과인에게도 이 조선에게도 매우 애석한 일이오. 따라서 조회를 삼 일간 파하겠소."

평소라면 내가 무슨 말을 하던지 누군가는 나서서 반대를 했을 상황이었다. 하지만 아무도 나서지 않는다. 난 그저 고개를 숙이고 있는 대신들을 둘러보다가 자리에서 일어섰다. 내가 일어서자 대신들도 모두 자리에서 일어서더니 고개를 숙여 예를 표했다.

"하늘이 돕는구나."

대전에서 나와 대비전에 들린 나를 어마마마가 반갑게 맞으며 말한다.

"하늘이 돕다니요?"

"그들이 지금 조용한 것은 좌의정의 죽음에 당황해서다. 자신들도 좌상이 이렇게 갑자기 죽을 것이라고는 생각지 못하였겠지. 더군다나 좌의정은 아들이 없지 않으냐? 분명 공신들은 빠른 시일 내에 이 상황을 수습하고 새로운 영수를 세우려 할 것이다. 다만 좌의정만 한 이를 찾기에는 시간이 걸릴 것이고, 저들끼리 새 영수가 되겠다며 다툼을 할지도 모르지."

"어찌해야 할까요?"

"넌 어찌하면 좋겠느냐?"

난 잠시 고민하다가 대답했다.

"저들이 새 영수를 세워 저와 대적하겠다면 막을 방도 없어요. 다만 저는 아직까지 조정에 제 편이 없는걸요. 저도 시간이 필요해요."

"그렇다고 여유를 두어 선 안 된다. 무엇보다 도승지의 일도 처리해야 하지 않겠느냐?"

도승지는 홍경주다. 그는 지금 자신의 아들이 좌상을 독살한 혐의를 받자 조정에 나오지 않고 두문불출하고 있었다. 상황에 따라서는 그의 일가가 처벌을 받을 수도 있는 일.

"윤임이 말하길 홍우영이 좌의정을 독살한 것은 국서 간택에 대한 불만 때문이라고 했어요. 홍경주는 평소 좌의정과 가까웠으니 이 일과는 관련이 없을 거고요."

"홍경주에게 죄를 연좌시키지 않을 생각이냐?"

"홍경주는 반정공신이에요. 그에게 죄를 묻는다면 다른 반정 공신들도 긴장할 거예요."

"그래서?"

"이 일을 홍우영의 독단으로만 죄를 묻고 아비인 홍경주는 파직하는 선에서 마무리 짓겠어요."

"좋은 생각이구나. 하나 내가 알아보니 벌써 말들이 나오는 모양이다. 좌의정의 죽음에 석연치 않은 것이 많다고들 해. 홍경주에게 좌의정 박원종은 그를 공신으로 만들어준 은인이었다. 그의 아들 홍우영도 이를 모르진 않았을 텐데."

난 홍우영이 박원종을 독살했다고 말하던 지난밤 윤임의 모습을 떠올렸다.

"윤임이 그 자리를 목격하고 홍우영을 베지 않았다면…… 다들 제가 홍우영을 시켜서 좌의정을 독살했다고 말했을지도 모르죠."

"그만큼 너희 두 사람의 사이는 좋지 않았으니 윤 교리 덕분이라고 해야 할까."

박원종을 조카인 윤임이 홍우영을 이용해 독살했든 아니든 이 사실 하나만은 분명했다. 그는 그 스스로 나의 사람이라는 것을 매번 증명하려고 애썼다. 그게 나를 향한 애정에 기인한 것이라도.

"수련아?"

깊은 생각에 잠긴 듯 보이는 나를 어마마마가 불렀다. 난 다시 어마마마를 바라보며 말했다.

"좌의정에게는 자제가 없으니 이를 핑계로 전 재산을 몰수하여 국고로 환수시키겠어요. 그렇다면 공신들도 홍경주의 죄를 묻지 않은 것을 그가 공신이라서가 아니었다는 걸 똑똑히 알게 될 테니까요."

"홍우영을 죽인 윤임의 죄를 묻진 않을 생각이냐?"

"그는 이제 유일한 혼자 남은 국서 후보이니까요."

나도 모르게 중얼거린 말에 어마마마가 놀란 듯 묻는다.

"행여나 윤임을 국서로 간택할 생각이더냐?"

"그는 내 신하예요."

그를 감싸려는 건 아니다.

"어쨌든 난 반대다. 난 윤임이 싫구나. 그는 좌의정의 조카였다. 그의 수족이었어! 그러니 좌의정이 죽은 이참에 거창위를 다시 불러들인다면……."

"어마마마."

홍연의 이름은 듣는 것만으로도 내 가슴을 아프도록 후벼판다.

"그가 저와 이혼한 건 좌의정 때문만은 아니에요. 그가 신수근의 아들이기 때문이에요."

어마마마를 설득하려는 것이 아니다. 혹시라도 내 욕심에 흔들림 마음을 설득하려는 것이다.

"좌의정이 죽은 일로 조정 대신들은 당황해 모두 입을 다물었어요. 하지만 거창위를 다시 불러들이면……."

지금의 조정 대신들은 대부분이 공신들이었다. 이들 공신들은 전부 홍연의 부친 신수근을 죄인으로 몰아세워 죽이는데 협조한 사람들이었다. 그들은 다시 홍연이 내 곁으로 오는 것을 가만히 지켜만 보진 않을 것이다.

"그가 위험해져요."

내가 위험해지는 것은 상관없었다. 하지만 내가 지키고 싶은 사람들을 위해서라도 난 왕으로 남아 있어야 했다.

"수련아……."

어마마마가 안타까운 시선으로 나를 바라본다.

"전 괜찮아요."

그가 무사하다면,

"이제는 제가 누구인지 분명하게 깨달았으니까요."

돌아올 수 없는 강. 그 강을 건넌 사람은 비단 윤임뿐만이 아닐지도 모른다.

✼ ✼ ✼

박원종의 사인은 병사로 마무리 되었다. 난 홍우영의 부친인 홍경주가 반정공신인 만큼 이 일을 크게 키우려 하지 않았다. 무엇보다 난 홍우영이 아닌 윤임이 그의 외숙부를 죽인 걸 알고 있었다.

박원종의 장례가 마무리된 후 며칠 이 더 지났다. 난 윤임을 경회루로 불렀다.

"아바마마께서는 생전에 이곳에서 연회를 자주 여셨소."

비어 있는 경회루를 걷는 내 뒤를 윤임이 뒤따랐다.

"하지만 과인은 단 한 번도 경회루에서 열리는 연회에 참석해보지 못하였소. 이유는 당연했소. 공주이기 전에 여인이었으니까. 사내들이 모이는 자리에는 결코 모습을 드러내서는 안 되는."

내 걸음이 멈췄다.

"지금껏 무수히 많은 연회가 이곳에서 열렸지만 그 연회들 중에는 어마마마께서도 참석하실 수 없는 연회가 있었소. 그런데 이젠……."

경회루 난간에 선 나는 연못을 내려다보며 한숨을 내쉬었다. 왕이 된 내가 못 갈 곳은 없었다. 연회가 있는 날이든 없는 날이든 난 언제든지 이곳 경회루에 자유롭게 오를 수 있었다. 그러나 이 세상에서 단 한 곳. 왕이 되었기에 갈 수 없는 곳이 생겼다.

내 기억 속에 그곳은 비를 피해 처마 밑에 까치발을 들고 서 있던 것부터 시작한다. 들이치는 빗속에서 그 누구보다도 혼자였던 나. 그런 나를 끝까지 만나주지 않고 외면했던 홍연.

홍연은 스스로 내게서 물러났다. 자신을 지키기 위해서였을 수도 혹은 나를 위해서였을 수도 있다. 내가 왕이 되었기에 우리는 더는 부부가 될 수 없었다. 그리고 난 정말로 혼자가 되었다.

"단지 과인을 위해서 그랬다고?"

난 윤임을 돌아보았다. 윤임은 고개를 숙인 채 내게 답했다.

"전하를 향한 충정으로 그리했습니다."

"허면 더는 과인은 그대의 눈에 '이유나'가 아닌가?"

윤임은 대답하지 않고 고개를 들어 나를 바라보았다. 그의 눈동자 안에 혼란스러움이 섞여 있었다. 아마도 이 말을 묻는 내 저의가 궁금해서일 것이다.

그는 정말 나를 왕으로만 생각하고 있을까? 겉은 그렇다고 수없이 말할지라도 속은 다를 수 있을 테니까. 그 누구에게도 본심을 말하지 않는다면 오직 그만 아는 마음속에 있을 비밀.

"대답하게."

"신에게 무슨 답을 듣길 원하십니까?"

윤임이 조심스럽게 물었다.

"과인이 만약 임금이 아니라 여인이었다면."

이유나이든 이수련이든. 혹은 진성 공주이든.

"그 여인을 위해서 지금처럼 똑같이 그대의 외숙부를 해할 수 있겠는가 묻는 것이네."

내 질문의 의미를 분명하게 깨달은 윤임은 더는 혼란스러운 눈동자를 가지고 있지 않았다. 그는 당당하게 말했다.

"전하께서 한낱 여인이시라도 신은 목숨을 걸고 지킬 것입니다."

"어째서? 왕이 아닌데도?"

"전하는 이미 왕이십니다. 그러니 그 질문은 유효한 것이 아닙니다."

말이 오가는 동안 윤임은 자신의 본심을 다시 마음속 깊이 꼭꼭 숨겨버렸다. 그것을 강제로 꺼낼 수 없음을 깨달은 난 돌아서 연못을 내려다보았다.

원앙 한 쌍이 연못 위에서 노닐고 있었다. 그 원앙을 가만히 바라보던 나는 눈을 감았다. 다시 눈을 떴을 때 나는 그에게 내 본심을 말하는 걸 택했다.

"과인은 거창위를 쉽게 잊지 못할 것 같소."

과연 홍연을 잊을 수 있을까? 그 질문을 수없이 자신에게 던져 얻은 결론은 하나였다. 결코 쉽지 않을 것이란 걸. 영원히 잊는다는 건 불가능할 지도 모른다. 지금도 그를 생각하는 것만으로도 눈물이 나올 것만 같았다.

"알고 있습니다."

윤임의 대답에 난 다시 윤임을 돌아보았다.

"알고 있다?"

"예."

"그런데?"

답은 짧았지만 분명 뒷말이 더 있음을 알고 물은 것이었다. 윤임이 말했다.

"신은 부마 신홍연이 결코 전하께 해드릴 수 없는 것을 해드릴 수 있습니다."

"그게 무엇인가?"

"권위. 전하께서 되찾아야하고 반드시 누려야하는 임금으로서의 권위. 그 권위를 되찾아드릴 수 있습니다."

이 말을 듣는 순간 확신했다. 그는 누구보다도 국서의 자리에 어울리는 사내란 걸. 반대로 한 여인의 사내로는 어울리지 않았다. 그래서 이유나는 윤임과 이루어지지 못한 것이다.

"그대에게 제안하겠소."

"하명하시지요."

이미 우리 두 사람은 서로가 할 말을 알고 있었다.

"과인에게는 국서가 필요하고 그대는 과인의 신하요. 과인은 그대에게 군신관계로서의 국서 자리를 제안하오."

윤임의 눈에 힘이 실렸다. 그가 국서 간택에 오를 수 있었던 것은 외숙부인 박원종의 뜻이었다. 그러나 이 순간, 나는 내 의지로 그를 국서로 선택하겠다고 말했다.

조건은 있었다. 그는 나의 신하이고 난 그의 주군이라는 것. 이 관계가 지속되는 한 그를 국서로서 맞아들이겠다는 것.

"대신 과인에게 그 어떤 마음도 요구하지 마시오."

윤임이 침묵했다. 그는 내가 그를 한 사람의 사내로서 바라보지 않을 것임을 알았다. 그걸 원한다고 말하는 순간 국서의 자리를 제안한 것은 물거품이 되고 말테니까.

나와 윤임 사이에 묘한 긴장감이 흘렀다. 그가 이 침묵 속에서 어떤 계산을 머릿속으로 하는지 난 모른다.

마침내 윤임이 입을 열었다.

"전하."

그는 내 앞에 무릎을 꿇고 큰 절을 올리며 말했다.

"신 윤임. 전하의 어명을 받들겠습니다."

✻ ✻ ✻

"국서가 간택되었다! 국서가 간택되었다!"

윤임이 국서로 간택되었다는 사실은 빠르게 팔도로 퍼져나갔다. 제일 먼저 이 소식을 접한 한양도성이 떠들썩해졌다. 유일한 두 명의 간택 후보 중 홍우영이 급사했다. 사실상 재간택이 열리는 것이 아니냐는 추측이 무성했던 상황. 왕은 죽은 원종의 조카인 윤임을 선택했다. 영수인 원종을 잃고 방황하던 그의 당파인 공신들도 반가워했다. 비록 원종은 죽었지만 여전히 왕이 그들의 의견을 존중하고 또 지지한다 여긴 것이다. 그들은 그렇게 생각했다.

✻ ✻ ✻

"네가 국서가 되었다고?"

윤여필. 윤임의 부친은 윤임이 직접 전해 온 소식에 크게 놀랐다.

"예. 아버지."

"국서라니!"

기뻐할 줄 알았던 여필의 표정은 밝지 않았다.

"전 너무 기뻐요! 아버지 안 기쁘세요?"

함께 이 소식을 전해들은 여진이 여필에게 말했다. 여필의 표정은 점점 더 어두워져갔다.

"전하께서 어찌 너를 국서로 택하셨느냐?"

여진이 윤임을 대신해서 말했다.

"그야 당연히 오라버니가 공신이기 때문이죠! 어디 그냥 공신인가요? 외숙부님이 아니셨으면 전하께서는 즉위도 못하셨을 텐데. 아닌가요?"

"여진이 넌 잠시 나가 있거라."

"또오! 아버지, 저도 이제 다 자란 여인이에요!"

"나가 있거라."

여필의 말에 결국 여진은 한숨을 쉬며 밖으로 나갔다. 이제 둘만 있게 된 자리에서 여필이 윤임에게 물었다.

"홍우영이 죽은 일로 분명 다시 간택이 열릴 것이라 믿었다. 좌상이 죽었으니 당연히 너는 간택에서 떨어질 것이라 여겼고."

"전하께서 직접 제게 국서가 되어 달라 하셨습니다."

"뭐라?"

"저는 그 명을 받들겠다고 했습니다."

"어째서?"

여필이 이해할 수 없다는 듯 윤임을 쳐다보았다.

"어째서 국서가 되겠다고 하였느냐? 네 외숙부처럼 권력이 탐나느냐? 아니면 부귀가 탐나느냐?"

이 물음을 듣는 순간 윤임은 고개를 제대로 들 수가 없었다. 여필은 윤임이 가진 다른 마음을 보았다. 애초에 윤임은 권력도 부귀영화도 탐내는 사내가 아니었다. 원종이 공신이 되었을 때도 마찬가지였다. 높은 관직을 요구하지도 않았고 바라지도 않았다.

"전하냐?"

윤임의 눈이 커졌다.

"전하께서 공주시절 몇 년간 도성에서 사라지신 일이 있었지. 여진이에게 들었다. 기억을 잃으신 채 이 집에서 너와 함께 지내셨다고?"

예리한 여필의 지적에 윤임이 시치미를 떼듯 말했다.

"그런 일이 있었습니다만."

"네가 지금 말하는 단순한 '그런 일'은 아니었겠지. 이 부정 여식과의 혼약을 파기하고 폐주의 앞에까지 끌려가는 사달이 벌어졌으니 말이다."

여필의 지적은 그 어느 하나 틀린 것이 없었다.

"전하께는 부마가 계셨어. 그가 신수근의 아들이라 어쩔 수 없이 이혼한 것을 안다. 임아, 여인의 두 번째 지아비 자리가 어떤 자리인 줄이나 아느냐? 그분은 한낱 여인이 아니다. 그리 되실 수도 없는 분이고. 애초에 불가능한 것을 얻을 수 있다고 자만하지 마라."

"어차피 부마와의 연은 끝내셨습니다."

"임이, 너!"

여필이 답답한 듯 윤임을 꾸짖었다. 그러나 윤임은 아버지를 쳐다보며 당당하게 말했다.

"지금은 소자의 마음이 보이시지 않으실 것입니다. 그러나 언젠가는 아시겠지요. 소자는 부귀영화 따위 욕심나지 않습니다. 단 한 사람. 단 한 여인만 욕심낼 뿐입니다."

"그분은 여인이 아니야!"

"여인입니다!"

윤임이 큰 목소리를 냈다.

그 순간 그의 머릿속에는 경회루에서 원앙 한 쌍을 바라보던 수련의 모습이 떠올랐다. 홍연을 보내고 슬퍼하고 외로워하던 가녀린 여인. 윤임은 그녀를 위해서라면 무슨 짓이든 할 수 있을 것 같았다.

"소자에게는 이 세상 그 어떤 여인보다도 갖고 싶은 여인입니다."

"대비마마께서 드셨사옵니다."

문이 열리며 어마마마의 모습이 보였다. 난 한숨과 함께 손으로 이마를 짚었다. 어마마마가 무슨 말을 하실지 이미 알고 있었기 때문이었다. 어마마마는 나와 단둘이 이야기를 하겠다는 듯 뒤따르는 대비전 나인들을 전부 물리셨다. 그리고 내게 다가와 앉으시며 말했다.

"이젠 네 생각을 모르겠구나."

"어마마마."

"수련아. 내가 무슨 말을 들었는지 아느냐?"

"말씀하시지요."

"글쎄 윤임이 국서로 간택되었다고 하자 박원종의 무리들이 그를 새 영수로 삼으려고 한다는구나. 세상에나!"

"그것이 그리 화나실 일인가요?"

"정녕 모르고 묻느냐? 국서는 다시 말해 왕의 지아비가 아니냐? 당연히 윤임이 너를 앞세워 조정을 손에 넣을 것이라 여기는 것이겠지. 모두들 다, 그리 여기는 것이다."

나도 그 말을 들었다. 그랬기에 어마마마의 이런 반응도 충분히 예상을 했었다.

"저도 들었어요."

"들었다고? 그럼 지금이라도 당장 윤임을 국서로 간택한 것을 물리거라. 응?"

"어명을 내렸는걸요. 조선 사람들이 다 알게 된 사실을 물릴 순 없어요."

"아직도 모르겠느냐? 그가 널 이용해 왕실과 조정을 손에 넣을 것이다!"

"어마마마."

이마를 짚은 손을 내리며 난 어마마마를 똑바로 바라보았다.

"이젠 무를 수 없어요."

어마마마가 한숨을 내쉬며 말했다.

"수련아! 그를 믿느냐? 윤임을 믿느냐?"

"믿어요."

단지 윤임을 사랑하지 않을 뿐이다.

윤임이 국서로 간택되었다는 소식은 홍연에게도 전해졌다. 어쩌면 예상했던 일. 그러나 맞닥뜨린 순간의 아픔은 그로서는 감당하기 어려웠다.

대낮임에도 어둠에 잠긴 문 닫힌 방 앞.

"홍연아."

그의 모친 한씨가 방 안에 머무르는 홍연을 불렀다. 안에서는 아무런 소리도 나오지 않았다. 그는 그 방 안에 홀로 앉아 빛을 등지고 어둠을 바라보며 앉아 있었다.

"홍연아?"

　국혼날. 아침까지만 해도 분명 하늘은 맑았다. 그러나 식이 시작되고 얼마 안 있어서 시커먼 구름떼가 빠르게 몰려들었다. 식에 참석한 대신들이 모두 하늘을 올려다보았다. 정오가 되기도 전에 굵은 빗방울이 하나 둘씩 떨어지기 시작했다. 악공들이 연주를 멈췄고 윤임과 나란히 서서 어마마마가 계신 곳을 향해 걷던 나도 걸음을 멈췄다.

　하늘을 올려다보자마자 빗방울이 내 얼굴 위로 떨어졌다. 마치 누군가의 눈물과도 같은 비. 이 비는 누구를 위해 이렇게 울고 있는 것일까?

　상석에 앉아 있던 어마마마의 화난 목소리가 들려왔다.

　"관상감에서는 어찌 비가 오는 사실을 알리지 않았더냐?"

　국혼날을 정한 것은 관상감. 다른 날도 아닌 국혼날, 국혼례가 치러지는 가운데 내리는 비가 좋은 비 일리 없다. 관상감 제조가 바닥에 엎드려 어마마마께 사죄를 올리는 소리가 들려왔다. 그 사이 빗방울이 더욱 거세지기 시작했다.

　소나기인가―

　이상하게 비를 볼 때마다 처마 아래에서 비를 피하던 날이 떠오른다. 분명 난 그날 꼭 홍연을 만나야 했다. 만나서 해야 할 말이 있었다.

"이대로 국혼례를 진행하기에는 무리가 있으니, 속히 중단하라."

어마마마의 말에 대신들이 비를 피해 누각 아래로 빠르게 움직였다. 국혼례를 위해 분주히 움직이던 나인들도 마찬가지였다. 내관과 나인들이 달려와 비를 피할 그늘 막을 나와 윤임의 머리 위에 세웠다. 비 내리던 하늘이 내 눈앞에서 순식간에 가려졌다.

"전하. 우선 비를 피하시지요."

장 상궁이 자리를 옮길 것을 내게 권유하는 가운데 나는 옆에 선 윤임을 돌아보았다. 그는 말없이 나를 바라보고 서 있었다. 비가 내리기 시작하면서부터 하늘을 올려다보고 있던 나를 말이다. 나는 그의 눈동자를 빤히 쳐다보았다. 속을 알 수 없는 공허함을 가득 채운 눈동자였다. 도무지 그가 무슨 생각인지 알 수가 없었다. 예전에 이유나로 살던 시절에도 이렇게까지 그를 모른다고 생각하진 않았었다.

난 그를 보며 입을 열었다.

"비가 오지만 오늘 국혼례는 모두 마쳤소. 그러니……."

그는 이제 내 국서였다. 임금의 지아비.

이젠 되돌릴 수 없어.

국혼례가 끝날 때까지 참을 수 있다고 믿었던 눈물이 터져버렸다.

바로 그 순간, 가림막 아래서 나를 바라보던 윤임이 턱을 잡아당기며 내게 입을 맞췄다.

입술이 닿는 순간 난 그를 두 손으로 밀어냈다. 그는 쉽게 밀렸다.

"과인이 허락하지 않았다!"

그는 여전히 공허한 눈으로 나를 바라본다.

"다시는 이런 일을 벌이지 말라."

마치 경고를 하듯이 내뱉은 말에 윤임이 말없이 고개를 숙였다. 난 그를 지나쳐 가림막 아래를 벗어나왔다.

❀ ❀ ❀

국혼의 가장 마지막 순서는 합궁례. 국혼의 밤이 찾아왔다. 난 낮에 입었던 대례복을 갈아입지 않은 채 그대로 침전에 머물고 있었다. 국서가 된 윤임은 이제 교태전의 주인. 그는 오늘밤에 치러져야 할 합궁례를 위해서 교태전에서 나를 기다리고 있을 터였다.

고뇌 섞인 한숨이 내 입에서 흘러나왔다.

"전하."

밖에서 장 상궁의 목소리가 들렸다.

"들어오게."

장 상궁이 안으로 들어와 내 곁에 앉았다.

"오늘 교태전에 납시지 않으실 것이옵니까?"

난 대답하지 못했다. 장 상궁이 내 눈치를 보더니 말했다.

"국서께서 기다리고 계신다 하옵니다."

이 역시 교태전 나인이 전해온 것이겠지. 윤임은 오늘밤 내 허락이 없는 이상 교태전의 불을 끄고 잠들 수가 없었다.

"전하?"

나는 망설이고 있었다. 교태전으로 가는 것 때문이 아니라 윤임에게 해야 할 말이 있었기 때문에.

"원치 않으시면 교태전에 사람을 보내 전하겠사옵니다."

첫날밤을 맞은 새신랑에 전하기에는 썩 좋은 말은 아니었다. 그러나 그는 나와 군신관계를 약속했고 그 대가로 국서가 된 것이다. 앞으로도 이를 더욱 분명하게 하지 않는다면 오늘과 같은 일이……

"전하. 어찌 하올까요?"

장 상궁이 여러 차례 묻자 더는 대답을 미룰 수가 없었다.

"가서 전하게. 오늘 과인은 교태전에 가지 않을 것이네."

"예. 전하."

교태전.

윤임은 점점 그 크기가 줄어드는 초를 바라만 보고 있었다. 낮에 있었던 일이 그의 머릿속을 스쳤다. 비를 맞고 있던 수련은 너무나도 아름다웠다. 그녀가 그 순간 무슨 생각을 머릿속에 담고 있는지는 상관없었다. 그리고 이제 그녀는 그의 여인이었다. 그는 국혼례 내내 억누르고 있던 자신의 마음을 드러냈다.

윤임은 그녀를 위해서라면 목숨도 내어줄 수 있었다. 그녀 역시 자신이 그녀를 위해 외숙부를 죽인 사실을 알고도 국서로 받아들였다. 그의 마음을 그리고 그의 충심을 조금은 알아줬다는 뜻이 아니었을까?

반대로 홍연은 이제 그녀의 곁에 다가올 수 없는 사내가 되었다. 이제 수련의 뜻으로 국서가 된 윤임은 그녀의 옆에 설 수 있는 유일한 사내였다.

하지만 오늘 밤 그의 처지는 사내에게 버림받은 여인의 모습과 다를 바가 없었다. 스스로가 자신을 돌아보기에 그러했다.

"전하께서 안 오시는 걸까?"

"그야 모르지."

문 하나를 사이에 두고 나인들이 쏙닥거리는 소리가 윤임의 귀에까지 들려왔다. 그의 처지를 동정하는 나인들의 태도가 마음에 들지 않았다. 사내로서의 그의 자존심에도 깊은 상처가 났다.

"마마. 장 상궁이옵니다."

닫혔던 문이 열리더니 장 상궁이 안으로 들어왔다. 붉은색 금침과 나란히 놓인 두 개의 베개. 조금 전 장 상궁이 본 수련과 마찬가지로 윤임도 아직 대례복을 갈아입지 못하고 있었다.

"전하께서……."

"못 오신다 하셨겠지."

지레 짐작하며 말을 내뱉는 윤임. 그것은 사실이 되어 돌아왔다.

"예."

장 상궁이 당황하며 고개를 숙이자 윤임이 자리에서 일어섰다. 윤임은 바로 장 상궁을 지나쳐 교태전을 나섰다.

"마마? 어디를 가시옵니까?!"

놀란 장 상궁이 윤임을 뒤쫓아 나왔다. 그러나 윤임은 뒤도 돌아보지 않은 채 수련이 있는 침전으로 발길을 향했다.

'머리로는 이해할 수 있다. 백 번이고 천 번이고.'

윤임은 홍연을 쉽게 잊을 수 없다는 수련을 이해할 수 있었다. 그녀의 입으로 먼저 말했으니까. 하지만 자신을 지아비로 선택하고서도 첫날밤부터 얼굴조차 맞대려 하지 않는 그녀에게 화가 났다. 그가 용기 내어 한 입맞춤조차도 허락하지 않는 그녀가 원망스러웠다. 홍연은 그녀를 놓았지만 자신은 그녀를 위해 모든 것을 다 바쳤음에도.

교태전으로 가지 않고 오늘밤은 침전에서 쉬겠다는 말에 나인들이 들어와 금침을 깔았다. 대례복도 갈아입는 것을 도우려 했지만 난 사절했다. 그저 아무것도 하고 싶지 않았다. 피곤한데도 계속 머릿속에 떠오르는 많은 생각들로 복잡하기만 했다.

"마마!"

밖에서 당황한 나인의 목소리가 들려왔다. 내가 고개를 들어 닫힌 문으로 시선을 보냈을 때였다.

- 쾅!

우레와 같은 큰 소리가 들리더니 문이 활짝 열렸다. 나와 마찬가지로 아직 대례복 차림인 윤임이 나타났다. 그의 옷차림을 본 나는 오늘 교태전에 가지 않겠다는 내 뜻을 전해 받고 바로 이곳으로 왔음을 알았다.

"이러시면 아니 되시옵니다!"

그의 뒤에서 나인이 소리쳤지만 그의 시선은 오직 앉아 있는 내게 꽂혀 있었다. 그가 쉽게 물러날 생각이 없음을 깨달은 난 손짓을 나인에게 보냈다.

"과인은 괜찮으니 나가 보거라."

"예에. 전하."

나인이 문을 닫고 나간 순간이었다. 윤임이 그대로 나를 향해 빠르게 걸어오더니 바로 내게 입을 맞추며 금침 위로 넘어뜨렸다.

놀랄 새도 없이 그는 내 몸을 짓누르고 올라탔다. 난 눈을 크게 뜬 채 내 몸을 누르는 그를 밀어내려고 몸부림 쳤다.

잠시 후 굳게 다문 내 입술이 열리지 않자 윤임이 내게서 입술을 떼어냈다.

"뭐 하는 짓이오?"

그의 무례에 화가 났지만 난 최대한 아무렇지도 않은 척 담담하게 물었다. 그가 날 사납게 쏘아보며 말했다.

"신이 군신간의 예를 지키길 원하시는지요?"

"그렇소."

"하오면 전하께서는 신에게 부부간의 예를 지키십시오."

"과인은!"

그가 다시 입을 맞춰왔다. 낮에 국혼례 때와 달리 지금의 그는 내게서 물러날 생각이 없어 보였다. 힘으로는 그를 밀어낼 수 없다는 걸 깨달은 나는 자포자기한 심정으로 몸의 모든 힘을 풀었다. 내가 반항을 멈췄다는 걸 알아차린 그의 손길이 느리고 부드러워졌다.

그가 내 귓가에 대고 나지막히 속삭였다.

"신을 보아 주십시오. 지금 전하의 곁에 있는 사내가 누구인지를!"

아무런 반항조차 하지 않는 나를 그는 사랑스럽다는 듯이 내려다본다. 그의 한 손이 내가 입고 있던 대례복의 긴 허리끈을 잡아당겼다. 공허한 내 시선은 천장을 향했다. 그에게 사실을 말할 때가 왔음을 알았다. 복잡한 감정이 지금 내 몸을 짓누르는 윤임의 무게보다도 더 무겁게 나를 짓누르고 있었다.

난 입을 열었다.

"과인은 홍연의 아이를 가졌소."

윤임의 손이 움직임을 멈췄다.

난 여전히 천장을 바라보는 시선을 거두지 않은 채 말했다.

"이 아이를 지키기 위해 과인은 제 숙부를 죽였노라 말하는 그대와 혼인했고. 이 비밀을 공유할 사람이 그대라고 확신했기 때문에 혼인했소."

내 눈동자가 천천히 움직여 윤임의 두 눈을 향했다.

"과인의 신하라고 말한 그대를 믿었으니까."

그의 눈에 얽힌 감정을 도무지 읽을 수가 없다.

"이 아이는 과인의 소생이기 전에 역적 신수근의 손주이고. 어쩌면 과인보다도 더 힘든 운명의 굴레와 마주할 수 있으니 태어나는 즉시 궐 밖으로 내보낼 것이오. 평범하게 살 수 있게."

어렵게 맺은 이 말 한마디를 따라 윤임을 바라보는 내 눈에서도 눈물이 흘러내렸다.

"그러니 이 아이를 무사히 낳을 때까지만 그때까진 그대와 부부 간의 예를 지킬 수 없소."

윤임이 내게서 몸을 거뒀다. 그는 내게서 등을 보이며 돌아앉더니 물었다.

"신에게 털끝만큼의 작은 마음도 없으십니까?"

내가 홍연의 아이를 가진 것보다도 그에게 더 중요한 것.

그것은 내가 그를 선택한 이유에 조금의 마음이라도 실려 있는 지를 묻고 있는 것이다.

"전혀. 조금도."

"그럼 신을 선택하신 이유가 단지……."

"이 아이의 존재를 알더라도 비밀을 지켜줄 거라 믿었소."

윤임의 두 눈이 빠르게 충혈되었다. 그는 화를 내고 있었고 분노하고 있었다. 그 대상은 바로 나였다.

"전하께서 기억을 잃으셨던 때에 신의 아내가 되기로 약조하셨습니다. 그때 진성 공주임을 기억하지 못하셨다 하더라도 지금은 아니지 않습니까? 약조하시던 순간을 기억하고 계시지 않습니까? 그런데 어찌 그리 매정히 말씀하실 수 있단 말입니까?"

"기억을 잃고 그대와 함께하던 날들에도 과인은 종종 홍연을 마주할 일이 있었소. 그런 그에게 어떤 끌림을 느꼈지. 그것은 머릿속에서는 홍연을 잊어버렸지만, 마음에 그가 남아 있기 때문이었소."

여기까지 말한 나는 윤임의 시선을 피해 고개를 숙였다.

"기억이 돌아온 후 그 사실을 깨닫자 그대를 잊는 것이 쉬웠소."

나를 향한 변치 않는 마음을 지켜왔던 사내. 그 사내의 마음에 보답할 길은 내 마음뿐이었다. 난 다시 고개를 들어 윤임을 보며 말했다.

"이 아이가 없더라도 그대를 국서로 맞이하겠다 결심한 이상 합방도 할 수 있소. 그게 임금의 의무라면. 하나 마음은 줄 수 없소. 그 마음만 제외한다면 과인의 모든 것을 내어줄 테니."

나도 알고 있었다. 나를 향한 마음 하나로 모든 위험을 감수했던 그에겐 이 말이 매우 큰 충격이었을 것이다. 그런 그에게 마음 빼고는 모든 것을 내어줄 수 있다고 말했다. 윤임은 더 말하지 않고 자리를 박차고 일어서 밖으로 나가버렸다.

✽ ✽ ✽

– 탁!

"명중이오!"

윤임이 쏜 화살이 정확히 과녁을 맞혔다.

– 탁!

연달아 쏜 두 번째 화살도 마찬가지로 과녁에 정확히 꽂혔다.

"명중이오!"

연달아 맞혔다는 소리에 대사헌 민상안과 도승지 홍숙이 손뼉을 쳤다.

"국서가 되시기 전에 무과를 준비하셨다더니 역시!"

"쉽지 않은 거리입니다만 국서께는 바로 눈앞에 놓은 과녁을 쏜 듯하십니다."

윤임은 대답을 하지 않은 채 세 번째 활을 쏘았다.

– 탁!

"명중이오!"

이번에도 그가 쏜 화살은 정확히 과녁에 꽂혔다. 그런데도 윤임의 얼굴에는 옅은 미소조차 찾을 수가 없었다.

세상이 조용해졌다. 그리고 조정도 조용해졌다. 박원종이 죽고 왕은 이 기회를 놓치지 않았다. 스스로의 의견을 막힘없이 드러냈고 일 처리에도 과감함을 보였다. 조정의 공신들은 원종이 사라진 이후 국서가 된 윤임의 눈치만 살폈다. 윤임은 왕의 정치에 아무런 이의도 제기하지 않았다.

국혼 후 반년의 시간이 빠르게 흘렀다. 이제 조정 대신들도 여왕의 존재에 슬슬 적응해 나가고 있는 듯 보였다. 특히 왕은 하루에 세 차례나 이어지는 경연을 단 한 번도 빠지지 않았다. 반대로 윤임은 궐에 머무르는 시간보다는 밖에서 활을 쏘거나 사냥을 하는 일이 잦았다.

"하하하!"

해가 지자 윤임과 대신들은 활터에서 기방으로 자리를 옮겼다. 술에 취한 대신들은 자리도 잊은 채 함부로 입을 놀렸다.

"전하께서 이리 조정에 열심히시니 언제 후사를 보실지 신들은 이것이 궁금할 따름입니다!"

윤임은 정중앙 자리에 앉아 조용히 술잔만 기울였다. 그때 주변의 눈치를 살피던 기생 한 명이 자리에서 일어나 윤임의 옆으로 다가가 앉았다. 그녀는 윤임과 눈을 마주치자 뺨을 붉혔다.

"대감."

대사헌이 나섰다.

"예끼! 대감이라니? 궐에서는 '마마'로 불리시는 분이시다~"

기생이 재미있다는 듯 물었다.

"마마? 하오면 상감마마와 같은 마마이십니까?"

그 기생을 빤히 쳐다보던 윤임이 자리에서 벌떡 일어섰다.

"아니, 어디 가십니까?"

대사헌이 제지했다. 윤임이 갓끈을 매만지며 말했다.

"곧 궐문이 닫힐 시간이니 집으로 돌아가야 하지 않겠소."

"에이! 여인도 아니고 사내인데. 사내가 기방에서 술 좀 마시다 늦었다고 아내가 문고리를 걸어 잠그겠습니까? 앉으시지요."

윤임의 얼굴이 딱딱하게 굳었다.

"무엄하오."

이 한 마디에 기생이 연주하던 가야금 소리가 끊겼다. 자리한 대신들도 서로의 눈치를 보며 입을 굳게 다물었다. 윤임은 그들을 한 번 무섭게 둘러보더니 기방을 나와 남여에 올라탔다.

궐로 돌아가는 길은 적막하기 그지없는 밤이었다. 애초에 적은 수의 호위무사만 대동한 채 출궁한 길이었다. 윤임의 행차는 조용히 경복궁으로 향하고 있었다.

"늦으셨사옵니다."

그가 돌아왔다는 소식에 장 상궁이 마중을 나왔다.

"전하께서는? 침수 드셨는가?"

윤임의 물음에 장 상궁이 고개를 저었다.

"수정전으로 가셨사옵니다."

"이 시각에?"

"예. 침전에 계시면 졸음만 쏟아지신다면서 오늘 밤 안으로는 다 못 볼 상소와 내일 경연 준비까지 다 끝마치시기 전에는 침전으로 돌아가지 않겠다 하셨사옵니다. 문제는 이뿐만이 아닙니다. 오늘은 경연을 세 시각이나 연달아 하셨는데 한자리에 앉아 단 한 번도 일어나지 않으셨사옵니다. 그러다 어지럼증이 오신다면서 잠시 쉬시더니 곧바로 경연을 다시 시작해 두 시각을 더 하셨사옵니다. 이 일로 경연관들 사이에는 칭송이 자자하나……."

장 상궁이 말을 끝맺지 못했다. 그녀는 윤임과 마찬가지로 왕이 회임했다는 사실을 알고 있는 몇 안 되는 사람이었다.

"국서께서 전하께 잘 말씀드려주시오면……."

"소문을 듣지 못하셨는가."

돌아오는 윤임의 목소리가 차가웠다.

"예?"

"주상전하께서는 국서와 겸상도 하지 않으신다고."

말속에 미운 감정이 실려 있었다. 국혼 날 이후로 윤임은 왕실 제례와 연회 때 외에는 수련을 마주한 일이 없었다. 수련도 나랏일에 매진하고 있었기 때문이기도 하지만 윤임이 그녀를 만나러 가지 않았다. 당연히 부부간에 사이가 좋지 못하다는 소문이 암암리에 파다했다.

"마마."

장 상궁이 간곡히 청하듯 윤임을 불렀다. 그러나 윤임은 고개를 저으며 대답했다.

"난 피곤하니 이만 쉬러 가겠네."

윤임은 다 귀찮다는 듯 손을 휘휘 내저으며 교태전 쪽으로 걸음을 옮겼다.

❋　❋　❋

수정전의 창문이 열린 곳을 통해 수련의 모습이 보였다. 윤임은 교태전으로 가지 않았다. 창문을 통해 보이는 수련의 모습을 가만히 지켜보고 있었다.

수련은 윤임이 지켜본 시간만 하더라도 한 시간째 같은 자리에 앉아 움직이지 않았다. 책을 펼쳐보기도 했고 무언가를 열심히 적기도 했다. 상소를 펼쳐보다가 하품을 길게 내쉬더니 다리가 불편한지 무릎을 주먹으로 두드리기도 했다. 그 모든 것을 윤임은 단지 바라보기만 했다. 윤임의 눈에 비친 그녀의 모든 것이 사랑스러워 보였다.

그래서 윤임은 슬펐다. 그녀가 왕이 되었더라도 여전히 그의 눈에는 유나의 모습 그대로였다. 그런데 그녀는 스스로 그 과거를 잊었다고 한다. 부정한다.

그는 수련이 아닌 유나로 바라보며 국서가 된 것일까? 그때 수련이 몰려오는 졸음을 참지 못한 듯 상 위에 두 팔을 모은 채 머리를 기댔다. 잠깐만 기댈 줄 알았는데 그대로 잠들어버린 것 같았다.

시각은 이미 삼경을 지났다.

"으음…….."

포근한 이불 속에서 몸을 비비적거리다 눈을 떴다. 제일 먼저 보이는 것은 익숙한 침전의 풍경이었다. 그리고 두 번째는 불빛. 그 불빛 옆에 장 상궁이 보였다. 장 상궁은 무언가를 잔뜩 들고 혹시라도 내가 깰까 조심스럽게 바닥에 내려놓고 있었다. 그것은 내가 수정전에서 살펴보던 서책들이었다.

"뭐 하는가?"

"아, 전하."

내가 깨어났다는 것을 알아차린 장 상궁이 어색한 웃음을 짓는다.

"과인이 언제 이곳으로 왔는가? 과인은 이곳으로 기억이 없는데."

분명 난 반도 끝내지 못한 상소와 다 살펴보지 못한 서책들을 수정전에 두었었다.

"실은 국서께서."

"국서?"

전혀 예상치 못한 답변이 장 상궁의 입에서 나왔다. 그때 내 눈에 서책들 사이마다 끼워진 종이들이 보였다. 난 서책으로 다가가 끼워진 종이들을 일일이 살펴보았다. 서책의 내용들을 축약해서 적은 것으로 경연에서 큰 도움이 될 만한 내용들이었다. 그리고 종이에 적힌 글씨는 전부 윤임의 글씨였다.

"국서는? 국서는 어디에 있는가?"

❊　❊　❊

수정전 곳곳을 초가 밝히고 있었다. 윤임은 그곳에서 계속 무언가를 바쁘게 적어내려가고 있었다. 그의 앞으로는 분류가 끝난 상소들이 한가득이었다. 난 그의 뒤로 다가가 입을 열었다.

"윤임."

이 한 마디에 무언가 적어내려가던 그의 붓 끝이 움직임을 멈췄다. 하지만 그는 내 목소리를 듣고도 뒤를 돌아보지 않고 있었다.

난 그의 옆으로 다가가 앉으며 말했다.

"무엇을 하고 있소?"

"전하."

윤임이 손에 들고 있던 붓을 내려놓고는 나를 돌아보았다. 난 그의 시선을 피해 그가 방금 전까지 적어내려가고 있던 종이를 들어올렸다. 그것은 각 상소에 대한 의견을 간추려 적어놓은 것이었다.

"경연의 서책까지는 상관없어도 상소까지 이리 할 필요는."

윤임이 바닥에 납작 엎드렸다.

"신의 죄를 용서하여 주십시오. 단지 전하께 도움을 드리고자 한 것입니다. 마음에 들지 않으시면 신이 적은 이 의견을 받아들이지 않으시면 됩니다."

"윤임……."

내전을 다스리며 궐 안의 살림을 살피는 건 사내인 그에게 지루하고 따분한 일일지도 모른다. 그에게도 국서로서의 관작이 있었지만 어디까지나 그뿐이었다. 그래서 나는 그가 매일같이 활을 쏘고 사냥을 나가는 것을 막지도 반대하지도 않았다. 누구 하나 국서인 그가 무엇을 해야 한다고 알려주지도 않았다.

한 가지 사실은 분명했다.

"이것은 국서의 할 일이 아니오."

이 말에 윤임이 고개를 들어 나를 바라본다.

"하오나 작게나마 전하께 도움이 되는 일이라면 그 역시 국서의 일이겠지요."

윤임이 자리에서 일어섰다.

"무리하지 마십시오. 전하께선 홀몸이 아니시지 않습니까?"

말을 마친 윤임이 나를 두고 수정전을 떠났다.

❀ ❀ ❀

만물이 생장하는 봄이었다. 이에 맞추어 산달이 다가오자 배는
옷으로 가리기 힘들 만큼 부풀어 올랐다.

"당의의 품을 조금 더 늘리라 하였사옵니다만."

아침 일찍부터 나인들을 물린 채 옷 입는 것을 도와주며 장 상
궁이 걱정스럽게 말했다.

"전하. 이제 그만 병을 핑계로 조정 일을 쉬시옵소서. 행궁으로
가시는 것은 어떠시옵니까?"

"아직은 괜찮네."

"하오나……."

"첫 현량과 실시가 보름도 남지 않았네. 과인이 절대 빠져서는
안 될 자리야."

과거시험이 아닌 추천으로 선발된 전국의 수백 명의 인재들이
한양으로 몰려들었다. 이들은 여러 차례에 걸린 심사를 통해 걸러
졌고 보름 후, 경복궁에서 나와 조정 대신들이 참여한 자리에서 문

답 형식의 마지막 시험을 치를 예정이었다. 다른 누구도 아닌 바로 내 신하를 뽑는 자리였다. 빠질 수는 없는 일이었다.

"이번 달이 산달이온데……."

"별일은 없을 걸세."

장 상궁이 무엇을 걱정하는지 잘 안다. 초산에는 아이를 낳다가 잘못되는 일이 허다했다. 마냥 침전에 틀어박혀 쉬기만 해도 모자를 판국에 국왕으로서의 일은 넘쳐났다.

"어마마마께서는?"

내 물음에 장 상궁이 답했다.

"다음 달에야 환궁하실 것 같사옵니다."

"다행이군."

어마마마는 지금 온양행궁에 계셨다. 궐이 안정되고 나서야 잔병 치료를 위해 겨울에 떠나신 길이 늘어지고 있었다. 나 역시 어마마마의 환궁을 재촉하지 않았다. 또한 수시로 안부를 주고받아서인지 어마마마도 안심한 듯 오래 머무셨다.

"끝내 말씀드리지 않으실 것이옵니까?"

"아이는 태어나는 즉시 궐 밖으로 내보낼 걸세. 어마마마께서 이 사실을 아신다면 어떻게든 아이를 궐에 두려고 하시겠지. 방법이 있다고 하시면서 과인을 설득하려 하실거야."

어마마마는 나를 잃어버렸던 기억이 있다. 무엇보다도 마음이 여린 분이셨다. 그러니 아이를 궐 밖으로 내보내는 일을 반대하실

146

것은 불 보듯 뻔했다. 그래서 난 어마마마에게 홍연의 아이를 가진 사실을 말씀드리지 않았다.

"전하. 옥여가 준비되었사옵니다."

문 밖에서 내관의 목소리가 들렸다. 난 장 상궁의 부축을 받아 침전을 나섰다. 그 순간 하늘에서 비가 내리기 시작했다.

"비라…… 소나기인가?"

웬일인지 뜻 모를 불안감이 스쳤다.

"소나기여야 할 텐데."

아침부터 봄 사냥에 나섰던 윤임도 비를 만났다. 빗발이 굵어지기 시작하자 그도 사냥을 접고 비를 피했다. 숲을 빠져나오자마자 제일 먼저 보이는 초가가 있었다. 그 초가 앞에 한 여인이 장옷으로 비를 막은 채 서 있는 것이 보였다. 그녀는 윤임이 탄 말이 초가 앞을 지나가려 하자 말을 걸어왔다.

"마마."

윤임이 말을 멈추고 그녀를 내려다보았다. 그 여인이 윤임을 올려다보며 방긋 웃으며 말했다.

"소녀를 기억하십니까?"

유심히 그녀의 얼굴을 들여다보던 윤임이 오래전 기방에서 만났던 기생임을 떠올렸다. 윤임의 표정에서 그가 자신을 기억했다는 사실을 알아차린 그녀가 말했다.

"어서 들어오세요. 비는 이곳에서 피하고 가시지요, 마마."

윤임은 그녀를 무시한 채 그냥 지나가려고 했다. 그러나 그와 함께 사냥을 나온 일행들이 모두 비에 젖은 데다 빗발 때문에 말을 타고 가는 것이 힘든 상황이었다. 윤임이 말에서 내렸다.

초가는 방이 두 개에 아궁이 딸린 부엌으로 이루어져 있었다. 그런데 사람이라고는 기생, 그녀 한 사람뿐이었다. 그녀는 윤임의 일행들을 옆방으로 보내고는 윤임만 따로 큰 방으로 안내했다. 그녀는 마치 그가 올 것을 알고 있었다는 듯 술상을 내왔다. 시키지도 않았는데 술잔에 술을 따르는 그녀를 보면서 윤임이 물었다.

"기생이 기방에 있지 않고 이런 초가에는 어인 일이냐?"

"어인 일이긴요? 이곳이 소녀의 집입니다."

"집?"

"기생 년은 집도 없는 줄 아십니까?"

"가족이 없느냐?"

"오래전에 죽어 기생으로 팔려갔는데 가족이 있겠습니까? 집만 있지요. 가끔 와서 들여다보는 정도입니다. 저 늙으면 살려고."

능숙하게 술잔을 채운 그녀가 윤임에게 술을 내밀었다.

"드십시오. 비에 젖은 몸이 따뜻해지실 것입니다."

"되었다."

"하오면 젖은 옷이라도 내어주시지요. 불가에 말리겠습니다."

"그도 되었다. 빗발이 줄어들면 곧 떠날 것이다."

단호한 윤임의 태도에 그녀가 심통 난 듯 귀엽게 투정을 부렸다.

"마마. 소녀가 누군지 아십니까? 한양 최고의 기생은 조선 최고의 기생이라는 말이 있지요. 지금 한양 최고의 기생이 바로 저 가월입니다."

윤임이 따분하다는 듯 그녀에게서 눈길을 돌렸다. 그녀가 말했다.

"지난번 마마께서 그리 자리를 떠나신 후 대감들이 수군거리더군요. 국서도 사내인데 왕이 여인이라 사내구실을 못하고 지낸다고. 그래서 하는 일이 고작 활 쏘고 사슴 잡고……."

윤임의 날카로운 시선이 기생 가월의 얼굴에 꽂혔다. 그녀는 이런 윤임의 반응이 만족스러운지 빙긋 웃으며 말을 이었다.

"거기에 이 계집 잡는 것도 추가하시렵니까?"

말을 마친 그녀가 두 손으로 윤임의 어깨를 잡더니 그의 무릎 위에 올라타듯 앉았다.

"뭐 하는 짓이냐?"

돌아온 윤임의 목소리가 싸늘했다.

"말씀드리지 않았습니까. 소녀는 조선 최고의 기생이라고. 소녀가 가지고 싶은 사내는 반드시 가질 것입니다."

말을 마친 그녀가 자신의 입술을 윤임의 입술 앞에 가져다 댔다.

"비켜라."

"마마아-"

금방이라도 입술이 닿을 듯한 거리에서 갑자기 그녀의 움직임이 멈췄다. 무언가 그와 자신 사이에 가로막고 있는 물체를 느낀 것이다. 윤임이 낮은 목소리로 읊조렸다.

"조금만 더 다가왔다가는 널 죽일 수도 있다."

그녀가 무언가를 보고는 화들짝 놀란 듯 물러섰다. 윤임의 손에 사냥에 쓰이는 날카로운 단도가 들려 있었던 것이다. 기생이 물러서자 윤임이 자리를 털고 일어섰다. 그가 이곳을 떠나려 한다는 것을 알아챈 기생이 독을 품고 소리쳤다.

"어찌 가냘픈 여인에게 이리 냉정하십니까? 전하께도 그러십니까?"

바로 그 순간 윤임이 손에 들고 있던 단도를 그녀에게 던졌다.

- 휙!

단도는 그녀의 앞에 놓여 있던 술상 한가운데에 정확히 꽂혔다.

"꺅!"

그녀가 소리를 지르자 윤임이 말했다.

"다시는 너를 볼 일이 없었으면 좋겠구나."

겁에 질린 그녀가 바닥에 몸을 납작 엎드렸다. 그가 문을 열고 나서자 옆방에 있던 무관들이 고개를 내밀었다.

"어디를 가십니까?"

윤임이 말도 타지 않고 초가를 나서며 말했다.

"나는 알아서 궐로 갈 것이다. 너희들은 알아서 오거라."

윤임은 뒤도 돌아보지 않은 채 그곳을 떠났다.

❋ ❋ ❋

빗소리가 계속 내 신경을 거스르게 하는 것 같았다. 어떨 때는 빗소리를 들으면 마음이 편안해졌는데 오늘 빗소리는 무언가 달랐다.

"향교에서 추천받아 예조에서 확인하던 인물 중 몇몇이 부정으로 천거를 받아 올라온 것으로 확인되었사옵니다."

언제부터인가 모르지만 오늘따라 계속 일에 집중이 안 된다.

"따라서 전하 이들을 도성 밖으로 출송하는 일에 대하여……."

"일부 억울하다고 고하는 이들도 있다고 들었소."

"하물며 중간에 추천서가 바뀌어……."

피곤해.

여기에 마치 한겨울에 경회루에 앉아 있는 것처럼 손발이 차가웠다. 비가 아직 겨울을 품고 온 것일까?

"전하. 우상 대감께서 건의하신 대로 명을 내려 주시옵소서."

"그전에 전하의 뜻을 먼저 밝혀주시오면 차후에라도……."

어지러웠다. 다리에서도 찌릿찌릿한 느낌이 오는 것이 마치 쥐가 날 것만 같았다. 오늘은 더욱 조회 자리가 불편하기만 했다.

"잘 들었소. 과인은 오늘······."

무언가 말하려는데 입이 달싹거리기만 할 뿐 계속 소리가 나오지 않는다. 대신들의 시선이 모두 나를 향하고 있었는데도 말이다. 이를 가장 먼저 알아챈 것은 장 상궁이었다. 곁에 서 있던 장 상궁이 내게로 다가오더니 말했다.

"어디 편찮으시옵니까?"

그 말을 듣는 순간 짚이는 점이 있었다. 난 장 상궁과 눈빛을 교환하며 최대한 작게 말했다.

"좀 쉬고 싶네. 몸이 안 좋은 것 같으니."

눈치 빠른 장 상궁이 바로 내 말을 알아듣고는 돌아서서 대신들에게 말했다.

"오늘 비가 와서 전하의 몸이 좋지 않으신 듯하옵니다. 조회는 이만 파하여 주시옵소서."

장 상궁의 말에 영의정이 고개를 끄덕였다.

"그리하지요."

대신들이 저마다 예를 올리고 자리에서 일어섰다. 하나둘씩 대전을 떠나는 동안 나는 장 상궁의 어깨를 붙잡은 채 겨우 자세만 유지하고 있었다. 마침내 대전에 있던 모든 대신들이 나가자 난 장 상궁에게 말했다.

"아이가 나오려나 봐."

※ ※ ※

윤임은 빗속에서 홀로 아무런 가림막도 없이 비를 맞으며 걷고 있었다.

그는 혼란스러웠다. 자신의 아내가 되었음에도 다른 사내의 아이를 품은 여인을, 아니 임금을 어찌 대해야 할지. 단순히 국서로서의 역할을 잘 수행한다고 해서 그녀의 마음을 얻을 순 없다는 것도 잘 알았다. 그렇게 되자 윤임은 점점 더 수련과 멀어지고 있었다.

빗속을 뚫고 궐로 돌아온 윤임은 교태전으로 바로 들었다.

"어찌 호위도 없이 홀로 돌아오셨습니까?"

걱정하는 교태전 내관에게 윤임이 말했다.

"전하께서는? 참, 조회 중이시겠구나."

그러자 내관이 말했다.

"조금 전에 장 상궁께서 대전 나인 벼랑이를 보내 마마를 급히 찾으셨사옵니다."

"나를?"

"예. 사냥을 나가셨다고 말씀드렸더니 돌아오시는 즉시 후원으로 와 달라는 말을 전해달라 하였사옵니다."

"비 오는데 후원은 무슨……."

윤임이 면 수건으로 젖은 얼굴부터 닦던 그대였다. 내관이 말을 이었다.

"참, 오늘 전하께서 몸이 편찮으시다며 조회를 중단하셨다 하옵
니다."

그 말에 윤임이 하던 일을 멈추고 내관을 돌아보았다.

"지금 뭐라 하였느냐?"

후원.

벌써 몇 시간이 흘렀는지 모르겠다. 하지만 아이는 세상 밖으로
나오려 하지 않고 있었다. 숨을 어렵게 내쉬며 식은땀을 흘리는 내
곁을 지키는 것은 장 상궁과 벼랑이뿐이었다.

"아무래도 의관나으리를 모셔야 하지 않을까요?"

벼랑이가 걱정스러운 듯 말했지만 난 고개를 저었다. 말할 기운
도 남아 있지 않았다.

"밖에서 산파라도 들이는 것이 좋겠사옵니다."

장 상궁의 말에 난 이번에도 고개를 가로저었다.

"전하! 이러다가 더 위험해지실 수도 있사옵니다!"

이런 내가 답답한 듯 장 상궁이 소리쳤다. 동시에 하늘에서 천둥
소리가 들려왔다. 후원의 외딴 정자 안을 밝히는 촛불이 어디선가
스며들어온 바람에 거세게 요동쳤다. 금방이라도 꺼질 듯 아슬아

슬한 불빛을 가만히 쳐다보다 나도 모르게 슬며시 눈이 감겼다.

"전하?"

장 상궁이 불렀고 난 다시 눈을 떴다.

"조금…… 피곤해서."

날은 이미 어두워졌다. 그것이 비구름 때문인지 아니면 때에 이르러서인지는 알 수 없다. 난 기억할 수 없는 아주 오랜 시간 동안 이곳에서 아이를 낳기 위해 씨름했다.

"정신을 잃으시면 아니 되옵니다!"

그 사실은 장 상궁보다도 내가 더 잘 알고 있었다.

"왜 아이가 안 나오는지 모르겠어……."

약하지만 진통은 있었다. 그렇다고 언제 나올지 모르는 아이를 기다리며 계속 후원에서만 머물 순 없었다.

비바람이 치고 있었다. 대전의 나인들은 후원에 갔다가 돌아오지 않는 왕의 신변에 대해 궁금해질 것이다.

"졸려…… 너무 피곤해."

며칠째 무리했던 것도 이유겠지만 쏟아지는 잠을 참아내는 게 더 힘들었다. 이대로 잠드는 것이 위험하다는 것도 알고 있지만 말이다.

"안 되겠사옵니다! 벼랑아."

내 상태를 계속 걱정스레 주시하던 장 상궁이 벼랑이에게 말했다.

"내의원에 가서 의관을 모시고 오너라. 상황은 이곳에 오시면 설명드린다 하고."

"안 돼!"

난 장 상궁의 팔을 힘껏 움켜잡았다.

"전하?"

"그러면 아이는 무사히 낳을진 몰라도 오래 살진 못할 거야. 다들 분명 이 아이가 홍연의 아이라는 걸 알게 될 테니까…… 아!"

약하게 느껴지던 통증이 다시 세게 느껴졌다.

"전하!"

허리를 제대로 펼 수 없는 통증에 난 몸을 웅크리며 쓰러졌다. 그러면서도 장 상궁을 잡고 있는 손을 놓치지 않으려 애를 썼지만.

"이러다가 아기씨도 전하도 모두 잘못되실지도 모르옵니다!"

장 상궁이 울먹거렸다. 하지만 난 끝까지 고개를 가로저었다.

"차라리 아이와 같이 죽었으면 죽었지. 이 아이가 태어나자마자 모든 이들의 칼날을 받게 할 순 없어."

"전하!"

이러지도 저러지도 못하는 장 상궁이 결국 눈물을 보였다.

"마마님. 소인은 어찌해야 하옵니까?"

벼랑이가 장 상궁에게 물었다. 난 그런 벼랑이를 올려다보며 한 손을 내밀었다.

156

"와서 과인의 손이나 잡아줘. 그게 네 할 일이야."

"네……."

벼랑이가 다가와 두 손으로 내 손을 잡았다. 난 반복해서 찾아오는 통증을 참으려 입술을 깨물었다. 장 상궁이 이런 내 입술에 흰 천을 물려주려고 했다. 그 천을 입에 물기 전 난 장 상궁에게 말했다.

"혹시라도 과인이 잘못되었는데도 아이가 살아 있으면 과인보다도 이 아이를 우선으로 보호해야 하네. 알겠는가?"

"전하……."

"약조하게. 이 아이를…… 악!"

"전하!"

"궐 밖으로…… 아무도 모르게…… 아악!"

천둥소리와 함께 강한 바람이 정자의 닫힌 문을 세게 흔들었다. 동시에 정자를 밝히던 촛불이 힘없이 꺼져버렸다.

졸음이 계속 몰려왔다. 아까보다도 더 강해진 통증에 겨우 졸음을 쫓아내고 있을 뿐. 웅크린 몸은 펴지려 하지 않고 배 속 아이는 계속 요지부동이었다.

"도대체 무슨 일이냐?"

윤임의 목소리에 난 감기던 눈을 다시 힘주어 떴다. 조금 전 장 상궁이 다시 불을 밝힌 촛대 뒤로 그가 보였다. 난 머리를 들 힘도 없어서 눈동자만 겨우 굴려 힘없이 그를 바라보았다.

그는 이해할 수 없다는 표정으로 나를 내려다보고 있었다. 일국의 군주가 아이를 낳으면서 의관 하나 없이 가까운 지밀 나인만 곁에 두고 있다니.

"대체……."

차마 윤임이 말을 잇지 못하는 사이 다시 통증이 찾아왔다.

"아악!"

내가 고통에 괴로워하자 윤임이 장 상궁에게 소리쳤다.

"의관은? 의관은 어찌 없는 것이냐?"

"전하께서 절대 의관을 부르지 말라 하셨사옵니다."

그제야 상황 파악을 한 것인지 윤임이 내게서 반쯤 돌아서며 말했다.

"그렇다면 내가 부르겠다."

고통에 정신이 없는 와중에도 그의 이 목소리는 또렷하게 들려왔다.

"안돼요!"

그가 주먹을 힘주어 쥐더니 내게 소리쳤다.

"지금은 아이가 아니라 전하를 살리는 것이 우선입니다!"

바로 나가려는 그를 막을 도리가 내게 없었다. 하지만 어떻게든 그의 걸음을 막아야 했다.

"오라버니!"

이 한 마디에 정자를 떠나려던 그의 걸음이 멈췄다.

"안돼요. 임지 오라버니. 제발…… 아악……!"

다시 고통에 몸부림치는 내게로 윤임이 돌아왔다. 장 상궁이 자신의 자리를 내주자 그가 내 옆으로 다가와 앉더니 말했다.

"이러다가 너 잘못된다."

이 한 마디에 참고 참았던 눈물이 왈칵 터져버리고 말았다. 그것은 윤임도 마찬가지였다. 나를 바라보는 그의 눈이 빠르게 충혈되어가고 있었다.

"네가 아이를 가진 걸 알았다면……."

"알았다면요?"

"거창위의 곁에 두었겠지."

그 말에 난 피식 웃었는데 동시에 눈물이 뺨을 타고 흘러내렸다.

"소용없어요. 즉위한 다음에 알았으니까."

그땐 되돌리기에 모든 것이 늦어버린 뒤였다. 홍연 한 사람을 살리기에도 힘이 들었던 상황.

"이러다 너 죽는다. 그러니 의관을 부르자. 그리고 내 아이라 하겠다."

"오라버니."

"그 어떤 비난이든 내가 다 받겠다. 그러려고 국서가 되었고 네 곁에 있기로 한 것이다."

난 고개를 저었다.

"국혼 한 지 반년 만에 태어난 아이를…… 아무도 믿어주지 않을 거예요. 다들 홍연의 아이란 사실을 알게 되겠죠. 이 아이는 태어난 순간부터 역적의 후손이 될 거고."

"왕의 아이겠지."

"아니오. 많은 이들이 이 아이의 목숨을 원할 거예요. 이 아이는 태어나기도 전에 지고 가야 하는 운명이 너무 가혹해요."

윤임이 내 뺨에 흐르는 눈물을 닦아주며 물었다.

"그 운명을 왜 네 목숨과 바꾸려 하느냐?"

"어머니니까요."

"신홍연은? 그는 이 아이에 대한 책임이 없더냐?"

"그는 이 아이의 존재에 대서 몰라요…… 악!"

다시 몸을 뒤트는 강한 통증이 찾아왔다. 윤임이 자리를 박차고 일어섰다.

"네가 오늘 잘못되면 신홍연은 내 손에 죽는다."

"오라버……!"

내 말이 끝나기도 전에 윤임이 정자를 뛰쳐나갔다.

밤이 되며 요란해진 비바람에 홍연은 쉽게 잠을 이루지 못하고 있었다.

그리고 빗소리는 그에게 그날의 일을 떠올리게 한다. 자신을 만나려고 찾아왔던 수련의 모습을 말이다.

그는 용기가 없었다. 사랑하는 여인과 자신의 어머니의 목숨을 두고 자로 잰 듯 선택할 용기가 없었다. 그래서 그는 왕이 된 수련에게 이혼장을 스스로 써서 올렸다. 그 이후 그는 수련을 만날 자격을 잃어버렸다고 생각했다.

그때였다.

거센 힘에 굳게 닫혔던 빗장의 문이 풀리는 소리가 들려왔다. 누워 있던 홍연이 몸을 일으키며 방의 불을 켰다. 밖에서 낯익은 목소리가 들려왔다.

"신홍연!"

윤임의 목소리였다. 윤임이 홍연을 찾으며 빗속에서 큰 목소리로 부르짖고 있었다.

"신홍연! 어디에 있느냐? 나와라!"

"윤임?"

홍연이 닫힌 문을 열고 밖으로 나갔다. 비가 내리는 어둠 속 희미한 사람의 형체가 마당 한가운데 우뚝 서 있었다. 그가 윤임이라는 사실을 깨닫는 데는 그리 오래 걸리지 않았다. 윤임은 활을 들고 있었다.

"너……!"

윤임은 마루 위에 나타난 홍연의 존재를 똑똑히 알아보았다. 그리고는 등에 맨 활통에서 화살을 꺼내 시위를 당겼다. 윤임이 활을 겨눈 곳은 바로 마루 위에 서 있는 홍연의 얼굴이었다.

"뭐 하는 짓이오?"

"널 진작 죽였어야 했다. 널 살려두지 말았어야 했어!"

"무슨?"

홍연은 이해할 수가 없었다. 윤임은 이제 국서였다. 그리고 수련의 지아비가 되었다. 그런 그가 갑자기 오밤중에 자신을 찾아와 활을 겨누다니? 만약 수련이 홍연을 죽이려고 한다면 윤임이 아니라 금부도사를 보냈을 것이다.

여기까지 생각을 미친 홍연의 불현듯 불안감을 느꼈다.

"그녀에게 무슨 변고가 생긴 것이오?"

홍연의 이 한 마디에 윤임의 두 눈에 분노가 차올랐다. 이를 본 홍연은 자신의 예감이 틀리지 않았음을 깨달았다. 그는 신도 신지 않은 채 마루에서 내려왔다. 윤임을 향해 천천히 한 발 한 발을 내디뎠다. 마침내 화살촉이 자신의 이마에 닿을 거리까지 오자 걸음을 멈췄다. 홍연의 두 눈에는 두려움 따위는 없었다.

"그녀에게 무슨 변고라도 생긴 것이냐고 물었소."

"널!"

분노로 이글거리는 눈을 한 윤임이 당긴 활시위에 힘을 주었다. 금방이라도 활은 윤임의 손을 떠나 홍연의 이마 정 중앙을 꿰뚫고 지나갈 것만 같았다. 그러나 상대는 두려워하지 않는다. 당장 자신의 앞에 닥친 위험보다도 수련을 걱정하고 있었다. 그 마음은 분명 그와 같은 마음이었다. 그래서 서로는 서로를 바라보는 것만으로도 공통된 생각을 품고 있었다.

"말해주시오! 그녀에게 무슨 일이 생긴 것인지!"

"저승사자에게나 묻거라."

말을 마친 윤임이 당긴 활시위를 풀었다.

- 탁!

윤임이 쏜 화살은 홍연의 뺨을 살짝 긁히고 날아가 기둥에 박혔다. 놀라 눈동자가 커진 홍연을 보며 윤임이 무표정한 얼굴로 입을 열었다.

"채비해라. 나와 갈 곳이 있으니."

- 응애!

아이의 울음소리가 거센 빗소리를 뚫을 만큼 우렁찼다.

"공주 아기씨예요!"

아이의 울음소리가 들린 후 벼랑이가 기뻐하며 소리쳤다.

"세상에…… 전하를 꼭 닮았네! 너무 예쁘다아~"

장 상궁이 준비해놓은 따뜻한 물에 아이를 정성스레 씻기고는 포대기로 말아 품에 안았다.

"전하. 아기씨를 안아 보시겠사옵니까?"

난 고개를 옆으로 돌린 채 눈을 감고 있었다.

장 상궁이 이런 나를 보며 다시 한번 조심스럽게 불렀다.

"전하?"

아이가 계속 칭얼대는 소리가 들려왔다. 아이를 안아든 장 상궁은 계속 내 눈치를 본다. 내게 아이를 한 번 안아보라는 뜻일까? 그보다 나는 서둘러 이 아이를 궐 밖으로 내보내라는 말을 해야 했다.

그런데 입이 떨어지지 않는다.

– 탁.

닫혀 있던 정자의 문이 열리는 소리가 들렸다. 벼랑이가 누군가를 불렀다.

"마마."

"어찌 되었느냐?"

윤임이다. 그는 눈을 감은 채 누워 있는 나와 장 상궁이 안아든 아이를 본 모양이다.

"공주 아기씨이옵니다."

장 상궁의 말에 잠시 침묵을 지키던 그가 내게 말했다.

"수련아. 밖에 거창위가 와 있다."

난 감았던 눈을 힘주어 떴다.

"어찌하겠느냐?"

윤임은 왜 홍연을 여기에 데려왔을까?

이 아이의 아버지라서?

그가 데려왔다면 분명 홍연도 아이의 존재를 알게 된 것일까?

난 다시 눈을 감으며 말했다.

"발을 내려라."

"아, 예에⋯⋯."

아이를 안고 있는 장 상궁을 대신해서 벼랑이가 자리에서 일어섰다. 그녀가 발을 내리는 소리가 들리더니 잠시 후 문이 열리는 소리가 났다. 누군가의 발걸음이 천천히 안으로 들려오는 소리도 났다.

홍연이다.

발 소리만으로도 난 그의 기척이라는 걸 알 수 있다. 우리가 떨어져 지낸 시간이 얼마이든 난 소리만으로도 그의 존재를 느낀다.

난 누운 상태로 미동조차 하지 않은 채 가만히 눈을 떴다. 좁은 정자 안을 많은 사람들이 가득 채우고 있었다. 들려오는 소리는 오직 갓 태어난 아이의 칭얼거리는 소리뿐이었다.

"왜 말 안 했소?"

홍연의 물음.

사실 난 말하려고 했다. 비 오던 날, 처마 밑에서 그가 문을 열어주기를 기다린 이유도 바로 이 때문이었다. 왕이 아니었다면 홀로 감당하지 않았을 일.

"말한다고 달라질 게 없다는 걸 알았으니까요."

"수련."

"이미 다 지난 일이에요."

내 눈이 느리게 깜빡이고 있었다. 옆으로 누워 보이는 것은 병풍뿐. 마침내 결심한 나는 장 상궁에게 말했다.

"아이를 그에게 내줘."

"전하!"

그것이 어떤 의미인지 아는 장 상궁이 놀라 나를 부른다. 마치 내 마음을 알고 있다는 듯이 말이다. 반대로 나도 지금 내 마음을 알지 못했다.

"어서."

낮고 엄한 목소리로 다시 한번 명을 내렸다. 장 상궁이 머뭇거리더니 아이를 홍연에게 건네주었다. 태어나자마자 바로 안겼던 장 상궁의 품을 떠나 홍연에게로 간 아이는 다시 칭얼댔다.

"오늘부터 그 아이는 어미가 없습니다."

홍연의 탄식 섞인 한숨이 내 귓가에 와닿았다. 이어 벼랑이가 발 너머에서 훌쩍이기 시작했다.

"그 아이가 자라 성년이 되어 혼례를 치를 때까지 도성으로 돌아오지 마세요."

어머니로서는 잔인한 선택일 수도 있다. 하지만 왕으로서는 최선의 선택임에는 틀림없다. 난 홍연도 살려야 하고 아이도 살려야 한다. 누군가는 이 자리에서 잔인한 역할을 해야 하고 그것이 나임을 뼈저리게 깨닫고 있었다.

"이 아이를 지키기 위함이오?"

홍연은 알면서도 내게 묻는다. 난 대답할 수가 없다. 대답하는 순간 무너져내릴 테니까.

홍연은 그 이후로도 내 대답을 오랫동안 기다렸다. 하지만 끝내 돌아오지 않는 대답에 아이를 소중히 품에 안고는 말했다.

"그리하리다."

이것이 마지막이었다. 홍연의 발걸음도 아이의 칭얼거림도 점점 멀어져 갔다. 어느 순간 더는 그 소리가 들리지 않게 되자 난 두 손으로 얼굴을 가린 채 흐느꼈다.

"아아―!"

그 흐느낌은 통곡으로 바뀌었다.

"전하……!"

장 상궁이 내 팔을 잡았지만 난 그것을 매정하게 뿌리쳤다. 더 강한 힘이 내 팔을 붙잡았다.

"수련아."

윤임이었다. 이번에도 난 장 상궁에게 그런 것처럼 그의 손길을 뿌리치려고 했다. 하지만 내가 쉽게 뿌리칠 수 있는 힘이 아니었다.

"아흑―!"

그날 밤 이후 아주 오랫동안 도성에서 홍연을 본 사람은 아무도 없었다.

⁕ ⁕ ⁕

10년 후.

이른 아침부터 윤여필의 집으로 많은 사람들이 몰려들었다. 그들의 익숙한 걸음은 이 집 대청으로 향하고 있었다. 한 사람 한 사람씩 자리를 잡고 앉자 하인들이 재빨리 대청에 문을 내려 방으로 만들고는 물러났다. 화기애애한 가운데 밖에서 누군가의 목소리가 들려왔다.

"국서께서 드십니다."

이 한 마디에 앉아 있던 모든 이들이 자리에서 일어섰다. 문이 열리며 갓을 쓴 윤임이 들어왔다.

"인사 올립니다, 마마."

그들의 인사를 받으며 윤임은 가장 안쪽으로 가서 상석에 앉았다. 냉철함과 날카로움을 동시에 품은 윤임의 시선이 모여 앉은 이들의 얼굴 하나하나를 살펴보았다. 대부분이 윤임이 천거하여 왕이 기용한 사림 출신의 삼사와 대간들이었다. 오늘 이 자리에 온 이들을 모두 확인한 윤임의 입이 열렸다.

"가져오시오."

"예에-"

윤임의 앞에 수많은 상소가 쌓였다. 상소는 매일 팔도에서 올라와 승정원으로 모아진다. 승지들은 그 많은 상소들 중에서 왕에게 올릴 만한 것만 간추려왔다. 이 때문에 모든 상소를 살펴볼 수 없었던 왕이 윤임에게 그 중간다리 역할을 맡겼다. 윤임이 그 상소들을 하나하나 살피면서 자신의 옆으로 다가온 승지에게 말했다.

"이 상소는 지난번에 전하께서 불쾌하다 하여 더는 거론치 않고 물리라 하신 것이 아니오?"

"아, 저…… 그게."

"이 상소들 역시 쓸데없고 쓸데없고 쓸데없군. 각 육조에 나눠서 처리하면 될 자잘한 사안들까지 일부러 이리 모아 전하께 올리려는 저의가 무엇이오?"

"에……."

윤임의 꾸중에 승지가 고개를 들지 못하자 모인 이들도 그의 눈치만 살폈다. 일일이 상소를 분리하던 윤임이 어느 상소를 하나 들어 올렸을 때였다.

윤임의 한쪽 눈썹이 살짝 꿈틀거렸다. 그것은 민감한 세자 책봉과 관련한 상소였기 때문이었다. 홍문관 직제학 김안로가 나섰다.

"전하께서 몇 해 전 원자를 낳으시고 보위 문제가 거론되어 조정이 시끄러워지시자 이렇게 하명하셨지요. '영산군 부부가 아들을 낳으면 그 아들을 양자로 들여 세자에 책봉하시겠다' 말입니다."

윤임도 이를 기억했다. 원자의 탄생과 함께 조정은 기다렸다는 듯이 둘로 양분되었다. 왕의 비호 아래 윤임이 키워놓은 세력들은 당연히 윤임의 아들이 세자가 되길 바랐다. 그것이 자신들의 세력이 대대손손 유지되는 길이라 믿었기 때문이었다.

반대로 윤임의 아들은 '이씨'가 아니라 '윤씨'이니 절대 안 된다고 주장하는 신하들도 있었다. 이들은 첨예하게 대립했다. 이 일은 왕이 아우인 영산군 부부가 낳을 아들을 양자로 들여 세자로 책봉하겠다고 선언하면서 일단락되었다.

"하오나 영산군 부인께서 오래전 유산하신 뒤로 지금까지 아이 소식이 없으시고. 반대로 원자께서는 건강하고 총명하시니 이제라도 주상전하께 아뢰어 원자마마께 왕실의 성씨를 하사하여 세자로 세우게 하심이 어떻겠습니까?"

그들이 정말 윤임의 아들이 왕이 되길 바라는 것일까? 아니다. 윤임도 이를 잘 알았다. 이들은 자신들의 권력을 위해 윤임의 비위를 맞추는 척, 그의 마음을 떠보려는 것이다.

"마마?"

김안로가 윤임을 불렀을 때였다. 윤임이 그를 향해 사납게 눈을 치켜뜨며 말했다.

"그만하시오. 듣지 않은 것으로 할 터이니."

윤임은 손에 쥔 세자 책봉과 관련된 상소를 승지에게 건네며 말했다.

"이 상소도 전하께 올리지 마시오."

"예에……."

※ ※ ※

숭례문 인근에 큰 장이 섰다. 전국 팔도에서 상인들이 모여들어 하루 종일 시끌벅적했다.

"이번 삼척부사가 아주 악질 중에 악질이야, 퉤!"

"자네, 삼척에서 오는 길인가?"

"그렇다니까. 도적 놈보다 부사 놈이 더 해. 도적 놈은 다 내줄 테니 싹싹 빌면 목숨이라도 살려주잖아? 삼척부사 그놈은 말이야. 아예 다 뺏고 없던 죄를 뒤집어 씌워서 옥에 가둔다니까. 그렇게 모은 재산이 아주 그냥……에?"

열변을 토해내던 상인이 멈칫한다. 그리고 그 옆에서 쭈그리고 앉아서 열심히 듣고 있던 나를 힐끗 쳐다본다.

"누, 누구쇼?"

"하하. 안녕하세요."

난 방긋방긋 웃으며 모여든 상인들과 눈인사를 나눴다.

"재미있는 이야기 같은데. 저도 같이 들으면 안 될까요?"

상인들을 만나서 들은 내용을 잊어버리지 않으려 난 걸으면서 붓으로 글을 써 내려갔다. 그 뒤를 벼랑이와 두 명의 변복한 호위무사가 뒤따르고 있었다.

"저들 말이 전부 다 진실일 리는 없지 않사옵니까?"

"그렇지."

난 계속 글을 적어내려가며 대답했다.

"정 궁금하시면 암행보다야 저들 중 한 명을 궐로 불러들이셔서 물으면 다 털어놓을 텐데요."

"다 안 털어놓을 수도 있지."

"어째서 이옵니까?"

"임금의 앞에서 제대로 말이 나오겠느냐? 하물며 여군女君에게. 그래서 암행이 필요한 것이다."

"이제 어쩌실 것이옵니까?"

글을 적은 책을 덮은 나는 벼랑이를 돌아보았다.

"삼척부사의 일은 국서에게도 들었다. 일부 강원도 지방관에게서도 이와 관련한 내용이 올라오는데 중간에서 자르는 이들이 있는 모양이야. 그들도 함께 색출해야지."

"어지간히 일을 만드시옵니다. 가만있어도 바쁘신 분이. 꼭 그렇게 일을 만드셔야겠사옵니까?"

"과인을 걱정하는 것이냐, 아니면 과인을 비난하는 것이냐?"

"소인이 어찌 감히 전하를 비난하겠사옵니까."

투덜대는 벼랑이가 귀여웠다. 어찌 나이를 들어서도 이렇게 철이 없을까.

"너, 이번에 상궁 되고 싶지 않느냐?"

"다, 당연하지요! 봉급이 다른데!"

상궁 이야기에 벼랑이의 눈이 반짝였다.

난 그런 벼랑이의 얼굴을 유심히 쳐다보다가 풋, 하고 웃음을 터트렸다.

"과인이 보기에 넌 올해도 상궁이 되긴 그른 것 같구나."

"예에? 또 소인을 놀리시옵니까? 너무하시옵니다, 전하!"

"쉿. 조용히 하거라. 어디서 전하라는 소리를 하느냐?"

"흥. 소인 삐쳤사옵니다."

"그러든지 말든지."

난 피식 웃으며 벼랑이를 지나쳐 앞서 걷기 시작했다.

벼랑이 이런 나를 뒤쫓아오며 소리쳤다.

"소인을 두고 가지 마시옵소서~~!"

그때 하늘에서 지진이 난 것 같은 소리가 들려왔다. 금방이라도 비가 쏟아질 듯 구름의 움직임이 빨라졌다. 난 걸음을 멈추고 하늘을 쳐다보았다. 벼랑이가 이런 내 곁으로 다가와 말했다.

"거 보시옵소서. 전하가 그러신 하늘도 소인의 편을 들지 않사옵니까?"

"그보다 비가 올 것 같구나."

거짓말처럼 내 말이 끝나자마자 하늘에서 소나기가 쏟아지기 시작했다.

"어서 피하시옵소서!"

난 서둘러 장옷을 뒤집어쓰고 벼랑이와 함께 뛰기 시작했다. 하지만 마땅히 비를 피할 만한 곳을 찾기가 어려웠다. 그런데 어느 높은 기와집 담장의 처마가 유독 긴 것이 눈에 들어왔다. 다른 이들도 그 집 처마 밑으로 모여들어 비를 피하는 것이 보였다.

"저리로 가자."

"네, 전하."

내가 앞서가고 벼랑이와 호위가 그 뒤를 따랐다. 많은 사람이 붐비는 처마 밑으로 피한 뒤에야 나는 뒤집어쓰었던 장옷을 내렸다. 보기 드문 일인 것을 떠나 기이한 일이었다. 신기한 마음에 계속 올려다보았다.

"무슨 집 처마가 이리 길다더냐?"

내 옆에서 비를 피하던 어린 소녀가 말했다.

"여기 처음이세요?"

"그렇다만."

"근방에 사는 이들은 비옷 없이 길을 나섰다가 비를 만나면 전부 이곳으로 와서 비를 피해요."

방긋 웃는 소녀는 열 살 남짓이 되었을까? 소녀의 웃음에 나도 모르게 씁쓸한 웃음이 지어졌다.

"이처럼 많은 이들에게 비를 피할 곳을 마련해주었다니, 이 집 주인은 큰 상이라도 받아야겠구나."

반대편에 서서 비를 피하던 벼랑이가 난처한 웃음을 지으며 나섰다.

"저…… 전하."

"응?"

소녀에게서 눈을 떼고 벼랑이를 돌아보았다. 벼랑이가 말했다.

"이곳은 폐위되신 거창위 대감의 댁입니다."

어쩐지 처마의 길이만 달라졌을 뿐 이상하게 이곳 주변이 낯익다 느꼈다. 십 년 전, 그날. 벼랑이와 함께 난 나인의 옷을 입고 이곳까지 왔었다. 홍연을 만나기 위해서였다. 그러나 문은 굳게 닫혀 있었고 그는 끝내 문을 열어주지도 나와 보지도 않았다.

"송구하옵니다."

벼랑이는 마치 날 이곳으로 이끈 게 자신의 책임인 양 고개를 숙였다.

"아니다. 네 탓이 아니야."

나도 모르게 비를 피해 걸음 했던 이곳. 긴 처마가 몰아치는 소나기를 피할 수 있는 공간을 마련해주었다.

"소녀의 어미가 그랬는데, 소녀가 태어나기 전부터 이 댁만 이리 처마가 길었답니다. 이 댁 대감마님은 마음씨가 아주아주 넓으신가 봅니다."

홍연은 알고 있었다. 그는 나를 보고 있었던 것이다. 까치발을 들고 서서도 비를 다 피하지 못한 채, 이 처마 아래서 그를 기다렸던 나를.

십 년 전 갓 태어난 공주를 안고 거창위는 한양에서 사라졌다. 그가 오랫동안 황해도에서 머물렀다고 전해 들었다. 지난해 공주가 그곳에서 혼인했고 혼례 이후 그는 다시 자취를 감춰버렸다고 한다.

그는 지금 어디로 갔을까?

"강화 부사의 장계에 따르면 폐주의 병증이 심해졌다 들었소."

아침 조회. 난 지난밤 보고받은 강화 부사의 장계를 꺼내들었다.

"지난번 내의원 의관을 보내자는 과인의 명을 성균관 유생들까지 나서서 반대하여 무산되었지. 그 결과 병증이 더 심해진 것이 아니오?"

좌의정 정광필이 나섰다.

"전하. 폐주는 말 그대로 대역죄인이옵니다. 어찌 대역죄인의 병증에 내의원 의관을 보내 진맥케 하시옵니까? 이는 불가한 일이옵니다."

충분히 예상했던 반응이었지만 나도 할 말은 있었다.

"폐주가 죄인인 것을 과인이 모른다 여기시오? 만약 경들의 말대로 폐주가 죄인이라 하여 의원의 진맥조차 받지 못하고 병이 악

화되어 죽는다면 과인은 지금 불가하다 한 좌상에게 큰 상이라도 내려야 하오?"

"신의 올린 말씀은 그러한 뜻으로 올린 것이 아니옵니다만."

"과인에겐 그리 들리오."

"그, 그게……."

분위기가 냉랭해졌다. 이 분위기 속에서 묵묵히 제 자리를 지키고 앉아 있던 윤임이 나섰다.

"삼가 전하께 아뢰옵니다."

"말해보시오."

"죄인에게는 죄인에게 합당한 처분이 있는 것입니다. 따라서 좌상 대감의 말씀은 그릇된 것이 아닙니다만, 본디 사람에게는 인정이라는 것이 있사오니 폐주에게 약첩을 내려 전하의 성은을 베푸시고 이후에도 차도가 없다면 의관을 보내 병을 살피게 하십시오."

"그리하겠소."

조회가 끝나고 대전을 나서는 내 곁을 윤임이 뒤따랐다. 내전 구역에 들어서고 나서야 난 걷는 속도를 늦추며 윤임에게 말했다.

"폐주의 일은 고맙소."

윤임이 조용히 고개를 숙이며 답을 대신했을 때였다. 어디선가 어린아이의 웃음소리가 들려왔다. 소리가 나는 방향을 쳐다보자 별감들과 공놀이를 하고 있는 일곱 살, 원자가 보였다. 내가 그곳으로 다가가자 별감들이 가장 먼저 알아차리고는 그 자리에 멈춰서 고개를 숙였다.

"원자가 어찌 이 시간에 놀고 있는 것이냐?"

별감들을 향해 꾸짖자마자 그 소리를 들은 원자가 나와 윤임을 쳐다보았다. 나를 본 원자는 흠칫 놀라는 기색이었지만 곧 옆에 선 윤임을 보고는 환하게 웃었다.

"아바마마!"

원자는 그대로 두 팔 벌려 윤임에게 뛰어와 안겨들었다. 그런 원자를 윤임이 다독이며 재빨리 내 앞으로 돌려세웠다. 난 원자를 노려보며 말했다.

"어찌 원자는 이 시간에 글공부는 아니하고 이곳에서 별감들과 놀이를 하고 있는 것입니까?"

원자는 윤임의 옷깃을 움켜잡으며 내게 말했다.

"아바마마께서 오늘은 소자가 공부를 하지 않아도 된다 하셨습니다."

윤임의 핑계를 대는 것을 보아하니 변명하는 버릇도 꽤 많이 는 듯했다.

사실 나도 알고 있었다. 윤임은 원자의 모든 행동을 감싸주고 단 한 번도 크게 꾸짖은 적이 없었다. 당연히 원자는 보기만 하면 잔소리에 꾸중을 하는 나보다 윤임을 더 따랐다.

"그럼 지금부터 공부를 하러 가세요."

나와 단둘이만 있으면 바로 말을 들었을 원자였다. 그러나 원자는 윤임에게 매달린 채 고개를 가로저었다.

"지금 원자는 이 어미 말을 듣지 않겠다는 것입니까?"

"그것이 아니오라 아바마마께서 소자는 세자가 될 것이 아니니 공부는 적당히 하고 무리해서 하지 않아도 된다 하셨습니다."

틀린 말은 아니었지만 원자의 어린 반항은 나를 더욱 화나게 만들었다.

"그렇다면 그 말은 세자가 되지 않을 모든 이들이 공부를 할 필요가 없다는 뜻인가요?"

"소, 소자는……."

아이가 울먹거리며 윤임에게 도움의 눈길을 보냈다. 윤임이 나섰다.

"신이 원자를 데려가 공부를 가르치도록 하겠습니다."

나는 혀를 차며 윤임과 원자에게서 돌아섰다.

"고모님!"

"천윤아!"

멀리서 여진이 보이자 원자가 웃으며 달려갔다. 그건 여진도 마찬가지였다. 버선발인 것도 잊은 채 마루에서 내려간 여진이 달려오는 원자를 두 팔로 끌어안았다.

"고모님! 보고 싶었사옵니다!"

"이 고모도 네가 얼마나 보고 싶었는지 모른다."

여진이 품에 안은 원자의 이마를 부드러운 손길로 쓸었다. 그 뒤로 나타난 윤임이 미소를 지었다.

"누가 보면 그 아이가 네 아이인 줄 알겠다."

"제 손으로 키운 아이니 당연한 일이지요."

원자는 태어나고서 몇 달 전까지 영산군 부부가 집에 데려와 직접 키웠다. 이는 왕실의 전통이기도 했지만 왕과 윤임은 국사로 바빠 원자를 돌볼 여력이 없었던 탓도 크다. 덕분에 원자는 영산군 부부의 애정을 듬뿍 받으면서 컸다.

"이 고모가 무엇을 준비했는지 아느냐?"

원자가 여진을 보며 고개를 도리도리 저었다.

"우리 천윤이가 가장 좋아하는 걸 만들어놨지. 가서 먹자."

"와아ー!"

여진이 원자의 손을 잡고 가버리자 그 뒤에서 영산군이 모습을 드러냈다. 그는 천윤과 손을 잡고 가버리는 여진을 보면서 안타까운 미소를 감추지 못했다.

"원자만 오면 이리 된다니까. 나는 뒷전이야."

"덕분에 원자가 이 댁에서 잘 컸습니다."

영산군이 민망한 듯 윤임에게 손짓했다.

"어서 들어오시게, 처남."

안으로 들어간 영산군과 윤임이 자리를 잡고 앉았다. 영산군이 윤임에게 차를 권하며 말했다.

"오늘도 원자를 데리고 출궁한 것을 보아하니 누이가 또 원자를 꾸짖은 게지?"

윤임은 대답 대신 웃음으로 얼무어버리려 했다.

"참, 누이도 너무하지. 아직 원자는 어미의 애정이 필요할 나이가 아닌가?"

"어머니이시기 전에 이 나라의 주상전하가 아니십니까."

"자네는 마음이 넓어. 원자에게 자네 같은 아버지가 있다는 것은 복이지."

그때 밖에서 하인이 말을 전했다.

"대감마님. 덕풍군 대감 부인께서 오셨습니다."

"오늘이 무슨 날인가?"

영산군이 놀라며 서둘러 자리에서 일어섰다. 윤임도 뒤따라 일어섰다. 곧 문이 열리더니 상복을 입은 해진이 안으로 들어왔다.

지난해 덕풍군이 세상을 떠난 후 해진은 바깥출입을 하지 않은 채 집 안에서만 지내고 있었다. 그런 그녀가 밖으로 나왔다는 영산군은 물론이고 윤임도 당황하게 만들었다.

"어서 들어오시지요."

영산군이 자리를 안내했지만 해진이 정중하게 거절했다.

"상중이니 이곳에 앉겠습니다."

"그래도……"

"길게 머물려고 온 것이 아닙니다."

해진이 윤임을 돌아보며 말했다.

"네가 이곳에 들렀다는 소식을 전해 듣고 오는 길이다."

"무슨 일이 있습니까?"

해진이 말없이 자신이 가져온 보따리를 풀어 무언가를 두 사람 앞에 내놓았다. 그것은 작은 상자였다.

"돌아가신 대감의 유품을 정리하다가 나온 것이다. 생전에는 본 적이 없던 것이지."

윤임이 먼저 그것을 조심히 집어 들었다. 상자는 굳게 잠겨 있었다. 상자는 서간을 넣어두는 일반적인 상자의 모양을 하고 있었다. 특징이라면 그 가운데에 나무가 파져있고 그 안에는 용 문양이 새겨져 있다는 점이었다.

"용 문양 같은데……"

"보았느냐?"

윤임이 고개를 끄덕였다.

"용 문양은 왕실에서만 사용할 수 있지. 물론 종친이신 대감께서 이런 물건을 지니는 것이 이상한 일은 아니다. 다만…… 왕실과 관련이 있다면 네가 전하께 올리는 것이 응당 맞다고 생각하여 가져왔다."

별 대수롭지 않게 여긴 윤임이 고개를 끄덕이며 상자를 다시 내려놓았다. 해진이 자리에서 일어섰다.

"그럼 저는 이만 가겠습니다."

"부인을 만나보고 가시지요. 원자도 온 참인데."

"아닙니다. 상중에는 웃을 일이 없어야지요."

해진이 장옷을 챙겨들고는 자리를 떠났다. 그녀를 마중하고 돌아온 영산군이 상자를 살펴보았다.

"그러고 보니 상자의 모양이 특이하군. 잠겨 있는데 열쇠를 꽂아넣는 곳이 없어."

윤임은 흥미가 별로 없는지 말없이 찻잔을 들어 올렸다. 대신 유심히 상자를 살펴보던 영산군이 말했다.

"혹시 이 용 문양이 단서인가? 이와 같은 문양을 가진 열쇠로 연다던가 하는…… 아!"

영산군이 무언가 깨달은 듯 눈을 크게 떴다. 그것은 차를 마시려던 윤임도 마찬가지였다. 윤임은 들고 있던 찻잔에 담긴 차를 마시지 않고 도로 내려놓았다.

"설마……."

영산군은 자신이 한 생각을 떠올리고서도 믿기지 않는다는 듯고개를 갸웃거렸다. 동시에 윤임은 오래전 일을 떠올렸다. 바로 여진이 지니고 있던 봉황 모양의 옥으로 어떤 상자를 열었던 그 순간을 말이다. 그때 그곳에는 박원종과 박씨부인. 그리고 자신이 있었다. 여진의 옥은 열쇠였다. 선왕이 남긴 첫 번째 유지가 담긴 상자를 여는 열쇠. 그리고 유지는 두 개였다.

오래전에 월산대군과 함께 땅속에 묻혀 썩어 사라져버렸다던.

"아니겠지?"

영산군이 반문했을 때였다. 윤임이 그 상자를 영산군에게 받아들고는 다시금 자세히 상자를 살폈다. 분명 모양만 봉황이 용이 되었을 뿐, 오래전 자신이 본 상자와 똑같은 상자였다.

"열쇠가 있습니다. 용의 모양의 옥인데…….'

"나도 아네. 누이가 거창위와 나눠가졌었지."

거창위의 이름이 언급되자 윤임의 눈빛이 서늘해졌다.

"그럼 그 옥이 지금 신홍연에게 있단 말입니까?"

영산군이 고개를 가로저었다.

"예전에는. 그러나 지금은 아닐세."

"아니라니요?"

"내게 있거든. 그 옥."

윤임이 눈을 크게 떴다.

"그 옥이 대감께 있다고요?"

"누이가 오래전에 혼인 선물로 두 옥 모두 우리 부부에게 주었네. 봉황 모양의 옥은 부인이 지니고 있고, 용 모양의 옥은…….'

영산군이 돌아서더니 서랍 속에 소중히 보관하고 있던 용 옥을 꺼내들며 활짝 웃었다.

"여기 있지, 바로 내게."

영산군의 손에 들린 옥을 본 윤임의 눈이 살짝 흔들렸다.

"한 번 열어볼까?"

잠시 고민하던 윤임이 고개를 한 번 끄덕였다.

"그러시지요."

윤임이 자신이 들고 있던 상자를 영산군에게 내밀었다. 영산군은 호기심이 가득한 눈으로 상자를 받아들었다. 그리고 자신이 가지고 있던 홍연의 옥을 그곳에 정확히 끼워 넣었다.

– 달칵

자물쇠가 풀리는 소리가 나자 윤임은 오래전 봉황의 옥으로 상자를 열던 때를 떠올렸다. 그 옥은 여진의 것이었고 박씨부인이 가져온 것이었다. 그리고 두 번째 옥은 영산군의 것이었다. 원래의 주인을 떠나 새로운 주인을 만난 두 옥. 그 두 옥은 결국 주어진 운명대로 상자를 여는 열쇠가 되고 말았다. 자물쇠가 풀린 상자를 영산군이 열었다.

그 안에는 봉투가 하나 들어 있었다. 오래전 윤임이 보았던 첫 번째 밀지가 담겨 있던 봉투와 유사했다. 먼저 영산군이 손을 뻗어 그 봉투를 열어 그 안에 든 서신을 꺼내 펼쳤다. 그곳에 적힌 내용을 말없이 읽어 내려가던 영산군의 눈동자가 크게 떠졌다.

"무슨 내용입니까?"

윤임이 물었지만 영산군은 대답하지 못했다. 그는 종이에 적힌 내용만을 뚫어져라 쳐다볼 뿐이었다.

"마마."

윤임이 재차 영산군을 부르자 그제야 영산군이 윤임을 돌아보며 말했다.

"이, 이것은 선왕께서 남기신 두, 두 번째 유지네!"

무언가에 놀란 듯 영산군이 말을 더듬거렸다. 윤임이 그의 손에 들린 서신을 빼앗아 눈앞에 펼쳤다.

[이것은 과인이 제안과 월산. 두 대군에게 내리는 밀지 중 두 번째이다.

첫 번째 밀지에 담긴 과인의 뜻이 실패하여 세자 이융이 폐위되지 않았다면 두 번째 밀지를 숨기고 모든 죄를 진성 공주 이수련에게 뒤집어 씌워 영산군의 가계만을 보호하여 훗날을 도모하라.

하나 첫 번째 밀지에 담긴 과인의 뜻이 이루어져 세자 이융이 폐위되고 진성 공주가 즉위하였다면, 영산군 이전의 장자로 하여금 대통을 잇게 하고 진성 공주와 그 소생. 그 부족(夫族, 남편의 가문) 전부를 역모 죄로 몰아 참하라.]

"이게 대체……"

윤임은 차마 말을 잇지 못했다. 아직 밀지의 내용은 끝나지 않았다. 마지막 부분에는 첫 번째 밀지에서는 숨기고 있던 선왕의 속내가 적혀 있었다.

[과인이 첫 번째 밀지에서 진성 공주의 즉위를 명한 것은 과인

의 유일한 아들인 영산군과 그 자손을 세자 이융의 화로부터 보호하기 위하여 진성 공주를 내세운 것이다. 이 때문에 과인이 밀지의 내용을 두 개로 나눈 연유이며, 이 조선에 다시는 여군女君이 나와서는 안 될 것이다.]

밀지를 모두 읽은 윤임은 망연자실한 표정이었다. 첫 번째 밀지도 마찬가지였지만 두 번째 밀지 역시 믿기 어려운 내용이었다. 그러나 이 밀지에는 첫 번째 밀지와 똑같이 선왕의 인장이 찍혀 있었다.

"아바마마께서…… 나는 믿을 수가 없네."

영산군이 탄식했다. 선왕은 오직 자신의 친아들인 영산군만을 걱정했다. 영산군을 지키기 위해서 또 다른 자식이자 여인인 진성 공주의 안위 따위는 중요하지 않았다.

첫 번째 밀지가 성공하지 못했을 경우를 대비해서 선왕은 진성 공주를 방패막이로 쓰려 한 것이다. 그녀를 즉위시키라는 말에는 바로 이러한 선왕의 계산이 깔려 있었다.

"누이를 즉위시키고 나중에는 누이를 죽이라니? 누이의 부족이라면, 바로 자네의 집안인데."

국서가 바뀌지 않았다면 홍연이 될 수도 있었다. 그렇게 하지 않아도 이미 홍연의 집안은 그를 남겨둔 채 사실상 사내들은 모두 목숨을 잃었다.

"처남. 누이에게 이 밀지의 내용을 알려야 할까?"

영산군의 물음에 윤임은 쉽사리 대답하지 못했다.

❋ ❋ ❋

"맛있겠지?"

"와아-!"

그것은 포계(조선식 치킨)였다. 포계를 본 천윤의 표정이 환해졌다. 어릴 적 이곳에서 자라며 여진이 직접 만들어준 포계를 가장 좋아하던 천윤이었다.

"수라간 상궁이 만든 포계는 고모님이 만든 포계보다 맛이 없어요."

닭다리를 하나 들며 천윤이 활짝 웃었다.

"어서, 먹으렴. 먹고 싶은 만큼 해줄 테니."

"네."

신나서 닭다리를 잡고 한 입 크게 뜯으려던 천윤이 망설인다. 그리고는 여진을 돌아보며 손에 쥔 닭다리를 내밀었다.

"고모님 먼저 드세요."

"착하네, 우리 천윤이."

여진이 천윤의 손에서 닭다리를 받아들고는 입으로 가져갔다. 그 순간이었다. 여진의 인상이 찌푸려지더니 헛구역질을 하기 시작했다. 천윤이 당황하며 물었다.

"고모님, 아파요?"

여진이 손에 든 닭다리를 상 위에 내려놓더니 손을 저었다.

"아니야, 천윤아. 이 고모는 아픈 게 아니란다."

"그럼요?"

걱정스레 묻는 천윤을 보며 여진이 어색한 웃음을 지었다.

"우리 천윤이 주려고 포계를 만들다가 알았지. 아직 아무도 몰라. 그래서 말인데 천윤아."

"네?"

"고모는 지금까지 이 세상에서 영산군 대감 다음으로 천윤이가 두 번째로 좋았거든? 그런데 이제 천윤이를 세 번째로 좋아해야 할 것 같아. 그래도 괜찮지?"

"아직은 아닙니다."

밀지의 내용을 왕에게 전하려는 영산군을 윤임이 말렸다.

"아직은 아니라니?"

"우선 짚이는 것이 한 가지 있습니다."

"무엇인가, 그게?"

"두 번째 밀지의 내용을 폐주가 알고 있습니다."

"폐주가 알고 있다?"

이는 영산군도 전혀 모르는 사실이었다. 윤임은 오래전 외숙부인 박원종에게서 들은 사실을 떠올렸다. 신수근이 죽기 전에 폐주가 두 번째 밀지의 내용을 전해 들은 사관을 직접 죽였다는 이야기였다. 다시 말해 폐주는 이 밀지의 내용을 알고 있었다.

"예. 선왕의 명으로 이 밀지를 받아 적은 사관을 폐주가 직접 죽였다고 합니다."

윤임의 대답에 영산군이 고개를 흔들었다.

"만약 그렇다면 어찌하여 폐주가 나를 살려두었겠는가? 나를 보호코자 그랬을 리는 없을 테고……."

"사관을 죽인 건 전하 때문이었을 것입니다."

밀지의 내용대로라면 왕인 수련은 영산군의 즉위와 함께 이 세상에서 없어져 버려야 할 사람이었다. 폐주라면 진성 공주를 위해서 밀지의 내용을 아는 자들을 자신 외에는 모두 남겨두지 않으려 했을 가능성이 컸다.

"그래서 신수근이 월산대군의 묘를 파묘하는 대죄를 저지른 것도 눈을 감아주셨던 건가? 이 밀지를 찾기 위해서? 한데 이 밀지가 어찌 월산대군과 함께 묻히지 않고 오늘날에 발견되었단 말인가?"

"덕풍군께서 가지고 계셨다면 누이가 이를 몰랐을 리가 없습니다. 분명 덕풍군께서도 이것이 무엇인지 모르고 지니고 계셨을 가능성이 큽니다. 그게 덕풍군의 목숨을 오랫동안 보전할 수 있게 한 것일 테고요."

"그 말은 어느 정도 납득이 가는군. 하나 폐주가 나를 살려둔 이유는 알 수가 없네."

"살려둔 것인지 아니면 때를 기다린 것인지는 폐주만이 알겠지요."

폐주가 이 밀지의 내용을 알았을 때는 영산군은 열 살도 안 된 어린 소년이었다. 그런 소년을 아무 이유 없이 갑자기 죽일 수는 없었을지도 모른다.

"폐주가 아직 살아 있네. 한때 그가 그릇된 방법으로 누이를 가지려 하였으나 정녕 누이를 위하여 이 밀지의 내용을 알고도 지금까지 입을 다물고 있는 것이라면……."

윤임이 영산군의 말을 받았다.

"폐주를 만나봐야겠습니다. 그전까지 이 밀지의 내용은 우리 두 사람만 알았으면 합니다."

영산군이 고개를 끄덕였다.

"그리하겠네."

경연 내내 윤임의 뒤에 숨어서 나를 쳐다보던 원자의 얼굴이 잊히지가 않았다. 침전으로 돌아와 옷을 갈아입으면서 터진 한숨에 옆에 있던 장 상궁이 묻는다.

"무슨 근심이라도 있으시옵니까?"

"원자 말이야. 과인이 너무한 것일까?"

장 상궁은 내가 무슨 일을 두고 이리 고민하는지 바로 알아차렸다.

"임금으로나 어미로나 합당한 꾸중이셨사옵니다. 너무 괘념치 마시옵소서."

"국서가 너무 오냐오냐 기른 탓도 있겠지. 그러니 그를 그리 따르는 게고."

"원자마마께서 국서를 더 따르시니 얄밉기라도 하시옵니까?"

"얄밉기는. 그 나이 때 아이들은 전부 어미만 찾는다는데. 원자는……."

사실 나는 보통의 어머니가 될 수가 없었다. 지난 십 년간 왕으로서 해야 하는 일이 너무나도 많았으니까. 그 자리를 대신한 게 윤임이었고 윤임도 이를 당연하게 받아들였다.

원자의 양육은 전적으로 윤임이 맡았다. 여기에 난 원자에게 쉽게 정을 줄 수 없는 이유도 있었다.

내 얼굴조차 보지 못하고 큰 아이.

"옥하. 그게 그 아이 이름이라지?"

십 년이라는 세월이 눈 깜짝할 사이에 지나가버렸다. 홍연이 그 누구보다도 그 아이를 잘 키웠다는 걸 알고 있다. 알고 있음에도 내 가슴 한구석에는 커다란 구멍이 자리하고 있었다. 그리고 그 구멍 때문에 난 원자에게 다정한 어머니가 되어 다가가지 못했다.

"원자는 지금 어디 있다던가?"

"국서께서 원자마마를 모시고 영산군 대감 댁으로 가셨다 하옵니다."

"그래?"

분명 내게 꾸지람을 당한 원자의 기분을 풀어주려 그리했다는 걸 안다. 원자에게 아버지가 윤임이라면 어머니 같은 존재는 바로 여진이라는 걸 아니까.

원자는 궁중 법도대로 어릴 적에는 궐 밖에서 자라야 했다. 윤임은 원자를 영산군과 여진에게로 보냈다. 원자는 아이가 없는 그들 부부 밑에서 많은 사랑을 받고 자랐다.

"오늘 경연은 모두 끝났으니 원자에게 가봐야겠네."

"그러시옵소서."

"출궁할 준비를 하게. 너무 소란스럽게 하지 말고."

"예, 전하."

그대로 나가려던 장 상궁이 걸음을 멈추더니 넌지시 내게 말했다.

"작은 선물이라도 챙겨가심이 어떠시련지요?"

"선물?"

"지난번 명국에서 온 장식 술의 색감이 조선에선 보기 힘든 특이

하고 귀한 색이었습니다. 이를 노리개 끝에 매달아 선물하면 좋아하실 것이옵니다."

"그래? 그럼 지금 그 술을 가져오게."

"예, 전하."

장 상궁이 술을 가져왔다. 금색의 술은 그 위에 마치 진주가루를 뿌린 듯 오묘하고도 은은한 빛을 냈다. 조선에서는 지금껏 단 한 번도 본 적이 없는 그런 장식 술이었다.

"노리개보다는 붓 끝에 다는 것이 좋겠네. 원자의 것임을 한눈에 알아보겠어."

"그리하겠사옵니다. 하온데 술이 두 개이옵니다. 남은 하나는 어찌할까요?"

장 상궁의 물음에 곰곰이 생각하던 난 입을 열었다.

"귀한 것이니 하나만 원자에게 주지. 다른 하나는……."

윤임의 얼굴을 떠올리며 말을 이었다.

"국서에게 줄 생각이니."

장 상궁이 웃으며 대답했다.

"예, 전하."

조선국 교동도. 낡은 초가의 좁은 마루에 앉아 있던 사내가 갑

194

자기 기침을 시작했다.

"콜록콜록."

그 기침소리는 쉽게 그치지 않았다. 결국 핏물이 묻어 나오고 나서야 겨우 진정되었는지 사내가 피맛이 섞인 침을 어렵게 삼켰다.

"괜찮으십니까?"

밖에서 누군가 지게를 지고 뛰어 들어왔다. 한수였다. 그가 등에 지고 있던 지게에는 나뭇짐이 한가득이었다. 그리고 조금 전까지 기침을 하던 이는 폐주 이용이었다.

"그 멀리서도 과인의 기침소리를 들리느냐?"

이용은 걱정하는 한수를 보며 되려 소리를 내며 웃었다. 그의 얼굴은 아픈 병자처럼 핏기 없이 파리하기만 했다.

"약을 또 드시지 않으셨습니까?"

"쓴 건 싫다. 아무리 몸에 좋은 약이라 해도."

"전하께서 특별히 내의원에 하명하시어 내리신 것입니다."

"전하라……."

이용의 얼굴에서 웃음기가 사라졌다.

"세상이 너무 고요하구나. 평화롭게 보이기까지 하니 영 재미가 없다."

그가 하늘을 바라보며 혼잣말처럼 중얼거렸다.

"구름 떼는 언제 몰려와 서쪽하늘에 햇무리를 만들고 비를 뿌릴 것인가."

영산군의 사저 앞에서 가마가 멈췄다. 미리 알리지 않고 온 것이었지만 이상하게 집 안이 조용했다.

"어디 출타를 하신 것일까요?"

장 상궁도 조용한 집 안의 분위기를 느꼈는지 이렇게 물었다. 뛰어나온 하인이 나를 알아보고는 허리를 숙였다.

"안으로 드시지요, 전하."

"영산군은?"

"사랑채에 계십니다."

하인의 말에 따라 사랑채로 걸음을 옮기려는데 안채 쪽에서 여진이 원자의 손을 잡고 나오는 모습이 보였다.

"전하!"

"여진아."

난 사랑채로 가려던 발걸음을 틀어서 여진이에게로 다가갔다. 여진은 내 앞에 서자 고개를 숙였다. 난 그런 여진이의 팔을 잡아 일으켜 세웠다.

"조용히 온 거야. 시끄럽게 온 게 아니고."

"그래도 전하가 오신 건 맞잖아요."

"밖에서는 편하게 부르라니까. 네게만 허락한 거야."

"후훗, 네, 언니."

여진이와 인사를 나눈 후 난 원자를 돌아보았다. 원자는 마치 나쁜 짓을 하다 들킨 것처럼 겁을 먹은 얼굴로 여진의 치마폭에 숨어 있었다. 이런 원자를 바라보는 내 마음도 편치 않았다. 여진을 바라보며 웃었던 미소가 사라지며 나도 모르게 한숨을 내쉬었다.

"원자."

"어마마마."

"여기서 대체 무엇을 하고……."

"언니."

여진이 나섰다.

"여긴 궐이 아니라 밖이에요."

난 장 상궁에게 말했다.

"그것을 가져오게."

"예, 전하."

장 상궁이 궐에서 가져온 붓을 내게 내밀었다. 붓에는 명국에서 온 장식용 술이 달려 있었다. 난 그것을 집어 원자에게로 내밀었다.

"이 어미가 주는 선물입니다, 원자."

궁금해하는 얼굴을 하고서도 원자는 섣불리 손을 뻗어 붓을 잡지 않았다. 여진이 나섰다.

"어서, 천윤아. 어마마마께서 주시는 것이니 어서 받아야지."

원자가 여진의 치마폭을 잡았던 손을 놓고는 내가 내민 붓을 잡아들었다. 원자도 붓에 달린 술이 신기한 듯 눈을 반짝이며 그것을 쓰다듬었다. 이를 본 여진이 활짝 웃었지만 이상하게 난 웃음이 나오지 않았다. 뒤늦게 원자가 방긋 웃더니 나를 보며 입을 열었다.

"성은이 망극하옵니다, 전하."

'전하'라는 이 한 마디가 원자와 나 사이를 갈라놓는 것만 같다. 눈치 빠른 여진이가 나섰다.

"'어마마마'라고 해야지."

"아…… 어마마마."

여진의 지적에야 원자의 입에서는 '어마마마'라는 말이 나왔다. 원자의 대답에 내가 침묵하자 장 상궁이 나섰다.

"소인과 함께 사랑채로 가시지요."

"응."

원자는 순순히 장 상궁의 손을 잡고는 사랑채로 들어가 버렸다. 장 상궁과 함께 가버린 원자의 뒷모습을 가만히 응시하는데 여진이 내 곁으로 다가와 섰다.

"임금과 어머니의 역할 사이에서 많이 힘드시죠?"

"그런가 봐."

"아직 어리셔서 그래요. 어리니까 잘 대해주는 사람이 가장 편하고 좋은 사람인 거죠."

난 옆에 선 여진이를 흘겨보며 말했다.

"그 말은 내가 원자에게 잘 대해주지 않는다는 말이니?"

"에이, 설마요."

여진이 웃음을 흘리며 내 팔을 잡았다.

"어서 들어가요. 모두가 있는 자리에서 할 말이 있으니까요."

"할 말?"

❀   ❀   ❀

듣고도 믿지 못할 이야기였다.

"회임? 네가 회임을 했다고?"

되묻는 내 말에 여진이 얼굴을 붉힌다.

"몇 번을 이야기해야겠어요? 정말이에요. 의원도 만나 봤는걸요."

놀라면서도 한 편으로는 기쁜 이야기였다. 그러나 지금 이 이야기에 그 누구보다도 기뻐하는 사람은 따로 있었다.

"어찌 그걸 이제 말씀하시오?"

내 아우 영산군. 영산군은 눈물까지 글썽이며 여진을 바라보고 있었다.

"대감께서 펑펑 우실까 봐 다들 있는대서 이야기하는 거예요. 그래야 대감께서 덜 우시죠."

"부인도 참……."

이미 영산군은 울기 직전의 얼굴이었다. 아직 어린 원자는 여진이의 옆에서 붓을 가지고 노느라 이야기에는 관심이 없었다. 여진이는 그런 원자의 머리를 한 손으로 쓰다듬어주며 말한다.

"천윤이에게도 이제 아우 생기는 거죠."

"여식일 수도 있소."

영산군의 말에 여진이 더 활짝 웃는다.

"그럼 천윤이는 좋은 오라버니가 될 거예요. 분명히요."

영산군이 결국 자리를 박차고 일어서 여진의 곁으로 다가가 앉았다. 그는 그대로 와락 여진을 끌어안았다.

"대감! 손님들이 계신다고요!"

부끄러워하는 여진과 달리 영산군은 오래도록 여진을 끌어안고 놓을 줄 몰랐다. 난 킥킥 웃으며 윤임을 돌아보았다.

여진은 그의 친누이였다. 당연히 그도 기뻐하는 얼굴을 하고 있을 것이었다. 그런데 그는 말이 없는 표정이었다. 아무런 감정이 드러나지 않는 얼굴로 여진을 끌어안은 영산군을 바라보고 있었다.

궐로 돌아오는 길에도 윤임은 아무 말도 하지 않았다. 유산한 이후로 영영 아이를 가지게 될 수 없을지도 모른다고 여긴 여진의 회임. 오라버니로서 기뻐하지 않을 리가 없을 텐데.

어느새 내가 선물한 붓으로 원자가 그림을 그리기 시작한다.

"아바마마. 이것 좀 보세요!"

"참으로 잘 그렸구나."

원자의 부름에 대답한 것이 궐에 돌아온 후 그의 첫마디였다. 난 그의 표정을 유심히 살피며 입을 열었다.

"기쁘지 않은가?"

윤임의 눈동자가 나를 향한다.

"누이가 어렵게 회임하였는데."

"기쁘옵니다."

대화의 분위기가 너무 무거웠던 탓일까? 그림을 그리던 원자가 잠시 고개를 들고는 우리 두 사람의 얼굴을 번갈아 쳐다본다. 윤임이 이를 알아차리고는 원자의 머리를 쓰다듬었다. 원자는 방긋 웃으며 다시 그림 그리기에 열중했다.

"여진이도 원자를 그리 잘 다루지. 그 부분은 남매가……."

내 말이 끝나기도 전에 윤임이 불쑥 말했다.

"여진이 낳을 아이가 사내아이라면 약조대로 세자로 삼으실 것입니까?"

난 윤임이 침묵을 지킨 이유를 깨달았다.

"과거 전하께서는 조정에서 그리 공표하신 일이 있으셨지요."

"다들……."

난 원자에게 눈길을 주며 말을 이었다.

"원자의 탄생을 기뻐하지 않고 염려하였으니."

원자의 탄생은 양날의 검과도 같았다. 민가에서는 집안의 대를 이을 아들이 없으면 외손이 대를 잇기도 했다. 그러나 왕실은 그런 전례가 없었다. 내가 우겨서 원자에게 왕실의 성을 하사하고 보위를 물려줄 수도 있었다. 이것은 역성혁명에 가까운 일이다. 조정에 피바람이 불 수도 있었고 나라에 큰 혼란을 초래하고도 남을 일이었다.

"칠 년 전. 그대가 말했지."

이름뿐인 국서의 자리. 윤임은 매일 사냥을 핑계로 궐 밖을 떠돌았다. 국서가 되었음에도 궐 안에서 자신의 자리를 마련하지 못했던 그. 그가 그렇게 방황하는 이유를 난 알면서도 처음에는 외면할 수밖에 없었다.

"단 한 명의 아이만 달라고. 더는 욕심을 내지 않겠다고."

그가 원한 건 내 사랑이었을 것이다. 난 그것을 줄 수 없었다. 윤임도 그것을 알기에 사랑이 아닌 아이를 요구했는지도 모른다. 아이가 생기면 내 마음이 바뀔지도 모른다고 믿었던 것일까?

"전하."

무의식에 날 '전하'라고 부른 원자가 멈칫한다. 난 그런 원자를 보며 미소를 지어 보였다.

"그래. 말해보거라, 원자."

"이건 소자가 그린 것이에요."

원자가 내가 선물한 붓으로 그린 그림 속. 검은 먹선들이 모여 사람의 형체를 띠고 있었다. 그곳에 나와 원자 그리고 윤임이 있었다.

"어마마마?"

원자는 내게서 무슨 답을 기대하는 것일까? 난 어색한 웃음을 짓다가 원자의 손에 들린 붓에 술을 보았다. 두 번째 술의 존재가 떠오른 나는 서둘러 장 상궁을 불러들였다.

"그것을 가져오게."

"예."

장 상궁이 밖에서 술을 가져왔다. 그새 원자는 다시 그림을 그리기 시작했고 난 술을 윤임에게 내보였다.

"받게."

"이것은?"

윤임도 원자의 붓에 달린 술과 같은 것이라는 걸 알았나 보다. 그가 원자의 손에 들린 붓의 술을 보고는 다시 내가 내민 술을 번갈아 쳐다보았다.

"원래 두 개지. 쌍으로 짝 지어진 건 어디서나 의미가 있는 것이니."

"제게 주시는 것입니까?"

"그럼 누구에게 주겠는가? 원자가 지닌 술과 똑같은 술을 소유할 수 있는 이는 이 세상에 몇 되지 않을 터인데."

윤임이 두 손으로 내가 내민 술을 받아들었다.

"원자처럼 붓에다가 달겠는가? 아니면 붓보다…… 맞지. 자네는 사냥을 좋아하니, 활이나 검에다가 다는 것도 좋겠군."

"검에다가 달겠습니다."

"그리하게."

난 나중에 검에다가 달 것이라 여겼다. 하지만 윤임은 상기된 얼굴로 바로 자신의 검을 가져오게 하더니 손잡이에 술을 달려 했다. 그런데 긴장한 탓인지 그는 몇 번이나 술을 매달지 못하고 미끄러뜨렸다.

나는 짧게 웃음을 터트렸다. 국서로서의 맡은 일을 그 누구보다도 잘 해내면서 이런 작은 일에 서투른 모습을 보일 줄이야. 난 손을 내밀어 그가 떨어뜨린 술을 집어 들었다.

"과인이 하지."

윤임이 뒤로 물러섰다. 난 그의 검 손잡이에 정성껏 술을 매달아 주었다. 다 매달고 나서 단단하게 고정되어 풀리지 않는지까지 확인하고 나서야 그에게 검을 돌려주었다.

"마음에 드는가?"

윤임이 검을 들어보더니 손잡이에 매달린 술을 바라보며 고개를 끄덕였다.

"성은이 망극하옵니다."

나도 모르게 다시 웃음이 났다. 이번 웃음에는 그림을 그리던 원자도 돌아보았다. 윤임이 당황한 얼굴로 내게 물었다.

"어찌 웃으십니까?"

"원자도 과인에게서 그 술이 달린 붓을 선물 받고는 '성은이 망극하다'고 했지. 아이와 아비가 하는 말이 같으니 신기해서 그러네."

윤임은 어색한 표정을 짓는다. 그러고 보니 그에게 이런 선물을 한 적이 처음이라는 걸 깨달았다. 선물에 인색해서가 아니었다. 그에게 필요한 것이 있었다면 모든 것은 내수사에서 마련해 주었을 것이다. 굳이 내가 그에게 없는 것을 찾아서 줄 만큼의 일은 일어나지 않았다는 뜻이다.

윤임은 오래도록 내가 검에 달아준 술을 만지작거리다 입을 열었다.

"전하."

"응?"

"며칠…… 강화로 사냥을 다녀오고 싶습니다. 윤허해주십시오."

"사냥?"

"예."

그의 시선이 다시 검에 달린 술에 머문다. 하필 붓도 아닌 검에 달아주어서 오랜만에 사냥 생각이 난 것일까? 원자가 태어난 이후로 전처럼 사냥을 다니는 일이 거의 없어진 그였다. 난 고개를 끄덕이며 말했다.

"그리하게."

❀ ❀ ❀

이른 아침부터 윤임은 강화로 사냥을 갈 채비를 하고 있었다. 그가 옷을 갈아입는 것을 내관들이 돕고 있었다.

지난밤 침전에서 있었던 일이 그의 뇌리 속에 자꾸만 떠올랐다. 왕이 그의 앞에서 보였던 웃음. 그리고 원자를 포함한 그들 세 사람. 누군가에게는 평범한 하루였다. 그러나 그에게는 영원히 잊지 못할 하루 중 하나가 되었다.

원자가 태어난 뒤 윤임은 그녀에게 많은 것을 바라지 않았다. 원자는 그녀의 또 다른 분신이었고 그는 그녀에게 쏟아야 할 애정을 원자에게 쏟아부었다. 그 시간만큼 그녀는 왕으로서의 일에 매달렸고 그와의 거리는 정립되었다.

그것이 끝이었다.

더는 나아질 것도 발전할 일도 없을 줄 알았던 관계였는데.

"다 되었사옵니다."

내관이 물러서고 또 다른 내관이 다가와 두 손으로 그의 검을 바쳤다. 윤임이 그 검을 받아들었다. 그는 검 손잡이에 달린 금빛의 술을 부드럽게 쓰다듬듯 매만졌다.

밖에서 나인이 들어오더니 아뢰었다.

"영산군 대감께서 오셨사옵니다."

윤임이 술을 쓰다듬던 손짓을 멈추고 고개를 들었다.

"영산군께서?"

윤임은 주변을 모두 물린 후 영산군을 일어나서 맞았다. 문이 열리고 안으로 들어오던 영산군은 잠시 걸음을 멈추고 바닥을 응시했다. 말 없는 시선 속에 이곳까지 오는데 수없이 갈등했던 마음이 엿보였다.

"무슨 일이십니까, 이른 아침부터."

윤임의 입이 떨어지자 영산군이 눈을 들어 그를 바라보았다.

"자네에게 할 말이 있어서 찾아왔네."

어제 여진의 회임 사실을 알고 그 누구보다도 기뻐했던 영산군이었다. 그러나 오늘 아침 그의 표정에서는 어제의 기쁨은 전혀 찾아볼 수가 없었다.

"들어오시지요."

자리를 안내한 윤임이 먼저 앉았다. 뒤이어 자리한 영산군이 윤임의 사냥복 차림을 보더니 물었다.

"오다 듣자 하니 자네가 강화로 사냥을 간다고 하더군."

"예."

"강화는 교동과 인접해 있지."

윤임의 눈동자가 살짝 흔들렸다. 영산군은 예상했다는 듯 짧은 한숨과 함께 말을 이었다.

"폐주를 만나러 가려는가? 허면 누이는 모르는 일이겠지?"

윤임은 대답 대신 영산군의 다음 말을 기다렸다. 그가 이른 아침부터 입궐해 윤임을 찾아온 것은 분명 이유가 있기 때문이라는 걸 알아서였다.

"나는 말일세. 자네 누이를 진심으로 사랑하네."

어쩌면 세상 모두가 알고 있는 마음일지도 모른다. 영산군은 자신이 하려는 말에 앞에 다시 한번 여진을 향한 마음을 고백했다.

"내 생에 자네 누이 외에 다른 여인은 없을 걸세. 그리고 나는 그녀가 그 누구보다도 행복하길 바라네."

"그 말씀을 하고자 오신 길은 아니시겠지요?"

잠시 망설이던 영산군이 옷소매에서 무언가를 꺼냈다. 봉투 안에 든 서신이었다. 이를 본 윤임의 눈동자가 커졌다.

"그건……!"

"그렇네. 상자 안에 들어 있던 선왕의 두 번째 밀지일세."

윤임이 인상을 썼다.

"그것을 어찌 가져오셨단 말입니까?"

"자네에게 보여주기 위해."

"무엇을……."

영산군이 윤임의 처소 한편에 놓인 향로로 다가갔다. 그리고 불이 붙은 향 끝에 봉투의 끝을 가져다 대었다. 얼마 후 종이에 불이 붙더니 순식간에 타들어가 검은 재로 변하고 말았다.

"영산군 대감!"

윤임이 놀라 소리쳤지만 이미 밀지는 잿가루가 되어 사라지고 난 다음이었다.

"도대체 이게 무슨 짓입니까?"

잿가루가 흩어지는 것을 가만히 지켜보던 영산군이 윤임을 돌아보며 말했다.

"내가 바라는 것은 단 한 가지네. 자네 누이의 행복. 그녀가 지금 바라는 것은 십 년 만에 찾아온 우리 아이의 안녕일세. 이 밀지가 그 안녕을 해치려 한다면 난 이 밀지가 이 세상에서 사라지기를 바라네."

"대감."

"그것은 자네도 마찬가지가 아닌가? 자네 역시 내 누이를 그리고 원자를…… 그 누구보다도 사랑하여 지키고자 하지 않겠는가?"

밀지는 사라졌다. 그것은 밀지에 담긴 내용만 이 세상에서 사라지는 것을 의미했다. 아직 사라지지 않은 공표된 내용이 있었다.

"전하께서는 이미 대감께서 아들을 낳으면 세자로 삼겠다고 공표하신 일이 있습니다."

"그도 알고 있네. 하나 아들이 아닐 수도 있지."

"아무리 그렇다고 밀지를 없앤다고 달라지는 것이 있겠습니까?"

"난 이 조선의 왕자이지만, 내 아내와 앞으로 태어날 우리 아이의 행복을 위해서라면 천윤이가 왕이 되는 일이 일어난다 해도 상관없네."

절절한 마음이었다. 영산군은 타고나면서부터 자신에게 주어진 운명보다도 더 아내인 여진을 사랑했다. 여진이 회임한 사실을 알게 된 순간, 그는 자신의 아내와 앞으로 태어날 아이를 지키겠다고 마음먹은 것이다. 그것을 위해서라면 그는 자신에게 주어진 왕손의 운명도 버릴 준비가 되어 있었다.

"이로써 두 번째 밀지는 이 세상에서 사라졌으니, 자네도 잊어버리게."

"하나 아직 폐주가 살아 있습니다."

"십여 년 동안 폐주가 입을 다물고 있었다면 그도 누이를 위해서 그런 것일 게야. 그러니 모두 잊게. 나는 단지 아내와 아이와 조용히 살고 싶을 뿐이니."

영산군이 돌아간 후 윤임은 전각을 나섰다. 밖에는 그가 탈 말과 사냥에 동행할 호위 열댓 명이 기다리고 있었다. 애초에 목적은 사냥이 아니었기에 이번 사냥은 적은 인원으로만 이루어져 있었다.

'아내와 아이를 지킨다.'

자신의 가족을 지키기 위한 영산군의 선택은 선왕의 두 번째 밀지를 없애는 것이었다. 마찬가지로 윤임도 자신의 가족을 지켜야 했다. 밀지가 사라진 이상 윤임은 마지막으로 폐주를 만나 확인이 필요했다. 폐주가 그의 가족에게 이로운 존재인지 해로운 존재인지를 알아야 했던 것이다.

윤임이 말 위에 올라타고는 고삐를 잡아 쥐었다.

"가자."

윤임이 말을 움직이자 호위들이 그의 뒤를 따랐다.

❋ ❋ ❋

나루에서 배를 타자 저녁 무렵 김포에 닿았다. 이곳에서 하루를 숙식하고 다음날 새벽부터 배를 타고 강화로 들어갔다. 해가 아직 뜨기도 전에 강화읍성에 여정을 풀고는 윤임은 함께 온 호위들에게 말했다.

"쉬려하니 내가 부를 때까지 잡인의 출입을 금하라."

윤임은 호위들을 쉬게 하고 정작 자신은 쉬는 것도 잊은 채 옷을 갈아입고 몰래 읍성을 벗어났다. 그는 강화도의 나루에 다시 배를 타고 교동도로 들어갔다.

교동도는 바로 폐주 이융이 유배되어 있는 작은 섬이었다. 비가 오려는지 해는 보이지 않고 구름만 하늘에 가득했다. 낮이 마치 해가 진 다음의 어둑어둑하기만 한 날씨였다. 이런 날씨에 교동도에 도착한 윤임은 길을 물어 마침내 이용의 유배지에 도착할 수 있었다.

이용의 유배지에는 지키는 병사도 한수도 보이지 않았다. 단지 이용 홀로 초가에 머물고 있었는데 윤임이 도착했을 때 이용은 마루에 앉아 있었다.

"흐으음……."

어떤 가락을 흥얼거리며 하늘을 올려다보고 있던 이용은 사람의 발소리가 가까워지자 시선을 내려 문 앞을 내다보았다. 그곳에 윤임이 서 있었다. 처음 이용은 윤임의 존재를 눈으로 보고도 믿기지가 않는지 눈을 여러 번 깜빡였다.

잠시 후 입가를 비집고 새어나는 웃음소리를 내며 이용이 말했다.

"이제야 고대하던 비가 오려 하는구나."

불어오는 바람이 차가웠다. 성큼 다가온 가을로 향하는 길목에서 이용은 낡고 얇은 옷 한 벌만을 걸치고 있었다.

"국서 노릇을 하니, 재미있더냐?"

윤임이 대답하지 않는데도 이용은 뭐가 재미있는지 연신 낄낄거렸다.

"언젠간 과인을 찾아올 줄 알았다. 다만 네가 아니라 수련이가 올 줄 알았는데 말이다."

"궁금한 것이 있다."

"알고 있다."

"알고 있다고?"

"선왕의 두 번째 밀지. 그것을 찾은 게지?"

오래전 일이 되어버렸지만 이융은 분명 왕이었다. 높은 자리에 앉아 자신보다 낮은 자들의 속내를 꿰뚫어보는 일을 즐기던 그는 이번에도 손쉽게 윤임이 감추려는 사실들을 찾아내고 또 이를 즐기고 있었다.

"보았구나. 넌 그 내용을 알고 있어. 수련이도 아느냐? 그래서 수련이가 널 이곳으로 보냈더냐?"

"네가 그 밀지의 내용을 아는 사관을 죽였다고 들었다."

이융이 웃으며 말했다.

"맞다. 그런 일이 있었지."

"어찌하여 그러하였느냐?"

"밀지를 찾기도 전에 그 밀지의 내용을 아는 이들이 늘어나서는 안 되니."

"단지 그뿐이었느냐?"

캐묻는 듯한 윤임의 태도가 마음에 안 드는지 이융의 표정이 살짝 굳어졌다.

"과인이 과거에 누구를 살리고 누구를 죽이든 너와는 상관이 없는 일이다."

"하나 그것이 전하와 관련된 일이라면 국서인 나와도 무관치 않다."

이융이 자리에서 일어섰다. 그는 천천히 걸음을 옮겨 윤임이 있는 곳까지 다가왔다. 두 사내는 서로를 보며 마주 섰다.

지난 십 년간 이융의 겉모습은 많이 초라해져 있었다. 그러나 눈빛만큼은 왕위에 있을 때와 다름없이 또렷하고 생기가 가득했다. 이융은 바로 그 눈으로 윤임을 흔들림 없이 응시하며 말했다

"과인이 사관을 죽인 이유는 두 가지였다. 하나는 밀지를 찾기도 전에 밀지의 내용을 알고 있는 사관의 입을 막기 위함이었으며 또 하나는 사관이 보관하고 있던 사초를 손에 넣었기 때문이다."

"사초?"

이건 윤임도 전혀 예상하지 못했던 일이었다. 밀지와 관련된 내용이 사초로 남아 있다니! 사초는 실록의 초본이나 다름없는 것이었다. 원래는 실록이 완성되면 사초는 없애버려야 하는 것이 원칙이었다.

"그래, 사초. 밀지는 사초에 기록되어 있었다. 하나 밀기이기에 실록에 기록할 수가 없었지. 하여 그 사관은 사초를 없애지 않고 보관하고 있더구나. 그것을 과인에게 내어주는 대가로 목숨을 구명하였으나 과인은 그 약속을 지키지 않았다."

사관의 죽음은 이제 윤임에게 더는 중요한 일이 아니었다.

"그 사초는 어디에 있느냐?"

이용의 입가에 비릿한 웃음이 지어졌다.

"과인에게 있지. 과인이 아주 자알— 보관하고 있다."

윤임은 무거운 침을 삼켰다.

"왜? 보고 싶으냐? 허면 과인에게 무릎 꿇고 사정해 보거라. 허면 보여는 주마. 어떠냐?"

"네놈이……!"

윤임이 이용에게서 한 걸음 뒤로 물러서며 검을 뽑아 들었다. 그 검 끝이 이용의 목을 겨눴다. 이용은 꼼짝도 하지 않은 채 윤임을 바라보며 서 있었다.

"부왕은 계집이라면 노비와 다름없이 취급하던 사람이었다. 한데 여인인 공주를 왕으로 세우라 했다? 그걸 박원종과 네가 믿었더냐? 하하하!"

이용은 마치 미친 사람처럼 웃어댔다. 그의 모습은 윤임의 간담을 서늘하게 만들었다. 그가 사초를 지니고 있는 이상 검은 윤임이 쥐고 있을망정 이 상황의 주도권은 이용에게 있었다.

"콜록! 콜록!"

한참을 웃던 이용이 갑자기 기침을 하며 허리를 굽혔다. 다시 그가 허리를 폈을 때 그의 입가에는 붉은 피가 묻어 있었다. 윤임이 이를 눈치챈 것을 알게 되자 이용은 손등으로 입가의 피를 훔쳐내며 말했다.

"과인은 어차피 그리 오래 살지 못한다. 과인이 죽으면 사초도 이 세상에 묻히겠지. 그러니 그전에 과인을 죽여라. 그렇게 하지 않는다면……."

이융이 윤임을 노려보았다.

"반드시 저승길에 수련이를 동무 삼아 데려갈 것이니."

이 말은 윤임을 분노하게 만들었다.

"네놈이 정녕 내 손에 죽고 싶은 것이냐?"

윤임은 당장이라도 이융의 목을 베어버릴 듯이 검을 들이댔다. 바로 그때 밖에서 한수가 뛰어 들어오며 소리쳤다.

"그만하십시오!"

한수는 윤임과 이융의 사이를 비집고 들어가 두 팔로 그를 막아섰다.

"국서가 아니십니까?"

한수가 자신을 알아보자 윤임이 검을 거둬들였다. 한수는 윤임의 앞에 무릎을 꿇었다.

"이분께서 무슨 죄를 지으셨든 소인을 보셔서라도 용서해주십시오! 이렇게 소인이 간청 드리겠습니다!"

한수가 머리를 숙였다. 이런 한수의 모습에 윤임은 두 눈을 무겁게 감았다 뜨고는 돌아섰다. 자신이 이곳에 온 일은 많은 이들이 알아서는 안 되는 일이었다. 따라서 일단 자리를 피하려고 한 것이다.

돌아선 윤임의 등 뒤에 대고 이용이 말했다.

"네 누이가 영산군의 부인이지."

윤임이 걸음을 멈췄다.

"석녀라는 소문이 있던데? 십 년이 넘도록 아이를 가지지 못한다고."

윤임이 고개를 돌려 이용의 얼굴을 바라보았다. 윤임과 시선을 맞댄 이용이 피식 웃었다.

"만약 그녀가 아이를 가지고 또 아들을 낳는다면 어떻게 될까? 사초의 내용이 알려진다면 또 어찌되고? 재미있지 않은가?"

윤임이 이용을 노려보았다. 이용은 그런 윤임의 모습을 즐기듯 바라보았다.

"잘 들어라. 과인이 죽는 날은 이수련도 함께 죽는 날이라는 것을."

"흐음……."

영산군은 앉아 있는 여진의 배에 귀를 가져다 댄 채 심각한 표정을 짓고 있었다. 여진은 그런 영산군을 바라보며 킥킥 웃었다.

"아직은 아무런 소리가 안 들린다니까요."

"아니요. 내 분명 들었소."

"마음대로 하세요."

여진이 두 손 두 발 다 들었다는 듯 웃으며 포기를 했다. 영산군은 그런 여진의 얼굴을 보고서는 미소를 지으며 고개를 들었다.

"아비가 귀를 가져다 대니 조용해지는 것이 분명 계집아이요, 틀림없소."

"에이, 그걸 소리만으로 어찌 아세요? 조용한 사내아이일 수도 있지."

"사내아이면 좋겠소?"

"사내들은 다들 저를 닮은 사내아이를 원한다던데요. 마마도 그러시겠죠."

"난 아니오!"

영산군이 보란 듯이 한 손으로 가슴을 툭툭 친다.

"참말로요?"

"그렇소. 난 사내아이든 계집아이든 다 좋소."

"후훗."

여진도 그 말을 믿었다. 정말 얼마 만에 찾아온 귀한 선물이던가. 사내아이든 계집아이든 무탈하게만 태어나주길 간절히 바랄 뿐이었다.

"이름을 지어야 할 텐데."

"벌써요?"

"지금부터 지어놓고 나중에 태어나면 바꾸면 되지."

"생각해두신 거라고 있으세요?"

"음…… 필시 계집아이일 것이라 계집아이 이름만 생각해두었는데."

"사내아이가 태어나면 섭섭해할 거예요."

"갓 태어난 아이가 알까?"

"마마를 닮아서 사내아이든 계집아이든 똑똑할 테니까 분명 알 거예요."

"부인."

영산군이 여진의 두 손을 맞잡았다.

"사내아이든 계집아이든 아무 걱정하지 말고 낳기만 하시오. 그아이, 내가 키워줄 터이니."

"치– 아비가 제 자식을 키우는 일은 당연한 일이 아닌가요?"

"그러니까 내 말은! 그대가 고생할 일은 아이를 낳는 일뿐이라는 거지. 그 아이를 양육하는 일은 내가 다 도맡아 할 터이니!"

"약조하셨어요?"

여진이 행복한 미소를 짓는다. 여진의 곁으로 영산군이 팔을 베고 누우며 말했다.

"천윤이가 궐로 가고 한동안 이 집 안이 조용한 것 같아 울적했는데. 내년 이맘때쯤에는 아기 울음소리가 들리겠지."

여진이 처음 듣는 영산군의 속마음이었다. 실은 영산군도 태어난 지 얼마 안 되어 이곳으로 보내진 천윤이를 친아들처럼 아끼며 키웠다. 하지만 천윤이가 궐로 떠나는 날이 다가왔을 때는 그리 섭섭한 기색을 보이진 않았다. 그것은 아이가 없는 여진을 위한 배려였던 것이다. 아무리 조카이자 원자라 해도 천윤이는 그의 아들이 아니었다. 남의 아이에게 애착을 보이는 모습에 혹시라도 아이를 가지지 못한 여진이 상처를 받을까 무정한 척 굴었던 것이다.

영산군이 숨겨온 마음을 알게 된 여진의 눈시울이 뜨거워졌다.

"그걸 바라셨어요?"

뒤늦게 자신이 속마음을 드러냈다는 걸 깨달은 영산군이 멋쩍은 듯 웃으며 말을 돌렸다.

"바랐던가…… 잘 모르겠군."

여진은 그런 영산군을 두 팔로 끌어안으며 속삭이듯 말했다.

"그리될 거예요. 곧."

교동도에서 폐주 이용을 만났던 윤임은 강화도로 돌아왔다. 그가 사냥을 핑계로 강화로 왔던 이유는 이용을 만나 그가 두 번째 밀지에 대해서 알고 있는지를 묻기 위함이었다. 그는 그곳에서 예상하지 못했던 사실까지 알게 되었다. 밀지의 사초가 있었다. 게다가 이용은 때를 기다리고 있었다. 사초가 세상에 드러나기에 가장 알맞은 때. 그것은 바로 선왕의 유지대로 영산군의 장자가 태어나는 순간이었다. 여진이 회임했다는 사실은 아직 유배지에 있는 이융은 모르고 있었다.

오싹한 기분이 윤임의 등을 할퀴고 지나가는 기분이었다.

'이 일을 어찌한단 말인가……'

사초만 문제가 아닐 수도 있었다. 영산군은 순진하게도 두 번째 밀지를 불태워 버리면 모든 것이 끝난다고 생각했을지 모른다. 그러나 지난 십 년간 국서의 자리를 지키면서 영악해진 윤임에겐 아니었다.

윤임은 급히 서신을 써서 자신의 심복에게 건넸다.

"너는 이 서신을 가지고 가서 내 부친께 전하거라."

"예!"

서신의 내용은 자신의 측근들을 은밀히 사저로 불러들이라는 내용이었다. 심복이 탄 말이 출발하자 윤임도 서둘러 한양으로 돌아갈 준비를 했다. 그는 사냥을 이유로 함께 온 호위무사들에게 하루 늦게 뒤따라올 것을 명하고는 홀로 한양으로 출발했다.

나무들이 옷을 갈아입고 있었다.

"춥지 않으시옵니까?"

책을 읽다 창밖을 너무 오래 쳐다보고 있었던지 장 상궁이 걱정하며 창문을 닫으려 했다. 난 웃으며 고개를 저었다.

"가끔 경치를 내다봐야 눈도 쉬는 것이라네."

"참으로 쉼 없이 달려오신 길이었사옵니다."

"그랬지……."

박원종이 죽었다. 윤임이 국서이자 든든한 내 편이 되어 조정을 다스리고 나라를 살피는 일에는 어려움이 없었다. 폐주 이후에 혼란스러웠던 나라는 빠르게 안정되어갔다. 여왕의 존재가 더는 어색해지지 않은 이 시점에서 여진이 회임을 했다.

"사내아이일까?"

이 물음이 품은 뜻을 오랜 기간 나와 함께한 장 상궁은 잘 알았다.

"그러길 바라시옵니까?"

"그 아이가 내년쯤 태어나서 세자에 책봉이 되려면 십 년은 더 과인이 왕을 해야 한다는 말인데."

"벌써 지치신 듯 보이십니다."

"기다리던 아이인데 혹여 계집아이일까 봐."

웃으며 말했지만 실은 사내아이든 계집아이든 상관없었다.

건강한 아이만 낳아준다면 아이는 또 태어날 수 있을 테니까

"그간 원자께서 장성하시는데 영산군 대감댁에는 아이 소식이 없어 많이 걱정하셨지요."

"그랬지. 그랬네. 이젠 큰 걱정을 덜었어. 다만……."

난 왕이다. 영산군 부인인 여진의 시누이로서는 그녀가 건강한 아이를 낳아주기만 바랄 뿐이다. 다만 그 아이가 계집아이라면 한동안 조정이 시끄러워질 일은 불 보듯 뻔하다.

"여진이 낳을 아이가 계집아이고 그다음 아이도 계집아이라면."

슬슬 후사 문제를 결정짓지 않으면 안 되는 시기다.

"덕풍군 부인은 자신의 두 아들이 왕실과 더는 인연이 없길 바란다며 거절했네."

덕풍군의 부인인 해진은 이 문제에 대해서 분명하게 선을 그었다. 그렇다면 더 먼 가계로 거슬러 올라가서 왕손을 찾아야 한다. 결국 어떤 결말로 가던지 조정의 혼란은 피할 수 없다는 뜻이 된다.

"감히 아뢰옵기 송구하오나 원자께서도 계시옵니다."

난 창밖을 내다보던 시선을 거두고 장 상궁을 돌아보았다.

"지금 무어라 했나?"

"전하. 원자께서도 전하의 핏줄이옵니다. 그러니 이 왕실의 핏줄이시기도 하옵니다. 또한 그 누구보다도 영특하시지요."

"그 아인 윤씨네."

"조선이 개국된 이래 사성(賜姓, 임금이 성씨를 내려주는 것)은 전례가 없던 일이 아니옵니다. 또한 없던 성을 내리는 것도 아니라 전하의 피를 이어받은 원자마마께……."

"그만."

내 목소리가 날카로워졌다. 장 상궁이 머리를 조아리며 사죄했다.

"송구하옵니다, 전하! 소인이 감히 입을 함부로 놀렸나이다."

나는 한숨과 함께 입을 열었다.

"원자가 태어났을 때 사성 논란이 일었지. 그 때문에 조정이 연일 시끄러웠네. 그래서 과인이 영산군의 적자에게 세자의 자리를 물려준다 하였고, 그 일로 영산군 부인이 큰 부담을 느껴왔다는 것도 아네."

그래서 덕풍군의 아들들에게 세자의 자리를 내려주려고 했었다. 그것은 해진이 단칼에 거절을 했었지만.

"영산군을 대신해 덕풍군의 아들들도 고려 대상이었지. 그러나 덕풍군 부인이 원치 않았네. 그녀가 거절한 것을 과인이 받아들인 것은 그녀의 마음을 그 누구보다도 잘 알았기 때문이지."

장 상궁이 천천히 고개를 들어 나를 바라보았다.

"이 임금의 자리는 희생이 필요한 자리일세. 과인은 이 자리에 있다는 이유 하나만으로도 가장 사랑하던 이를 잃었네. 소중히 여겨야 할 이도 잃었어. 지켜줄 수 없기에 떠나는 것을 잡지 못했네."

이름을 차마 입에 올릴 수 없는 그 사내. 얼마나 많은 세월이 흘러야 나는 그 사내의 이름을 아무렇지 않게 입에 담을 수 있을까?

"그래서 원자는 과인과 같은 고통을 겪지 않길 바라네."

이것이 솔직한 내 심정이었다.

"그러니 원자에게 사성을 하는 것에 대해서는 다시는 과인의 앞에서 거론치 말게."

❋ ❋ ❋

한양으로 돌아온 윤임은 경복궁이 아닌 자신의 사저로 향했다. 이미 그곳에는 그가 불러들인 측근들이 도착해 있었다.

"국서께서 드십니다."

심복의 말에 수군대며 앉아 있던 윤임의 측근인 대신들이 입을 닫은 채 고개를 숙였다. 빠르게 안으로 들어온 윤임이 자리에 앉았다. 그의 심복은 주변을 살피며 문을 닫고 사라졌다.

"강화로 사냥을 떠나셨다 들었습니다. 한데 어인 일로 신들을 부르셨습니까?"

사냥복 차림의 윤임을 본 김안로의 말이었다. 윤임은 그를 한 번 쳐다보고는 말했다.

"오늘 경들만 이리 부른 것은 긴히 할 말이 있기 때문이오."

"무슨 일이신지요?"

잠시 침묵하던 윤임이 결심한 듯 입을 열었다.

"원자의 세자 책봉을 위해서 앞으로 경들이 힘을 써주셔야 할 것 같소."

이 말에 모여 있던 대신들이 서로의 눈치를 살폈다. 이것은 그들이 오랫동안 윤임을 통해서 의견을 피력해 왔던 사안이었다. 윤임은 늘 언급만 하면 초장부터 단호하게 들으려 하지 않았었다.

"원자의 생부는 나라는 것은 다들 알 것이오. 하나 그전에 원자의 몸속에 흐르는 피의 절반은 전하의 것이오. 응당 왕실의 성씨를 사성 받아 보위를 잇는 것은 불가한 일은 아니라 사료되오."

"그, 그렇기는 합니다만."

한 대신이 앞으로 나섰다.

"전하께서는 과거 영산군 대감의 적자에게 세자의 자리를 물려주신다 공언하셨습니다."

"그 일은······."

윤임이 얼무어버리려 하자 김안로가 다시 조심스럽게 나섰다.

"소문을 듣자 하니 영산군 부인께서 회임하셨다 합니다. 이것이 사실입니까?"

이 물음에 윤임이 곧바로 대답하지 못했다. 김안로가 말했다.

"영산군 부인께서 회임하신 것이 사실이라면 원자마마를 세자로 책봉하는 일에는 많은 반대와 어려움이 따를 것입니다. 무엇보다 전하께옵서 하신 말씀을 뒤집으셔야 하는 것인데, 이를 유생들이 알면 가만있진 않을 것입니다."

윤임이 입을 열었다.

"그 소문은 거짓이오."

다시 대신들이 웅성거리기 시작했다. 윤임은 그 웅성거림을 잠재우기 위해 바로 말을 이었다.

"영산군 부인인 내 누이는 어릴 적부터 태가 약하여 회임이 어려운 몸이었소. 오래전 유산도 그래서 일어난 일이고. 그러니 그 소문은 거짓이오."

김안로가 이해할 수 없다는 듯 물었다.

"허면 어찌하여 그 사실을 그간 감추셨습니까? 더욱이 국서께서 아시는 사실이라면 전하께서도 필시 아실 터인데, 이를 아시고도 어찌 영산군 대감의 적자에게 세자의 자리를 주시겠다 공표하셨단 말입니까?"

"당시 원자의 탄생과 무관치 않소. 조정이 시끄러워질 것을 우려하신 전하의 뜻이기도 하였고. 무엇보다 내 누이가 회임을 했다는 소문까지 돌고 있다 하니 더는 이 일을 미룰 수가 없겠소."

"하오면 원자마마를 세자로 책봉하는 일은 전하의 뜻입니까?"

윤임은 침묵했다. 실은 그도 알고 있었다. 설사 여진이 아이를 영영 갖지 못하더라도 왕은 원자를 세자로 삼진 않을 것이란걸. 그러나 이번만큼은 반드시 원자를 세자로 만들겠다고 윤임은 결심했다. 교동도에서 폐주를 만난 순간부터 마음먹은 것이었다. 이렇게 되어야 먼 훗날 선왕의 두 번째 밀지가 세상에 드러나더라도 안심할 수 있었다. 원자가 세자이고 또는 왕이 되어 있을 테니까. 세자의 자리에서 혹은 왕의 자리에서 만나게 될 위험은 조금 덜 위험할 테니까.

"그리하겠습니다."

윤임의 침묵에서 답을 찾아낸 대신들은 한목소리를 냈다. 그들은 자신들의 권력을 위해서 윤임의 뜻에 따르기로 결정한 것이다.

"고맙소."

윤임이 자리에서 일어났다. 그가 해결해야 할 중요한 일이 아직 한 가지가 남아 있었다.

사저에서 옷을 갈아입은 윤임이 말을 달려 어딘가로 향했다. 그곳은 높은 담벼락과 큰 대문이 있는 집이었다. 그 앞에 도착한 윤임이 말에서 뛰어내리더니 닫힌 문을 두드리려고 손을 들었을 때였다.

닫혀 있던 문이 열리더니 안에서 익숙한 얼굴의 여인이 나타났다.

"어머!"

그녀는 다름 아닌 그의 누이동생인 영산군부인 여진이었다.

"난 또, 말발굽 소리가 들리기에 조금 전에 출타하신 마마께서 돌아오신 줄 알았는데."

"영산군께서 출타하셨느냐?"

"응. 일이 있으시다고. 아마 오늘 늦으실지도 모른다고 하셨어."

뒤에서 유모의 모습도 보였다.

"도련님 아니십니까."

"국서~ 국서~"

여진이가 유모에게 눈치를 주었다. 유모가 어색하게 웃으며 말했다.

"아차차! 소인 정신 좀 보래! 국서마마."

"오라버니, 어서 들어와요."

여진이 들어올 생각은 않고 대문 앞에 가만히 서 있는 윤임의 팔을 잡아끌었다.

※ ※ ※

윤임은 생각했다. 폐주 이융은 수련을 얻고자 사관을 죽였고, 거창위 신홍연은 수련을 위해 스스로의 마음을 포기했다. 그렇다면 자신은 수련을 위해 무엇을 할 수 있단 말인가?

"사냥을 갔다고 들었는데, 아니었나 봐?"

여진의 물음에 윤임은 자신의 옷차림을 살폈다. 이미 사저에서 옷을 갈아입고 왔기에 그는 사냥복 차림이 아니었다.

"그랬지."

"응?"

"사냥을 갔었다. 일이 있어 되돌아왔지만."

"그럼 오라버니는 궐로 가지 않고 이곳으로 바로 온 거야?"

"난⋯⋯."

이상하게 말이 쉽사리 나오지 않는 윤임이었다. 아마도 지나치도록 밝은 누이 여진의 표정과 그 옆에서 함박웃음을 짓는 유모 때문이었다.

유모는 여진이 영산군과 혼례를 올린 이후 그녀가 사고를 치지나 않을까 늘 노심초사했다. 이렇다 보니 원체 엄한 데다 웃는 표정을 잘 짓지 않았다. 하지만 십 년 만에 여진이 아이를 가지게 되자 밝아진 여진의 표정만큼이나 유모의 표정도 밝아져 있었다.

"유모, 봐봐. 내 말이 맞지? 오라버니는 전하께 꽉 붙잡혀 산다니까."

"국서께서 아량이 넓으시니 져주시는 것이겠죠. 영산군 대감께서 마님께 그리하시듯 말입니다."

"후훗. 그런가?"

여진과 유모가 웃으며 대화하던 모습을 지켜보던 윤임이 말했다.

"내 긴히 여진이와 할 말이 있으니 유모는 잠시 자리를 비켜주게."

"예, 그러지요."

유모가 순순히 자리에서 일어나 문을 닫고 밖으로 나갔다. 둘만 남게 되자 여진이 고개를 갸웃거리며 물었다.

"우린 유모 앞에서 못할 말이 없잖아. 유모는 우리 가족과 같은 걸. 그런 유모를 빼고 도대체 무슨 말을 하려는 거야."

"여진아."

"응?"

"오늘 내가 온 것은 너를 만나기 위함이었다."

"영산군 대감은 아니고?"

"그래."

여진이 머리를 긁적였다.

"도대체 오라버니가 이 누이와 긴히 할 말이 무엇이 있어서 오셨을까나?"

오늘 여진의 모습은 어릴 때 윤임이 보았던 천진난만한 모습 그대로였다. 세월이 흐르고 한 사내의 지어미가 되었음에도 말이다. 그녀는 여전히 변치 않는 윤임의 누이였다.

"너는 전하께서 어찌 즉위하셨는지 잘 알지?"

"당연히 알지. 영산군 대감께도 들은걸. 선왕께서 남기신 유지에 적혀 있었잖아. 진성 공주 이수련을 왕으로 세우라고."

"그런데 그 유지가 두 개였다."

"두 개?"

영산군은 여진에게 두 번째 밀지의 존재를 이야기하지 않은 듯했다. 여진은 전혀 영문을 모르는 표정을 짓고 있었으니까.

"얼마 전에야 그 두 번째 유지를 찾아냈고. 난 보았다. 넌 그 내용이 무엇일 거라 생각하느냐?"

"오라버니……."

여진은 윤임의 모습이 평소와는 다르다는 걸 깨달았다. 오늘 이 집에 들어선 이후로 윤임은 단 한 번도 웃지 않았다. 시종일관 국서로서 차분한 모습만 보이는 것이라고 생각한 여진이었다.

그러나 윤임은 달랐다.

무언가가 분명 달랐다.

"무섭게 왜 그래요, 오라버니."

어쩌면 어려운 말이었다. 그보다 절대 누이에게는 해서는 안 될 말. 영산군도 이를 잘 알기에 그 밀지를 윤임의 눈앞에서 태워버렸던 것이 아니었을까?

"오라버니가 알려주세요. 그 두 번째 유지에 뭐라고 적혀 있었는데요?"

마침내 여진이 물었다. 윤임이 대답했다.

"영산군 이전의 장자로 하여금 대통을 잇게 하고 진성 공주와 그 지아비, 그 소생을 전부 역모 죄로 몰아 참하라."

여진은 크게 놀랐다. 그녀는 본능적으로 아직 불러오지도 않은 아랫배에 한 손을 올렸다. 어쩌면 이 끔찍하고 무서운 말을 자신의 배 속 아이는 듣지 않길 바라서였는지도 모른다.

"네가 낳을 그 아이. 배 속의 그 아이가 사내아이라면 천윤이가 죽는다."

"그게 무슨!"

"전하도 그리고 나도."

여진의 눈동자가 심하게 떨려오기 시작했다. 정작 그런 여진을 바라보는 윤임의 눈동자에서는 그 어떤 미세한 움직임도 없었다. 윤임은 준비해온 것을 여진의 앞에 내밀었다. 약이 든 약첩이었다. 그것이 무엇인지 윤임이 말하기도 전에 여진의 눈썹이 불안함을 안고 꿈틀댔다.

"받아라."

"이게 뭐죠?"

윤임은 약첩에서 눈을 떼지 못하는 여진을 똑바로 응시하며 말했다.

"아이는 또 가질 수 있을 것이다."

"아아……!"

크게 놀란 여진이 털썩 바닥에 주저앉았다. 얼마나 놀랐는지 그녀의 숨소리가 조금씩 거칠어지기 시작했다.

"이 은혜는 잊지 않으마."

"오라버니 안 돼요! 안 돼!"

여진이 왈칵 울음을 터트리며 소리쳤다.

"계집아이일 거예요! 사내아이일 리가 없어! 계집아이…… 계집아이일 거라고요!"

"천윤이가 세자의 자리에 오를 때까지만이다. 그전까지 넌 회임해서도 안 되고 아이를 낳아서도 안 된다."

"계집아이일 거라고요!"

여진이 처절함에 사로잡힌 비명을 내질렀다. 그런데도 윤임은 처음과 똑같이 감정이 드러나지 않는 무표정이었다. 처음으로 여진은 자신의 오라버니인 윤임이 두려워졌다.

"계집아이일 거라고요. 흐흑! 영산군 대감도 계집아이 이름만 지어놓으셨다고요. 그러니 사내아이일 리가 없어…… 흑! 오라버니 살려주세요. 제발 이 아이를 살려주세요. 흐흐흑!

여진이 윤임의 앞에서 무릎을 꿇더니 울며 두 손으로 빌었다. 윤임은 더는 그런 여진을 쳐다볼 수 없다는 듯 자리를 박차고 일어섰다. 여진이 빠르게 무릎으로 기어 윤임의 바짓가랑이를 붙잡고 매달려 흐느꼈다.

"제발……! 오라버니 그러지 마세요! 그러지 마세요. 흐흑!"

잠시 침묵하던 윤임이 입을 열었다.

"일전에 전하께서 네 목숨을 살리신 일이 있었지. 너는 필시 기억할 것이다."

폐주의 앞으로 두 남매가 끌려갔을 때의 일이다. 윤임은 유나와 여진, 둘 중 한 사람만을 선택할 수 있는 권한이 주어졌다. 그리되면 한 사람은 죽어야 했다. 그 누구도 선택할 수 없었던 윤임은 자신의 목숨을 내놓았다.

그때 유나는 스스로의 목숨을 포기하고 폐주의 앞에 나섰다. 두 남매는 살았지만 유나는 차디찬 한강수에 던져져 목숨을 잃는 형벌을 받았다. 그날 이후 윤임이 알던 유나는 죽었고 윤임이 알던 그녀는 다시는 되돌아오지 않았다.

윤임을 향했던 마음까지도 함께.

"우리 남매는 살았다. 만약 그때 전하가 아니라 네가 한강수에 빠졌더라면 오늘의 너는 없었을 것이다."

유나를 구했던 것은 홍연이었다. 홍연이 없었다면 지금의 왕은 없었을 것이다. 다시 말해 여진이 죽었다면, 그녀의 행복한 이 순간도 없었을 것이란 윤임의 말이었다.

"제발…… 오라버니……."

"그때의 목숨 값을 지금 한다고 생각해라."

윤임의 바짓가랑이를 붙잡고 늘어지던 여진의 손이 힘없이 풀어졌다. 그녀의 뺨을 타고 계속 뜨거운 눈물이 흘러내리고 있었다. 윤임은 그런 여진을 내버려 둔 채 자리를 떠나려고 했다. 그가 문을 열려고 하자 여진이 마지막 힘을 내서 다시 그의 옷자락을 붙들었다.

"흐흑……."

이젠 목소리조차 나오지 않았다. 흐느낌만으로는 윤임의 마음을 되돌릴 수 없다는 것을 알면서도 여진은 우는 것밖에는 아무것도 할 수가 없었다.

"놓거라."

"흐흑……!"

"허면 그 아이가 살고 천윤이가 죽길 바라느냐?"

윤임의 고함에 흐느끼던 여진의 울음이 일순간 멈췄다. 자신에게 매달린 누이를 내려다보며 윤임은 매정할 정도로 차갑게 소리쳤다.

"아직 태어나지도 않은 그 아이의 목숨과 천윤이의 목숨을 뒤바꿀 셈이냐? 아니면 네 오라비의 목숨 따위는 안중에도 없느냐?"

"이 아이는…… 십 년 만에…… 흑."

"천윤이가 세자가 되어야 한다. 한데 이때 네가 회임했다는 사실이 조정에 알려진다면 천윤이는 세자가 될 수 없다. 네 아이가 세자가 되겠지. 그리되면 훗날 네 아이는 살고 천윤이가 죽는다."

"전하의 뜻인가요?"

이 말에 잠시 말문이 막힌 듯 윤임이 여진에게서 시선을 뗐다.

"이 유지의 내용을 영산군도 알고 있다. 하나 네겐 말하지 않은 것 같구나. 널 위해서였겠지. 마찬가지로 나 역시 전하가 이 유지의 내용을 아시길 원치 않는다."

"왜죠?"

"영산군과 같은 마음이지. 전하께는 이런 고민을 드리고 싶지 않다."

원자와 여진이의 배 속 아이 중 하나를 택해야 하는 선택지를 주고 싶지 않았다.

"그러니 우리 남매만 지고 가자꾸나."

여진이 울분에 찬 목소리로 소리쳤다.

"이 누이에게 어찌 이러세요?"

윤임이 한쪽 무릎을 꿇더니 몸을 굽혀 여진의 양 팔을 아프도록 부여잡았다.

"모두가 살기 위해서 그러자는 것이다! 그 아이만 희생하면 모두가 산다."

축 늘어진 여진의 가녀린 몸이 윤임의 힘으로 겨우 지탱하고 있었다.

"후회하실 거예요. 오늘 일…… 후회하실 거예요, 오라버니."

여진의 눈동자를 뚫어져라 응시하던 윤임이 그녀를 잡은 손을 놓으며 자리에서 일어섰다. 그리고 그녀를 남겨둔 채 문을 열고 밖으로 나가버렸다. 윤임이 떠나자 여진은 바닥에 엎드려 통곡했다. 이런 여진의 곁으로 누군가가 다가왔다. 그 누군가는 엎드려 통곡하는 여진의 손을 살포시 잡아주었다. 여진이 그 존재를 알아차리고는 고개를 들었다.

유모였다.

"유모…… 흑."

"마님."

유모도 울고 있었다. 그녀는 윤임과 여진의 대화를 엿들은 것이 틀림없었다.

"유모오--!"

여진이 엉엉 울며 유모의 품에 쓰러지듯 안겼다. 여진을 유모가 두 팔로 소중히 끌어안았다.

"우리 불쌍하신 마님!"

"나 이제 어쩌지? 어떻게 해야 해?"

잔인한 선택이었다. 원자인 천윤이도 여진이에게는 아들과도 같은 존재였다. 평생 아이가 생길지 모른다는 불안감을 안고 살던 여진에게 한 줄기 빛처럼 다가왔던 아이. 포대기에 싸여 있을 때부터 첫 걸음마를 할 때까지 천윤이는 여진이가 직접 키운 아이였다.

"마님, 절대 도련님의 말씀을 들으시면 안 됩니다."

"그럼 천윤이가……!"

"마님."

유모가 두 손으로 우는 여진의 얼굴을 감싸 쥐었다.

"정신만 똑바로 차리면 호랑이굴에서도 살아서 나온다 했습니다. 마님의 아이를 지킬 수 있는 건 마님뿐이에요!"

"난…… 나는!"

진성 공주는 선왕의 유지로 왕위에 올랐다. 유지가 없었다면 아무리 박원종이 애를 썼다 한들 여인이 왕위에 오르는 것은 불가능했을 것이다. 마찬가지로 윤임이 말한 선왕의 두 번째 유지가 존재한다면? 여진의 배속 아이가 살고 죽는 것을 떠나서 원자도 윤임도 왕도 분명 죽는다.

"그치 유모? 오라버니는 몰라. 이 아이를 잃고 다시 아이를 가진다 해도 이 아이와 똑같은 아이는 될 수가 없는데…….흑."

"마님…….”

❋ ❋ ❋

경연을 막 마치고 침전으로 돌아와 옷을 갈아입는데 윤임이 돌아왔다는 소식을 전해 들었다.

"국서가 돌아왔다고?"

"예, 그렇다 하옵니다."

장 상궁의 전한 말에 난 고개를 갸웃거렸다. 강화가 먼 길도 그렇다고 가까운 길도 아니지만 사냥치고는 너무 이르게 돌아왔다 싶어서였다.

"그래서? 지금 국서는 어디에 있는가?"

"전하께서 경연 중이시라는 말에 바로 원자마마께 가신 것을 아옵니다."

"과인도 그리로 가지."

침전을 나온 나는 옥교를 타지 않고 걸어서 원자의 처소로 향했다. 그곳은 침전에서도 그리 멀지 않은 곳이라 걸어서 가기에도 충분한 거리였다. 내가 원자의 처소에 도착하자 그곳 나인들이 모두 나와 예를 올렸다.

"국서는?"

"조금 전에 이곳에 오셨사옵니다."

"알았다."

바로 전각으로 오르려고 하자 나인이 말했다.

"전하께서 오신 것을 알릴까요?"

어차피 안에는 윤임과 원자, 단둘만 있었다. 난 고개를 저었다.

"그리할 필요 없다."

일부러 나인들을 물린 나는 홀로 들어서 닫혀 있던 원자의 처소 문을 열려고 했다. 그때 안에서 윤임과 원자가 주고받는 목소리가 들렸다.

"천윤아."

"아바마마!"

난 문을 전부 열지 않고 조금만 열어 그 틈으로 안을 들여다보았다. 원자를 끌어안고 있는 윤임의 뒷모습이 보였다.

"천윤아……."

"예, 아바마마."

"이 아비는 너를 위해서라면 무엇이든지 할 수 있다."

원자가 고개를 갸웃거리자 윤임이 그런 원자와 눈을 맞추며 말했다.

"널 꼭 이 조선의 세자로 만들어주마."

엿듣고 있던 내 두 눈이 크게 떠졌다. 난 듣고 있던 내 귀를 의심했다. 내가 아는 윤임은 이런 말을 입에 담을 사내가 아니었다. 분명 내가 잘못 들은 것이었다. 난 윤임에게 해명을 들을 생각으로 문을 잡고 안으로 들어가려고 했다.

그때 밖에서 장 상궁이 급한 걸음으로 다가와 나를 불렀다.

"전하! 큰일 났사옵니다!"

"무슨 일인가?"

"영산군 부인께 변고가……."

- 탁!

안쪽에서 문이 거칠게 열리더니 윤임이 모습을 나타냈다. 그는 문 바로 앞에 서 있는 내게 잠시 시선을 주더니 장 상궁을 돌아보며 물었다.

"무슨 일이냐?"

"부인!"

뒤늦게 소식을 듣고 허겁지겁 달려온 영산군이 안채의 문을 열어젖혔다. 안에서 여진은 두 눈을 감은 채 반듯하게 누워 있었다. 유모는 그런 여진을 바라보며 훌쩍이다가 영산군을 보고는 자리에서 일어섰다.

"대…… 대감."

"이게 어찌 된 일이냐?"

"그게……"

유모는 차마 말을 다 잇지 못한 채 바닥에 주저앉아 통곡을 하기 시작했다. 유모의 울음소리가 너무 커진 탓일까 잠든 듯 보였던 여진이 천천히 두 눈을 떴다. 영산군이 그녀에게 다가가 이불 속에 감춰져 있던 손을 움켜잡았다.

"부인……"

소식을 듣고 달려온 영산군의 목소리도 울먹거리고 있었다. 영산군의 얼굴을 본 여진은 입가에 희미한 미소를 지었다.

"마마……"

아침에 입궐하기 위해 이별할 때만 하더라도 이러한 일은 생각지도 못했었다. 영산군은 믿을 수 없다는 듯 여진을 바라보며 입을 열었다.

"어찌 된 것이오?"

순간 그를 바라보며 웃던 여진의 뺨을 타고 눈물이 흘러내리기 시작했다.

"소첩이 어미 될 자격이 없어 아이를 잃었습니다……"

하늘이 무너질 것 같은 충격이 영산군에게 찾아왔다.

"그 때문이 아니오라!"

그때 유모가 무언가를 말하려는 듯 나섰다. 영산군이 유모를 돌아보았고 여진은 그런 영산군의 뒤에서 유모를 향해 고개를 가로

242

저었다.

"그것이 아니라니? 무슨 말을 하려는 것이냐?"

영산군이 유모를 돌아보며 캐물었다.

"마님께서 아기씨를 잃으신 것은……."

여진은 영산군 모르게 계속 유모를 보며 간청하듯 고개를 세차게 가로저었다. 절대로 영산군에게 말하지 말라는 뜻이었다.

"말하라."

영산군이 말끝을 흐리는 유모를 다그쳤을 때였다. 여진이 손을 뻗어 영산군의 팔을 붙잡았다.

"소첩이…… 소첩이 그랬사옵니다."

"부인?"

영산군이 다시 여진을 돌아보았다. 여진이 울며 말했다.

"아이를 가진 여인이니 거동에 조신함이 있었어야 함에도 그러하지 못하여 집 안에서 실수로 넘어졌습니다. 그래서 마마의 아이를 잃었으니 다 소첩의 탓입니다. 소첩의 죄입니다."

"부인……."

"소첩을 용서해주세요…… 마마."

떨리는 입술 사이로 영산군이 겨우 목소리를 냈다.

"아이는 또 가지면 되오. 그러니 지금은 부인이 몸을 잘 추스르는 것이 중요하오."

여진이 마음 아파할까 억지스러운 미소까지 지어 보이며 영산군은 그녀를 다독였다.

"마마…… 흐흑."

여진이 먼저 무너졌다. 그녀가 큰 소리로 엉엉 울음을 쏟아내자 영산군이 그런 그녀를 두 팔로 소중히 안아들었다.

"너무 마음 아파하지 마시오. 아이가 먼 길 떠나는데 어미 울음 소리에 쉬이 가지 못하면 어찌하려고."

"마마……."

여진은 소리 내어 울었지만 영산군은 소리 내어 울 수 없었다. 그는 눈물을 참으려 죄 없는 입술만 아프도록 깨물었다.

늦은 밤.

여진이 아이를 유산했다는 소식을 들은 윤임이 바빠졌다. 그는 먼저 강화 부사에게 보낼 서신을 작성했다. 지금 강화 부사 윤홍 상은 윤임의 집안사람이자 그의 측근이었다. 처음부터 이 날을 대비한 것은 아니었지만 이제 모든 것은 완벽해야 했다. 원자가 세자의 자리에 오르는 그날까지는.

윤임은 윤홍상에게 교동도에 있는 폐주의 유배지를 샅샅이 수색하도록 명했다. 그것은 폐주가 말한 선왕의 두 번째 밀지를 기록한 사초를 찾기 위함이었다. 찾는 즉시 그 자리에서 불태우고 자신에게 보고를 할 것도 덧붙였다. 또한 조정의 각 부처의 측근들에게도 서신을 썼다. 원자를 세자로 책봉하기 위한 상소를 내일 조회에서 전부 왕에게 올리라는 것이었다.

이제 시작이었다.

"내일……."

윤임의 시선이 창밖 너머 강녕전 쪽을 향했다.

❋ ❋ ❋

밤이 깊도록 난 잠들지 못했다. 끊임없이 한숨만 새어 나왔다. 오늘 여진이 아이를 잃었다는 소식을 전해 들었다. 이를 듣자마자 영산군이 급히 퇴궐했다는 소식을 듣고는 나도 뒤따라 가려 했지만 장 상궁이 만류했다. 영산군이 갔으니 오늘은 가지 말라는 것이었다. 그들 부부에게 십 년 만에 다시 찾아온 귀한 아이라는 걸 나는 잘 알고 있었다. 지금 얼마나 여진이 힘들어하고 있을지를 생각하면 가슴이 타는 듯이 괴로웠다.

"아이를 또 가지면 된다는 말은 위로가 되지 못하겠지."

장 상궁의 표정도 나와 다르지 않았다. 늘 활달해서 그렇지 여진은 타고난 몸이 많이 약하다는 건 잘 알고 있었다.

"그토록 아이를 바랐는데……."

원자에게 생모인 나보다도 더 생모처럼 대하는 것을 보며 알았다. 여진은 아이를 포기한 적이 없었다는걸. 입 밖으로 말을 하지 않았을 뿐이지 여진은 늘 자신과 영산군의 아이를 기다려왔다.

"내일 경연을 취소해야겠네."

"영산군 부인께 가려 하시옵니까?"

난 고개를 끄덕였다.

"이미 잃은 아이는 그렇다 치더라도 무엇보다 여진이의 몸이 걱정이네. 십 년 전 아이를 잃었을 때도 오랫동안 몸이 안 좋았지. 지금은 그때보다도 더 세월이 흘렀으니……."

❀ ❀ ❀

조회가 끝나고 경연이 예정되어 있었지만 난 그것을 취소하고 여진이에게 가 볼 생각이었다. 그런데 조회가 평상시와 다르게 중요한 사안들이 하나도 올라오지 않았다. 굳이 내게 아뢰지 않아도 될 사안들만 지루하게 나열되고 있었다. 이런 날은 정말 중요한 사안이 맨 마지막에 준비가 되어 있다는 걸 난 경험을 통해 이미 알고 있었다.

"다음은 밀양부사 이곤에게서 올라온 장계이온데 지난번 구휼미가 바르게 쓰인 일로 밀양의 유생들이 이곤의 공적을 기리는……."

"그만."

난 도승지의 말을 끊었다. 대전 안에서는 숨소리마저도 들려오지 않을 정도로 정적이 흘렀다. 난 제일 먼저 가장 앞자리에 앉아 있는 윤임을 쳐다보았다. 그는 고개를 숙인 채 내게는 별다른 눈길을 주지 않고 있었다. 난 그의 옆에 앉은 우의정 김응기를 불렀다.

"우상대감."

"예, 주상전하."

"그만하고 가져오시오. 다들 오늘 과인에게 다른 할 말이 있는 듯한 표정들인데."

우의정이 옆에 있는 윤임의 눈치를 살피더니 승지들에게 고갯짓을 보냈다. 승지들이 빠르게 뒤로 나가더니 밖에서 수십 개의 상소가 쌓인 상을 들고 와 앞에 내려놓았다.

"이게 다 무슨 상소요?"

내 물음에 우의정이 대답했다.

"원자를 세자에 책봉하라는 유생들의 상소이옵니다."

내 눈이 번뜩였다. 이러한 큰일이 예고되어 있었다면 윤임이 몰랐을 리가 없다. 그는 여전히 바닥에 시선을 둔 채 고개를 들지 않고 있었다.

"원자를 세자로?"

"예, 전하."

우의정의 말이 끝나자마자 조용히 앉아 있던 대신들이 한 마디씩 말을 꺼냈다.

"더는 세자 책봉을 미룰 수가 없사옵니다."

"세자는 나라의 국본이옵니다. 국본 없이 어찌 조정이 안정될 수 있겠사옵니까?"

"원자께서는 총명하시고 그 자질에 부족함이 없으시니 세자의 자리에 걸맞은 분이시옵니다."

난 분명히 수년 전 원자를 두고 이 논란이 있었을 때 의사를 분명히 밝혔다. 세자의 자리는 영산군의 아들에게 물려줄 것이라고 말이다. 물론 이렇게 오랫동안 영산군에게 아이가 없을 것이라고는 예상치 못하고 한 말이었다. 또 어제 여진은 십 년 만에 품은 아이를 잃었다. 이런 상황에서 세자의 이야기를 꺼내고 싶진 않았다.

"과인은 분명 밝힌 적이 있소. 세자의 자리는 영산군 이전의 아들에게 내릴 것이라고."

나의 이 대답도 예상했다는 듯 신하들이 말했다.

"영산군께서는 첩실을 따로 들이지 않고 오로지 부인 윤씨만을 총애하시어 귀감이 되셨사오나, 이로 인해 가계가 단절될 위기에 처하지 않았사옵니까?"

"이대로 전하께 무슨 변고라도 생긴다면 세자도 없이 이 나라와 조정이 어찌 되겠사옵니까?"

"성균관의 유생들도 한뜻으로 원자마마의 세자 책봉을 적극 옹호하고 있사옵니다."

난 신하들의 말이 끝나기를 기다렸다가 무겁게 입을 열었다.

"원자는 윤씨요. 그리고 이 나라는 태조대왕께서 건국하신 이래로 계속 이씨의 나라였소. 한데 윤씨인 원자를 세자에 책봉하라?"

"전하께서 원자께 왕실의 성씨를 사성하시면 해결될 일이 아니옵니까?"

"윤씨인 원자를 이씨로 바꾸어서라도 세자로 삼으라?"

기가 차 웃음이 나올 이야기였다. 원자의 어미인 나조차도 거론치 않는 이야기들을 신하들이 나서서 주장하는 판국이라니.

"요임금과 순임금의 전례를 보소서. 덕 있고 총명한 자가 나라를 다스려야 하옵니다."

내 목소리가 날카로워졌다.

"원자는 아직 어리오. 어릴 적 총명이 커서도 총명하리라는 보장은 없소."

"그렇기에 지금부터 세자에 책봉하시어 훌륭한 스승들로 하여금 그 총명을 유지할 수 있도록 잘 가르치면 돼옵니다."

"그리되면 폐주의 선례와 도대체 무엇이 다르단 말이오? 폐주는 어릴 적 총명치 아니하였소? 말해보시오."

내가 강하게 나오자 신하들이 주춤거렸다. 난 자리에서 일어나 단상 위를 내려왔다. 그리고 승지들이 쌓아놓은 상소로 다가가 그것들을 하나하나 펼쳐 보기 시작했다. 그 상소에 담긴 내용들은 방금 신하들이 한목소리로 냈던 말과 똑같았다. 전부 유생들이 올린 글이었다.

"이것이 정말 성균관 유생들이 올린 상소란 말이오?"

"예, 그러하옵니다."

난 상소를 내려놓으며 말했다.

"과인은 믿지 못하겠소."

난 다시 단상 위에 자리로 돌아가 앉으며 말했다.

"성균관 유생들을 전부 대전으로 들이라. 과인이 그들을 만나보고 이러한 상소를 올린 것이 사실인지 아닌지 직접 들을 것이다."

"예."

대전 안으로 수십 명의 유생들이 줄지어 들어왔다. 신하들이 일어서 자리를 내어주자 그들은 모두 단상 위에 있는 나를 향해 바닥에 엎드렸다. 난 그들을 둘러보며 말했다.

"너희들이 이 상소를 과인에게 올렸느냐?"

맨 앞에 엎드려 있던 유생이 답했다.

"예, 그러하옵니다. 전하."

"윤씨인 원자를 이씨로 바꿔 세자로 책봉하라? 이는 거죽만 씌운 역성혁명이나 다름없음을 총명한 유생들이 모르지 않을 터!"

앞서 대답했던 유생이 바닥에 머리를 조아린 채 대답했다.

"하오나 역성혁명과는 그 본질이 다르옵니다. 전하의 소생이신 원자마마가 아니시옵니까? 원자마마께서는 선왕의 외손이십니다. 이 왕실의 핏줄이시옵니다."

이들은 끝까지 나를 설득할 기세였다.

"과인은 선왕의 적통 공주로서 이 자리에 올랐다. 만약 적통공주가 아니었다면 과인이 어찌 왕위에 오를 수 있었겠느냐? 원자는 적통이 아니다. 사성한다 하여도 적통이 아니다. 아니 그렇느냐?"

생각 외로 내가 강하게 나오자 유생들이 입을 다물었다. 난 유생들을 향해 엄한 목소리로 물었다.

"과인이 다시 묻겠다. 정녕 윤씨인 원자가 세자가 되어야 한다고 생각하느냐?"

그때 유생들 사이에서 한 유생이 큰 소리로 소리쳤다.

"소생은 절대 그리해서는 아니 된다고 생각하옵니다, 전하!"

쩌렁쩌렁하게 대전을 울리는 목소리에 신하들이 당황한 듯 웅성거렸다. 한쪽으로 조용히 물러서 있던 윤임도 유생들에게로 시선을 돌렸다. 난 엎드려 있는 유생들을 바라보며 말했다.

"누구냐? 일어나라."

내 명에 유생들 사이에서 누군가 벌떡 일어섰다. 이십 대 초반으로 보이는 젊은 유생이었다. 그가 고개를 숙인 채 자신의 주장을 재차 피력했다.

"소생은 절대 그러한 일이 일어나서는 안 된다고 생각하옵니다."

이십 대 초반으로 보이는 젊은 유생이었다. 난 그 유생에게 물었다.

"하나 여기에 있는 이 상소들은 전부 원자를 세자로 책봉하라는 상소였다. 너 역시 그러한 상소를 올렸기에 이곳까지 온 것일 터."

"소생은 단지 전하를 뵙기 위해 거짓 상소를 올렸을 뿐이옵니다."

"거짓 상소라?"

"예. 지금 성균관은 한뜻으로 원자마마의 세자 책봉을 지지하는 주장을 하고 있지만, 소생과 같이 반대하는 이들도 있사옵니다. 하오나 이들이 올리는 상소는 전하께 올려지지 못하고 있사옵니다. 하여 소생은 전하를 뵙기 위해 거짓 상소를 올렸사옵니다."

"저저저저……. 저런!"

신하들이 그에게 삿대질을 하며 비난했다. 그가 한 행동이 군자답지 못하고 무례하다는 것이 이유였다. 하지만 난 그를 흥미롭게 바라보며 물었다.

"네 이름이 무엇이냐?"

그가 고개를 들어 나를 쳐다보며 말했다.

"소생 윤원형이라 하옵니다, 전하."

"비켜라! 비켜!"

아침부터 폐주의 유배지로 병사들이 들이닥쳤다. 그들의 뒤로 모습을 드러낸 것은 강화부사 윤홍상이었다.

"무슨 일이십니까?"

놀라서 나온 한수를 병사들이 꼼짝 못 하게 에워쌌다. 윤홍상이 소리쳤다.

"샅샅이 뒤져라!"

"예!"

명을 받은 병사들이 작은 초가 안으로 뛰어 들어갔다. 아직 안에서 머물던 폐주 이융이 심한 기침을 하며 내쫓기듯 밖으로 나왔다.

"아니, 부사가 아닌가? 부사가 어찌 이 누추한 곳까지 왔느냐? 콜록콜록."

여전히 자신이 왕인 듯 행세하는 이융을 보며 윤홍상은 코웃음만 칠 뿐 대꾸도 하지 않았다. 그사이 병사들은 초가를 엉망으로 만들어 놓았다. 손에 잡히는 물건들은 전부 밖으로 내동댕이치며 요란하게 무언가를 계속 찾고 있었다. 한참 후 병사들이 방 안에서 나오며 말했다.

"없습니다!"

"이쪽도 별다른 것은 찾지 못했습니다!"

병사들의 보고를 받은 윤홍상이 인상을 찡그리며 이융과 한수를 돌아보았다.

"좋은 말로 할 때 내 놓으시게."

"무엇을 찾는지 알아야 내줄 것이 아니냐?"

이융이 비웃자 윤홍상의 표정이 일그러졌다.

"국서께서 찾으시는 것."

"하하…… 하하……."

윤임이 언급되자 이융은 웃었다. 반대로 한수의 얼굴은 싸늘하게 굳어버렸다.

"어디에 있는가?"

"모른다. 잃어버린 지가 언제인데."

"그 말을 국서께서 믿으실 것 같은가?"

"그거야 과인이 알 바가 아니지."

이융이 휙 고개를 돌려버렸다. 윤홍상은 그런 이융을 노려보더니 병사들에게 소리쳤다.

"폐주의 거처는 다른 곳으로 옮긴다! 그리고 이곳은 태워버려라."

"예!"

병사들이 일사불란하게 움직이며 초가에 불을 놓았다. 순식간에 초가가 타들어가며 검은 연기가 났다. 한수가 이융을 부축하며 말했다.

"어서 피하시지요."

그러나 이융은 불길에 휩쌓이는 초가를 쳐다보며 정신 나간 사람처럼 웃어댔다.

"윤임. 참 재미있어. 재미있고말고. 하하하!"

　　　　　❋　❋　❋

"소생 윤원형이라 하옵니다, 전하."

"윤원형? 파평 윤씨인가?"

"예."

난 윤임을 한 번 돌아보고는 윤원형에게 물었다.

"국서와 인척이겠군."

"따로 뵌 적은 한 번도 없사오나 구촌 종숙 어르신이 되시옵니다."

난 고개를 끄덕이며 듣다가 말했다.

"자네에게 홍문관 교리직을 제수하지."

이 자리에 모여 있던 모든 사람들이 내 발언에 놀란 듯 소란스러워졌다. 그것은 당사자인 윤원형도 마찬가지였다.

"예?"

난 놀란 신하들 틈에 서 있는 윤임을 쳐다보며 차갑게 말했다.

"홍문관 교리직이 바로 그러한 자리이지. 군주에게 직언을 하는 일. 모두가 같은 말을 할 때, 다른 말을 하는 일. 과인이 보기에 너는 분명 그 일에 적임자다."

"서, 성은이 망극하옵니다!"

윤원형이 바닥에 머리를 조아리며 감사를 표했다.

❀ ❀ ❀

　빠른 걸음으로 대전을 나오는 나를 막아서는 이가 있었다. 윤임이었다. 난 길을 막아선 윤임을 한 번 노려보고는 손으로 그를 밀치며 지나가려고 했다. 윤임은 물러서지 않았다.

　"무슨 짓인가?"

　화난 내 목소리에 장 상궁이 서둘러 주변의 나인들을 모두 물렸다.

　"전하야말로 이게 무슨 짓입니까?"

　"무슨 짓이라니?"

　"원자는 하나뿐인 전하의 소생이 아닙니까?"

　"그래서?"

　"세자를 세워 나라와 조정의 안정을 꾀해야 하는 이때에 오히려 반대하는 자를 교리직에 제수하시다니요?"

　"과인의 오늘 조회에서 한 행동이 옳지 못하다, 그 말인가?"

　"전하께서 더 잘 아실 것입니다."

　"윤임."

　난 그를 노려보았다.

　"지난밤, 그대가 원자에게 세자로 만들어주겠다는 말을 들었네."

　나를 바라보는 윤임의 눈동자가 커졌다.

　"그대는 늘 원자에게 세자가 될 재목이 아닌 것처럼 가르쳐왔지.

그런데 어찌 마음이 바뀌었는가?"

"오늘 일. 다 자네가 꾸민 짓이라는 걸 과인이 모를 것이라 여기는가?"

"전하."

그가 무언가 변명하려는 듯 나서자 난 한 손을 들어 제지했다.

"과인은 분명히 원자를 세자로 세우고 싶은 마음이 없음을 누차 그대에게 밝혀 왔네."

"누이가 십 년 만에 회임한 아이를 잃었습니다."

"그래서?"

"어찌 전하께서 세자의 자리를 물려주겠다 공언하신 영산군은 지금껏 아들을 얻지 못했을까요? 반대로 원자는 태어난 이후로 큰 병치레 없이 건강하게 자라왔습니다. 이것은 하늘의 뜻입니다."

난 기가 차다는 듯 짧게 웃었다.

"하늘의 뜻? 윤임, 잘 듣게. 자네를 국서로 만든 것도 지금 그 권력을 지닐 수 있게 해준 것도 과인일세. 그것은 이 나라와 조정을 위해서지 원자를 위해서가 아닐세."

더는 그와 할 말이 없었다. 난 그를 밀치며 앞으로 나아가려 했다. 그러자 그가 한 손으로 내 손목을 움켜잡았다.

"무례하다!"

그에게 손목이 잡힌 채 난 화를 냈다. 윤임은 그런 나를 똑바로 응시하며 속삭이듯 말했다.

"단 하룻밤이었습니다. 원자는 단 하룻밤으로 생긴 아이입니다. 십 년을 노력해 얻은 아이도 잃은 제 누이와는 다르지요. 원자는 하늘이 세자로 택한 아이입니다."

"망상이야. 원자는 절대 세자가 되지 않을 테니까."

나를 붙잡은 그의 손을 쳐내려고 했다. 그러나 그의 힘은 완강했다. 윤임은 장 상궁이 주변을 물려 아무도 없다는 것을 알아채고는 내 다른 한쪽 손목도 잡아 벽으로 밀어붙였다.

"뭐 하는 짓인가?"

"어찌 한낱 유생 따위의 말에는 귀를 기울이시면서 제 말에는 제 간청에는 귀를 기울여주지 않으시는 것입니까!"

"당장 이 손 못 놓겠는가?"

"국서가 신홍연이었다면 달랐겠지요. 원자가 그의 아들이라면 달라겠지요."

"그만해."

나의 명령에도 그는 전혀 그만둘 생각이 없어 보였다.

"선왕의 소생이 아닌 폐주도 왕이 되더니 선왕을 닮아간다 하던데. 정작 선왕의 피를 물려받은 적통공주이신 전하께는 선왕의 모습을 전혀 찾아볼 수가 없단 말입니까?"

"그만!"

내가 외치는 소리를 들었는지 멀찍이 서 있던 장 상궁이 다가왔다.

"지금 전하께 뭐 하시는 것이옵니까?"

장 상궁이 당황하며 윤임을 말리자 그제야 윤임이 날 잡은 손을 놓아주었다.

❋　❋　❋

윤임에게 잡힌 손목은 퍼렇게 멍이 올라왔다.

"멍이 드셨사옵니다."

이를 보고 장 상궁은 어쩔 줄 몰라 했지만 난 피식 웃고 말았다.

"손목이 이래서는 오늘은 여진이에게 못 가겠군."

"예?"

"이를 보면 걱정할 테니까. 자기 몸 아픈 것에는 전혀 신경 쓰지 않고 말이지."

"전하……."

난 손목의 멍 자국을 쓸며 긴 한숨을 내쉬었다.

"이 멍이 국서를 폐위시키는 명분이 될 수 있을까? 다들 웃겠지."

"폐위라니요?"

난 장 상궁을 쳐다보며 씁쓸한 미소를 지었다.

"과인은 지난 십 년간 여인이 왕이 되었다는 이유로 작은 흠이라도 잡힐까 노력에 노력만 거듭하며 살아왔네. 그가 원해서 또 과인의 필요에 의해서 국서에게 권력을 주었지. 그 권력을 빼앗는 건

의외로 쉬워. 그를 국서에서 내쫓으면 되니까."

"오늘 조정에서 있었던 이유로 많이 실망하셨사옵니까?"

"실망이라……."

조정 대신들 뒤에는 윤임이 있다. 그의 권력이 어느 정도 커져 있다는 것은 이미 알고 있었다. 다만 윤임을 신뢰했기에 알면서도 눈감아준 부분들이 많았다. 하지만 원자를 세자로 만들어버릴 정도로 힘을 키워놓은 것은 전혀 예상치 못했던 일. 무엇보다도 윤임은 늘 나의 뜻을 먼저 생각해주었었다.

어디서부터 어긋나기 시작한 것일까?

"한 번 한 이혼을 두 번 못하리라는 법은 없지."

"원자마마를 생각하셔서라도 그건."

"농일세. 부부간에 한 번 다퉜다고 바로 이혼했다가는 이 조선 팔도에 이혼 안 한 부부가 없겠지."

장상궁은 내 농담 한 번에 간담이 서늘했다는 표정을 지었다.

"그나저나 왕조의 안녕이 달린 일인데 조정에는 권신들만 득세하니."

원자에게 사성하여 세자의 자리를 물려주는 일은 말 그대로 왕조의 안녕이 달린 일이었다. 그런데 그 누구도 이 일을 심각한 것으로 생각하려 들지 않는다. 오직 자신들의 부귀영화만 생각할 뿐이다.

난 유생 윤원형의 얼굴을 떠올렸다.

"국서가 과인에게 도움이 될 때는 국서의 권력을 견제할 필요가
없었지."

지금은 다르다.

"조정에 균형이 필요하겠어."

※　※　※

며칠이 흘렀다. 원자의 세자 책봉 문제는 왕이 조회를 거부하면
서 장기전으로 흘러가고 있었다. 이 시기 영산군은 아이를 잃은 여
진의 건강을 돌본다는 이유로 입궐을 하지 않았다.

"벌써 나뭇잎이 전부 물들었어요."

"가을인가?"

"그런가 봐요."

여진은 영산군의 가슴에 등을 기댄 채 앉아 창밖을 내다보고 있
었다.

"춥지 않소?"

영산군은 여진의 몸 상태를 걱정했다. 여진은 웃으며 고개를 가
로저었다.

"전혀요."

"그럼 다행이군."

서로에게 상처가 될 것을 알기에 아이 이야기는 일절 하지 않았

다. 대신 이들 부부 사이는 그 어느 때보다도 돈독해졌다.

"대감마님."

평화를 깨는 하인의 목소리가 들려왔다. 영산군은 자신의 가슴에 기댄 여진의 얼굴을 내려다보며 말했다.

"모른 척할까?"

"후훗."

여진이 웃으며 대신 하인에게 대답했다.

"무슨 일이냐?"

"손님이 오셨습니다."

"손님?"

여진이 영산군을 쳐다보았다. 영산군은 자신은 모르는 일이라는 듯 말했다.

"손님을 초대한 적이 없는데."

"그래도 오셨다니 나가보세요."

"싫소."

투정 부리듯 말하며 영산군이 자신을 올려다보는 여진의 입술에 짧게 입을 맞췄다.

"몸이 좋지 않아 손님을 뵐 수 없다 전하거라."

하인이 답했다.

"손님 전부에게요?"

"전부?"

영산군이 고개를 갸웃거렸다. 여진이 말했다.

"손님이 한 명이 아닌가 봐요."

여러 명이라고 하니 핑계를 대고 무시하기도 어려웠다.

"어서 다녀오세요. 소첩은 걱정 마시고요."

"금방 다녀오리다."

영산군이 아쉬운 듯 여진을 번쩍 안아 금침 위에 눕히고는 이불까지 끌어올려 준 뒤에 밖으로 나갔다. 그가 나간 지 얼마 지나지 않아 유모가 죽을 가지고 안으로 들어왔다.

"마님. 죽 좀 드세요."

"응."

순순히 유모가 건네는 죽그릇을 받아든 여진이 숟가락으로 죽을 퍼 올렸다. 그 죽은 여진의 닫힌 입 앞에서 들어갈 곳을 찾지 못하고 멈춰버렸다.

"또 안 넘어가세요?"

영산군 앞에서는 웃으며 지내지만 실은 여진의 마음은 산 사람의 상태가 아니었다. 영산군은 모르는 비밀. 여진은 스스로 소중한 생명을 없앴다는 무거운 죄책감에 짓눌려 있었다.

"나중에 먹을래."

"또 언제요? 제때 안 드시면 또 다 게워내시게요?"

"마마께는 말씀 안 드렸지?"

아이를 잃은 후 여진은 먹는 족족 음식을 게워내고 있었다. 이 사실이 영산군의 귀에 들어갈까 여진은 노심초사하며 지냈다.

"이것 드시면 말씀 안 드릴게요."

유모의 반 협박에 떠밀려 여진이 다시 숟가락을 입에 가져다 대었다. 입술이 벌어지기도 전에 여진의 눈에서는 눈물이 흘러내렸다.

"내가 울고 싶어서 우는 게 아니야, 유모."

"알아요. 압니다."

"난 사람을 죽였어. 그것도 다름 아닌 내 아이를. 이런 내가 살기 위해 무언가를 먹어야 한다는 것을 몸이 받아들이지 못하는 것 같아."

"마님……."

유모도 결국 여진과 함께 눈물을 쏟았다.

영산군은 사랑채를 가득 채운 사람들을 보고는 할 말을 잃었다.

그들은 대부분이 당상관들로 윤임의 파당 사람들이었다.

"영산군 대감."

영산군의 등장에 그들이 모두 자리에서 일어서 영산군을 맞았다.

잠시 주저하던 영산군이 그들 사이를 뚫고 들어가 자리에 앉았다.

"조정 대신들이 전부 모인 줄 알았소."

어색하게 던진 첫마디는 웃음을 동반했지만 이들 중 그 누구 하나도 웃지 않았다. 영산군도 웃음을 거둬들여야만 했다.

"어인 일이시오?"

홍문관 직제학 김안로가 말했다.

"이제라도 영산군께서 나서시길 간청 드리기 위해 걸음 하였사옵니다."

"나서다니? 내가? 무엇을 말이오?"

모르겠다는 영산군의 얼굴에 김안로가 대답했다.

"원자마마를 세자로 세우시라는 상소를 올리시지요."

영산군이 눈을 크게 떴다.

"전하께서 영산군의 말씀이라면 분명 들으실 것입니다."

"아니면 전하께서 과거 마마의 적자를 세자로 세우겠다 공표하신 것을 거두라 청하시옵소서."

너무나도 직접적이고 무례한 언사였다. 그러나 영산군은 조정 일에는 거의 관여하지 않는 종친이기에 이들 대신들을 상대하기에는 무리가 있었다.

"영산군께서도 이 나라를 위하신다면 원자께서 대통을 이으실 수 있도록 적극 나서셔야 하옵니다."

이것은 정치적인 사안이었다. 영산군의 생각이 무엇이든 간에 쉽게 자신의 주장을 내세울 만한 가벼운 사안이 아니었다.

"혹 부인께서 이제라도 아드님을 출산하시어 원자마마와 세자의 자리를 두고 경합이라도 벌이게 하시려는 뜻이 계신 것은 아니시겠지요?"

"말씀해보십시오, 영산군."

영산군은 말없이 무거운 침을 삼켰다. 이들은 오늘 영산군에게서 원하는 대답을 얻기까지는 쉽사리 물러설 것 같지 않았다.

영산군이 결심한 듯 입을 열었다.

"실은 부인이 아이를 잃은 지 얼마 되지 않았소. 몸이 아파 간병이 필요하니, 당분간은 조정에 등청할 수가 없소. 그러니 이 일에 대한 대답은 나중으로 미루겠소."

말은 이렇게 했지만 정작 영산군의 숨은 속내는 달랐다. 이들을 일단 돌려보낸 후 왕을 만나 이 문제를 상의하고 결정할 생각이었던 것이다.

"그리 회피하실 문제가 아니옵니다!"

김안로가 목소리를 높였다. 이것은 영산군의 심기를 불편하게 만들었다. 영산군이 인상을 쓰며 김안로를 노려보았다.

"말하지 않았소. 부인의 몸이 불편하니 당분간 등청은 물론이고 조정의 일에 관심을 두지 않을 것이오."

그때였다. 닫혀 있던 문이 열리더니 유모의 부축을 받은 여진이 모습을 나타냈다.

"부인!"

여진을 본 영산군이 놀란 표정을 지었다. 그녀는 사랑채를 가득 메운 대신들을 바라보며 말했다.

"송구하오나 잠시 실례하겠습니다."

유모의 부축을 받아 여진은 겨우 한걸음 한 걸음을 떼며 안으로 들어섰다. 누가 보더라도 지금 여진의 상태는 좋지 않아 보였다.

영산군이 일어서 여진의 손을 잡아주었다. 유모는 영산군에게 여진을 넘겨주고는 걱정스러운 표정을 지으며 밖으로 나갔다. 여진이 영산군의 부축을 받아 자리에 앉으며 말했다.

"어찌 여기까지 걸음 하였소?"

"마마. 대신들의 뜻을 따르세요."

"부인?"

"원자를 세자로 책봉해야 한다고 상소를 올리세요."

"부인."

영산군이 안쓰러운 눈빛으로 여진을 쳐다보았다. 그에겐 원자가 세자가 되고 안 되고의 문제는 중요하지 않았다. 오직 여진의 건강만이 중요한 문제였다. 고작 그 사실을 전하겠다고 무리하게 이곳까지 온 여진을 보는 그의 마음이 아팠다.

"그리 하셔야 합니다."

여진의 결연한 의지를 담은 눈빛에 영산군이 힘없이 고개를 끄덕였다.

"그리하겠소. 그리하겠으니 이만 안채로 돌아갑시다. 내가 데려다주겠소."

여진이 힘없이 고개를 끄덕였다. 영산군이 여진의 손을 부축하며 함께 자리에서 일어서려는 그때였다. 여진이 그대로 정신을 잃으며 영산군의 품 안으로 쓰러졌다.

"부인!"

다음날. 영산군은 원자를 세자로 책봉해야 한다는 내용의 상소를 들고 입궐했다. 보통 상소를 승정원을 통해 왕에게 올리지만 그는 직접 상소를 들고 대전으로 향했다. 이 소식은 궐내각사를 중심으로 빠르게 퍼져나갔다. 제일 먼저 윤원형이 달려와 영산군의 길을 막아섰다.

"아니 되옵니다!"

윤원형은 영산군의 발 앞에 엎드려 그의 길을 막아섰다.

"누구요? 그대는?"

"소신은 이번에 전하께서 새로 홍문관 교리직을 제수하신 윤원형이라 하옵니다."

"윤가?"

"예. 촌수로는 마마의 부인과 인척이옵니다만, 그보다 그 상소를 절대 전하께 올리셔서는 아니 되옵니다!"

"어째서요?"

"전하께서 바라시는 것이 아님을 잘 아시지 않사옵니까?"

이 말에 영산군은 바로 대답하지 못했다. 만약 왕이 원자를 세자로 세우는 데 뜻이 있었다면 진작 영산군에게 언질을 주었을 것이다. 아니면 굳이 영산군에게 언질을 주지 않더라도 이미 조정에 가득 찬 윤임의 파당이 이 일을 해결했을 것이다.

"전하의 뜻과 어긋나는 일을 어찌 대감께서 나서서 하려 하시옵니까?"

"난……."

여진의 부탁이었다. 그보다도 아이를 잃은 뒤 아픈 그녀가 이런 문제까지 신경 쓰게 하고 싶지 않았다. 지금 영산군은 여진이 하라는 것이라면 무엇이든지 할 수 있었다. 망설이는 영산군을 향해 윤원형이 설득에 나섰다.

"대감께서는 선왕 소생의 유일한 왕자님이 아니시옵니까? 이 왕실은 이 나라는 대감께서 지키셔야 하지 않겠사옵니까? 주상전하께서도 이를 아시기에 영산군의 적자로 하여금 세자로 삼겠다 하신 것이 아니시겠사옵니까?"

상소를 손에 쥔 영산군의 손에 힘이 들어갔다. 윤원형의 말은 틀린 것이 없었다.

"내가 지금 지키고자 하는 것은 이 나라가 아니라 내 아내요."

"대감!"

"이런 나를 세상 모두가 못났다고 손가락질을 하더라도 난 그녀를 지키기 위해서라면 이런 상소는 열 번 백 번이라도 전하께 올릴수 있는 못난 종친이오. 그러니 비키시오."

영산군이 윤원형을 지나쳐 대전으로 걸음을 옮겼다.

❀ ❀ ❀

깊은 잠에 빠져 있던 여진이 눈을 떴다. 눈부신 아침햇살이 닫힌 창문을 가볍게 통과해 그녀의 얼굴을 비추고 있었다. 눈을 뜨자마자 마주한 눈부심에 여진이 미간을 찌푸렸다.

"마님?"

유모가 다가오더니 천으로 창문을 막았다. 그 사이 여진은 자신의 옆자리를 돌아보았다. 지난밤까지도 자신을 꼭 끌어안고 잠들었던 영산군이 보이지 않았다.

"대감은?"

"아침 일찍부터 궐로 가셨어요. 마님이 깨어나시면 조회만 끝나고 퇴궐하실 것이니 걱정 말고 쉬고 계시라고도 전하셨어요."

새벽녘에 시작해 해가 뜰 때쯤에 끝나는 것이 통상 아침조회다. 그렇다면 지금쯤 영산군은 궐을 나와 사저로 돌아오고 있을 시각이었다. 궐에서 사저까지는 그리 멀지 않은 거리. 그런데도 여진은 이유 모를 초조한 마음이 일었다.

"대감을 마중 나가야겠다."

"마님?"

유모가 다가오기도 전에 여진은 스스로 자리를 박차고 일어섰다. 그 순간 여진은 자신의 의지와 상관없이 두 다리의 힘이 풀리며 쓰러지듯 주저앉았다.

"아아⋯⋯."

"마님!"

놀란 유모가 달려와서 쓰러진 여진을 부축했다. 그러나 이미 여진은 정신을 잃은 뒤였다.

"마님? 마님? 마님!"

정신을 잃은 여진을 끌어안은 채 유모가 밖을 향해 소리를 질렀다.

"거기 누구 없느냐! 어서 의원을! 의원을 불러다오! 마님! 마님!"

교태전. 윤임은 김안로에게 영산군의 소식을 전해 듣고 있었다.

"영산군이 대전에 들었다고?"

"예. 하오나 전하께서도 소식을 들으시고는 대전으로 가지 않고 계시다 하옵니다."

"영산군이 상소로 주청을 드리면 대놓고 거절하시기가 어려우실 테니."

여기까지는 윤임도 예상했던 것이었다. 왕도 영산군이 어떤 내용의 상소를 들고 입궐했는지를 이미 전해 들은 것이다.

"영산군께서는 내전에도 드실 수 있사오니, 직접 침전으로 가서 전하를 뵈오라 전할까요?"

"아니다. 그럴 필요까지는 없다."

이미 대세는 굳어졌다. 영산군은 선왕의 유일한 아들이자 왕의 하나뿐인 아우였다. 이런 영산군이 이렇듯 강하게 밀고 나온다면 왕도 더는 원자를 세자에 책봉하는 것을 거절하긴 어려울 것이다.

"마마."

밖에서 내관의 목소리가 들렸다.

"들어와라."

윤임의 명이 떨어지자 내관이 안으로 발 빠르게 들어오더니 서신 하나를 조용히 건넸다.

"강화부사께서 보내신 것이라 하옵니다."

강화부사에게서 온 서신이라는 말에 윤임의 눈빛이 흔들렸다. 이를 본 김안로가 고개를 숙이며 말했다.

"신은 이만 물러가옵니다."

"수고했소."

윤임의 인사를 받으며 김안로는 내관과 함께 밖으로 나갔다. 혼자 남게 되자 윤임은 강화부사가 보낸 서신을 펼쳐보았다. 내용은 길지 않았다. 그가 명한대로 폐주의 유배지를 샅샅이 뒤졌으나 그가 원하는 것은 찾지 못했다는 것이었다. 혹시 몰라 강화부사는 폐주의 유배지를 옮기고 기존의 유배지를 불태워버렸다는 말도 덧붙였다.

윤임의 입에서 답답한 한숨이 흘러나왔다. 마지막 남은 한 가지가 그의 발목을 옥죄는 기분이었다.

"사초…… 사초……."

두 번째 밀지의 내용을 담은 사초. 그걸 찾아내지 않는다면 폐주에게 약점을 잡힌 채로 있는 것과 같았다.

두 눈을 감은 채 고민하던 윤임이 눈을 번쩍 떴다. 자리에서 벌떡 일어선 그는 처소 장식장 위에 놓여 있는 자신의 검을 챙겨들었다.

"어머나!"

검을 들고 뛰쳐나가던 윤임과 맞닥뜨린 것은 나인 벼랑이었다. 장 상궁의 명으로 윤임에게 올릴 다과를 생과방에서 받아 오는 길이었다.

"마, 마마!"

벼랑이는 손에 들고 있던 다과상을 옆에 내려놓고는 그의 발치에 엎드렸다.

"이것은 무엇이냐?"

벼랑이는 왕의 지밀 나인이기도 했다. 그녀가 가져온 다과가 왕이 보낸 것이라 여긴 윤임의 물음이었다. 이러한 사실을 전혀 모르는 벼랑이는 있는 그대로 대답했다.

"장 상궁마마님께서 마마께 올리라 하신 것이옵니다."

그가 기대한 여인에게서 온 것이 아니었다. 윤임은 속으로 한숨을 내쉬며 그대로 벼랑이를 지나쳤다. 벼랑이가 그런 윤임을 보며 물었다.

"어, 어디에 가시옵니까?"

"사냥 간다."

윤임은 이 짧막한 말을 남긴 채 교태전을 떠났다.

영산군이 상소를 직접 들고 대전에 들었다는 말을 전해 들었을 때부터 난 침전에서 한 발짝도 움직이지 않았다. 영산군이 이런 상소를 올리도록 몰아붙인 이들이 괘씸했다.

"전하."

밖에서 장 상궁의 목소리가 들려왔다. 안으로 바로 들어오지 않고 밖에서 나를 부른다는 건 누가 왔다는 뜻.

"무슨 일이냐?"

"영산군 대감께서 오셨사옵니다."

대전에 나타나지 않는 나를 찾아 이곳 침전까지 온 것이다. 다른 대신들이라면 내 허락 없이 내전까지 들어올 순 없다. 그러나 종친이자 내 아우인 영산군은 가능했다.

"들라 하게."

한숨과 함께 내 대답이 나오자 문이 열리며 상소를 두 손으로 받쳐 든 영산군이 걸어 들어왔다. 난 영산군이 내 앞에 앉을 때까지 그를 가만히 응시했다. 영산군이 예를 올리며 자리에 앉자, 난 그의 손에 들린 상소를 노려보며 말했다.

"그 상소에 적힌 내용이 무엇이든 과인은 보지 않겠다."

영산군은 그럴 줄 알았다는 듯 내 앞에서 머리를 조아린다.

"국서의 짓이니? 국서가 그리 무섭더냐?"

영산군이 머리를 들며 씩 웃는다.

"내가 세상에서 제일 무서워하는 사람이 누구인지 아시오?"

"모른다만."

"국서가 아니오. 내 아내요. 난 아내가 이 세상에서 제일 무섭소, 누이."

난 어처구니가 없어서 짧게 웃었다. 영산군이 말했다.

"처음부터 이랬어야 했소."

"처음부터라니?"

"누이가 내 소생의 적자를 세자로 삼겠다고 공표했을 때 거절했어야 했소. 그러지 않아 오늘날 이 사달이 난 것일지도 모르니."

"허면 윤씨가 왕이 되게 하라?"

"윤씨이기 전에 누이의 아들이오. 내 조카이고. 여인이 왕이 되었는데 윤씨가 왕이 되지 못하리란 법은 없지."

"종친이 참으로 태평한 말을 하는구나."

"그래서 내 심정을 이리 상소에 적어오지 않았겠소?"

영산군이 한 손으로 상소의 끝을 잡더니 마치 접힌 천을 털 듯이 내 앞에 상소를 펼쳐들었다. 그 상소를 본 나의 눈이 커졌다.

"보았소?"

아무것도 적혀 있지 않은 백지. 난 백지 상소를 멍하니 바라보다가 피식, 웃고 말았다.

"네겐 화도 못 내겠구나."

영산군도 껄껄 웃는다.

"뭐라 적든 누이가 안 볼 것이라 여겼소."

"그래서 아무것도 적지 않았다?"

"아니."

영산군이 단호하게 고개를 가로젓는다.

"누이 뜻대로 하시오. 이 조선을 윤씨의 나라로 만들든 이씨의 나라로 이어가든. 이 아우는 무조건 누이의 뜻에 따를 테니."

영산군의 이 말이 내 가슴을 저릿하게 만든다. 가볍고 뻔한 이 말이 뭐가 힘들어 윤임은 이제 와 욕심을 내는 것일까?

"나는 그저 나와 내 부인의 휴식을 깨트리는 이들이 원하는 대로 해줬을 뿐이오. 더는 방해하지 말라고."

"그다음은? 조회에서도 그 상소를 지금처럼 펼쳐 보이려느냐?"

"아니."

"아니라니?"

"상소는 올렸으니 이제 퇴궐하고 싶소."

"퇴궐?"

"부인의 곁으로."

영산군의 진심이 묻어나는 말에 난 고개를 천천히 끄덕였다.

"그래."

❀ ❀ ❀

상소 문제도 해결 되었겠다 퇴궐하는 영산군의 마음은 한 결 가
벼웠다. 남여에 올라탄 채로 사저로 향하던 그는 강한 바람을 느
끼고는 고개를 들었다. 먹구름이 빠르게 한양 도성으로 몰려들고
있었다. 그 크기로 보건대 분명 비가 내릴 듯 보였다.

"가을비……."

여진이 걱정된 영산군이 남여꾼들을 채근했다.

"서둘러라. 어서."

"예, 대감."

남여가 빠르게 사저로 향했다. 사저가 궁궐에서 멀지 않은 터라

남여꾼의 발걸음이 빨라지자 곧 사저의 대문이 보였다. 그런데 닫혀 있어야 할 사저의 대문이 활짝 열려 있었다. 그 앞에는 하인들이 여럿 나와 있었는데 그들은 다급한 얼굴로 누군가를 기다리고 있었다.

"무슨 일이지?"

중년의 사내가 사저로 달려가는 것이 보였다.

"서두르시게! 어서!"

하인들이 그에게 손짓하며 안으로 이끌었다.

"저 자는……"

그는 영산군도 아는 자였다. 최근 들어 여진을 진료하기 위해 자주 찾아오는 내의원에서 은퇴한 의원이었다. 직감적으로 여진에게 무슨 일이 생긴 것을 알아챈 영산군이 소리쳤다.

"남여를 내려라! 어서!"

"아, 예에!"

남여꾼들이 남여를 땅으로 내리자 영산군은 사저를 향해 정신없이 달려갔다. 그가 대문을 넘어서자 하인들이 전부 안채를 기웃거리며 웅성거리는 것이 보였다.

"부인!"

영산군이 여진을 부르며 안채로 들어서자 기웃거리던 하인들이 전부 허리를 숙이며 물러섰다. 그는 신을 제대로 벗는 것도 잊은 채 안채로 뛰어 들어갔다.

"흐흑……."

들어서자마자 영산군은 유모의 흐느끼는 소리를 들었다. 그 옆에서 여진의 맥을 짚고 있는 의원도 보였다.

"어찌 된 것이냐?"

영산군의 물음에 유모가 더욱 크게 울었다.

"아침에 갑자기 정신을 잃으시더니 여태껏 일어나지 못하고 계십니다."

"뭐, 뭐라고?"

의원이 영산군에게 고개를 숙이며 옆으로 물러섰다. 영산군은 창백한 얼굴로 잠든 듯 보이는 여진에게 다가갔다.

"부인, 내가 왔소."

여진에게서는 아무런 대답도 돌아오지 않았다.

"부인, 내가 왔소. 눈을 좀 떠 보시오."

대답 없는 여진을 대신해 의원이 말했다.

"얼마 전 태아를 잃으신 이후에 계속 음식을 드시지 못했다고 들었습니다. 하여 기력이 많이 소진되시어 당장 약을 쓰기가 어렵습니다."

"그게 무슨 말이오? 음식을 먹지 못했다니?"

의원의 말을 들은 영산군이 유모 쪽을 쳐다보았다. 유모가 흐느꼈다.

"송구합니다. 음식을 드시는 족족 게워내시니……."

"내 앞에서도 별 탈 없이 먹었다."

"마마의 앞에서야 드시기야 잘 드셨지요. 하나 마마께서 보지 않으실 때 전부 다 게워내시기를 반복하셨습니다."

"그런 일이 있음에도 어찌 내게 알리지 않았던가!"

"마님의 뜻이었습니다. 흐흑. 마마께 걱정을 끼쳐드리지 마시라고."

영산군의 눈가에 눈물이 차올랐다. 그는 울지 않으려는 듯 자신의 입술을 아프도록 깨물었다.

"멀쩡한 속이 음식을 게워낼 리 만무하지요. 이것은 마음의 병입니다. 마음에 병에는 약도 없는 법이지요. 마님께서는 스스로 낫기를 거부하신 것입니다."

의원의 말은 영산군을 이해시키지 못했다.

"그럴 리가 없다! 그럴 리가 없어……!"

그는 눈앞의 현실을 받아들일 수가 없었다.

"약을 지어올려라. 무슨 약이든 좋으니!"

"이 기력에서는 그 어떤 약도 소용이 없습니다."

영산군의 마음이 무너져 내렸다.

"오늘 마님의 곁을 떠나지 마십시오. 송구하오나 소인이 드릴 수 있는 말씀은 그것뿐입니다."

의원이 자리에서 일어섰다.

※ ※ ※

의원이 돌아간 후 영산군은 여진을 꼭 끌어안은 채 누워 있었다. 방을 따뜻하게 덥혔는데도 여진의 몸은 시간이 갈수록 조금씩 차가워지고 있었다.

"부인⋯⋯."

영산군은 끊임없이 여진의 귓가에 대고 속삭였다.

"부인. 내 목소리가 들리시오?"

"⋯⋯."

"부인⋯⋯."

수를 셀 수 없을 만큼 그는 여진을 불렀다. 평소처럼 여진이 두 눈을 뜨고 자신을 보며 환하게 웃어주기만을 바라면서.

"내가 다 잘못했소. 그대가 이리 마음이 아픈 줄도 모르고⋯⋯."

잃은 아이는 생각하지 않았다. 오직 여진의 몸 상태만 걱정했던 영산군이었다. 자신이 보지 못하는 곳에서 자신이 모르는 곳에서 여진의 마음이 무너져가는 것도 몰랐다. 그는 이 자책감에서 영원히 빠져나올 수 없을지도 모른다고 생각했다. 여진의 미소를 다시 보지 못한다면 말이다. 영산군이 자신의 턱을 그녀의 머리 위에 살포시 얹으며 두 팔로 더욱 그녀를 강하게 끌어안았다.

"부인⋯⋯."

그때였다.

"대감."

"부인?"

여진이 눈을 뜬 것이다.

"대감⋯⋯."

영산군과 눈을 맞춘 여진이 파리한 얼굴로 환한 미소를 지어 보였다. 영산군이 그런 그녀를 와락 끌어안았다.

"정신이 드시오? 응?"

"대감⋯⋯."

여진이 한 손을 힘없이 들어 그의 뺨에 얹었다.

"응. 말해보시오. 뭐든지. 할 말이 있으면 전부. 다 들어주리다. 응?"

"소첩의 지아비가 되실 줄 알았더라면 더 많이 사모하였을 것입니다."

"부인⋯⋯."

"이리 은애하게 될 줄 알았더라면⋯⋯ 더 많이 은애하였을 것입니다."

영산군이 메마른 여진의 입술에 자신의 입술을 조심스럽게 맞췄다가 떼어내며 슬프게 웃었다.

"그 말, 일평생 듣게 해주시오. 계속. 끝없이."

여진의 눈에서 소리 없는 눈물이 흘러내렸다.

"소첩⋯⋯ 죄가 많아 먼저 갑니다."

"부인. 어찌 그런 말을 하시오? 그 말은 더는 듣지 않겠소"

영산군이 여진을 힘껏 끌어안았을 때였다. 여진이 그의 귓가에 대고 남은 마지막 힘을 다해 나지막이 말했다.

"소첩의 오라버니를 용서해주세요……."

영산군이 고개를 갸웃거리며 여진에게 물었다.

"처남을 용서하라니? 갑자기 그 무슨…… 부인?"

- ……

"부인?"

- ……

"부인……?"

- ……

❀ ❀ ❀

- 우르르

한양 도성을 빠져나와 나루터에서 배를 타려던 윤임이 멈칫했다. 천둥소리를 들은 것이다. 고개를 돌려보니 한양도성 쪽에 먹구름이 잔뜩 몰려 있었다. 곧 도성에 비가 뿌려질 것 같았다. 출발할 때 맑았던 하늘이 순식간에 바뀌어버린 것이다.

불길한 마음이 일었다. 윤임은 이 마음을 떨쳐내려 서둘러 강화로 떠나는 배에 몸을 실었다.

＊　＊　＊

"마냥 어린 줄만 알았는데……."

난 영산군이 두고 간 백지의 상소를 내려다보며 웃었다. 아장아
장 걷던 아기의 모습이 엊그제 같은데 이젠 한 여인의 지아비이자
늠름한 사내였다. 자신이 지켜야 할 것을 알고 그것을 위해 굽히지
않는 모습까지.

"아바마마를 닮지 않았어."

"숙용마마를 닮으신 듯하옵니다."

"아마도, 그럴 거야."

영산군의 생모인 심 숙용은 개국공신 집안의 여식이었다. 명문
가 출신의 후궁이었지만 선왕의 그 많은 후궁들 틈에서 자신의 존
재를 드러내지 않았다. 단아하고 조용하면서도 온화한 미소를 지
니고 있었던 여인. 영산군은 분명 자신의 모친을 닮았다.

"여진이가 부러워지는걸."

그때였다. 문이 열리며 밖에서 나인이 들어왔다. 그 나인은 제일
먼저 내게 예를 올리고는 장 상궁에게 가서 귓속말로 작게 무언가
를 속삭였다. 장 상궁이 나인을 나무랐다.

"어찌 일을 크게 만드느냐? 전하께서는 곧 대전으로 가셔야 한
다는 것을 모르더냐?"

"소인은 그저……."

장 상궁의 훈계에 나인이 울먹거리자 내가 물었다.

"무슨 일이냐?"

장 상궁이 고개를 숙이며 답했다.

"그것이 원자마마께서……."

"원자가?"

※　※　※

내가 등장하자 나인들이 양옆으로 빠르게 물러섰다.

"으아아앙-"

원자가 우는소리가 문 밖에까지 들려오고 있었다.

"문을 열어라."

내 뒤를 따르는 장 상궁이 재빨리 나인에게 명을 내렸다. 나인이
문을 열자 나는 원자가 있는 처소 안으로 들어섰다.

"원자."

유모와 나인들에게 둘러싸여 엉엉 울던 원자가 내 목소리에 화
들짝 놀라 고개를 들었다.

"어찌 우는 것입니까?"

자지러질 듯이 운다는 말에 달려왔지만 첫마디는 걱정스러운
목소리가 아니었다. 매몰찬 임금의 목소리였다.

"으앙-"

원자는 이런 내 목소리에 더 크게 울며 유모의 품에 매달렸다. 나는 한숨을 내쉬며 원자를 안은 유모의 옆에 앉았다. 유모는 원자를 안고 있어 바로 예를 올리지 못해 당황스러워했다.

"괜찮다."

그런 유모에게 예를 올리지 않아도 된다고 한 나는 그곳에 있는 나인들을 둘러보며 물었다.

"어찌 원자가 울고 있는 것이냐?"

원자의 지밀나인이 대답했다.

"원자마마께서 악몽을 꾸신 듯하옵니다."

"악몽?"

난 유모를 돌아보았다. 유모가 원자에게 물었다.

"원자마마. 아까 들려주신 꿈 이야기를 전하께도 들려주시옵소서."

그 말에 원자가 유모를 끌어안은 채로 나를 돌아보며 말한다.

"고모님이……."

"고모?"

원자가 말하는 고모라면 여진이다.

"고모님이 소자를 두고 멀리 떠났어요."

"그게 무슨 말이냐?"

"고모님이 보고 싶사옵니다. 고모님에게 가게 해 주세요, 어마마마."

원자는 어쩔 수 없이 어린애인가 보다. 이런 어린아이에게 세자의 자리를 주지 못해 안달 난 대신들이라니.

"원자. 오늘은 늦었으니 출궁은 안 됩니다."

"그럼 고모님에게 오라고 해주세요-"

여진은 아이를 잃고 몸이 많이 아팠다. 입궐할 상황도 아니었고 원자를 보내 여진에게 살펴달라고 할 수도 없는 일이었다. 어린 원자가 이러한 상황을 깨닫기에는 아직 어렸다.

"이리 오세요, 원자."

난 원자에게 두 팔을 뻗었다. 원자는 고개를 가로저으며 말했다.

"싫어요. 아바마마한테 갈래요."

윤임은 원자가 원하는 것이면 모든 들어준다. 아마 원자는 윤임에게 여진을 보러 가게 해달라고 말하려는 것 같다.

원자를 보며 뻗었던 팔은 허무하게 거두어졌다. 난 원자에게서 고개를 돌리며 장 상궁에게 물었다.

"국서는 어디에 있느냐? 당장 이곳으로 오라 하라."

장 상궁이 내 눈치를 보며 답한다.

"벼랑이에게 들으니 사냥을 떠나셨다 하옵니다."

"사냥?"

조정을 세자 책봉 문제로 쑥대밭을 만들어놓고 정작 그 배후인 본인은 사냥을 떠나다니. 임금인 나를 무시한 처사가 아니라면 도대체 그는 어쩌다 이런 안하무인이 된 것일까?

"알았다."

난 자리에서 일어서며 유모에게 말했다.

"원자를 잘 달래게."

"예, 전하."

내가 나가려는 것을 본 원자는 고개를 휙 돌리더니 다시 유모의 품에서 칭얼댔다. 어린 원자라도 알고 있었다. 내게는 투정이 통하지 않는다는 걸.

"사냥이라니? 사냥이라니!"

원자의 처소를 나오며 내 목소리가 커지자 장 상궁이 말했다.

"사람을 보내 속히 돌아오시도록 기별을 넣겠사옵니다."

"그럴 필요 없네."

생각할수록 화가 났다. 그의 사냥은 그냥 사냥이 아니었다. 세자 책봉 문제로 쑥대밭이 된 조정으로 나아가야 했다. 여기에 원자의 문제까지. 그는 이 모든 걸 내팽개치고 사냥을 떠난 것이다.

난 대전 쪽으로 가기 위해 걸음을 옮겼다. 대전이 가까워지는데 저 멀리 앞에서 나인 하나가 급하게 걸어오는 것이 보였다. 나인은 내가 있는 곳으로 곧장 걸어오고 있었다.

"더 이상 놀랄 일도 없는데."

그 나인이 무슨 소식을 가져오는 것이라 여긴 내 말이었다. 이번 에도 장 상궁이 나보다 먼저 앞으로 나가서 그 나인을 마중했다.

"무슨 일이더냐?"

"전하께 급히 아뢸 일이 있어……!"

"고하거라."

난 장 상궁과 나인이 나는 대화에 귀를 기울였다. 나인이 고개를 숙이며 입을 열었다.

"영산군 부인께서……."

바로 그때 하늘에서 요란한 천둥소리가 들려왔다. 고개를 들어 하늘을 올려다보자 기다렸다는 듯이 비가 쏟아지기 시작했다. 불길함은 바로 여기서부터 시작되었다.

"전하, 비를 피하시옵소서!"

장 상궁이 소리쳤지만 난 대답하지 않은 채 소식을 가져온 나인을 똑바로 응시하며 물었다.

"영산군 부인에게 변고가 있느냐?"

아직 온기가 남은 여진의 몸을 영산군은 두 팔로 끌어안고 놓을 줄을 몰랐다.

"부인…… 제발 나를 두고 가지 마시오……."

그의 애원 섞인 눈물이 계속 여진의 메마른 얼굴 위로 떨어져 내렸다.

"부인…… 제발 돌아오시오…… 제발."

여진에게서는 그 어떤 소리도 들려오지 않았다. 요란한 천둥소리를 내던 하늘에서 비가 쏟아져 내렸다. 차가운 가을비였다. 영산군은 빗소리를 듣자마자 더욱더 여진의 몸을 세게 끌어안았다. 그는 차가운 비가 그녀의 몸에 남은 온기마저 전부 빼앗아 갈까 두려워했다. 그의 곁으로 다가오는 조심스러운 발자국이 있었다.

"대감마님⋯⋯."

여진의 유모였다. 얼마나 울었던지 퉁퉁 부어버린 눈으로 그녀는 영산군의 곁에 앉았다.

"이제 그만 마님을 보내주셔야죠."

영산군은 대답 대신 두 눈을 힘없이 감아버렸다. 감은 그의 두 눈 사이로 뜨거운 눈물이 흘러내렸다.

"이러시면 마님, 좋은 곳으로 못 가십니다."

영산군이 눈을 떴다. 그의 두 눈은 공허하기만 했다.

"나가게."

"대감⋯⋯."

"부탁하네, 제발."

쉰 목소리로 영산군이 애원하듯 말했다. 유모도 그런 영산군에게 더는 여진을 보내달라고 청할 수 없었다. 유모가 조용히 자리에서 일어서자 영산군은 여진을 끌어안은 채로 다시 눈을 감았다.

＊　＊　＊

　거센 빗줄기를 뚫고 내가 탄 가마가 영산군의 집 대문 앞에 멈춰
섰다. 대문은 활짝 열려 있었고 집안 하인들은 분주히 움직이고 있
었다.

　"전하시다."

　장 상궁의 이 한 마디에 분주하게 움직이던 하인들이 모두 멈추
고는 바닥에 엎드렸다.

　"이럴 필요 없다. 다들 일어나라."

　나는 하인들에게 모두 일어나라고 지시하고는 주변을 둘러보았
다. 그들은 장례 준비를 하느라 여념이 없었다. 이를 본 내 목소리
가 떨려왔다.

　"영산군 부인은?"

　"전하……!"

　사랑채에서 제단을 준비하던 유모 탁씨였다. 눈물로 얼룩진 그
녀의 얼굴을 본 나는 말문이 떨어지지 않았다.

　"여진이는?"

　"아직 안채에 계십니다."

　"영산군도 그곳에 있는가?"

　"예."

　바로 안채 쪽으로 걸음을 옮기려는데 유모가 말했다.

"전하. 대감마님께서 마님을 놓아주지 못하고 계십니다. 서둘러 염을 하여야 하는데……."

난 유모를 돌아보며 말했다.

"무슨 말인지 알겠네."

장례 준비에 분주한 바깥채와 달리 안채 쪽은 비구름이 몰고 온 어둠 속에 잠겨 있었다. 밖에서는 사람이 있는지 없는지조차 알 수 없는 상황. 몰아치는 비바람이 창문을 세게 두드리는 것만 보였다. 난 장 상궁과 나인들을 모두 물린 후 안채에 올라갔다. 난 닫힌 여진의 처소 앞에서 입을 열었다.

"전아."

어쩌면 당연하게도 영산군은 대답하지 않았다. 난 무작정 문을 열고 들어가는 대신에 다시 영산군의 이름을 불렀다.

"전아, 나다."

"가시오."

두 번째 부름에서야 영산군의 목소리를 들을 수 있었다.

"네가 얼마나 슬픈지 안다."

영산군의 슬픔에 대해서 이야기하는데 정작 내가 느낀 슬픔이 눈물이 되어 뺨을 타고 흐른다. 적어도 영산군만큼은 사랑하는 이를 잃는 아픔을 모르길 바랐었다. 나의 하나뿐이고 유일한 아우는 말이다.

"하나 갈 사람은 보내줘야지."

"가시오, 누이. 부인과 있고 싶으니."

대답 속에 울음이 섞여 있었다. 지금 영산군의 심정을 그 누구보다 잘 알기에 더는 몰아세울 수가 없었다. 나 역시도 여진의 죽음을 받아들일 수가 없었다.

"전아. 이러면 안 된다. 이러면 안 돼. 전아."

안 된다는 말만 반복하는데 갑자기 안에서 짐승이 포효하는 듯한 울음소리가 터져 나왔다. 영산군의 울음이었다. 참고 참아 흐느끼기만 했을 그의 입에서 드디어 울음이 터진 것이다.

"부인!!"

여진을 부르며 울부짖는 영산군의 목소리에 나도 결국 울음을 터트리며 마루에 주저앉았다.

"여진아……."

나의 울음소리는 시간이 갈수록 점점 커졌지만 결국 거센 빗소리에 묻혀버렸다. 그 빗소리에 의지해 엉엉 울던 나는 몸을 가누지 못하고 고개를 힘없이 숙였다. 눈물은 하늘에서 내리는 비처럼 계속 그치지 않고 흘러내렸다. 가을비가 불러온 한기가 옷 속을 뚫고 뼛속을 파고드는데도 눈물만큼은 식을 줄 몰랐다.

그때였다.

두터운 장옷이 내 어깨 위에 덮어졌다. 이어 따스한 손이 내 어깨에 닿았다. 울던 나는 그 손의 주인이 장 상궁일 것이라 여기고는 자연스럽게 고개를 돌렸다.

장 상궁이 아니었다. 그의 얼굴을 확인한 나의 두 눈이 크게 떠졌다.

"전하."

십 년 전과 하나도 달라지지 않은 목소리. 그의 얼굴.

신홍연. 그는 바로 홍연이었다.

십 년 전과 하나도 달라지지 않은 모습으로 나타난 그가 허깨비라고 여겼으니까. 분명 내 눈은 잘못되었다.

"신은 영산군의 오랜 지기입니다. 신에게 맡겨주시지요."

한때 그는 나를 수련이라고 불렀고 그것이 당연하던 때가 있었다. 부부라는 이름으로 엮여 있었던 그때.

"홍연."

정작 내 입에서는 그때처럼 그의 이름이 나온다. 마치 어제 불렀었던 이름처럼 그렇게, 쉽게. 내 입에서 나오는 자신의 이름을 들은 홍연이 고개를 한 번 끄덕인다. 그러더니 자리에서 일어서 문안에서 들려오는 영산군의 통곡소리를 향해 말한다.

"영산군 대감. 홍연입니다."

영산군은 대답하지 않았다. 어쩌면 듣지 못했을 수도 있다. 홍연은 상관하지 않겠다는 듯 문을 열고 어둠에 잠긴 방 안으로 성큼 들어가 버렸다.

잠시 후 문이 닫히고 나서야 나는 조금 전 홍연을 만난 상황이 모두 꿈처럼 여겨졌다. 멍하니 닫힌 문을 바라보는데 뒤에서 장 상궁의 목소리가 들렸다.

"전하!"

"거창위가……."

돌아본 장 상궁의 얼굴에는 이미 답이 나와 있었다.

"예, 맞사옵니다. 거창위 대감이 맞으시옵니다."

"그가 돌아왔어."

그를 마지막으로 만났던 날 난 말했다. 아이가 자라 성년이 되어 혼례를 치를 때까지 도성으로 돌아오지 말라고. 얼마 전 그 아이가 혼례를 치렀다는 소식을 들었다. 홍연은 나와의 약조를 지켰고 다시 도성으로 돌아온 것이다.

캄캄한 밤. 작은 배 여러 척이 물살을 가르고 교동도 해변에 도착했다. 배에서 내리는 이들은 모두 신분을 감추려는지 검은 복면을 하고 무기를 소지하고 있었다. 그중에서 한 남자가 자신의 얼굴을 가리고 있던 복면을 내렸다. 강화부사 윤홍상이었다. 그는 복면을 하고 있는 자들에게 명을 내렸다.

"너희들은 곧장 폐주의 배소로 가라. 그곳에서 폐주를 곁에서 따르는 한수라는 자를 죽여라."

"저희는 열 명이 넘는데 고작 한 사람만 상대하란 말입니까?"

"그자는 무기만 없을 뿐 무예실력으로는 너희 일백 명이 와도 맞설 수 있는 실력을 가졌다."

"알겠습니다. 그럼 폐주는 어찌합니까?"

"폐주는……"

강화부사가 망설이던 그때였다. 그의 뒤에 선 키가 큰 사내가 대답했다.

"다치게는 하더라도 죽이지는 말아라. 내가 폐주를 맡아 처리할 것이다."

그는 윤임이었다.

"예!"

명을 받은 복면인들이 빠르게 움직였다. 그들이 폐주의 유배지인 배소로 향하는 것을 윤임과 강화부사가 지켜보고 있었다.

"폐주는 어찌 처리하실 것입니까?"

그들이 사라지자 강화부사가 윤임에게 넌지시 물었다. 윤임이 대답했다.

"폐주는 오늘 밤 병사할 것이오."

"병사요?"

윤임이 강화부사를 쳐다보며 말했다.

"그리 한양에 장계를 올릴 준비를 하시오."

"예에."

그는 더는 윤임에게 아무 말을 하지 못했다.

❀ ❀ ❀

"콜록콜록…… 켁."

이융의 기침소리가 밤새 멎을 줄을 몰랐다. 날씨가 추워지면 유
독 심해졌지만 올해는 그 빈도가 더욱 높았다. 매년 왕이 보내주
는 약재로 근근이 목숨만 유지하는 판국이었는데 올해는 약재마
저 끊겼다. 국서인 윤임의 짓이고 그의 집안사람인 강화부사의 짓
이란 걸 이융도 알고 있었다.

"괜찮으십니까?"

옆방에서 잠든 줄 알았던 한수가 어느새 문 앞에 와서 이융의
상태를 묻고 있었다. 이융은 입가에 묻어 나오는 핏물을 익숙한 듯
손등으로 훔치며 태연스럽게 말했다.

"과인은 멀쩡하다."

한수의 다문 입술 사이로 한숨이 새어 나왔다. 대답하는 이융의
목소리가 심하게 갈라진 것을 눈치챈 것이다.

이융은 유배 온 뒤에도 늘 그랬다. 모든 일에 태연스러웠고 모든
일에 당당했다. 그는 죄인의 신분이었지만 단 한 번도 기가 죽은
적이 없었다. 자신을 왕이라고 생각했고 스스로를 먼저 낮추려고
도 하지 않았다.

"날이 춥다. 어서 가서 자라."

달빛이 한수의 그림자를 비추는 것을 본 이융의 말이었다. 궁궐

에서의 화려한 비단 금침이 아닌 낡고 헤진 얇은 이불 한 장을 걸친 채 이융은 다시 벽을 보고 드러누웠다.

한지 문을 통과해 그를 덮은 한수의 그림자는 쉽게 사라지려 하지 않았다.

"안 가느냐?"

벽을 보고 누운 이융의 물음이었다.

"내일 날이 밝으면 강화도에 가 보겠사옵니다. 필시 올해도 전하께서 보내주신 약재가 강화도에 도착해 있을 것이옵니다."

"있다 한들 강화부사가 내어주기 싫다는데 어찌 받아오겠느냐. 싫다는 거 억지로 받아오는 것도 과인은 싫다."

사실 이융도 알고 있었다. 유배생활에서 음식이든 생필품이든 심지어 꼭 필요한 약재라도 한수가 거의 구걸하듯이 사정해서 받아온다는 것을. 이융은 그게 싫었지만 드러내놓고 말한 적은 없었다.

벽에 비친 한수의 그림자는 무릎을 꿇고 있었다. 그는 이융을 위해서라면 수시로 무릎을 꿇었다. 이융도 그걸 잘 알고 있었다. 그의 무릎 꿇음 그림자를 응시하던 이융이 말했다.

"한수야."

"예."

"세상에 그 어떤 아비가 자식에게 무릎을 꿇는다더냐. 그러니 넌, 과인의 아비가 아니다."

다시 기침이 터져 나오려 했다. 이용은 이를 한수에게 숨기려 이불로 자신의 입을 틀어막았다. 그를 걱정 끼치고 싶어서가 아니었다. 단지 귀찮은 일이 벌어지는 게 싫을 뿐이었다.

터져 나오던 기침을 겨우 넘긴 이용이 이불을 입에서 떼어내고는 말했다.

"네가 그리 있으니 잠이 오지 않는다. 그만 물러가 쉬거라."

한수가 대답했다.

"문제가 생긴 듯하옵니다."

"문제?"

이용이 몸을 일으켜 세워 앉으며 문 쪽을 돌아보다. 그곳에 무릎을 꿇고 앉아 있는 한수의 그림자 주변에 길고 가는 검의 그림자들이 여러 보였다. 이용이 문을 열고 나가자 한수의 앞으로 검을 든 복면인들 여럿이 서 있는 것이 보였다.

"신분을 감춰야 할 정도로 과인이 무섭더냐?"

이용은 오히려 큰 목소리로 껄껄 웃었다. 마치 그것이 신호탄인 듯 복면인들이 검을 들고 한수와 이용에게로 달려들었다.

"죽어라!"

한수는 이용을 손으로 밀어 강제로 방으로 넣었다. 이용이 방으로 들어가자 한수는 재빨리 문을 닫고는 바닥을 굴러 복면인들의 검을 피했다. 이들은 그 틈을 놓치지 않고 다시 한수를 공격해 왔다. 한수는 먼저 한 명에게 달려들어 그의 검을 피하는 척 허리를 숙이더니 발을 걸어 넘어뜨렸다.

"으악!"

그가 넘어지며 손에 든 검을 놓치며 한수가 재빨리 그 검을 집어 들었다. 그에게 무기가 주어지자 뒤에서 숨어 있던 나머지 복면인들도 마당에 모습을 드러냈다.

"죽여라!"

"절대 살려두어서는 안 된다!"

이들이 모두 한수에게 달려들었다. 유배지에 온 이후로 오랫동안 검을 잡아보지 못한 한수였지만 그의 검술 실력은 전혀 녹슬지 않았다. 그는 자신에게 달려드는 복면인들의 검을 전부 막아내고는 역으로 공격을 하기 시작했다. 검으로는 수세에 몰린다는 걸 직감한 한 명이 소리쳤다.

"그물을 던져!"

그의 지시에 따라 커다란 그물이 한수의 몸을 덮었다. 한수는 꼼짝달싹도 할 수 없었다. 복면인들이 그물 안에 갇힌 한수에게 검을 휘둘렀다.

"피하십시오!"

그물에 갇힌 채 일방적으로 검을 맞으면서도 한수는 마지막 힘을 다해 이융에게 도망치라고 소리쳤다.

"한수야!"

이융이 밖으로 나왔다가 한수가 그물에 갇혀 꼼짝도 못 하는 것을 보았다.

"어서 피하십시오!"

한수가 버티고 있기에 복면인들의 시선은 이융에게까지 향하지 않았다. 이융은 두 주먹을 불끈 쥐고는 재빨리 마당을 벗어나와 인근 숲속으로 뛰어 들어갔다. 그는 알지도 못하는 길을 무작정 내달렸다. 어둠 속에서 달빛도 비집고 들어오지 못하는 깊은 산속은 위험한 곳이었다. 더 깊은 숲속으로 내달리던 이융은 산짐승의 울음소리를 듣는 순간 달리는 걸 멈췄다. 그는 그만 실수로 땅속에서 솟아난 나뭇가지에 발이 걸려 넘어지고 말았다.

"윽……!"

다치진 않았지만 넘어지면서 땅에 닿았던 무릎에서 엄청난 통증이 전해져왔다. 웅크린 채 그 무릎을 두 손으로 감싸 쥔 그때였다. 날카로운 검 끝이 이융의 턱 끝에 닿았다. 이융이 놀라 시선을 들어 올리자 복면으로 얼굴의 반을 가린 사내가 검을 들고 서 있었다. 그와 눈을 마주한 이융이 갑자기 미친 사람처럼 웃기 시작했다.

"하하하! 하하하!"

이융의 웃음소리에도 복면을 한 상대는 침착한 듯 말이 없었다. 한참을 웃던 이융이 고통스러운 기침으로 웃음을 마무리했다. 누가 보더라도 그의 상태는 매우 좋지 않아 보였다. 이융이 여전히 자신의 목에 검끝을 댄 복면인을 쳐다보며 말했다.

"국서께서 이 먼 교동도까지 웬일이신가?"

이용은 한 번에 윤임의 존재를 알아챘다. 윤임도 이에 당황한지 잠시 머뭇거리다가 쓰고 있던 복면을 내렸다.

"지난번에는 사초를 얻고자 했겠지. 이번에도 사초 때문이냐?"

윤임은 계속해서 이용의 질문에 대답하지 않았다. 이용은 그럴 줄 알았다는 듯이 크게 웃었다.

"우리 거래를 하나 하는 게 어떻겠느냐?"

"그래?"

"그래, 거래. 과인이 거는 조건은 한 가지다. 수련을 만나게 해다오."

윤임이 눈을 동그랗게 뜨고 이용을 쳐다보다.

"죽은 사람 소원도 들어준다는데 산 사람이 무에 어렵겠느냐? 그리고 과인도 안다. 과인이 그리 오래 살지 못할 것이란걸. 과인은 단지 죽기 전에 수련이를 한 번만 보고 싶을 뿐이다."

간절하진 않았지만 진심이 담긴 듯 들리는 말이었다. 고민하던 윤임이 대답했다.

"사초를 보여다오. 눈으로 직접 확인한 다음에 결정할 것이다."

"좋다."

이용도 윤임을 의심하면서도 막다른 곳에 다다르자 순순히 지시를 따랐다. 그는 자신의 옷 속에 꽁꽁 감추어두었던 접힌 종이 한 장을 꺼냈다. 윤임이 바로 그 종이를 빼앗아가려 하자 이용이 재빨리 뒤로 숨기며 말했다.

"남아일언중천금이라 했다. 여기 이 사초를 내어줄 테니 너도 과
인과 한 약조를 반드시 지켜다오."

윤임은 대답 대신 고개를 한 번 끄덕였다. 이용은 손에 들고 있
던 사초 종이를 윤임에게 조심스레 내밀었다. 윤임이 이를 받아들
고는 한 손으로 흔들어 펼쳤다. 그 종이에는 날짜와 함께 선왕과
사관이 나눈 대화의 기록이 적혀 있었다. 두 번째 밀지에 대한 내
용을 언급한 것이었다. 윤임의 입가에 차가운 미소가 지어졌다.

"보았느냐? 바로 그것이 두 번째 밀지의 내용을 담은 유일한
사초……!"

이용은 말을 다 끝내지 못했다. 윤임의 손에 들린 검끝이 그의
왼쪽 가슴을 찌르며 그대로 몸을 뚫고 나간 것이다.

"찾았다."

찾았다는 말과 함께 미소를 짓는 윤임의 모습은 흡사 전설 속에
나 등장하는 야귀와도 같았다. 보는 이에게 두려움을 주는 존재.

"너……! 너……!"

이용이 윤임에게 손가락질을 했다. 그 순간 윤임이 그의 몸을 찌
르고 나갔던 검을 다시 되돌려 뽑았다. 뽑은 그 자리에서 붉은 핏
물이 솟구치더니 땅으로 쏟아졌다.

"윽…… 으윽……!"

엄청난 통증에 괴로워하며 이용은 윤임의 앞에 무릎을 꿇으며

쓰러졌다. 윤임이 무릎으로 겨우 상체를 버티고 앉은 연산군을 보며 말했다.

"진작에 내놓았으면 목숨만은 잃지 않았을 텐데."

이융의 눈이 무겁게 두세 번 깜빡거리더니 마치 쓰러져 잠들 듯이 옆으로 쓰러져 버렸다.

"드디어 찾았다."

윤임은 손에 쥔 사초에서 눈을 떼지 못했다.

※ ※ ※

교동도를 떠나 강화도로 가는 배 위에서 윤임은 강화부사를 만났다.

"한수는?"

다짜고짜 한수의 행방에 대해서 묻는 윤임의 말에 강화부사는 연산군이 죽었음을 알았다.

"놓쳤습니다."

놓쳤다는 대답에 윤임의 미간이 일그러졌다. 강화부사가 재빨리 대답했다.

"하오나 목숨을 잃을 만큼 크게 다쳤기에 살진 못할 것입니다!"

"다쳤다?"

"예! 그물을 던져 포획하려 하였으나 반항이 심하여…… 사정

없이 검으로 찔러댔기에 피를 많이 흘린 것을 두 눈으로 똑똑히 보았습니다. 그 정도로 다치고 살아날 수 있는 사람은 없을 것입니다!"

"설사 살아 있더라도 반드시 죽이시오."

"걱정 마십시오! 살아서는 이 섬을 벗어나지 못할 것입니다."

윤임이 고개를 끄덕였다.

※ ※ ※

입관 후 제단이 차려지자 영산군은 문상객을 맞았다. 많은 조정 관리들이 찾아왔고 그중에는 윤원형도 있었다.

"삼가 위로의 말씀을 올립니다."

윤원형을 알아본 영산군이 인사를 받았다.

"여기까지 찾아와주어서 고맙소."

"두 분의 사이가 매우 좋으셨다고 들었습니다."

영산군이 쓸쓸하게 웃으며 말했다.

"내 평생 지켜야 할 단 하나뿐인 여인이었소."

"대감……."

참고 참았던 눈물을 다시 보이려는 영산군을 보며 윤원형이 미안한 얼굴이 되었다.

"그 단 하나의 여인조차 지키지를 못하였으니. 내 앞으로 남은 생을 어찌 살아가야 할지 정녕 모르겠소이다."

영산군은 결국 눈물을 보이다 자리에서 일어섰다.

"실례하겠소이다."

윤원형을 뒤로한 채 영산군은 밖으로 나왔다. 가을의 추위가 그를 스치고 지나가며 쓸쓸함을 더했다. 그때 그의 코끝에 무언가 타는 냄새가 느껴졌다. 고개를 돌리자 안채 뒤편에서 작은 연기가 피어오르는 것이 보였다. 영산군이 연기가 나는 곳으로 향했다. 그곳에는 유모가 불을 피워놓고 무언가를 태우고 있었다.

"그게 다 무엇인가?"

"대감마님……."

갑작스러운 영산군의 등장에 유모는 화들짝 놀라며 뒤로 물러섰다. 영산군은 물러선 유모의 앞으로 곱게 개어진 작은 옷들을 보았다.

"부인의 것인가?"

"예."

"부인의 옷으로 보이진 않는데?"

"저 그것이, 아이의 옷입니다."

"아이? 천윤의 옷인가?"

"아닙니다."

"허면?"

유모가 울먹거리며 대답했다.

"복중 애기씨 옷들을 미리 만들어놓으신 것입니다."

이 대답에 영산군의 가슴이 먹먹해졌다.

"십 년 만에 얻은 귀한 애기씨라 얼마나 기뻐하셨던지…… 매일 손수 애기씨 옷을 만드셨지요."

"난 몰랐네."

"대감마님께서 미리 아시면 수선 떤다 하실까 봐 몰래 만드셨습니다."

영산군의 뺨을 타고 뜨거운 눈물이 흘러내렸다. 그는 옷을 태우는 연기를 피하는 듯 일부러 고개를 들어 하늘을 쳐다보았다. 연기가 가을 하늘 위로 길게 이어지고 있었다.

"두 사람을 데려간 하늘이 모질고 원망스럽기만 하네."

영산군의 눈물을 가만히 바라보던 유모가 결심한 듯 입을 열었다.

"마님의 목숨은 모진 하늘이 거둬갔을지언정 아기씨는 아니었습니다."

영산군이 고개를 돌려 유모를 바라보았다.

"그게 무슨 말인가?"

"아기씨는……."

유모가 말을 더듬거리며 울음을 터트렸다.

"부인은 하늘이 거둬가고 아이는 아니라니? 내 정녕 잘못 들은 것이 아니라면……."

뒤늦게 말을 잘못 꺼냈다 여긴 유모가 고개를 가로저었다.

"소인의 말을 못 들은 것으로 해 주십시오."

이미 엎어진 물이나 다름없었다. 영산군이 유모에게 다가와 그녀의 양 팔을 부여잡고 거칠게 몰아세웠다.

"내 분명 똑똑히 들었네! 자네가 하려던 말은 부인의 복중 태아를 해친 자가 따로 있다는 것이겠지?"

실은 영산군도 짚이는 것이 있었다. 다만 인정하기 싫었고 부정하고만 싶었다. 무엇보다 스스로의 생각만으로도 믿을 수가 없는 이야기였다.

"대, 대감마님!"

"말하게!"

"이미 마님께서 돌아가셨습니다. 진실은 아느니만 못하게 되었습니다!"

"난 진실을 알아야겠네!"

십 년 만에 얻은 아이를 품고 매일매일을 행복해했던 여진이었다. 그런 여진이 불의의 사고로 아이를 잃었다. 그 후 슬픔이 찾아왔고 그 슬픔이 여진의 목숨을 앗아갔다. 그것이 진실이었다.

"정녕 부인이 실수로 넘어져 태아를 잃은 것이 맞는가?"

"소인은……"

고개를 떨구며 어쩔 줄 모르는 유모를 응시하던 영산군이 손을 놓았다.

"그날 부인을 진맥한 의원을 불러 추궁하면 될 일이겠지. 그리할 것이네."

당장 의원을 부르려는 듯 돌아선 영산군을 향해 유모가 소리쳤다.

"마님께서 아기씨를 해하셨습니다!"

영산군의 걸음이 멈췄다.

"마님께선 스스로 약을 드시어…… 배 속 아기씨를 해하신 것입니다. 흑!"

"도대체……."

영산군은 말을 잇지 못했다.

"그로 인해 얻은 마음의 병이 몸의 병이 되어 마님의 목숨을 앗아간 것입니다. 흐흑."

영산군이 다시 유모의 앞에 섰다.

"지금 그 말은 그이가 약을 먹어 스스로 아이를 죽였다는 것인가? 어째서?"

영산군이 조금 전까지 유모가 태우던 옷을 돌아보았다. 이것은 모두 여진이 만든 것이었다. 태어나지도 않은 아이의 옷을 매일 만들 정도로 아이를 바랐던 여진이었다. 그런 여진이 스스로 아이를 해쳤다는 걸 믿을 수도 받아들일 수도 없었다.

"한 사람이 찾아왔었습니다……."

유모에게 여진이 친딸과 다름이 없었다면, 그는 친아들과 다름이 없던 사람. 한땐 그 사람이 영산군보다도 더 여진을 아끼고 사랑한다고 믿었던 유모였다. 여진이 죽었다는 소식에도 그는 며칠째 나타나지 않았다. 그래서 유모는 이 비밀을 영원히 품고 죽으려던 마음을 내려놓았는지도 모른다.

"그게 누구인가?"

되묻는 영산군의 눈빛이 섬뜩할 정도로 무서웠다. 그가 누구이든지 영산군은 진실을 알게 된 순간 그를 죽이러 갈지도 몰랐다.

"마님은 그분의 청을 뿌리칠 수가 없었을 뿐입니다."

"그게 누구냐고 물었지 않은가."

되돌아오는 영산군의 목소리가 무서웠다.

"전하께서 마님이 낳으실 사내 아기씨를 세자로 세우신다 하신 일은 조정 신료들이 모두 알고 있고……."

"그게 누구냐고 물었다!"

유모가 흐느끼며 고개를 힘없이 숙였다.

"난 부귀영화에 관심이 없을 뿐 어리석은 사람이 아니네."

"흐흑!"

유모가 그 사람의 이름을 함부로 언급하지 못할 때부터 답은 나와 있었는지 모른다.

"처남인가?"

유모는 부정도 긍정도 하지 못한 채 고개를 들지 못했다.

"윤임?"

고개를 숙이고 있던 유모가 두 눈을 감았다. 영산군의 얼굴이 무섭게 일그러졌다.

"내 당장 그를 죽여버리겠네! 그를 절대 살려두지 않을 것이야!"

당장 윤임을 찾아가려는 듯 돌아서는 영산군의 등 뒤에 대고 유모가 소리쳤다.

"마님의 마지막 유언을 기억하십니까?"

윤임을 용서해달라던 여진의 마지막 말이 떠오른 영산군이 두 무릎을 땅에 꿇으며 무너지듯 주저앉았다.

알고 있었다.

"부인······."

무섭게 일그러졌던 그의 얼굴에선 이제 굵은 눈물이 뚝뚝 떨어졌다.

"부인······."

그 말을 듣는 순간 알고 있었다. 여진의 죽음이든 여진이 품었던 아이의 죽음이든. 어떤 식으로든 윤임이 관련되어 있을 것이란걸.

"내가 이리 할 것을 알고 그런 말을 남기었소?"

늘 밝았지만 그것은 자신의 여린 마음을 감추고자 했던 것. 그녀는 자신의 아이를 지키지 못한 죄책감에 병을 얻어 죽었다. 죽어가면서도 그녀는 자신의 오라버니를 걱정했다.

영산군이 바닥에 엎드려 통곡을 쏟아냈다. 윤임을 향한 분노와 여진을 향한 애틋한 그리움이 뒤섞여 그는 무너지고 또 무너졌다.

이 고통 속에서 그는 손톱이 으스러지고 피가 날 정도로 땅바닥을 긁어쥐었다.

"내 약조하리다. 그대의 오라버니를 절대 해하지 않겠소. 하나 용서하진 않을 것이오!"

※ ※ ※

사냥을 떠났다던 윤임에게서 며칠째 소식이 없다.

"아직도?"

난 도무지 이해를 할 수가 없었다.

"한 나라의 국서가 궐을 떠났는데 행선지를 아는 사람이 없다니? 이것이 말이나 되는가?"

"송구하옵니다, 전하."

그는 분명 여진의 죽음을 모르고 있다. 알았다면 돌아와도 진작 돌아왔을 것이다. 처음에는 이런 시기에 사냥을 떠난 그에게 분노했다. 하지만 이젠 누이의 죽음을 모르고 있을 그를 동정하고 또 걱정했다.

"원자는?"

"모르시옵니다."

"그래야지. 아직은 어리니."

내일 여진의 관이 장지로 떠난다. 그전까지는 윤임은 돌아와야 했다.

"금위군을 풀어서라도 국서의 행방을 찾아보아야겠다."

밖에서 나인 벼랑이의 목소리가 들려왔다.

"전하! 전하!"

다급한 목소리였다.

"들어라."

문이 열리고 벼랑이가 뛰어 들어왔다.

"무슨 일이냐?"

"국서께서 환궁하셨다 하옵니다!"

"국서가? 지금 어디에 있다더냐?"

"교태전으로 바로 가신 듯하옵니다."

난 침전을 나와 곧장 교태전으로 향했다.

"전하."

교태전 내관이 달려 나와 내게 예를 올렸다.

"국서는?"

"안에 계시옵니다."

"영산군 부인의 소식은 전하였느냐?"

"아직……."

"알았다."

내관을 지나쳐 앞으로 걸어가자 문 앞에 선 상궁이 안을 향해 소리를 냈다.

"주상전하 드십니다."

바로 문이 열리고 난 장 상궁을 비롯한 나인들을 뒤로 물린 채 혼자 안으로 들어섰다. 윤임은 내관들의 도움을 받아 사냥복에서 평상시 입는 의복으로 갈아입고 있었다. 그는 내 등장에 내관들을 모두 내보내더니 옷깃을 스스로 여미며 돌아섰다.

"전하."

나를 바라보는 그의 표정은 밝았다. 그는 여진의 소식을 모르고 있는 것이 틀림없었다.

"윤임."

"이곳 교태전까지 얼마 만에 걸음을 하신 것입니까."

그가 되새겨주지 않더라도 이곳은 분명 내게 낯선 공간이었다. 윤임을 위한 공간.

"사냥을 갔다 들었소."

그가 내 시선을 피해 잠시 눈동자를 굴린다.

"예."

"호위를 대동하지 않고 갔다던데?"

"시끄럽게 하고 싶지 않았을 뿐입니다."

"그래……."

바로 나올 줄 알았던 여진의 소식이 목구멍을 넘어오지 않는다. 윤임이 물었다.

"사냥을 다녀온 것을 확인하러 오신 것은 아니실 터. 어인 일이십니까?"

"영산군 부인이……."

딱 여기까지 말했을 뿐인데 벌써 내 눈시울이 빠르게 젖어들어 갔다.

"전하?"

내가 울려고 한다는 걸 알아챈 윤임이 내게 손을 뻗었다. 난 그의 손을 밀어내며 말했다.

"여진이가 죽었소."

나를 바라보던 윤임의 두 눈동자가 흔들렸다. 그도 큰 충격을 받은 듯 한동안 말을 잊지 못했다.

"그대가 사냥을 떠나던 날에."

윤임이 힘없이 고개를 떨궜다. 어쩌면 그는 자신의 여동생이 생사를 헤매다 죽던 날, 사냥을 떠났다는 사실에 평생을 괴로워할지도 모른다는 생각이 들었다. 난 그가 불쌍해졌다.

"신은……."

윤임이 무언가 말을 하려고 했다. 그러나 그 할 말은 계속 입안에서 맴도는 듯했다. 나는 그런 그의 심정을 알 것 같았다. 그에게로 한 걸음 다가간 나는 두 팔로 그를 끌어안았다.

"전하……."

"어째서 이제 온 것이오."

그의 이마가 천천히 내 어깨 위로 내려앉았다.

❋ ❋ ❋

영산군은 한 팔로 자신의 눈을 가린 채 누워 있었다.

"삶과 죽음에서 이별은 늘 함께하는 것이지. 하나 겪어보니 이처럼 괴로운 줄은 정녕 몰랐네."

그의 옆에 홍연이 앉아 있었다.

"굶어 죽기라도 하면 하루라도 빨리 부인을 만날 수 있는 것일까?"

"영산군 대감."

영산군이 자신의 눈을 가린 팔을 거뒀다. 그의 눈은 통통 부어올라 있었다.

"홍연. 자네는 이러한 고통을 어찌 이겨냈는가?"

영산군의 물음에 홍연의 두 눈동자에 깊은 슬픔이 어렸다. 그의 눈을 본 영산군이 말했다.

"혹 아직도 고통 속에 머무는가?"

"쉬십시오."

이 짧은 말을 남긴 홍연이 자리에서 천천히 일어섰다. 여진을 잃은 고통 속에 영산군은 지쳤다. 지금 그에게 어떤 말을 하더라도 위로가 되지 않으리란 걸 홍연은 잘 알았다. 밖으로 나온 홍연이 마루에 섰을 때였다. 멀리 대문 쪽에 서서 그를 사납게 응시하는 시선이 있었다. 바로 윤임이었다.

궐을 나온 윤임은 말을 급히 달려 영산군의 사저로 향했다. 그 곳에 도착하자 정말 왕의 말대로 상중임을 알리는 등이 걸려 있는 것이 보였다.

그가 급하게 말을 세웠다. 말에서 내린 그가 안으로 뛰어 들어가자 조문객을 맞던 해진이 그를 보고는 다가왔다.

"임아!"

"큰누이."

"어찌 이제 온 것이냐? 어? 어찌 이제야 나타났어! 흐흐흑!"

해진이 윤임에게 매달리며 울음을 터트렸다. 윤임도 차마 말을 잇지 못한 채 주변을 둘러보았다. 국서인 그를 알아본 조정 신료들이 예를 올렸다. 윤임은 슬픔을 참으려 입술을 깨문 채 해진에게 물었다.

"여진이는 어디에 있소?"

"안채에……."

고개를 한 번 끄덕인 윤임이 안채로 향했다. 그가 막 안채 앞에 도착했을 때 안에서 문이 열리며 누군가가 걸어 나왔다. 그 누군가의 모습을 본 윤임이 우뚝 멈춰 섰다.

신홍연.

홍연도 윤임을 발견하고는 놀란 눈을 크게 떴다. 윤임의 두 눈이 번뜩였다.

"네놈이 어찌 이곳에 있느냐?"

홍연은 대답하지 않았다. 단지 말없이 그를 응시하고 서 있을 뿐이었다.

"어찌하여 네놈이 도성에 있는지를 물었다!"

이제 윤임은 수련의 옆에 나란히 설 수 있는 유일한 사내였다. 그런 그임에도 홍연의 존재는 마음속 깊은 곳에 감춰둔 오랜 상처와도 같았다. 결코 드러나서도 결코 나타나서도 안 되는 그런 상처. 그것은 그의 이성을 흔들고 판단력을 흐르게 만들 하나뿐인 존재였기에.

"분명 전하께서 다시는 도성으로 돌아오지 말라 하셨거늘! 목숨이 아깝지 않더냐?"

윤임이 왕의 어명까지 거들먹거리며 홍연을 위협하던 그때였다.

안에서 문이 쾅, 소리를 내며 열렸다. 나타난 것은 다름 아닌 영산군이었다.

"내가 불렀네. 내 지기이니."

영산군을 본 윤임의 눈동자가 살짝 흔들렸다. 반대로 영산군은 윤임을 매섭게 노려보고 있었다.

"사냥을 떠났다 들었는데 자네가 여기까진 어인 일인가?"

냉소적으로 묻는 영산군의 태도가 윤임에겐 조금 낯설게 다가 왔다. 그러나 이해를 할 순 있었다. 그는 아내를 잃었으니까.

"늦어서 송구할 따름입니다."

"늦어? 송구해?"

영산군이 짧게 코웃음을 쳤다. 그때 안쪽에서 유모가 천천히 걸어 나왔다. 그녀는 윤임을 보고는 깜짝 놀라더니 걸음을 멈췄 다. 유모와 영산군의 얼굴을 번갈아 바라보던 윤임이 어렵게 입을 뗐다.

"영산군."

영산군이 소리쳤다.

"여기서 썩 물러가게! 자네가 다시 내 눈에 띄는 날이 온다면 결 코 살려두지 않을 터이니!"

단순히 아내를 잃은 슬픔으로 자신에게 냉대하는 영산군의 모 습이 낯설었다. 윤임은 여진을 마지막으로 보았던 날을 떠올렸다. 그 자리에는 분명 그들 남매 두 사람만 있었다. 유모는 없었다.

윤임이 유모를 노려보듯 쳐다보았다. 유모가 깜짝 놀라며 그의 시선을 피해 고개를 숙였다. 상황을 눈치챈 윤임이 다시 영산군을 돌아보며 말했다.

"마지막 길을 가는 누이의 얼굴이라도 볼 수 있게 해 주십시오."

영산군이 그의 말을 비웃듯 웃었다. 그 후 그는 입술을 깨물며 차갑게 대꾸했다.

"다시는 내 집에 발걸음 할 생각은 마시게, 국서마마."

※ ※ ※

윤임이 출궁한 후 나는 어마마마를 뵈러 창경궁에 와 있었다.

"영산군 부인의 죽음에 삼 일간 조정을 파한 일로 말이 많다지?"

지난 십 년간 나와 윤임의 노력에 조정이 안정된 후 어마마마는 창경궁으로 물러나 지내고 계셨다. 그럼에도 조정의 소식만큼은 늘 귀를 열어두셨다.

"아셨어요?"

"모를 리가."

어마마마가 씁쓸한 미소를 지었다.

"영산군부인은 주상의 오랜 동무와도 다름없지 않소?"

"그랬지요."

"주상의 슬픔이 매우 크겠소."

난 어마마마 앞에서 한숨을 내쉬는 것을 숨기지 않았다. 이렇게라도 하지 않으면 다시 눈물이 날 것 같다. 그리고 여전히 여진이 죽었다는 사실을 받아들이기가 힘들다. 내가 부르면 언제라도 그녀가 웃으며 입궐할 것만 같아서.

"주상."

"네?"

"영산군 부인의 죽음은 안 된 일이지만, 그로 인해 영산군의 후사가 끊긴다면 선왕의 후사도 함께 끊긴다는 것을 잘 알 것이오. 이는 원자의 세자 책봉과도 별개의 문제이고."

"알아요."

어마마마는 선왕의 왕비였다. 어마마마의 일생은 선왕의 대를 지키기 위한 삶만 남았는지도 모른다. 그걸 이해하지 못하는 것은 아니다.

"종친의 경우는 아내가 죽으면 석 달 후에는 다시 아내를 맞도록 되어 있소."

사실 민가에서는 이를 규정하고 있는 법률이 존재하진 않는다. 아내가 죽으면 자신이 원할 때에 다시 재혼하면 된다. 그러나 종친 즉 왕손은 다르다. 왕손은 왕실의 대를 이어야 하는 책임이 있다. 그렇기 때문에 자신의 의사와 상관없이 석 달 후에는 새로 아내를 맞아야 한다.

"아직 그 말을 꺼내기엔 시기가 일러요."

"허면 석 달 후에나 논의할 참이오?"

"두 사람의 사이가 매우 깊었어요. 영산군의 아픔이 오래갈 거예요."

"그건 영산군의 문제이고, 종친의 혼인은 주상의 문제요."

"어마마마."

어마마마를 부르는 목소리가 나도 모르게 울먹거렸다.

"어찌하여 아우인 영산군의 운명이 제 운명과 닮았다는 생각이 드는 것일까요?"

"주상."

"저도 홍연과 헤어지고 바로 혼인하길 원치 않았어요. 그런데 이젠 영산군이…… 그것이 얼마나 힘든 일인데."

"그 말은 주상은 지금도 힘들다는 것이오?"

난 눈을 들어 어마마마의 눈을 마주했다. 복잡한 감정이 일었다. 그것은 홍연과 짧은 재회를 한 후에 되살아난 감정이었다. 이런 감정을 어마마마 앞에서는 완전히 감추기가 어렵다.

"모르겠어요."

"주상."

어마마마가 내 손을 잡고 나를 달래듯 말했다.

"국서는 좋은 사내요. 그는 국서가 되어 지난 십 년간 이 나라와 조정을 안정시키는 데 큰 기여를 했소. 또 원자가 태어나 이 창경궁에서 뒷방살이를 하는 나를 기쁘게 하였지. 이뿐만이 아니오. 주상이 조정일에 바쁜 틈에도 그는 자주 나를 찾아와 챙겨준다오."

"어마마마."

"부족한 점만 보자면 한없이 부족한 것이 사람이오. 하나 국서는 내겐 부족할 것이 없는 사위이니. 행여나 조금이라도 홍연을 마음에 두었다면 깨끗이 잊으시오. 두 사람의 연은 오래전에 끝났소."

그러겠다는 대답이 바로 나오지 않고 망설여지던 그때였다.

"대비마마."

밖에서 대비전 나인의 목소리가 들려왔다.

"무슨 일이냐?"

어마마마의 물음에 나인이 답을 했다.

"국서께서 환궁하셨다는 소식이옵니다."

난 고개를 갸웃거렸다.

"벌써?"

그가 출궁한 지 얼마 시간이 흐르지도 않았는데 말이다.

❀ ❀ ❀

교태전으로 돌아온 윤임은 불안감에 휩싸여 있었다. 그는 한참이나 안절부절못한 채 처소 안을 서성였다. 그러던 그가 품에서 무언가를 꺼내 들었다. 바로 폐주에게서 빼앗아 온 사초였다.

그는 이것만 없애면 모든 것이 마무리된다고 믿었다. 그러나 더 큰 문제가 생겨버렸다. 바로 자신과 여진의 비밀이 영산군이 알았을지도 모른다는 것이었다.

'유모가?'

어릴 적에도 유모가 여진의 말을 엿듣는 일은 종종 있었다. 그땐 철없는 여진이 무슨 사고를 칠까 걱정스러운 마음에 그런 것이었다.

그러나 지금 상황에선 다르다. 영산군이 알았다면 왕이 아는 것도 시간문제였다. 복잡한 생각 속에서 윤임은 일단 사초를 처리할 생각에 초에 불을 붙였다. 그 사초를 태우려 초로 가져다 댔을 때였다.

'만약.'

영산군이 진실을 알게 되어 왕에게 고한다면? 윤임의 잔인한 선택에 대한 유일한 증좌는 바로 이 사초였다. 왕과 원자를 지키기 위한 그의 선택. 사초는 그 증거물이었다.

"마마. 장 상궁이옵니다."

밖에서 장 상궁의 목소리가 들려오자 윤임은 서둘러 사초를 고이 접어 자신의 옷 속에 숨겼다.

"들어오게."

"예."

문이 열리고 장 상궁이 안으로 들어왔다.

"무슨 일인가?"

"환궁하셨다는 소식을 듣고 찾아뵈었사옵니다. 전하께서 내일까지 조회를 파하셔서 내일까지는 영산군댁에서 머무셔도 될 터인데, 어찌하여 이리 일찍 환궁하셨사옵니까?"

"전하께서 자네를 보내 그리 물으시라던가?"

"예? 아, 아니옵니다. 단지 소인이 여쭙는 것이옵니다."

윤임의 얼굴에 실망한 기색이 잠시 드러났다 사라졌다. 장 상궁은 그런 윤임을 보며 생각했다. 늠름하기만 한 저 사내는 왕의 앞에선 한없이 작은 어린아이와 같았다. 왕에게 애정을 바라면서도 그것을 드러내지 못한다. 또한 왕에게 애정을 갈구하지만 정작 왕은 이 사실을 몰랐다.

"그럼 소인은 이만 물러가겠사옵니다."

장 상궁이 뒷걸음쳐 밖으로 나가려던 그때였다. 윤임이 물었다.

"영산군의 사저에서 거창위를 만났네."

"예?"

"신홍연."

윤임이 장 상궁을 돌아보았다.

"그가 도성으로 돌아온 사실을 전하께서도 아시는가?"

"저…… 그게……."

상전의 물음에 있어서 알면 안다고 모르면 모른다고 지체 없이 대답해 왔던 장 상궁이었다. 그러나 이 물음 앞에서는 벌어진 입은 분명한 답을 내놓지 못하고 있었다.

"자네의 그 얼굴이 대답인 게로군."

그대로 답을 빼앗겨버린 장 상궁이 말없이 고개를 숙였다.

"알았으니 물러가게."

"예."

별다른 대꾸도 못한 채 장 상궁은 밖으로 물러 나왔다. 밖으로 나온 장 상궁을 나인 벼랑이가 기다리고 있었다.

"마마님."

"무슨 일이냐?"

"드릴 말씀이 있사옵니다."

"응?"

벼랑이가 장 상궁에게 가까이 다가가더니 귓가에 대고 무언가를 속삭였다. 이를 전해들은 장 상궁의 눈이 크게 떠졌다. 장 상궁이 다급한 목소리로 벼랑이에게 물었다.

"전하께서는 지금 어디에 계시느냐?"

"전하, 저기-"

창경궁에서 돌아오는 어가를 따르던 상궁이 나를 불렀다. 그녀의 목소리를 따라 앞을 내다보니 멀리서 장 상궁이 빠른 걸음으로 다가오는 것이 보였다.

"멈춰라."

"예."

어가가 바닥에 내려앉고 난 상궁의 손을 잡고 내렸다. 그 사이어가 앞으로 도착한 장 상궁이 예를 올렸다.

"전하."

"무슨 일인가?"

"교태전으로 가시옵니까?"

"그렇네. 국서가 돌아왔다더군."

그에게 여진은 친누이였다.

어쩌면 나보다도 더 큰 위로가 필요할 사람은 그일지도 모른다.

"잠시만-"

"응?"

장 상궁이 무언가 내게 할 말이 있는 듯 보였다. 난 주변을 물리고는 다른 나인들을 멀찍이 보낸 채 장 상궁과 마주 섰다.

"과인에게 할 말이 있는 표정이군."

"국서께서 일찍 돌아오신 연유에 대한 것이옵니다."

"연유?"

"작은 다툼이 있었다 하옵니다."

"다툼이라니? 누가? 누구와?"

"영산군 대감과."

장 상궁이 머뭇거리자 내가 말을 받았다.

"설사 국서가?"

"예."

장 상궁이 고개를 숙였다. 난 이해할 수 없다는 얼굴로 그녀를 쳐다보았다.

"두 사람의 사이가 가까운 것을 자네도 모르지는 않을 터인데."

"정확한 연유는 모르옵니다만, 언쟁이 있었고 그 일로 인해 국서께서 일찍 환궁하신 듯하옵니다."

"사냥 때문인가?"

여진이 숨을 거두던 시각, 윤임은 도성에 없었다. 영산군은 여진을 잃은 슬픔에 사냥을 떠났던 윤임을 추궁했을지도 모른다. 그것이 다툼이라면 다툼이고 언쟁이었다면 언쟁일 것이다

"아무래도 영산군에게 가보는 게……."

여진이 죽었다는 소식에 출궁했지만 영산군의 얼굴은 보지 못했다. 대신 내가 본 건 홍연이었다. 홍연의 얼굴이 떠오르자 나의 마음이 급해졌다.

"출궁 준비를 서두르게."

"교태전에는 아니 납시시고요?"

"우선은 영산군을 만난 뒤에 가지."

옷을 갈아입기 위해 침전으로 가려는 나를 향해 장 상궁이 고개를 들어 말했다.

"출궁하시려는 연유가 혹 거창위 대감 때문이옵니까?"

정곡을 정확히 찌르는 말에 난 두 눈을 힘주어 떴다.

"감히 아뢰옵건대 거창위 대감 때문이라면 출궁하시면 아니되옵니다, 전하."

"장 상궁."

들켰다. 분명 내 마음을 들켰다.

영산군 사저에서 돌아온 홍연을 만난 뒤로 난 계속 뒤숭숭한 기분에 사로잡혀 있었다. 꿈인지 현실인지 구분하기도 전에 끝내버린 짧은 만남. 마음속으로는 이를 부정하며 임금의 책무에 집중하려 해도 그러지 못했다.

"과거 두 분 사이에 있었던 일은 소인이 그 누구보다 잘 아옵니다. 하오나 지금의 전하는 더는 공주마마가 아니시옵니다, 주상전하이시옵니다. 그런 주상전하를 지난 십 년간 보필해오신 분은 다름 아닌 국서이시옵니다. 지금은 국서께 가셔야 하옵니다."

어마마마는 속일 수 있어도 장 상궁을 속인다는 것은 불가능할 것이다.

"과인이 거창위로 인해 흔들린다 여기는가?"

"아니옵니까?"

처음이었다. 장 상궁이 내 의중을 반문하듯 물어본 것은. 내 입에서는 쉽게 말이 나오지 않았다. 난 이런 내가 싫어졌다.

"지금 자네의 말은 지나쳤네."

"송구하옵니다."

장 상궁이 다시 고개를 숙인 그때였다. 대전 내관이 급히 다가와 아뢰었다.

"전하, 급히 대전으로 납시시옵소서!"

"무슨 일이냐?"

"강화부사께서 올리신 장계가 막 도착했사온데 교동도에 유배

주인 폐주가 역질로 죽었다 하옵니다."

❀ ❀ ❀

　치우지 않은 가을 낙엽이 잔뜩 쌓여 있는 영산군의 사저는 마치 버려진 폐가를 보는 듯했다.
　"빗질하는 소리조차 듣고 싶지 않다고 하셔서……."
　하인의 말을 듣고 나서야 여진의 장례가 끝난 뒤에도 어수선한 이유를 알 수 있었다. 단지 이곳에 살던 한 사람만 떠났을 뿐인데 웃음소리로 늘 가득하던 한 집안이 그렇게 사라졌다.
　난 영산군의 마음을 알 것 같았다. 나 역시 겪었던 일이었으니까.
　"전아, 나다."
　영산군이 사랑채에서 두문불출하며 지낸다는 걸 알고 있었다.
　"들어오시오."
　지난번처럼 외면당할 수도 있다 여겼다. 다행히 이번에는 들어오라는 허락이 쉽게 떨어졌다. 문을 열고 안으로 들어가자 불도 때지 않은 듯 한기만 도는 방 안에 웅크린 채 앉아 있는 영산군의 모습이 보였다. 영산군에게 다가간 나는 자리에 앉으며 그의 이름을 다시 불렀다.
　"전아."

"누이."

"날이 추운데 어찌 불도 때지 않은 것이냐?"

"그 사람은 지금 차가운 땅속에 있소."

"아무리 그래도 산 사람은 산 사람대로 살아야지."

영산군이 힘없이 눈을 감아버렸다. 난 아직 그가 모를 소식을 들려주었다.

"폐주가 죽었다더구나."

영산군이 다시 눈을 뜨더니 내 얼굴을 바라보았다.

"이상하지? 여진이가 떠난 것도 실감이 나지 않는데…… 폐주는 더더욱."

박원종은 내가 보위에 오르는 일을 두고 폐주로 협박을 했었다. 당시에는 그게 제대로 먹혔을 만큼 폐주는 내게 친오라버니와 같았다.

"누이와 폐주가 가까운 오누이 사이였다는 건 알지."

난 옛일을 떠올렸다.

"그래서 폐주가 날 죽이려고 한다는 사실을 받아들일 수가 없었어."

"오랫동안 공주의 신분을 잊은 채 떠나 있었을 만큼?"

"사라진 그 기간 동안 있었던 일이 더는 기억이 나진 않지만, 내가 원해서 떠났던 건 아니야."

"그때는 홍연에게도 내게도 힘든 시간이었소."

"그 시간을 이젠 네가 겪는구나."

영산군의 눈시울이 붉어졌다.

"언젠가는 다시 만나겠지?"

"꼭, 그럴 것이다."

"내가 죽어야만?"

난 조심스러워졌다. 혹시라도 여진을 잃은 슬픔에 영산군이 그 뒤를 따를까 봐 겁이 난 것이다. 영산군도 이런 내 마음을 알아차렸는지 억지웃음을 지으며 고개를 젓는다.

"어리석은 선택은 하지 않을 거요. 부인이 바라지 않을 테니."

"전아."

난 영산군의 뺨을 타고 흐르는 눈물을 손으로 닦아주려 했다. 영산군은 흐르는 눈물을 막지 말라는 듯 내 손목을 잡아채며 말했다.

"내가 왕이 되었다면 이런 일은 없었을까?"

"무슨 말이냐?"

"내가 왕이 되었다면 누이는 홍연과 헤어지지도 않을 것이고, 난 부인을 지킬 수 있었을까?"

"전아, 그게 무슨 말이냐?"

타고난 성정 자체가 부귀영화와는 거리가 먼 영산군이었다. 그래서 난 그런 영산군이 하는 이 말에 담긴 의도를 알 수가 없었다.

"누이. 윤임, 그가……."

이를 악물며 무언가 말하려던 영산군이 잡았던 내 손목을 놓더니 고개를 돌려버린다. 난 그런 영산군을 보며 말했다.

"국서가 이곳에 와서 너와 언쟁을 벌였다는 말을 들었다. 무슨 일 때문이었니?"

영산군이 여전히 나를 돌아보지 않은 채 답했다.

"나를 찾아온 홍연을 보았거든. 그래서 그가 화를 냈소. 난 홍연을 감싸주었고. 그게 다요."

"참말이냐?"

일부러 내 시선을 회피하는 듯 보이는 영산군의 태도가 신경 쓰였다. 계속 내 눈을 피하며 영산군이 고개를 끄덕였다.

"그렇소."

"그래. 알았다."

더는 영산군이 이 일에 대해 이야기하고 싶어 하는 것 같지 않았다. 조용히 자리에서 일어서려는데 영산군이 나를 불러 세웠다.

"누이. 누이에게 줄 것이 있소."

"줄 것이라니?"

"돌려준다는 말이 더 맞겠지만."

영산군이 방 한쪽에 놓인 작은 상자를 내 앞에 꺼내놓았다. 그가 상자를 열자 원래가 하나였다는 듯 나란히 붙어 있는 두 개의 옥이 보였다. 나는 그 옥이 어떤 옥인지 바로 알아차렸다.

"하나는 누이가 부인에게 준 것이었고 다른 하나는 홍연이 내게 준 것이었지."

"이걸 왜……."

뒤늦게 난 영산군과 눈을 마주 볼 수 있었다. 그는 흘러내리려는 눈물을 참으려는지 연신 눈을 깜빡였다.

"주인을 잃었으니까. 원 주인에게 돌아가야 하는 것이 옳지 않겠소?"

"전아."

"애초에 아바마마께서도 우리 남매에게 나눠주려 하신 옥이라 들었소."

영산군이 나란히 붙어 있는 두 개의 옥 중에서 봉황이 새겨진 옥을 떼어냈다. 옥이 소리를 내며 울기 시작했다.

"자, 받으시오."

난 고개를 저었다.

"여진이에게 주었으니 이 옥은 이제 네 것이기도 해."

"부인도 누이에게 돌려주길 바랄 거요."

나는 더는 거절할 이유를 찾지 못했다. 그렇게 옥은 내 손 위에 놓였다.

"이 옥을 처음 보았던 날이 떠올라. 할마마마의 앞에서였지."

그날 활짝 웃으며 나를 바라보던 이용이 떠올랐다. 동시에 내 두 눈에서도 참았던 눈물이 흘러내렸다. 이용의 죽음이 비로소 실감이 난 것이다.

"그때로 돌아가고 싶구나. 아무것도 몰랐던 어릴 적 그때로."

영산군도 내 말에 응수하듯 말했다.

"부인과의 이른 이별을 알고도 그때로 돌아간다면 그래도 나는 부인을 은애할 것이오. 그러니 누이. 이 옥을 볼 때마다 기억해 주시오."

천진난만한 웃음을 짓던 여진의 모습을. 행복했던 시절의 오라버니 이용의 모습을.

"그래. 그러자."

영산군이 건네준 옥을 두 손으로 소중히 품고서 생각했다. 두 옥이 떨어졌을 때 내는 소리가 마치 구슬픈 울음소리처럼 들린다고.

❀ ❀ ❀

슬픔은 겨울의 추위를 더욱 빨리 몰고 왔다. 날은 빠르게 추워졌지만 정작 첫눈은 아직 내리지 않고 있었다.

"전하. 탄을 때우는 것이 좋겠사옵니다."

옷만 두껍게 입은 채 난 화로만으로 버티고 있었다.

"아직 낮이지 않는가. 탄은 밤에 때우도록 하지."

탄은 귀하다. 일반 민가의 백성들은 아예 탄을 구하지 못해 나무로 불을 땐다. 왕실에서는 탄을 쉽게 구하지만 그렇다고 왕이 낭비하듯 탄을 쓰면 궁중의 다른 이들도 전부 왕을 따라 한다. 그만큼

왕은 행동에 모범을 보여야 했다.

"그러다 자칫 고뿔에 걸려 옥체라도 상하시면……."

"탄을 쓰지 못해 고뿔에 걸린다면 조선의 백성 대부분이 고뿔이 걸리겠지, 안 그런가?"

장 상궁도 더는 말을 못 한 채 조용히 물러섰다. 난 화로 하나만 둔 채 계속 책을 읽었다. 오늘 갑작스러운 추위로 경연이 취소되었다. 대신 나는 오늘 경연에서 논하기로 했던 경서를 수차례 반복해서 읽고 있었다.

"전하."

밖으로 나갔던 장 상궁의 목소리가 다시 들려왔다.

"과인이 낮에는 탄은 때우지 않겠다 말하지 않았는가?"

"그것이 아니오라 홍문관 윤 교리께서 알현을 청하시옵니다."

"윤 교리?"

홍문관 윤 교리라면 다름 아닌 윤원형이었다.

"들라 이르라."

"예."

문이 열리고 윤원형과 사관이 한 명 따라 들어왔다. 왕과 신하의 독대는 아주 예외적인 일. 당상관도 쉽게 할 수 없는 독대이니만큼 당하관인 교리는 더더욱 불가했다. 그러니 이런 예외적인 자리는 사관이 꼭 참여해 왕과 신하의 대화를 모두 기록했다. 이런 번거로운 상황을 당상관쯤 되면 다들 좋아하지 않았다. 그래서 자신을 따라붙은 사관을 보며 인상을 쓰는 경우가 다반사였다.

하지만 오늘 사관과 들어온 윤원형은 달랐다. 그는 내게 예를 올린 후 사관이 자리를 잡고 앉아 붓을 꺼내 가다듬는 것까지 보고 나서야 입을 열었다.

"전하."

"그래, 무슨 일인가?"

"송구하옵게도 신이 감히 아뢸 말씀이 있어 이리 찾아뵈었나이다."

윤원형은 사관에게 눈짓을 보냈다. 지금부터 자신이 하는 말을 빠짐없이 기록하라는 듯이 말이다. 사관이 기록하게 될 내용들은 바로 승정원으로 보내지고 오늘이 다 가기 전에 입궐한 대신들이 전부 내용을 알게 될 것이다. 윤원형이 이러한 상황을 만든 속셈이 궁금했지만 난 모르는 척 물었다.

"말해보게."

윤원형이 이야기를 시작했다.

"넉 달 전 신은 영산군 부인의 부고를 듣고 매우 애석해 하였사옵니다. 하온데 전하, 영산군이 누구이옵니까? 선왕의 유일한 서장자가 아니시옵니까? 종가의 대통을 이어야 할 막중할 책임이 있으신데도 신하들 중 그 누구 하나 재취를 논하지 않으니 실로 허망할 따름이옵니다."

"영산군은 아직 부인을 잃은 슬픔에 차 있다네."

"하오나 국법에 따르면 종친은 종사의 대를 잇는 책임이 있기에 상처喪妻 후 석 달 안에 재취를 맞아들여야 하옵니다."

"과인도 알고 있네."

누군가는 나서서 말을 했어야 할 일이었다. 그런데 여진이 죽고 지난 넉 달간, 조정에서는 아무도 영산군의 혼인을 거론하지 않았다. 마치 여진이 죽은 사실을 모른다는 듯이 말이다.

그들이 입을 다문 진짜 이유는 따로 있었다. 국서인 윤임의 눈치를 살피고 있었던 것이다. 여전히 원자의 세자 책봉 문제가 결정짓지 않은 상태에서 자칫 영산군이 재혼해 아들을 낳는다면 세자 책봉 문제에 큰 걸림돌이 될 수 있었다. 그러기에 원자가 세자가 되기 전까지는 영산군의 혼인문제를 다들 외면하고 있었던 것이다.

"더는 미룰 수 없사옵니다. 전하께서 나서 주시옵소서."

윤원형이 바닥에 머리를 조아렸다. 나의 마음도 착잡해졌다. 영산군의 자손이 끊긴다면 사실상 선왕의 자손은 아무도 없었다.

동짓날이었다.

조하를 위해 대전으로 가는 길 난 옥교를 타지 않고 걷는 걸 선택했다. 이미 계절은 한 겨울이지만 이상하게 눈은 내리지 않는다. 날씨마저도 답답하게 느껴지던 그때였다. 뒤따르던 장 상궁이 작은 목소리로 내게 말을 걸어왔다.

"참 희한한 일이옵니다."

난 걸음을 멈추고 장 상궁을 돌아보았다.

"희한하다니?"

"한겨울 조하인데 병을 이유로 빠진 조정신료가 단 한 사람도 없다 하옵니다."

장 상궁도 그 이유를 알고 나도 그 이유를 알고 있었다. 오늘 조하는 해가 가기 전에 가장 많은 대신들이 한자리에 모이는 날. 이들은 내가 원자의 세자 책봉 문제를 거론할 것이라고 믿고 있었다. 설사 내가 이 문제를 거론치 않고 회피하려고 하더라도 조용히 넘어가려 하진 않을 것이다.

"구경꾼들이겠지."

"예?"

"원자가 세자가 되는 걸 보려고 모인 이들."

그중에는 윤원형처럼 반대하는 신하들도 있다. 다만 윤임의 세력에 눌려 제 소리를 못 내고 있을 뿐.

"당장 원자에게 왕실의 성씨를 사성하여 세자로 세운 들, 나중에 원자가 왕이 되면 다시 윤씨로 바꾸려고 하겠지."

내 말에 놀란 장 상궁의 안색이 굳어버렸다. 난 씁쓸하게 웃으며 말했다.

"과인이 왕이 되어 보니 알겠네. 왕의 자리는 성姓이 중요한 건 아니네. 위에서는 하늘의 뜻이 필요하고 아래로는 백성의 부모가 되어야 하지. 왕실 안에서는 조정을 장악해야 하고. 그런데 과인이 바라는 것은 단 하나네. 해보니 원자는 이 왕실 그리고 조정과 먼 삶을 살았으면 하네. 그 아이가 영특하든 아니든."

"그래서 영산군 부인께 양육을 맡기신 것은 아니시겠지요?"

순간 옥하가 떠올랐다. 난 고개를 저었다.

"공주가 늘 마음에 걸렸네. 마치 영원히 풀 수 없는 응어리 같아. 공주를 떠나보낸 순간부터 난 여인도 어머니도 아닌 왕으로 살기로 마음먹었네. 그런데 원자는 아직도 영산군 부인을 찾는가?"

"가끔씩 찾으신다 하옵니다. 이를 국서께서 잘 다독이고 계신다고도 들었사옵니다."

이제는 원자를 향한 그의 애정 어린 보살핌도 다른 의도가 있는 것처럼 보인다. 나와는 생각을 같이하지 않는 그에 대한 신뢰는…… 점점 사라지고 있었다.

"이젠 국서를 못 믿겠네."

"전하……."

"그에게 권력을 허락한 것은 과인의 편이 되겠다는 약조 때문이었지. 그런데 그는 그 권력으로 자신의 편만 만들었어."

그의 행동이 원자를 위한 것이라고 해도.

"원자는 제 아비의 권력욕을 위한 도구로 쓰이라고 낳은 아이가 아닐세."

　　　　✳ ✳ ✳

　조하가 끝나고 예법에 따라 상을 내렸다.

　"함경도 구휼 문제를 해결한 관찰사 고형산을 형조판서에 임명하겠소."

　"성은이 망극하옵니다, 전하."

　이미 이는 며칠 전부터 의정부에서 올라온 건의를 보고 내가 최종 결정을 한 것이기에 반대는 없었다. 다만 문제는 이 모든 절차가 끝난 다음이었다.

　홍문관 직제학 김안로가 나섰다.

　"전하. 곧 그믐이옵니다. 하오나 아직도 국본의 자리가 비어 있어 백성들이 불안해하고 있사옵니다. 하루속히 국본을 세워 왕실과 종묘사직의 안위를 다지소서."

　"국본이라……."

　가장 뒤에 서 있던 교리 윤원형이 나섰다.

　"직제학 영감의 말씀이 실로 옳사옵니다. 국본을 세우는 것은 매우 중요한 일이옵니다."

　당상관들도 발언을 아끼는 자리에 당하관인 윤원형이 나서자 대신들이 웅성거렸다. 이를 알면서도 윤원형은 자신의 주장을 계속 펼쳐나갔다.

　"그렇다고 하여 그만큼 중한 일을 더는 미룰 수는 없는 것이지요."

"국본을 세우는 일보다 더 중한 일이라니?"

김안로가 매서운 눈으로 받아쳤다. 기다렸다는 듯 윤원형이 대답했다.

"영산군께서는 선왕의 유일한 서장자로 엄히 말하자면 선왕의 대를 이어야 하실 분이시옵니다. 그분이 넉 달 전 상처하였는데 대신들 중 그 누구 하나 혼사를 추진하지 않으니 드리는 말씀입니다."

웅성거림이 커지기 시작했다. 그 가운데 나는 종친들 가운데 서 있는 영산군에게 눈길을 주었다. 영산군은 바닥에 시선을 둔 채 힘없이 눈을 깜빡이고 있었다. 얼핏 보기에는 그는 마치 딴 생각에 빠져 있는 듯 보이기도 했다. 하지만 대전을 울리고 있는 윤원형의 목소리가 그의 귀에 들리지 않을리는 없다.

"과거 전하께서 국본의 자리는 영산군의 장자에게 주겠다 약조하신 일이 이 자리에 있는 모든 대신들께서도 아실 것이옵니다. 따라서……."

"감히 어느 안전이라고 일개 교리 따위가 나서는가."

조용히 있던 윤임이 앞으로 나섰다. 순식간에 웅성거리던 대전 안에는 숨소리 제외한 모든 소리가 사라져버렸다.

"신이 틀린 말을 했사옵니까?"

윤원형도 이에 물러서지 않고 반문하며 맞섰다. 이런 그의 태도는 윤임을 크게 화나게 만든 것이 틀림없었다. 두 사람 사이에 흐르는 냉랭한 기운이 옥좌 위에 앉은 내게도 전해져왔다.

"그만."

나의 제재에 두 사람은 물론 대전에 있는 모든 이들의 시선이 나를 향했다.

"국본을 세우는 일은 중하기에 조하에서 논의하지 않겠소. 또한 영산군의 혼사문제는 국법에 따라 예조에서 절차를 논의하도록 하시오."

"예, 전하."

예조판서가 고개를 숙이며 내 명을 받았다. 그는 윤임의 눈치 또한 같이 보고 있었다. 이를 알아차린 나는 엄명을 내렸다.

"섣달그믐까지 영산군의 혼처를 찾지 못하면 예조 관원 전부를 벌할 것이니 그리 아시오."

난 자리에서 일어섰다.

"조하는 여기까지 하겠소."

대전을 나오자 옥교 옆에 서서 나를 기다리는 영산군이 보였다. 난 옥교에 오르며 영산군에게 말했다.

"후원으로 가자."

영산군은 대답하지 않고 조용히 나를 따랐다. 우리 남매는 경회루에 올랐다. 경회루 아래 연못의 물은 이미 꽁꽁 얼어버린 지 오래였다.

"조하라고 해서 오랜만에 입궐했을 텐데, 입궐하자마자 이런 일이 있을 줄은 몰랐겠구나, 그렇지?"

"예."

영산군이 짧게 웃으며 고개를 끄덕였다.

"궐이긴 해도 여긴 둘만 있으니 편히 말해."

"누이."

내 얼굴을 돌아보는 영산군의 얼굴에서는 어느새 웃음이 모두 사라져 있었다.

"그래."

"혼인하겠소."

전혀 예상하지 못했던 영산군의 말에 난 눈을 크게 떴다.

"혼인하겠다고."

"혼인하겠다?"

"그것이 종친의 도리이고 돌아가신 아바마마에 대한 효를 다하는 것이라면."

"마음에도 없는 소리 마. 넌 아직……."

"그렇소. 난 아직 부인을 못 잊었소. 아니, 부인이 아직도 살아 있는 것만 같소."

"그런데도 혼인하겠다고?"

"누이도 윤임이 좋아서 혼인한 것은 아니지 않소?"

이 말은 나를 또 한 번 놀라게 만들었다. 무엇보다도 영산군의 입에서 나온 '윤임'이라는 이름이 매우 낯설고 이질적으로만 들려서.

"나와 넌 달라."

"무엇이?"

"난 내가 지키고 싶은 사람들을 위해 왕이 된 거야. 그게 희생이라면 희생이겠지. 하지만 네가 그런 희생을 하길 원치 않아."

"이건 희생이 아니오. 단지 혼인일 뿐이지. 누이도 그런 마음으로 홍연과 이혼하고 윤임과 혼인한 것이 아니었소?"

의문은 또 다른 의문을 낳을 뿐이다.

"이 조선에 서로가 원해서 혼인으로 맺어지는 이들이 얼마나 된다고 생각하니?"

"누이……."

"우린 운이 좋았던 것뿐이야."

어릴 적 궐에서 본 홍연을 보고 첫눈에 반했다. 그래서 그의 아내가 되고자 대비마마의 허락을 받았고 오라버니를 설득했다. 그 순간만큼은 난 세상에서 가장 행복한 소녀였다. 경회루 밖을 내다보며 난 망원정에서 홍연과 나란히 서 있던 순간을 떠올렸다. 벌써 오래전 일이 되어버렸다.

"여진이와 너의 인연이 여기까지인 사실이 매우 슬프구나. 하늘이 무심하다는 생각뿐이다. 하나 사람의 목숨은 하늘이 거둬가는 것이니."

"그것이 과연 하늘만의 탓일까?"

"뭐?"

다시 영산군을 돌아보았을 때 그는 내게 고개를 한 번 숙이고는 경회루를 떠나려고 했다.

"한미한 집안의 규수라도 상관없소. 어차피 윤임이 두려워 내게 딸을 주려는 이들이 있을지나 모르겠지만."

"전하."

"그만 가보겠소."

영산군은 나를 놔둔 채 경회루를 떠났다.

경회루를 떠나 강녕전으로 온 나는 윤원형을 불러들였다.

"젊고 패기가 있는 건 신진관료들이 흔히 보이는 패기이지만, 오늘 조하에서의 일은 지나쳤소."

이것은 진심으로 그를 위하는 마음에서 하는 충고였다.

"국서와 반대되는 뜻을 표명하였기 때문이옵니까?"

"아니오."

자신이 생각했던 답이 아니라 여겼는지 윤원형이 고개를 들어 내 얼굴을 바라보았다.

"당상관과 당하관이 무엇이오? 언제든지 과인에게 알현을 청할 수 있는 것이 당상관이고 그 반대가 당하관인데, 그대는 당하관이 아니오?"

"무슨 뜻이옵니까?"

"당상관들도 나서지 않는 자리에서 당하관이 마치 정승인양 그리 나서면 적이 생기오."

"적……."

윤원형이 말끝을 흐렸다.

"다들 국서를 두려워하는데 그대는 국서가 두렵지 않소?"

"두렵사옵니다."

입으로는 두렵다고 말하지만 표정은 전혀 그렇지 않았다. 난 그가 마음과는 다른 대답을 했다는 걸 알았다.

"윤 교리가 옳은 말만 잘하는 줄 알았더니, 거짓말도 잘 하는 줄은 몰랐구려."

제 속을 내게 뻔히 들킨 걸 알게 되자 그가 머리를 조아렸다.

"송구하옵니다, 전하."

"임기응변도 있는 듯하니 오래 살겠소."

난 피식 웃으며 말을 이었다.

"이처럼 오래 살고 오래 조정에 몸담고 싶다면, 국서와는 같은 윤씨이니 가깝게 지내려고 노력하시오."

"신은 국서와 같은 윤씨이나 먼 친척이라 왕래조차 하지 않던 사이였사옵니다. 따라서 서로 가까이한다 하여 이득을 볼 관계는 더더욱 아니지요."

그는 윤임에게 아첨을 할 일은 없다며 단호하게 선을 그었다. 그의 태도가 마음에 들었지만 반대로 걱정되는 마음도 있었다.

"혹시 집안에 혼기가 찬 여인이 있소?"

"예?"

"오늘 예조에 명을 내려 영산군의 배필을 찾으라 명했으나, 다들 국서의 눈치를 보느라 규수를 내놓으려 하지 않을 것이오. 이러다 보면 차일피일 미뤄지기만 하겠지."

"하오나 신의 집안은 윤씨이옵니다."

난 천천히 고개를 끄덕였다.

"바로 그 점이오. 국서와 같은 윤씨 규수라면 조정에서도 크게 반대할 이유는 없겠지. 국서 역시도."

망설이던 윤원형이 대답했다.

"혼기에 이르렀으나 아직 혼인하지 못한 누이가 하나 있사옵니다만."

"혼기가 이르렀는데 혼인하지 못하였다?"

"가세가 기울어 마땅한 혼처를 찾기가 어려웠사옵니다."

"그 누이가 올해 몇이요?"

"열여덟이옵니다."

"열여덟이라……."

영산군의 나이가 올해 스물여섯이었다. 때로는 왕이기에 누군가에게 잔인할 수 있는 선택을 할 때가 있다.

"영산군의 배필로는 어떤가?"

윤원형의 얼굴에 당황한 기색이 어렸다.

"전하! 신 감히 받잡기가……."

"영산군도 동의할 걸세."

마음을 바꿀 의사가 없음을 드러내자 윤원형도 고개를 숙였다.

"명 받잡겠사옵니다. 전하."

"대감마님. 서두르셔야 하옵니다."

혼례복으로 갈아입은 영산군은 홀로 사랑채에 있었다. 이제 그는 말을 타고 새 신부를 맞이하러 윤원형의 집으로 출발해야 했다. 출발시간이 조금이라도 지체된다면 모든 일정이 늦춰질 수 있었다.

"저, 대감마님!"

"나갈 것이다."

돌아오는 목소리에서 온기가 느껴지지 않았다.

"눈이 옵니다."

영산군이 닫힌 문 쪽으로 고개를 돌렸다.

"나와 보시지요."

하인의 말에 밖으로 나온 영산군이 사랑채 마루 위에 섰다. 하늘에서 눈이 내리고 있었다. 그는 자신도 모르게 한 손을 뻗어 손바닥 위에 눈을 받았다. 눈은 그의 손바닥 위에서 순식간에 녹아 형체도 없이 사라져버린다. 이를 바라보는 영산군의 두 눈에 슬픔이 어렸다.

"이제야 찾아온 것이오, 부인?"

❀　❀　❀

이른 아침부터 내리던 눈이 잠시 그쳤다. 다른 혼례와 다르게 영산군의 혼례는 시끌벅적하지 않았다. 종친의 혼례라고 보기 어려울 정도로 손님의 수가 적었기 때문이었다.

멀지 않은 곳. 담장 너머 말 위에서 혼례를 바라보는 시선이 있었다. 윤임이었다.

그는 적은 손님들 틈에서 홍연을 쉽게 찾아냈다. 홍연은 착잡한 얼굴로 애써 미소를 지으려고 하고 있었다. 이런 홍연의 시선이 향하는 곳은 바로 신랑은 영산군이었다. 영산군은 표정은 상당히 경직되어 있었다. 한눈에 보더라도 수줍은 얼굴의 신부와 대비되는 얼굴. 윤임은 이런 세 사람의 얼굴을 번갈아 보다가 조용히 말 머리를 경복궁 쪽으로 돌렸다.

"충분히 예상했던 일이네."

장 상궁이 가져온 소식에 난 고개를 끄덕이며 말했다. 그럴 것이 영산군의 혼례를 가장 반대한 사람이 윤임이었다. 윤임의 눈치를 보는 이들은 오늘 영산군의 혼례에 아무도 참석하지 않았을 것이다. 초라하다 못해 무거운 분위기 속에서 치러질 혼례가 분명했다.

"또한 강요할 수도 없는 일이지."

영산군의 혼례에 참석을 요구한다면 신하들은 나와 윤임이 대립각을 세운다고 여길 것이다. 이것은 좋은 모습은 아니었다.

"아직 혼례가 진행 중일 시간이 아닌가?"

"예, 전하."

"혼례 후에 연회에는 참석하고 싶은데."

"전하께서 가시면 분명 말이 나올 것이옵니다."

윤임이 반대한다는 사실을 짚어주듯 장 상궁이 말한다. 난 씁쓸한 웃음을 지었다.

"조용히, 암행으로 말일세. 설사 알려진다 한들 하나뿐인 아우의 혼례에 가는 것이 흉이 되겠는가? 채비하게."

장 상궁이 일어서고 난 그녀의 도움을 받아 옷을 갈아입었다. 나갈 채비를 모두 마치고 침전을 나서는데 깜짝 놀라고 말았다. 문

밖에 어두운 얼굴을 한 윤임이 서 있었던 것이다.

"언제부터⋯⋯."

"영산군의 혼례에 가시려는 것입니까?"

싸늘하게 되돌아오는 윤임의 말투에 장 상궁이 서둘러 침전의 나인들을 멀리 물렸다. 둘만 남게 되자 난 윤임과 시선을 맞추며 말했다.

"복잡하겠지."

"전하."

"누이를 잃은 슬픔도 있을 것이고. 원자를 세자로 책봉하고자 하는 마음도 있을 것이고."

그를 이해하려고 애썼다. 아무리 이해하려고 해도 이해하지 못하는 나 자신이 미울 정도로.

"그 때문에 신이 영산군의 혼인을 반대한다 여기십니까?"

"비키시오. 과인은 더는 이 일에 대해서 이야기하고 싶지 않으니."

그를 지나쳐 지나가려는 순간이었다.

"혼례식에 신홍연이 왔다는 것을 아시지요?"

난 돌아보지 않은 채 걸음을 멈췄다.

"영산군의 혼인을 핑계로 그를 만나러 가시려는 것입니까?"

난 영산군의 혼례에 홍연이 왔다는 사실을 몰랐다. 그가 여전히 도성에 머물고 있다면 분명 영산군의 초대를 받았을 것이라는 짐

작은 할 수 있었겠지만 말이다. 그리고 윤임은 의심하고 있었다. 홍연이 영산군의 혼례에 참석했다는 것을 알기 전부터인지는 알 수 없지만.

"거기서부터일세."

난 돌아서 윤임의 얼굴을 쳐다보았다.

"바로 거기서부터 모든 것이 잘못된 것이지."

내가 윤임에게 원한 것은 군신 간의 관계였다. 그러나 윤임은 그 이상의 관계를 원했고 그는 마음에 한 줄기의 소망을 품고 있었다. 늘 해바라기처럼 나만을 바라보던 그가 변하기 시작한 것은 원자가 탄생하면서부터다. 나를 향하던 눈이 원자를 향하면서 난 그에게서 숨 쉴 수 있는 자유를 얻었다. 이것이 멀지 않은 훗날 또 다른 비극을 낳을 것이란 걸 모른 채.

"과인은 왕이 되며 어머니이자 여인으로 살기를 포기했지만, 자네는?"

그의 눈에는 난 왕이 아니었다. 기억을 잃고 도성을 헤매던 소녀였을 뿐.

"신의 여인은 되지 못하시더라도 원자는 전하께서는 원자의 모친이 아니십니까?"

원자의 어머니가 될 수 있다면 그의 여인도 될 수 있다는 희망이 엿보이는 물음이었다. 난 허탈한 웃음을 지었다.

"이미 원자에게는 이 어미보다도 훌륭한 아비가 있지 않소?"

심하게 흔들리는 그의 동공이 측은하게 느껴졌다.

❀ ❀ ❀

내가 도착했을 때 혼례는 끝나 있었다. 신부는 처소로 들어갔고 영산군은 사랑채에 있는 듯 보였다. 밖에는 잔치 음식을 만드는 여인들로 분주했고 끊임없이 백성들이 몰려들었다. 고관들로만 가득 찼어야 할 사저는 초대를 받지 않았던 백성들로 긴 줄이 늘어섰다. 가난한 양반부터 평범한 백성들 거리에 아이들까지 전부 음식을 받았다. 귀한 잔치 음식을 받은 백성들의 얼굴에는 웃음꽃이 한가득이다. 이들은 영산군의 혼례를 진심으로 축하했다. 오늘 영산군의 혼례는 도성 안 백성들의 잔칫날이 되었다. 행복해하는 백성들의 얼굴을 보던 내 얼굴에도 웃음꽃이 피어났다.

"나도 도울까?"

"예?"

놀란 장 상궁을 뒤로하고 나도 팔을 걷어붙였다. 내겐 하나뿐인 아우이니 아우의 혼례를 돕는 건 당연한 일처럼 느껴졌다.

"일손이 부족한 듯하니, 자네도 돕게."

난 음식을 만드는 여인들 사이로 들어가 몰려드는 백성들에게 음식을 나눠주었다.

"고맙습니다."

길게 늘어선 백성들은 해가 저물 무렵이 되자 서서히 줄어들었다. 한숨을 돌린 나는 장 상궁을 찾았다. 그녀는 익숙지 않은 손길로 전을 뒤집는 일에 매진하고 있었다. 수라간 출신도 아니다 보니 음식 하는 것이 낯설 텐데 조금 미안한 마음이 들었다.

"물 한 모금 마실 수 있을까요?"

가까이에서 일하는 여인에게 물어보았다. 그녀가 물동이 안을 들여다보더니 고개를 저었다.

"물이 떨어졌네. 사랑채 뒤편에 우물이 있으니 그리로 가 봐요."

고개를 끄덕인 나는 사랑채 뒤편에 있는 우물가로 갔다. 그곳 우물 옆에는 물동이 여러 개가 놓여 있었는데 전부 비어 있었다. 우물 안에 두레박을 던져 넣고 줄을 잡아당기려던 그때였다.

"누가 물을 떠오라고 하던가요?"

낯익은 목소리에 돌아보니 홍연이었다. 깜짝 놀란 내가 잡았던 줄을 놓치자 그가 재빨리 손을 뻗어 내가 놓친 줄을 잡았다.

"전하를 놀래려던 것은 아니었는데."

그가 어색한 미소를 짓는다. 난 그에게서 한 걸음 물러서며 말했다.

"물동이에 물이 없어서."

홍연은 말없이 고개를 한 번 끄덕이더니 두레박을 끌어올렸다. 그 후 물동이 위에 놓인 표주박으로 두레박 안에 물을 퍼서 내게 내밀었다. 너무나도 자연스럽게 그와 마주 선 상황이 당황스럽기만 해서 두레박을 물끄러미 바라만 보고 있었다.

홍연이 말했다.

"잔을 따로 가져다드리겠습니다."

"아, 아니에요."

난 서둘러 두 손을 뻗어 그의 손에 있던 두레박을 받았다. 그러고 나서 두레박 안에 담긴 물을 마셨다. 추위 탓인지 우물 안의 물은 약간 살 얼어 매우 차가웠다. 그런데도 막상 물을 마시자 얼굴이 뜨거워졌다. 홍연은 물을 마시는 나를 가만히 바라보고 서 있었다. 난 목을 축이고 두레박을 그에게 돌려주었다.

"고마워요."

그 뒤에 이어질 말을 찾지 못했다. 어색한 침묵이 길어지자 내가 먼저 입을 열었다.

"혼례에 온 건 알고 있었어요."

"영산군에게 들으셨습니까?"

"국서에게……."

윤임의 이야기는 다시 침묵을 불러온다. 그리고 이번 침묵은 홍연이 가볍게 깼다.

"국서께서 오신 줄은 몰랐습니다."

"지금은 궐에 있어요."

십 년 만에 그를 다시 만난 건 여진이 죽은 날이었다. 그런데 두 번째로 그를 만난 날이 영산군의 혼례날이라니.

그 몇 달간 그를 떠올릴 때마다 내 가슴은 의지와 상관없이 요동쳤다. 하지만 막상 그와 마주하니 두근거림보다는 익숙한 편안함이 느껴진다.

그친 줄 알았던 눈이 다시 내리기 시작했다. 나도 모르게 고개를 들어 하늘에서 내리는 눈을 응시했다. 눈 내리는 하늘은 온통 회색빛 구름이었다. 기뻐야 할 혼례 날에 내리는 눈이 이상하게도 내 마음을 먹먹하게 만들었다. 마치 비가 되지 못한 여진이의 눈물 같아서.

"왜 돌아왔죠?"

난 하늘에서 눈을 떼지 않은 채 홍연에게 물었다. 정면으로 그를 바라보며 묻기는 어려운 말이었다.

"전하와 한 약조를 지켰으니까요."

옥하.

그 아이가 혼례를 했다는 소식은 장 상궁을 통해 전해 들었다.

내게는 아픈 손가락이기만 한 그 아이. 한 번도 품어보지 못하고 홍연에게 내 마음과 함께 주어버렸던 그 아이. 어머니 없이 자라 혼인까지 했다는 그 아이. 난 천천히 시선을 내려 홍연의 얼굴에 눈길을 주었다. 우리 두 사람 사이에는 아이라는 끈이 있었던 것이다.

"도성에 돌아온 이유가 단지 그 '약조'를 지켰기 때문인가요?"

이 물음에 대해서는 홍연은 내 시선을 피하며 침묵했다. 난 그가 또 다른 답을 지니고 있음을 알았다. 그리고 그것을 묻고 싶었다.

"아니면……."

그에게 침묵 속에 감춘 답을 물으려던 찰나 장 상궁이 나타났다.

"전하."

그녀는 홍연을 보고도 놀란 기색이 없이 내게 빠르게 다가오더니 말했다.

"늦었사옵니다. 속히 환궁하시옵소서."

장 상궁이 홍연을 보며 고개를 숙였다.

"오랜만이옵니다."

"장 상궁."

홍연도 장 상궁의 인사를 받았다. 딱 거기까지였다. 장 상궁이 내 팔을 잡아끌었다.

"전하. 서두르시옵소서."

난 장 상궁의 이런 행동에 담긴 의도를 알았다. 그녀는 나의 위치와 본문을 되새겨주고 있었다. 내가 누구이고 내가 지금 돌아가야 할 자리가 어디인지를. 적어도 홍연의 곁은 아니었다.

한때는 나보다도 더 홍연과 가까웠을 장 상궁이었다. 그러나 그녀는 나를 위해서 홍연과 철저히 선을 긋고 있었다.

우리는 서로를 말없이 응시했다. 내가 먼저 그에게서 시선을 거두고 고개를 돌렸다. 아마 장 상궁이 등장하지 않았더라면 지난 십 년간 서로에게 일어난 일들을 자연스럽게 주고받았을지도 모른다.

✳ ✳ ✳

장 상궁의 팔에 이끌려 영산군의 사저를 나서자 그곳에는 가마가 기다리고 있었다. 긴 한숨과 함께 그 가마에 올라타려던 순간이었다.

"전하."

조심스레 나를 부르는 목소리가 들려왔다. 장 상궁과 함께 돌아보자 그곳에는 여진이의 유모가 서 있었다. 그녀는 여진이가 살아있을 때도 내가 이곳을 방문하면 늘 몸을 숨기고 나타나려 하지 않았다. 그녀가 직접적으로 내 앞에 모습을 드러낸 것은 이번이 처음이었다.

"자네는 윤씨 집안의 유모였지."

내가 그녀를 알아보자 그녀는 왈칵 울음을 터트리며 땅에 머리를 조아렸다.

"전하……!"

나는 그녀가 우는 이유를 알지 못해 고개를 갸웃거렸다.

"무슨 일인가?"

"감히 드릴 말씀이 있어 무례를 알고도 나섰습니다."

난 장 상궁을 한 번 쳐다보고는 유모에게 말했다.

"일어나게."

"전하…… 흑!"

흥분한 그녀를 진정시키기 위해 난 부드럽게 말했다.

"일어나서 말하게. 어서."

장 상궁이 나를 대신해서 유모를 일으켜 세웠다. 들여다본 유모의 얼굴은 말이 아니었다. 몇 날 며칠을 울었는지 얼굴은 퉁퉁 부어 있었기 때문이었다. 그녀가 운 이유가 여진과 관련되어 있음을 알기에 마음이 좋진 않았다.

"중요한 일인가? 궐로 돌아가는 길이니 궐에 가서 듣지."

"궐은 안 됩니다!"

유모가 고개를 저었다.

"어째서?"

"궐…… 궐은 안됩니다!

계속해서 궐은 안된다며 유모가 고개를 가로저었다. 난 한숨을 내쉰 다음 말했다.

"다시 안으로 들어가지."

좁은 행랑방 안에 난 장 상궁을 대동한 채 유모와 마주 앉았다.

방이 얼마나 좁았던지 그 안을 둘러보던 나는 오래전 윤임의 집에서 지내던 시절을 떠올렸다. 그때 유모는 이보다도 더 누추한 볏짚이 가득 쌓인 방을 내주었다. 실로 오랜만에 떠올린 기억이었다.

"이곳에 자네와 함께하니 옛일이 생각나는군."

웃으며 말했는데 듣는 유모의 어깨가 심하게 떨려왔다. 난 미안해졌다.

"옛일을 추궁하고자 하는 것이 아니네."

"소인의 죄를 용서해주십시오!"

"이해하네. 자네에겐 출신도 모르는 내가 국서의 사저에 머무는 것이 탐탁지 않았겠지."

"소인이 그때 무지하여 전하가 되실 공주마마를 알아보지 못하였습니다!"

"꾸중코자 하는 것이 아니라니까. 과인에게 할 말이 무엇인가? 편히 말해보게."

"전하……! 으흐흑!"

유모가 다시 눈물을 쏟았다. 얼마나 크게 우는지 보기가 다 안쓰러울 정도였다. 난 유모의 울음이 조금 잠잠해질 때까지 기다린 후 말했다.

"많이 속상하겠지. 영산군 부인이 죽은 지 한 해가 다 가기도 전에 영산군이 다시 혼인하게 되었으니. 그래서 우는 것인가?"

"으흐흑!"

유모는 울며 고개를 가로젓는다.

"허면?"

"소인이 감히 말하건대 소인은 국서마마와 영산군 부인을 친자식처럼 키웠습니다. 소인의 자식들보다도 더 귀하게 키웠다고 감히 말씀 올릴 수 있습니다. 흐흑!"

장 상궁이 나섰다.

"전하께선 한시바삐 궐로 돌아가셔야 함에도 이 누추한 곳까지 납시셨는데 어찌 다른 말만 늘어놓고 계시오? 고할 것이 있으면 어서 고하시오."

유모가 입술을 깨물며 간신히 울음을 삼켰다.

"마님의 죽음에 대해 고변할 것이 있습니다."

"영산군 부인의 죽음에 대해?"

"예에."

"무엇인가? 그것이?"

"마님께서는 병으로 죽으셨으나 배 속 아기씨는 실수로 잃으신 것이 아닙니다!"

난 놀란 눈으로 유모를 바라보았다.

"무슨 말인가, 그게?"

"국서께서 찾아오셔서 마님께…… 마님께……!"

유모가 더 말을 잇지 못하고 다시 흐느꼈다. 장 상궁이 유모를 보며 호통쳤다.

"쓸데없는 언사를 늘어놓고자 전하의 발길을 잡았던가? 무엄하군. 전하, 속히 환궁하시지요. 더는 들을 필요도 없는 말인 듯 사료되옵니다."

"아닐세."

난 손으로 장 상궁을 물리며 울고 있는 유모를 직접 일으켜 세웠다.

"무어라 했는가? 국서가 찾아왔다고? 누구를? 여진이를? 배 속 아기씨를 실수로 잃은 것이 아니다? 어서 말해 보게!"

내 목소리가 커지자 유모가 겁에 질린 목소리로 소리쳤다.

"국서께서 배 속 아이를 해하는 약을 마님께 주고 가셨습니다!"

유모를 일으키기 위해 잡았던 내 두 손이 힘없이 바닥으로 떨어져 내렸다.

"이 무, 무슨!"

"전하. 이 여인이 영산군 부인을 잃은 슬픔에 헛소리를 지껄이는 것이옵니다. 속히 환궁……."

"그만."

난 더는 환궁 이야기를 꺼내지 말라며 장 상궁을 매섭게 노려보고는 다시 유모를 돌아보았다.

"지금 자네의 말은 국서가 여진이에게 배 속 아이를 죽이라 약을 주고 갔다, 이 말이냐?"

유모는 대답 대신 연신 고개만 끄덕였다.

"말도 안 되옵니다! 어째서 국서께서 누이의 복중 아이를 해하라 약을 주고 가셨겠사옵니까? 이것은 필시 이 여인이 전하와 국서마마의 사이를 갈라놓으려……."

"그만하라 하지 않았는가!"

"전하."

유모의 말을 듣는 순간부터 머릿속이 복잡해졌다. 심장이 터질까 무서울 정도로 빠르게 뛰었지만 답은 이미 알고 있었다. 유모의 흐느낌을 제외하고는 말소리가 모두 사라졌다. 난 힘없이 입을 열었다.

"원자 때문이군."

내 아우가 사랑하는 여인이 국서와 원자 때문에 죽었다. 난 여진이 죽은 후 무언가 달라진 듯한 영산군의 모습을 떠올리며 유모에게 물었다.

"영산군도 알고 있는가?"

"예."

유모의 대답을 듣는 순간 나는 두 눈을 감아버렸다. 알면서도 끝내 입을 열지 않았던 영산군의 마음이 내게 전해져 온 것이다. 나는 이 마음을 감당할 수가 없었다. 분명 여진이와 나를 위해 진실을 감추었을 테니까.

내 아우이기에 영산군은 나와 다른 삶을 살길 바랐다. 내가 겪은 일을 그가 겪지 않길 바랐다. 적어도 윤임도 자신의 누이인 여진에게는 이러한 마음을 품었을 것이라 믿었다.

"전하."

장 상궁의 목소리가 들리자 난 감았던 두 눈을 떴다. 여전히 내 앞에는 흐느끼는 유모의 모습만이 보였다.

"과인이 자네에게 사죄하겠네."

"예?"

울던 유모가 놀란 눈으로 나를 쳐다보았다.

"모든 게 다 과인 때문이야. 과인이 아니었다면 자네는 친자식처럼 키운 두 남매가 이러한 비극을 맞이하는 것을 보지 않고 살았겠지. 또 영산군 부인을 잃지도 않았을 것이고, 과인이……."

한쪽 뺨을 타고 눈물이 흘러내렸다.

"……그들 남매를 만나지 않았더라면."

난 내 존재가 불러온 비극에 대해서 깨달을 수 있었다. 또한 이모든 걸 마무리 지을 수 있는 사람도 오직 나뿐이라는 사실 역시도.

가마에 오르기 전 멀리서나마 영산군을 바라보았다. 이제 날이 저물고 하나둘씩 떠나려는 손님들을 배웅하고 있었다. 그는 술에 취했는지 작게나마 입가에 미소를 짓고 있었다. 이를 본 이들은 새 신부를 맞이한 그가 아내를 잃은 슬픔을 떨쳐냈다고 여길지도 모른다.

"과인은 좋은 아내도 좋은 어미도 좋은 누이도 되지 못했다."

혼잣말처럼 중얼거린 속내. 군주의 길은 외로운 길이었다.

"어찌하실 것이옵니까?"

조심스럽게 묻는 장 상궁. 그녀는 윤임의 거취에 대해 묻고 있었다. 난 영산군에게서 눈길을 돌리며 말했다.

"용서하지 않을 것이네."

"전하! 영산군 부인은 국서께서 해하신 것이 아니옵니다. 영산군 부인의 유모도 그리 말하지 않았사옵니까? 영산군 부인은 마음의 병을 얻어……."

윤임의 편을 드는 장 상궁을 향해 난 화를 냈다.

"아이는? 복중 태아를 해한 것은 국서가 아닌가?"

그가 누이를 잃은 슬픔에 빠진 줄 알았다. 원자를 세자로 세우려는 일로 원망했으나 난 그를 진심 어린 마음으로 위로했다.

"영산군 부인을 죽인 건 국서네."

"전하!"

"국서는 실로 악독하기 그지없어."

윤임과 선을 긋는 듯한 내 발언에 장 상궁이 차갑게 응수했다.

"그래서 어찌하려 하시옵니까?"

"어찌하다니?"

"국서께서 어떠한 짓을 하셨든 모든 건 전하와 원자마마를 위한 것이란 걸 잘 아시지 않사옵니까?"

"원자를 위했을진 몰라도 과인을 위한 것은 아니었지!"

"충심일 것이옵니다."

"제 친누이를 죽음으로 내모는 것이 충심이던가?"

"애정이옵니다."

난 짧게 코웃음쳤다.

"애정? 애정이라? 설사 부부간의 일이었다면 과인과 나누어야 했다. 국서는 원자를 세자로 삼는 일에 눈이 뒤집어져 제 친족까지 죽인다. 그런 이를 국서로 맞아들인 것이 수치스럽구나. 거창위라면……."

나도 모르게 홍연을 거론했다.

"거창위라면 그러지 않았을 것이다."

"물론 거창위 대감이라면 필시 그러하셨을 것이옵니다. 소인 역시 오랫동안 거창위 대감을 곁에서 모시며 그분의 성품을 잘 아옵니다. 하오나 모든 사람이 거창위 대감과 같은 성품일 순 없사옵니다."

"지금 자네는 국서의 편을 드는 겐가?"

"누가 뭐라 하여도 지금 전하의 반려는 국서이시니까요."

틀린 말은 아니다. 그를 국서로 삼은 것 역시 나였으니까.

"아직 어리신 원자마마를 생각하셔서라도 이번 한 번은 모른 척 넘어가 주시옵소서, 전하."

장 상궁이 사정한다. 아직 내가 진실을 알고 있을 것이란 사실을 모르는 윤임을 대신해서.

"원자……."

윤임에게 벌을 내린다면 원자가 자라 나를 원망하게 될까? 옥하
도 나를 원망하고 있을 텐데.

※ ※ ※

궐로 돌아온 나는 침전에 들리지 않고 바로 원자의 처소로 향했
다. 그러나 원자는 그곳에 없었다.

"원자는 어디에 있느냐?"

비어 있는 원자의 처소를 보며 난 원자의 유모에게 물었다. 유모
가 대답했다.

"교태전에 계시옵니다."

"교태전에?"

윤임과 마주하고 싶지 않았다. 그의 얼굴을 본다면 간신히 참고
있는 분노가 폭발할지도 모르니까. 단지 원자가 잘 있는지만 확인
할 생각으로 교태전으로 향했다. 교태전에서 난 그곳 나인들에게
내가 온 사실을 알리지 말라고 지시하고 교태전에 올랐다.

살짝 열려 있는 문틈으로 난 그 안을 들여다보았다. 윤임과 원
자가 보였다. 원자는 잠들었는지 윤임의 무릎을 베고 눈을 감고
있었다. 윤임은 그런 원자가 깰까 아주 조심스럽게 쓰다듬어주고
있었다.

네겐 그 아이가 하늘이겠지.

권력이겠지.

네 전부겠지.

그때 잠든 원자가 뒤척이더니 눈을 떴다. 작은 손으로 눈을 비비며 자신을 바라보며 미소 짓는 윤임을 보며 방긋 웃는다.

"아바마마."

내게는 단 한 번도 보여준 적이 없는 얼굴로 원자는 윤임을 부른다. 윤임은 그런 원자를 두 팔로 소중히 끌어안았다. 난 그런 그들을 바라보는 것을 그만두고 돌아서서 교태전을 나왔다.

❀　❀　❀

영산군의 또 다른 첫날밤. 붉은 초가 타들어가고 있었다. 과거 여진이 쓰던 방은 깨끗이 치워지고 새 주인의 살림들로 채워졌다. 모든 것이 새것이었다. 신부 역시 새사람이었다. 공기마저도 낯설게 바뀌어버린 그곳에서 영산군은 묵묵히 술잔만 비워냈다.

처음엔 얼굴만 붉히고 앉아 있던 신부는 그런 영산군을 안쓰러운 듯 바라보기 시작했다. 그녀도 알고 있었다. 그가 여진과 사이가 매우 좋았다는 것과 그녀를 잃은 지 고작 넉 달밖에 안되었다는 것을.

술병 하나가 또 비워졌다. 그는 상 위에 놓인 또 다른 새 술병을 들었다. 술잔에 따르려던 그때 새 신부가 입을 열었다.

"소첩이 따르겠습니다."

영산군이 시선을 들어 자신의 옆에 앉아 있는 여인을 바라보았다.

"그만 마시라는 것이 아니라 따라주겠다?"

"네?"

"약조하였는데…… 일평생 술을 입에 대지 않겠다고 말이오."

혼례주가 달달하진 못할망정 독주처럼 쓰다니.

"그거 아시오? 지난번 혼례에는 합환주도 마시지 않았소이다."

영산군의 입에서 씁쓸한 웃음이 터져 나왔다.

"마셨어야 했는데…… 합환주는 마셔야 백년해로를 한다 하던데……."

그때는 술이 없어도 취한 듯한 밤이었다. 서로 마주만 보고 앉아 있어도 마냥 행복했었던 그 순간은 연기처럼 멀리 사라져버렸다.

"내가 약조를 어겼소."

약조를 하던 날, 그날의 여진의 울음소리가 영산군의 귓가를 어지럽게 맴돈다. 영산군은 손에 든 술잔을 떨어뜨리며 그대로 옆으로 잠들 듯 쓰러져 버렸다.

당황한 새 신부가 쓰러진 영산군의 팔을 흔들어 보았다. 술에 취한 영산군은 그대로 잠에 빠져드는 듯 보였다.

"날이 추우니 이곳에서 주무시면 안 됩니다."

새 신부가 당황하며 어찌할 줄 모르던 그때였다. 눈을 감고 있는 영산군의 입이 열렸다.

"부인······."

"예?"

"그리웠소······."

새 신부의 눈이 동그랗게 떠졌다. 영산군이 부르는 여인이 자신이 아니라는 걸 깨달은 것이다. 영산군의 말이 이어졌다.

"보고 싶었소······ 부인."

그의 눈가에 조용히 이슬이 맺혔다.

❋　❋　❋

어제 내린 눈으로 조회와 경연이 취소되었다.

"이 눈을 뚫고 입궐했다?"

"종친이 혼인을 하면 가장 먼저 주상전하를 뵙는 것이 먼저이니까요."

태연하게 말하는 영산군과 그 옆에 고개를 숙이고 다소곳이 앉은 부인 윤씨. 난 그의 부인에게 미안한 마음이 들었다.

"듣자 하니 궐로 오는 모든 길이 눈으로 막혀 발 딛기조차 힘들다던데, 고생이 많았다."

"황공하옵니다, 전하."

내 말을 듣고 나서야 뒤늦게 영산군도 어린 부인에게 미안한 마음이 들었는지 눈길을 준다. 아직 두 사람 사이에 흐르는 낯섦과 어색한 기류가 느껴졌다.

"과인이 영산군과 나눌 말이 있으니 먼저 대비전으로 가거라."

"예, 전하."

상궁의 부축을 받아 자리에서 일어선 윤씨가 예를 올리고는 침전을 나갔다. 그녀가 나가자 난 한숨과 함께 입을 열었다.

"일부러 그런 것은 아닐 테지?"

"무얼 말이요, 누이?"

"새 신부를 고생시키는 것 말이다."

영산군이 혀를 차며 고개를 저었다.

"어처구니가 없군. 내가 그럴 사내요?"

"아니기에 하는 말이다. 이제부터 그럴까 봐."

"아직 그녀를 잘 모르오. 어떤 여인인지도."

"알아가겠지."

평소처럼 오가는 대화에 자꾸 한숨이 묻어난다. 난 주변에 있는 나인들에게 눈치를 주었다. 나인들이 재빨리 밖으로 나가자 영산군이 이상한 듯 내게 물었다.

"다른 이들이 들으면 안 되는 말이오?"

"전아."

둘만 남게 되자 난 영산군의 이름을 불렀다.

"어찌 그러시오?"

372

"내가 너에게 어떤 사과를 해야 할까?"

영산군이 눈을 크게 떴다. 내가 하려는 말이 무엇인지 알아차린 것 같았다. 난 금방이라도 터져 나오려는 눈물을 애써 삼키며 침착하게 말을 읊었다.

"어떻게 사과를 해야 네가 용서해주겠니?"

"누이."

"국서가⋯⋯."

'국서'라는 말이 내 입에서 언급되자마자 영산군의 눈빛이 싸늘해졌다. 그것만으로도 이미 답은 나와 있는지도 몰랐다.

"그의 아내로서 하는 사과라면 받아들이겠지만, 그의 왕으로서 하는 사과라면 받지 않겠소."

"난 네 누이로서 사과하는 거야."

난 눈물을 보이고 말았다. 영산군은 그런 내 눈물을 보지 않겠다는 듯 고개를 옆으로 돌려버린다. 그의 눈가도 어느새 촉촉해지고 있었다.

"이런 말을 꺼낼 시기가 아니라는 건 알아. 하지만 어제 알았는걸. 바로 네 혼인날에⋯⋯!"

"누구에게 들었소?"

"그게 중요하니?"

영산군이 힘없이 고개를 가로젓는다.

"왜 내게 말 안 했니?"

적어도 난 윤임이 국서인 이상 알 자격이 충분하다고 여겼다. 그러나 영산군에게서 되돌아온 대답은 충격이었다.

"지금 누이가 느끼는 그 미안함. 그걸 누이에게 느끼라고는 차마 못 할 짓이었으니까. 그래서 나 혼자 안고 가려 했소."

"전아……."

다시 내 얼굴을 돌아본 영산군은 울고 있었다.

"부인은 죽어가면서도 제 오라비를 용서해달라고 했소. 그게 그녀의 마지막 말이었소."

"그래서 그를 용서한 건 아니잖아?"

"그를 갈기갈기 찢어 죽이고 싶을 만큼 원망스럽지만."

영산군은 여전히 갈등하고 있었다. 여진의 유언과 자신의 고통 사이에서. 이 순간 우리 남매는 서로의 아픔을 보았고 공유하고 있었다.

"국서에게 죗값을 치르게 할 거야."

"누이!"

"여진이가 네게 국서를 용서하라고 했다고? 하나 난 용서할 수 없어!"

강경하게 나오는 내 태도에 영산군이 당황했다.

"원자를 생각하시오! 부인이라면 아직 어린 원자가 마음 아파할 일은 원치 않았을 것이오."

난 눈을 질끈 감았다 떴다.

"원자에게 진짜 어미는 여진이었어. 난 애초에 자격도 없는 어미 였고."

"왕이 되지 않았더라면 누이의 삶도 필시 이렇진 않았을 것 이오."

"과연 그럴까?"

홍연과 이혼하지 않았더라면? 그래서 윤임이 아니라 그가 국서 가 되어 내 곁에 남았더라면? 한 사내의 존재로 인해서 한 여인의 삶이 달라진다는 것이 가능한 것일까?

하지만 난 모른다. 그런 일은 일어나지 않았기 때문에.

"국서를 어찌할 것이오? 그는 부인을 죽이지 않았소. 우리의 아 이를 빼앗았을 뿐이지."

"그 일이 일어나지 않았더라도 더는 국서의 자리에 둘 생각이 없 었다."

영산군이 놀란 얼굴로 되물었다.

"그와 이혼하겠다고?"

"원자를 정치적으로 이용하려고 한순간부터 그를 국서의 자리 에 둘 생각은 없었어."

잠시 침묵하던 영산군이 무겁게 입을 열었다.

"원자가 슬퍼할 터인데."

"난 원자의 어미이기 전에 이 나라의 임금이니까. 윤임의 권력을 빼앗는 건 그 방법뿐이야."

"단순히 조정에서 실각시키는 방법은……."

"그가 이 궐을 떠나기 전까지는 언제든 원자를 이용하려 할 거야. 따라서 원자와 떼어내야 하고 그러기 위해서는 국서의 자리에서 폐위시키는 방법밖에는 없어."

※ ※ ※

대비전에 가기 위해 자리에서 일어서려던 영산군이 무언가 떠오른 듯 말했다.

"누이. 홍연이 아직 도성에 머무는 것을 알고 있소?"

난 잠시 망설이다가 대답했다.

"알아."

영산군은 내 대답에 조용히 고개를 한 번 끄덕이고 자리에서 일어섰다.

그는 돌아서기 전에 내게 한 마디를 더 건넸다.

"그가 도성에 머무르는 이유가 누이에게 할 말이 있어서인 것 같던데. 혹시 그 말, 들었소?"

"할 말?"

이건 내가 모르는 사실이다. 어제 홍연을 만났을 때도 그는 내게 별다른 말을 건네지 않았기 때문이었다.

　　　　✳ ✳ ✳

　영산군이 나가고 나는 출궁할 생각으로 나인들을 불러들여 옷을 갈아입었다.

"모두 나가라."

　장 상궁이 들어오더니 나인들을 전부 내보냈다. 나인들을 대신해 내가 옷을 갈아입는 것을 도우며 말했다.

"정녕 이혼하실 생각이시옵니까?"

　난 그녀가 조금 전 영산군과 내가 나눈 말을 엿들었음을 알았다.

"설사 상전의 말을 엿듣게 된다 하더라도 못 들은 척하는 것이 궐의 법도가 아닌가?"

"이런 중한 일에 법도를 논할 수는 없사옵니다."

　평소와 다르게 장 상궁이 강경한 태도로 내게 맞섰다.

"국서에 이어 자네까지 도대체 이해를 할 수가 없군. 지금 누구의 편을 드는 것인가? 과인인가 국서인가?"

　나의 신랄한 비판에 장 상궁이 고개를 숙였다.

"자네는 과인만 섬긴 게 아니야. 과인이 사라진 6년간 거창위를 섬겼지. 그런데 어찌 모든 진실을 알게 된 이후에도 국서의 편을 들려 하는가?"

"하오면 소인이 거창위대감의 편을 들어야 하옵니까?"

"무어라?"

장 상궁을 바라보는 내 시선이 날카로워졌다.

"영산군 부인의 죽음에 대한 책임이 국서께 없지는 않음을 소인
도 잘 아옵니다. 하오니 그 죄를 물어 이혼하시고 거창위대감을 다
시 국서로 맞아들이실 생각이시옵니까?"

"자네!"

"과거의 인연이옵니다. 더는 얽매여서는 안 되는 인연이지요. 그
러니 설사 국서마마와 이혼하시더라도 거창위대감이 아닌 새로운
국서를 맞아들이셔야 한다, 이 말이옵니다."

"장 상궁!"

지나친 그녀의 발언이 계속 내 심기를 건드렸다.

"어머니의 품도 기억하지 못하실 공주마마를 잊으셨사옵니까?
공주마마께서는 태어나시자마자 어머니를 잃으셨사옵니다. 이제
는 원자께서 아버지를 잃으셔야 하옵니까?"

장 상궁이 내 앞에 무릎을 꿇으며 머리를 조아렸다.

"국서마마를 지키는 것이 이 왕실을 지키고 전하를 지키고 원자
마마를 지키는 길이라 소인은 믿사옵니다!"

알고 있다. 그녀는 나를 위해서 이러는 것이다. 나를 위해서 윤
임과 원자를 지키려는 것이다. 홍연과 헤어지며 난 옥하를 잃었다.
그 힘든 시간을 가장 가까운 곁에서 지켜본 사람이 장 상궁이었
다. 난 흥분한 가슴을 진정시키며 어렵게 말을 뗐다.

"거창위가 도성에 머무른 지 여러 달이지."

그가 그립지 않았다면 거짓말이다. 그가 나와 가까운 곳에 머문다는 사실에 가슴이 설레지 않았다면 그 역시 거짓말이다.

"하나 과인은 단 한 번도 그를 찾지 않았네."

그것이 옳지 않다는 걸 알았기 때문이다.

"그런데 자네는 과인도 모르는 과인의 마음을 이야기하는군."

난 엎드린 장 상궁에게서 돌아섰다.

"전하!"

"따라오지 말게!"

온 세상이 눈으로 가득했다.

"여기서 기다리거라."

야트막한 산 아래에서 난 호위로 따라온 운검들을 두고는 말을 몰았다. 숲으로 들어선 지 얼마 되지 않아 말들은 눈으로 인해 더는 나아가려 하지 않았다. 난 말 위에서 내렸다.

땅을 밟자마자 발목 위까지 눈이 차올랐다. 어릴 적의 나라면 이 정도 눈에도 발을 내딛기를 어려워했을 것이다.

지금의 나는 아니었다. 난 눈을 뚫고 산 중턱에 자리한 묘소로 향했다. 그곳은 여진의 무덤이었다. 생긴 지 얼마 안 되는 무덤은 지난밤 내린 폭설에 뒤덮여 있었다.

그 앞에 서서 한숨을 내쉬자 하얀 입김이 뿜어져 나왔다. 임시로 세워진 비석으로 다가가 손으로 눈을 털자 새겨진 글자가 드러났다.

[윤씨지묘]

"넌 너무 착했어."

여진을 떠올리는 내 눈가에 눈물이 차올랐다.

"네가 네 오라비의 반만 닮았더라도 오늘의 비극은 없었을 텐데."

여전히 실감이 나지 않는 죽음이었다. 그녀의 죽음과 그로 인한 빈자리를 체감할수록 윤임을 향한 분노는 커져만 갔다.

"솔직히 어떻게 해야 할지 모르겠어."

답은 나와 있다.

"난 너만큼 원자를 사랑하지 않아. 다만 그 아이가 슬퍼하는 건 원치 않지."

윤임을 국서로 선택한 것은 나였다. 내가 이 나라의 임금이기 전에 이 사태의 마무리는 나만 할 수 있었다.

"내가 어떤 선택을 하던지 넌 슬퍼하겠지."

무거운 마음을 안고 또 한 번의 긴 한숨을 내쉬던 그때였다. 무덤 뒤편의 숲속에서 여러 마리의 새가 날아올랐다. 깜짝 놀란 내가 뒷걸음치며 산 아래에 있을 운검들을 부르려던 그때였다. 검은 형체가 무덤 뒤편에서 천천히 걸어 나오기 시작했다.

❋ ❋ ❋

"소인이옵니다."

홀로 처소에서 머물던 윤임이 고개를 들었다. 문이 열리며 장 상
궁이 안으로 들어왔다. 얼핏 그녀의 안색이 매우 어두운 것을 본
윤임이 퉁명스럽게 말했다.

"전하께서 출궁하셨다는 소식을 들었네."

"그러하옵니다."

"거창위를 만나러 가신다던가?"

"마마!"

되돌아오는 말에 감정이 실려 있었다. 농처럼 던졌지만 결코
농이 되지 않기를 바라는 마음도 있었다. 장 상궁은 이를 알아차
렸다.

"어디로 가셨는지 소인은 모르옵니다만."

"자네까지 두고 홀로 출궁하셨다면……."

"거창위 대감은 아닐 것이옵니다."

윤임이 속으로 한숨을 삼키는 것을 본 장 상궁이 조심스럽게 입
을 열었다.

"그보다 더 큰일이 있사옵니다."

"큰일?"

"전하께서 이번 원자마마 일로 많이 진노하신 듯하옵니다. 그래서……."

"그래서?"

"마마를 폐위하신다는 말씀을 하셨사옵니다."

윤임의 눈이 크게 떠졌다. 그는 얼굴을 일그러뜨리며 소리쳤다.

"단지 그 이유 때문에 내 폐위를 입에 담으셨다! 그 말인가, 장 상궁!"

이 소식을 알게 될 윤임이 크게 화를 낼 것은 알고 있었다.

"어서 말해보게!"

예상외로 윤임이 강하게 나오자 장 상궁이 바닥에 머리를 조아렸다.

"아셨사옵니다."

"아셨다니?"

"전하께서 영산군부인께서 어찌하여 아이를 잃으셨는지를 아셨사옵니다."

"!"

윤임은 할 말을 잃었다. 언젠간 왕이 알 수도 있다고 여겼지만 이 일로 자신의 폐위를 입에 담을 것이라고는 예상하지 못했기 때문이었다.

장 상궁이 고개를 들었다. 그녀는 윤임을 바라보며 진심 어린 충고를 올렸다.

"이제라도 전하께 죄를 고하고 사죄하시옵소서. 하오면 전하께서도 용서하실 것이옵니다."

윤임은 먼 곳에 시선을 둔 채 말이 없었다.

"마마!"

대답 없는 윤임을 장 상궁이 불렀을 때였다. 초점을 되찾은 윤임의 시선이 장 상궁을 돌아보았다.

"전하께 사죄를 하라? 내가 무슨 죄를 지었다고?"

"마마!"

"그래, 누이를 죽이진 않았어도 누이의 아이를 해하라 하였지. 그것은 전하를 위하고 원자를 위한 것이었네. 나를 위한 것이 아니었어."

선왕의 두 번째 밀지. 세상에 알려지면 모두가 위험해질 그런 엄청난 내용을 담고 있는 것이었다. 윤임은 자신의 가족을 지키려 했다. 자신이 사랑한 이들을 지키려고 했다. 그래서 그의 선택이었다.

잔인한 선택. 왕에게 칼을 들려주는 대신에 자신이 칼을 잡았다. 왕을 위해 외숙부인 박원종을 죽였고 이를 안 왕도 그것을 묵인하고 자신을 국서로 맞이했다.

그때 밖에서 내관의 목소리가 들려왔다.

"마마. 전하께서 환궁하셨다 하옵니다."

이 말에 윤임은 자리에서 벌떡 일어섰다. 그는 처소의 서랍장으로 다가가더니 그곳을 열어 무언가를 꺼냈다. 그것은 폐주에게서 빼앗은 사초였다. 이 사초로 인해 벌어진 모든 무게를 홀로 지고 살아가려던 윤임이었다. 이제는 진실을 밝혀야 하는 순간이 왔다고 판단했다.

"전하를 뵈러 갈 것이네."

궐로 돌아온 나는 모든 나인을 내보낸 채 홀로 침전에 앉아 있었다. 많은 생각에 머리가 무겁고 자꾸만 눈이 감겼다. 손에 이마를 기댄 채 눈을 감았다. 여진의 묘소에서 보았던 검은 형체가 자꾸만 아른거렸다.

"전하!"

그때 다급한 나인의 목소리가 들려왔다. 난 감았던 눈을 떴다. 동시에 닫혀 있던 침전의 문이 열리더니 윤임의 모습이 눈에 들어왔다. 내 허락도 없이 다짜고짜 문을 열고 들어선 윤임. 그는 바로 안으로 들어오지 않은 채 안쪽에 앉아 있는 나를 응시했다. 난 다시 눈을 감으며 그에게 말했다.

"물러가게."

지금은 아무 이야기도 하고 싶지 않았다. 어쩌면 그를 마주 보기조차 싫은지도 모르겠다. 난 복잡한 머릿속의 정리가 필요했다. 윤임은 내 명을 듣지 않았다. 그는 물러가라는 내 말이 끝나자마자 빠른 걸음으로 내게 다가와 앉았다. 난 다시 눈을 떴다.

"물러가라 했네."

"드릴 말씀이 있습니다."

"물러가게."

아무것도 듣고 싶지 않았다. 윤임의 얼굴을 바라보는 것도 내겐 힘든 일이었으니까.

"전하! 전하께서는 신이 권력에 미쳐 제 누이를 죽인 것이라 생각하십니까?"

그는 자신의 말에 막힘이 없었다.

"과인이 물러가라 말하지 않았는가."

"신은 누이를 죽이지 않았습니다."

나는 여진의 묘소 앞에 서 있었던 순간을 되새기며 말했다.

"직접 죽이지 않았다면 죄가 없는 것인가?"

"그 일로 전하께서 신을 폐위하려 하신다기에 드리는 말씀입니다."

나도 모르게 헛웃음이 터져 나왔다.

"전하. 전하께서는 신을 오해하고 계십니다."

"오해?"

윤임이 옷 주머니 속에서 무언가를 꺼냈다. 접혀 있는 종이였다.

그는 그것을 내게 내밀었다.

"이것을 보시면 신에게 품으신 모든 의문의 답을 얻게 되실 것입니다."

나는 그 종이에 눈길도 주지 않은 채 물었다.

"무엇인가?"

"선왕의 사초입니다."

"사초? 선왕의 사초를 어찌 국서인 자네가 가지고 있는가?"

"보십시오. 보시면 다 알게 되실 것입니다."

윤임의 목소리가 간절했다. 나는 한숨을 내쉬며 그가 내민 사초를 받아들었다. 그리고 주저 없이 옆에 놓인 초에 종이를 갖다 대었다. 종이는 불을 만나 순식간에 재가 되어 사라졌다.

"전하!"

윤임이 기겁하며 자리에서 벌떡 일어섰다. 이미 그가 내게 준 사초는 재가 되어 땅으로 흩뿌려진 뒤였다. 그는 망연자실한 표정으로 그 재를 바라보며 털썩 주저앉았다.

"어찌하여!"

"어찌하여 보지도 않고 태웠느냐고? 과인은 자네에게 품은 의문 따위가 없으니까. 그러니 이유를 담은 이 사초도 볼 필요가 없지."

"전하!"

윤임의 입술이 달달 떨려오고 있었다. 난 윤임을 향해 분명한 어조로 말했다.

"이 종이 한 장 때문에 몇 명이 목숨을 잃었는가? 그런 것이라면 열어볼 필요도 없네."

"전하를 위하고 원자를 위한 것이었습니다."

"과인과 원자를 위해서였다고? 그 이유가 중하다면 과정은 악독해도 된다는 말인가?"

"결국…… 신을 폐위하실 마음을 굳히셨단 뜻입니까?"

"못할 이유도 없지."

"누이가 병을 얻어 죽은 일로 말입니까? 그 일은 신을 폐위시킬 명분이 되지 못할 것입니다!"

그의 뺨을 타고 눈물이 흘러내렸다. 처음 보는 그의 눈물이었다. 그의 눈물도 얼어붙은 내 마음을 녹일 순 없었다.

"무엇이 그리 눈물을 보일 정도로 억울한가?"

"신은 전하를 위해 살아왔습니다. 신이 하는 모든 일들은 전하를 위한 것이었습니다."

"그렇다면 과인이 사과해야겠군. 과인은 왕이 된 이후로 그대를 위해 한 일이 하나도 없었네."

왕이 된 순간 감정의 문을 닫고 살았다. 반대로 윤임은 그 순간 나를 향해 늘 문을 활짝 열어놓고 있었다. 난 단 한 번도 그 문 안으로 들어선 적이 없었다.

"신이 전하께 무엇을 그리 잘못했습니까?"

그가 늘 내게 갈구했던 것. 그것은 애석하게도 내가 왕이 되면서 포기했던 것이었다. 그러나 윤임은 포기하지 않았다. 그의 눈에는 언제나 나는 열여섯, 공주의 기억을 잃은 채 갈 곳이 없어 울던 소녀였다.

"자네에게 마지막 기회를 주겠네. 스스로 국서의 자리에서 물러나게. 그것이 과인을 위하는 일일 테니까."

"물러나면? 그 후에는 신을 어찌하실 것입니까?"

"과인과 원자를 다시는 볼 생각을 하지 말게. 궐을 떠나 초야에 묻혀 살아도 좋고 일평생 유람을 하며 자유롭게 살아도 좋고. 그것은 자네의 마음이니."

"결국 전하와 원자를 떠나고 도성을 떠나라, 그 말씀입니까?"

"과인을 위해서가 아니라 원자를 위해서 그리해주게."

"그리고 새 국서의 자리는 거창위에게 주시겠지요. 아니 그렇습니까?"

그를 바라보는 내 시선이 날카로워졌다.

"윤임!"

윤임은 그런 내 시선을 밀어내듯 나리를 박차고 일어섰다.

"신이 국서의 자리에서 스스로 물러서는 일은 결단코 없을 것입니다."

다음날 아침. 많은 눈으로 인해 조회가 없는 날이었음에도 나는 대신들을 모두 불러들였다. 대신들은 눈길을 뚫고 모두 대전에 들었다.

"주상 전하 납시오!"

대전에 있던 신하들이 내 등장에 모두 자리에서 일어섰다. 그중에는 윤임도 있었고 종친들과 함께 서 있는 영산군의 모습도 보였다. 그들의 시선이 옥좌에 앉은 내게로 모아졌다.

"오늘 과인은 오랜 기간 끌어왔던 원자의 세자 책봉 문제를 마무리 짓고자 다들 오라 하였소. 도승지는 앞으로 나와 과인의 명을 받들라."

"예, 전하."

도승지가 앞으로 나와 고개를 숙였다.

"원자 윤호에게 왕실의 성씨를 사성하여 이호로 개명할 것을 명한다."

윤임은 놀란 표정이었고 그와 같은 파당의 관리들의 표정은 밝아졌다. 이제 다음은 원자를 세자로 책봉하는 순서만 남아 있었다. 난 이어 입을 열었다.

"원자 이호를 출궁시켜 죽은 영산군부인 윤씨의 양자로 삼도록 하라."

대신들이 웅성거리기 시작했다. 김안로가 나섰다.

"전하! 그게 무슨 말씀이시옵니까? 어찌 원자마마를 세자로 책봉하시지 않고 죽은 영산군부인의 양자로 삼게 하시다니요?"

"들은 그대로요."

"하오면 원자마마를 세자에 책봉하지 않으시겠단 말씀이시옵니까?"

난 윤임을 응시하며 말했다.

"그렇소."

대신들의 웅성거림이 다시 커졌다. 곳곳에서 불만 섞인 말들이 터져 나왔다.

"신들은 받아들일 수가 없사옵니다!"

"그리되면 세자의 자리는 계속 비워두시겠단 말씀이시옵니까?"

"전하! 통촉하여주시옵소서!"

흥분한 신하들을 앞에 두고 난 계속 무표정으로 일관했다. 충분히 예상했던 반응들이었다.

"과인의 말이 아직 끝나지 않았소."

이 한 마디에 신하들이 잠잠해졌다. 난 다시 입을 열었다.

"원자를 세자로 책봉하는 일로 조정이 분열되고 나라가 시끄러워졌음을 잘 알 것이오. 이 일의 책임을 묻고자 국서인 윤임을 국서의 자리에서 폐위하겠소."

그 누구보다도 가장 놀란 것은 윤임이었다.

"전하! 어찌 국서를 폐위하신단 말씀을 하시옵니까?"

"국서께만 죄를 물으시는 것은 신들은 도저히 받아들일 수가 없사옵니다!"

"설사 국서께 죄가 있다 한들 많은 대신들도 원자마마를 세자로 책봉하는 일에 동조하였으니, 관련자 전부를 삭탈관직을 하옵소서!"

이런 반응도 예상했던 일이었다. 난 침착하게 말을 이어나갔다.

"국서에게만 죄를 묻지 말라는 말이군. 허면 국서는 과인의 지아비니 과인이 책임을 지고 보위에서 물러나겠소"

이 한마디에 대전은 침묵에 휩싸였다. 내 입이 열릴 때마다 나오는 말들이 충격적인 말들이라 다음 말이 두려워져서 그런지도 몰랐다. 그 침묵 가운데 윤임이 앞으로 나섰다.

"전하께서는 지금 조정 신료들을 모두 모이게 하시고서는 농을 주고받고자 하십니까?"

"농?"

"예. 그렇지 않다면 어찌 원자를 신의 누이의 양자로 삼으려 하시고 또한 신을 폐위하려 하시며 그것이 안 되면 스스로 하야하시겠다 말씀을 하시는 것입니까?"

난 윤임에게 눈을 떼고 신하들을 둘러보며 말했다.

"국서가 아직도 스스로의 죄를 모르니 과인이 직접 그 죄를 알려주리다. 한수를 들라 하라."

"예, 전하."

닫혀 있던 대전의 문이 열리더니 한쪽 눈에 안대를 한 사내가 안으로 걸어 들어왔다. 그는 폐주 이융과 함께 교동도에서 지내던 한수였다. 한쪽 눈을 다친 별감 한수에 대해 모르는 신하들은 거의 없었다. 옥좌 아래에 도착한 한수가 윤임의 바로 옆에서 내게 큰절을 올렸다.

"소인 한수. 전하께 인사 올리옵니다."

"일어나라."

"예, 전하."

한수가 자리에서 일어섰다.

"과인이 네게 묻겠다. 네 옆에 서 있는 자는 누구냐?"

한수가 윤임을 한 번 쳐다보더니 고개를 숙이며 대답했다.

"국서마마이신 줄 아옵니다."

"그를 본 일이 있느냐?"

"과거 폐주 시절 궐에서 지낼 때 본 일이 있사옵니다."

"근래에는? 근래에도 본 일이 있느냐?"

"근래에는……."

한수가 말을 시작하자 이를 지켜보는 윤임의 낯빛이 하얗게 변해갔다.

"교동에서 뵌 일이 있사옵니다."

"교동? 폐주의 유배지에서 말이냐?"

"예."

"한양도성에서만 지내던 국서를 교동도에서. 그것도 폐주의 유배지에서 보았다고?"

"예. 국서께서 직접 납시셔서 폐주를 뵙고 갔사옵니다."

"국서가 무슨 일로 그곳까지 갔다더냐?"

"그때 소인이 듣기로는 폐주께서 지니신 선왕의 사초를 찾고자 함이었사옵니다."

"사초라?"

모른 척 말을 받는 나를 보며 윤임이 나섰다.

"전하. 그만하시지요."

"그만하라니?"

"폐주를 모시던 별감 따위가 지어내는 말을 누가 믿겠사옵니까?"

"과인이 믿는다."

난 윤임을 무시하고는 한수에게 물었다.

"그래서 그 사초는 어디에 있느냐?"

"생전에 폐주가 계속 몸에 지니고 있었사옵니다. 그런데 폐주께서 살해당하시던 날에 사라져……."

"살해? 폐주가 살해되었다?"

나는 계속 모른 척하고 있었지만 이미 진실을 다 알고 있었다. 전날, 여진의 묘소 뒤편 숲속에서 나타난 검은 형체는 바로 한수였던 것이다. 한수는 그 자리에서 나를 찾아온 이유와 함께 이융이 병사한 것이 아니라 살해되었다는 사실을 밝혔다.

"예."

한수의 이 한 마디에 다시 조정은 술렁거렸다.

"누가 폐주를 살해하였느냐?"

이 말에 한수가 고개를 떨구며 말했다.

"소인은 보진 못했사옵니다."

"보진 못했다……."

내 시선 끝에 선 윤임의 표정이 생과 사를 오가는 것이 똑똑히 보였다. 진실은 이미 그의 표정안에 있었다.

"하오나! 폐주께서 말씀해주셨사옵니다."

"말하다니?"

"소인이 폐주를 발견했을 때는 이미 피를 많이 흘려 숨이 끊어진 듯 보였으나, 잠시 기력을 되찾아 소인에게 범인의 이름을 알려주시고 돌아가셨기 때문이옵니다."

"그 범인의 이름을 말하라."

"그 범인의 이름은……."

한수가 옆에 선 윤임을 돌아보았다.

"윤임. 국서이시옵니다."

윤임이 발끈하며 소리쳤다.

"폐주의 충복이던 별감 나부랭이의 말을 믿고 신에게 죄를 물으시겠다는 것은 아니시겠지요, 전하!"

난 침착하게 입을 열었다.

"증좌도 없이 국서를 모함하면 역모죄로 죽는다. 알고 있느냐?"

"예. 알고 있사옵니다."

"허면 어찌 국서를 모함하느냐?"

한수가 고개를 들어 나를 바라보며 말했다.

"증좌가 있사옵니다."

"증좌가 있다?"

"예. 전하."

"그것을 내보여라."

"예."

내 명을 받은 한수가 품 속에서 무언가를 꺼내 내보였다. 그것은 금색 술이었다. 마치 진주가루를 뿌린 듯 반짝이는 술이 한수의 손에서 찰랑거렸다. 이 술을 발견한 윤임은 소스라치게 놀란 표정이었다.

"과인은 그 술과 똑같은 술을 안다. 명국에서 온 귀한 것으로 단 두 개였지. 하나는……."

난 한수의 손에 달린 술과 똑같은 술이 달린 붓을 들어 보였다.

"원자에게 줄 이 붓에 달았고 다른 하나는…… 국서에게 주었다. 그리고 국서는 그 술을 자신의 검에 달았다."

고개를 떨구고 있는 윤임을 향해 물었다.

"검에 달았던 그 술을 보이게. 그렇다면 모든 의심은 풀리고 한수는 역모죄를 물어 처형할 것이니."

모두의 시선이 윤임에게 모아졌다. 그러나 그는 입도 열지 못하고 있었다. 난 윤임에게 재차 물었다.

"과인이 내린 이것과 똑같은 술은 지금 어디에 있는가?"

더는 물을 필요가 없었다. 난 한숨과 함께 들고 있던 원자의 붓을 내려놓으며 말했다.

"한수."

"예, 전하."

"폐주는 '누군가'에게 살해당했고 그날, 폐주가 지닌 사초가 사라졌다. 허면 폐주를 죽은 범인이 사초를 가져갔다는 것이겠구나."

"예. 그리 생각하옵니다."

난 다시 윤임에게 눈길을 주었다.

"국서. 사초의 내용이 무엇인가? 이 자리에서 밝히게."

윤임이 눈을 크게 뜨고 나를 쳐다보았다. 나의 이 발언은 정확하게 윤임을 이용을 죽인 범인으로 단정함과 동시에 그만이 폐주가 지닌 사초의 내용을 알고 있다 선언한 것과 마찬가지였다. 당황한 윤임을 보며 김안로가 나섰다.

"전하! 어찌 사라진 사초의 내용을 국서께 물으시옵니까? 또한 그 사초가 무엇이든 이 자리에서 밝혀야 할 만큼 중요한 내용을 담고 있사옵니까?"

"그렇다."

난 고개를 끄덕이며 말을 이었다.

"과인은 선왕께서 남기신 유지로 인해 보위에 올랐소. 한데 선왕께서 남기신 유지는 하나가 아니라 둘이라는 사실을 근래에 알게 되었소."

선왕의 유지가 두 개라는 사실을 처음 들은 신하들은 모두가 당혹스러운 표정이었다. 그 가운데 영산군은 매우 걱정스러운 얼굴로 나를 바라보고 있었다.

"과인이 알기로는 그 두 번째 유지는 월산대군과 함께 묻혀 사라져버렸고 대신 그 유지의 내용을 담은 사초만이 폐주의 손에 있었다 하오."

"그런 일이⋯⋯!"

"폐주를 죽인 자가 사초를 가져갔다면 그 내용도 폐주를 죽인 자는 알고 있지 않겠소?"

다시 윤임에게로 모아진 시선. 그는 그 시선들을 뿌리치며 내 앞으로 나섰다.

"끝까지⋯⋯ 신을 이리 몰아가십니까?"

"과인은 그 사초의 내용이 두렵지 않으니, 알면 말하라. 이 자리에서."

난 알고 있다.

윤임은 절대 그 사초의 내용을 밝히지 못할 것이란 걸. 그가 내게 말한 대로 정말 나를 위하고 원자를 위한 삶이 진실이었다면 말이다. 그가 무슨 생각이었는지 내게서 눈을 돌려 종친들 사이에 있는 영산군을 쳐다보았다. 이 자리에서 두 번째 유지의 내용이 밝혀진다면 가장 두려워해야 하는 사람은 사실 윤임이 아니었다. 나와 나를 위하는 아우 영산군이었다. 그런데 영산군도 나도 너무나도 태평한 얼굴로 두 번째 유지의 내용을 윤임에게 묻고 있었던 것이다.

뒤늦게 윤임은 진실을 깨달았다. 사초를 태워버린 내가 이미 두 번째 유지의 내용을 알고 있다는 사실을. 그리고 그 내용을 알려준 사람이 바로 영산군이라는 사실도. 모든 진실을 깨달은 윤임의 어깨가 무겁게 내려앉은 그때였다.

"전하. 강화부사 윤홍상을 잡아왔사옵니다."

어제 한수에게 모든 진실을 들은 나는 병사들을 보내 강화부사 윤홍상을 잡아오라 명을 내렸다. 그가 도착한 것이다.

"들여라."

"예."

조금 전 한수가 들어왔던 문으로 강화부사 윤홍상이 포박된 채 안으로 끌려들어 왔다. 그가 끌려 들어오는 모습을 본 윤임은 이제 망연자실한 표정을 넘어 자포자기한 듯 보였다.

"윤홍상."

"저, 전하!"

"폐주가 병사했다는 거짓 장계를 올린 것이, 네놈이냐?"

"사, 살려주시옵소서! 소, 소신은 그저 국서께서 시키는 대로만 했을 뿐이옵니다!"

모든 것은 끝났다.

"폐주가 큰 죄를 지었으나 그는 한때 과인의 오라버니였소."

그가 품은 잘못된 마음만 제외한다면 우린 어린 시절을 함께한 남매였다.

"앞서 국서는 원자를 세자에 책봉하고자 영산군의 부인이었던 자신의 누이를 찾아가 회임한 아이를 지우라 하였고 그 일로 영산군 부인이 병을 얻어 일찍 세상을 떠났소."

이 말에 영산군이 두 눈을 힘없이 감았다.

"국서가 벌인 일들은 과인의 패륜이기도 하오. 앞서 말한 대로 과인은 이 모든 책임을 지고 영산군에게 양위할 것이며 그에 앞서 국서를 폐위할 것이오."

그때 윤원형이 나섰다.

"중궁의 폐위와 양위는 모두 중한 사안으로 동시에 할 수는 없습니다! 무엇보다 백성들이 크게 놀라 동요할 것이니 양위는 거두어주시옵소서!"

난 천천히 고개를 끄덕였다.

"모든 일에 순서는 있는 법이니……."

옥좌에서 내려오기 위해 일어서는 나를 보며 이번에는 김안로가 나섰다.

"혹 전하께서는 그 사초의 내용을 아시옵니까?"

누가 보더라도 정황상 이융이 가지고 있던 사초는 윤임의 손에 들어간 것이 확실했다. 그리고 그의 아내인 내가 사초의 내용을 모를 리가 없다고 여기는 것 같았다.

"그렇소. 알고 있소."

이 한 마디에 다시 대전은 술렁였고 윤임이 힘없이 눈동자를 들었다.

"선왕께서는 영산군에게 양위하라 명하셨소."

유지의 전체 내용을 다 말하진 않았지만 요점은 분명히 밝혔다. 그러니 이제 모든 대신들은 왜 윤임이 자신의 누이를 죽음으로 내몰았고 폐주를 죽였는지 알게 되었다.

권력.

내 손에 억지로 쥐어졌던 그것은 이제 덧없이 떠나갈 준비를 하고 있었다.

경회루.

"낮부터 술이라……"

내 부름을 받고 찾아온 영산군이 씁쓸히 웃으며 말했다. 난 그에게 술을 따라주며 웃었다.

"모든 걸 내려놓으니 마음이 편안하구나."

"그래서, 누이 마음이 편하자고 이 아우에게 양위하겠다?"

"다들 하고 싶어 하는 왕을 시켜준다는대도 싫으냐?"

"그 자리가 어떠한 자리인지 아니까 싫소."

"그럼 이 누이 좀 살려다오. 네가 왕이 되어야 이 누이가 산다."

영산군의 얼굴에서 그 씁쓸한 웃음마저도 사라져버렸다.

"나를 원망하느냐?"

"무엇을?"

"여진이를 죽음으로 내몬 것이 윤임이라는 사실을 만백성에게
밝힌 꼴이 되었으니."

"그 덕에 그는 죽을 때까지 조정에 발을 붙이진 못할 거요. 원자
의 생부라는 핑계도 통하지 않겠지."

"윤임을 용서할 수 있겠니?"

"그 물음은 누이가 아니라 그가 내게 해야 하는 것이 아니겠소?"

"그렇지. 맞다."

"혹 누이는 내가 그를 용서하지 않을까 봐 원자를 내게 보내려
는 것이오?"

"그건 아니야."

난 고개를 저었다.

"아니라고?"

"여진이에게 원자는 친자식이나 다름없었어. 내게 원자는 지워버리고 싶은 기억이었을지도."

"지워버리고 싶다니?"

"한때 노력했었어. 잃어버린 정을 되찾아보려고."

"정?"

"내 어릴 적 윤임에게 품었던 정을 말이야. 그런데 원자가 생겨도 잃어버린 정은 되돌아오지 않았어. 나를 향한 그의 시선만 부담이 될 뿐이었지. 그는 그렇게 간절히 나를 바라보면 언젠간 내 마음이 돌아올 거라 믿는 것 같았어. 불편한 관계였지."

"누이. 그가 대전에서 사초의 내용 전부를 밝힐 수도 있었소. 하지만 그러지 않았지. 그건 어떤 욕망이나 권력 때문이 아니오."

"알아. 설사 다 밝혔다고 해도 상관없겠지만."

"상관없다고?"

"네가 왕이 되어도 나를 해하거나 윤임을 해하거나 원자를 해할 거라고 생각하지 않으니까."

"너무 자신만만하군."

영산군이 술 한 잔을 들이켰다. 곧 그의 미간에 주름이 잡혔다.

"쓰니?"

"술을 다시 마신 지 얼마 안 되어서 그런가. 마시는 술마다 쓰오."

영산군이 술잔을 도로 내려놓으며 말했다.

"근데 난 궁금하오. 어째서 윤임이 내민 사초를 보지도 않고 태웠소?"

"네가 이미 말해주어 내용은 다 알고 있었으니까."

"안다는 말도 윤임에게 하지 않았잖소."

"그에게 기회를 준거야. 일이 이렇게 되기 전에 스스로 물러날 수 있는 기회. 그런데 그는 그 기회를 잡지 않았어."

난 한숨과 함께 술잔을 들었다.

"만약 그 기회를 잡았다면?"

영산군이 던진 물음에 난 손에 쥔 술잔을 도로 내려놓았다.

"잡았다고?"

"만약 그가 폐주를 해치지도 않고 내 아내에게 가서 모진 말로 그 비극을 만들지 않았더라면 어찌했을 것이오?"

"알고 싶니?"

영산군이 고개를 끄덕였다. 난 슬픈 미소를 지었다.

"그래도 네겐 선위를 했겠지. 난 평범한 아녀자가 되어 그와 그리고 원자와 살았을 것이고."

궐을 떠났다면 그는 자신이 얻고 싶었던 내 마음을 얻었을지도 모른다. 이 궐이 모든 비극의 시작이었으니까.

"방식이 잘못되었을 뿐, 윤임은 진심으로 누이를 사랑했소."

"상대가 사랑이라고 느끼지 못한다면 그건 사랑이 아니야."

"그렇군."

이것은 영산군이 처음이자 마지막으로 윤임의 편을 든 말이기도 했다. 우리 남매는 다시 술잔을 나눠마셨다. 영산군이 물었다.

"정녕 내게 양위할 것이오?"

"그게 아바마마의 뜻이니."

"참말로? 단지 아바마마의 유지라 내게 양위하겠다, 그 말이오?"

난 웃으며 고개를 가로저었다.

"아니지. 난 아바마마의 뜻이라 네게 양위하려는 게 아니야. 지금 조선의 임금이기에 임금다운 결정을 하는 거야."

"임금다운 결정이라니?"

"폐주가 죽었으니 모든 이들의 기억 속에서 폐주 시절은 곧 완전히 잊혀지겠지."

그를 살리기 위해서 또 내가 사랑하는 사람들을 위해서 왕이 되었다. 난 백성을 위해서 왕이 되진 않았다.

"난 과도기에 잠시 머물렀던 임금이었을 뿐이야. 이제 새 시대의 임금은 네가 되었으면 해. 무엇보다 넌 그 자격이 충분하니까."

"누이……."

"양위 전 경국대전에서 적장녀 보위에 대한 부분을 없앨 거야. 그러면 조선의 여왕은 내가 처음이자 마지막이 되겠지."

후원에서 출궁하려는 영산군 부부를 만났다. 난 그 자리에 원자를 불렀다.

"원자는 당분간 외숙부댁에서 지내야 한다."

영산군을 부를 땐 외숙부보다는 고모부라고 부르던 말이 익숙했던 원자였다. 아직은 어린아이지만 무언가 달라진 분위기를 알아챈 것 같았다.

"아바마마는요?"

원자는 늘 그랬다. 불안할 때마다 습관처럼 윤임을 찾는다. 어린 원자에게 난 어머니가 아닌 왕이었다. 영산군 부인이 눈치 빠르게 나섰다.

"국서께서는 매우 바쁘십니다."

여진이 아닌 다른 여인이 영산군 옆에 서 있는 것도 아직 원자에게는 낯선 것 같았다.

"아바마마한테 갈래요."

칭얼거리는 원자의 손을 영산군이 잡아주었다. 원자는 기다렸다는 듯 영산군에게 매달렸다. 이 모습에 난 씁쓸한 표정을 지었다.

"원자에게 국서 다음으로 의지할 사람이 너인가 보다."

"너무 걱정 마시오. 앞으로 원자와 가까워질 날은 많소."

"그래."

즉위식이 끝나면 난 상왕이 되어 영산군이 살던 집에서 살기로 했다. 이후 원자는 왕이 된 영산군을 따라 다시 입궐하게 된다. 몇 년 후에 혼인하게 되면 대군의 칭호를 받고 출궁해 평생을 궐 밖에 서 안락하게 살아갈 것이다.

"전하."

장 상궁이 다가와 내 귓가에 무언가를 속삭였다. 나는 눈을 크 게 한 번 뜨고는 영산군을 보며 말했다.

"이만 출궁하렴."

원자의 손을 잡고 멀어지는 영산군 부부의 뒷모습을 바라보던 나는 가느다란 한숨을 내쉬었다.

"그래서?"

"아무래도 전하께서 직접 가 보셔야 할 것 같사옵니다."

난 힘없이 고개를 한 번 끄덕였다.

침전 앞. 윤임이 월대에 거적을 깔고 석고대죄를 하고 있었다. 그는 국서의 자리에서 폐위되었기에 바로 궐을 떠나야 했다. 하지 만 궐을 떠나는 대신에 석고대죄를 하며 버티는 것을 선택한 것 이다.

"윤임."

내가 그의 이름을 부르며 다가가자 그가 고개를 들었다. 무슨 자만심일까? 스스로 죄인을 자청하며 석고대죄를 하면서도 나를 바라보는 그의 시선은 당당하기만 했다.

"어찌 폐위된 국서가 출궁치 않고 아직 궐에 있느냐?"

내 물음에 윤임이 답했다.

"신에게 죄를 물으신다면 폐위 대신에 다른 방법을 택하셔야지요."

"지금 과인을 가르치려 드는 것이냐?"

"아닙니다."

"아니라면?"

"전하의 화가 풀릴 때까지 석고대죄할 것입니다."

난 헛웃음만 나왔다. 그는 나를 왕으로 부르고 있지만 왕으로 생각하지 않고 있었다. 왕에게 하는 석고대죄를 하면서도 왕을 왕으로 보지 않는 사내. 왕을 여인으로 보려고 하는 사내. 그가 윤임이었다.

"계집의 마음에는 풀림의 때가 있으나 임금의 마음은 풀림에 때가 없다. 그러니 마음대로 하거라."

나는 더는 그와 말도 섞고 싶지 않았다. 침전으로 들어가려 돌아서는 내 등 뒤에 대고 윤임이 말했다.

"원자를 생각하셔서라도 신의 죄를 용서해주십시오."

이 한 마디에 난 죽어가던 여진을 떠올리며 화가 머리끝까지 치솟았다. 난 돌아서 빠른 걸음으로 윤임에게 다가갔다. 그리고 그의 멱살을 잡아채며 내 얼굴 가까이에 그의 얼굴을 가져다 댔다.

"바로 그 원자 때문에 널 죽이지 않고 살려둔 것이다!"

내가 이렇게까지 화를 낼 것이라 예상하지 못했던 윤임의 눈이 크게 떠졌다.

"차라리 신을 죽여 전하의 분이 풀리신다면 그리하시지요."

"죽여? 죽이는 것이 과인의 분을 풀 방법이라 여기느냐? 어리석구나, 어리석어. 과인은 네게 성은을 베풀어 벌을 폐위에서 그친 것이 아니다. 넌 죽는 날까지 원자를 보지 못해. 정녕 원자를 보고 싶거든 영산군에게 죄를 청하고 용서를 구하거라. 그가 널 용서할지는 장담할 수 없겠지만."

잡았던 그의 멱살을 밀치며 놓았을 때였다.

"전하는 그리 모진 분이 아니십니다. 분명 후회하실 겁니다."

"아직도 정신을 못 차렸군."

난 윤임을 노려보았다.

"네가 과인에게 그러했지. 폐주도 피 한 방울 섞이지 않은 선왕을 닮았는데 어찌 과인은 선왕을 닮지 못하였느냐고. 과인은 선왕을 닮지 않은 것이 아니라 닮지 않으려고 노력했을 뿐이다."

"전하!"

"듣기 싫다!"

난 윤임에게서 돌아서 내관들에게 소리쳤다.

"당장 윤임을 궐에서 끌어내라. 사가에 유폐하고 죽는 날까지 바깥출입을 엄히 금하라!"

영산군은 어마마마의 양자가 되어 경복궁에서 즉위했다. 이미 며칠 전에 창덕궁으로 거처를 옮겼던 나는 그곳에서 삼정승에게 내 옥쇄를 전해주었다. 삼정승은 옥쇄가 담긴 옥함을 가지고 경복궁 근정전으로 떠났다. 이 절차가 끝나자마자 나는 나인들에게 짐을 꾸리도록 지시했다.

"이리 도망치듯 떠나시는 것이옵니까?"

장 상궁의 말에 난 멋쩍은 듯 웃었다.

"궐의 주인이 바뀌었으니……."

"영산군…… 아니, 전하께서 좀 더 머물러도 된다고 하셨는데."

"자네도 알겠지만 난 궐이 싫다네. 이제야 십 년 묵은 체증이 다 내려가는데."

그때였다.

"네 체증은 내려가서 좋겠다만 내겐 없던 체증이 생겼다."

"어마마마!"

즉위식에 가실 줄 알았던 어마마마가 대례복을 입은 채 문 앞에 서 계셨다. 나는 서둘러 자리에서 일어섰다. 어마마마는 안으로 들어오자 나를 얄미운 듯 쳐다보더니 자리에 앉았다. 뒤따라 앉은 내게 어마마마가 말했다.

"나를 즉위식에 보내놓고 도망치듯 궐을 떠나겠다?"

"어마마마……."

솔직히 미안한 마음이 앞섰다. 어마마마는 계속 자신과 함께 창경궁에 살 것을 권했다. 이 때문에 창덕궁으로 옮겨서도 출궁할 날짜를 잡지 못해 짐도 제대로 쌀 수가 없었다.

"나는 어찌하라고 홀로 버려두고 너만 궐을 떠나려는 것이냐?"

"전이도 이제 어마마마의 아들인걸요."

어마마마가 퉁명스럽게 대꾸한다.

"새 주상은 예전부터 내 아들이었다. 그러니 네가 나와 창경궁에서 살지 않겠다면 나도 출궁해서 살겠다."

"그건 안돼요."

영산군은 오늘 즉위했다. 새 국왕의 권위는 왕실의 웃어른에게서 나온다. 창경궁에서 없는 듯 조용히 살더라도 어마마마가 가진 권위는 왕실에서 가장 높은 것이었다. 그러니 영산군을 위해서라도 어마마마는 궐을 떠나서는 안 됐다.

"원자도 궐에 있을 거예요. 그런 원자를 보기 위해서라도 자주 입궐할 거고요."

"그 말, 새 주상은 믿어도 나는 안 믿는다. 상왕이 조정이 있는 궐을 들락거리는 모습을 보이는 건 좋지 못하지. 똑똑한 네가 이를 모르지 않으니 넌 궐에 잘 오지 않을 거야."

"풋."

"어찌 웃느냐?"

"그럼 어마마마께서 원자를 데리고 출궁하시면 되지요."

"내 출궁이 어디 그리 쉽다더냐? 상왕이 된 너와 왕래하면 분명 말들이 나오겠지. 새 주상을 탐탁지 않게 여긴다느니…… 결국 넌 이 궐을 떠나는 것이 아니라 이 어미도 떠나는 것이다."

"아니에요."

"흥."

나이가 드실수록 어마마마는 잘 삐치시는 것 같다.

"제가 눈치껏 궐을 드나들게요. 약조할게요. 그럼 되지요?"

"어휴-"

길게 한숨을 내쉰 어마마마가 말했다.

"정녕 국서와는 다시 합칠 생각은 없는 것이냐?"

윤임의 이야기에 내 표정이 딱딱하게 굳어버렸다.

"국서가 벌인 잘못은 권력 때문이었다. 그도 너도 권력을 모두 잃었으니 이제 남은 건 부부간의 정이 아니겠느냐? 당장은 용서할 수 없더라도 원자를 생각해서……."

"어마마마."

난 단호하게 고개를 가로저었다.

"모두 끝났어요."

"수련아."

무겁게 눈을 한 번 감아 뜬 내 시선은 궐 밖을 향해 있었다.

"윤임에게 바라는 건 단 하나뿐이에요. 그가 죄를 뉘우치는 것. 그것이 그가 살길이고 원자를 위하는 것이에요."

"사내에게 뉘우치기를 바란다?"

어마마마는 아바마마를 떠올리는 것 같았다.

"사내가 스스로를 뉘우칠 수 있다 믿느냐? 스스로 뉘우친다면 다행이겠지. 하나 그렇지 못하다면 네게 억하심정만 품을 것이다."

난 석고대죄를 하면서도 당당하던 윤임의 두 눈을 떠올렸다.

그에게 나는 여전히 이유나였다.

"그럼 그에게 사약이라도 내렸어야 한다는 말인가요?"

폐비의 일을 난 알고 있다. 폐주 이융에게 그녀는 죄인이기 전에 이 세상에 하나뿐인 어머니였다. 내가 윤임을 죽인다면 원자가 자라서 나를 어떻게 생각할까? 설사 윤임이 천인공노할 죄인이라도 원자에게는 이 세상에 하나뿐인 아버지였다.

"그가 진정으로 원자를 위한다면 가장 먼저 자신의 죄를 뉘우쳐야 해요. 전 그 뉘우칠 시간을 준 것뿐이고요."

나머지는 역사가 판단할 몫이었으니까.

영산군의 집을 새 거처로 삼은 상왕은 거의 바깥출입을 하지 않고 지냈다. 사랑채에 거주하며 책을 읽으며 조용히 여생을 보낼 듯 지냈다. 나라는 평화로웠다.

그해 봄, 단 한 그루의 오얏나무는 때를 맞아 가지마다 꽃을 피웠다. 뒷짐을 진 채 그 오얏나무꽃을 응시하는 홍연의 뒤로 한 사내의 목소리가 들려왔다.

"아직도 그 나무가 살아 있던가?"

익숙한 목소리에 깜짝 놀란 홍연이 돌아섰다. 그는 영산군, 아니 이 나라의 임금이 된 이전이었다.

"전하!"

"하하하!"

전하라는 호칭에 왕은 크게 웃는다. 그는 홍연의 곁에 다가와 서더니 말했다.

"모든 백성들이 과인을 다 전하라 불러도 자네가 전하라 부르는 것은 도무지 익숙해질 것 같지 않단 말이지."

"여기까지 어인 걸음이십니까?"

"자네가 그리워서 왔지."

"예?"

왕이 홍연의 어깨를 툭툭 치며 말했다.

"차도 안 줄 텐가? 어렵게 나온 길인데."

"일단 사랑채로 드시지요."

왕이 고개를 저으며 말했다.

"난 이 오얏나무 꽃이 잘 보이는 안채에서 차를 들겠네."

홍연의 입가에 희미한 미소가 지어졌다.

안채에 들어선 왕은 자리에 앉지 않고 주인을 잃은 지 오래된 안채를 둘러보았다. 주인은 없으나 신경 써서 관리한 테가 역력했다. 그것이 왕의 마음을 쓸쓸하게 만들었다.

"차를 들이거라."

하인에게 명을 내린 홍연이 왕을 자리에 이끌었다. 두 사람은 아주 오랜만에 서로를 바라보며 마주 앉았다. 활짝 열린 창밖으로 꽃이 핀 오얏나무가 바로 보였다.

"오래전에 이곳에서 자네와 저 꽃을 감상했지. 기억하는가?"

"예."

"그때 자네는 누이가 돌아오기만을 기다렸어. 그렇지 않은가?"

홍연이 말없이 고개를 숙였다. 영산군이 혀를 차며 말했다.

"이 사람. 옛날과 달라진 것이 하나도 없구먼. 어릴 적에도 자네보다는 누이가 더 용기가 있었지."

"무슨 말씀을 하시려고 그러십니까?"

"이젠 자네가 용기를 낼 차례라는 걸세."

말을 마친 왕이 옷 주머니 속에서 무언가를 꺼내 앞으로 내밀었다. 그것은 오래전 이곳에서 홍연이 왕에게 선물했던 용이 새겨진 옥이었다.

"전하……."

"아바마마께서는 두 개의 옥을 각각 나와 누이에게만 주려 하셨
지. 다시 말해 폐주가 자신의 소생이 아님을 증거하는 증거품으로
삼으려 하신 것 같네. 그러나 과인과 누이는 이것을 연정의 정표로
삼았지 뭔가."

"아무리 그래도 이것은 왕실의 물건이 아닙니까."

"어서 받게. 이미 다른 하나는 누이에게 돌려준 지 오래이니."

홍연은 말없이 옥패를 받아 손에 쥐었다. 익숙한 느낌이 그의 손
바닥에 전해져 작은 전율을 일으켰다. 그것은 그가 6년간 품었던
실종된 공주를 향한 애탄 그리움이었다.

"더 늦을 것도 없겠지만 이번이 마지막이라 여기고 한 번만 용기
를 내어봄이 어떠한가?"

"저는……."

"자네, 누이에게 할 말이 있다 했지. 그래서 여태껏 도성을 떠나
지 않고 머무는 것이 아니던가?"

"며칠째 아무것도 먹지 않더구나. 이 애비 속이 탄다. 이러다 내
가 먼저 죽겠다!"

부친 윤여필의 말에 해진이 긴 한숨을 내쉬었다.

"그런데 어찌 이제야 기별을 주셨어요?"

"폐위되어 죄인의 신분이 아니냐? 같은 집안사람이라 해도 왕래가 잦으면 혹여 말이 나올까 싶어 그랬다."

"임이는요?"

"사랑채에. 궐에서 나온 후 한 번도 밖으로 나오지도 않았어. 네가 들어가서 좀 어찌 해보거라. 저러다 사람 하나 죽겠다."

"알겠어요."

해진이 고개를 끄덕이고는 사랑채로 다가갔다. 그 앞을 지키고 있던 두 명의 병사가 해진을 보고는 옆으로 물러섰다.

"임아."

해진이 문을 열며 윤임을 불렀다. 그는 햇빛이 스며들어오는 방 안에 홀로 앉아 있었다. 그 앞에 보자기로 덮어놓은 밥상이 있었다. 해진이 밥상 곁으로 다가가 앉아 보자기를 거뒀다. 드러난 식은 밥과 국을 보자 해진이 한숨을 내쉬었다.

"임아. 곡기를 끊고 죽으려느냐? 그리 죽으려면 어찌 아버지가 계신 곳에서 죽으려는 불효를 저지르려느냐? 차라리 나가서 아무도 없는 곳에서 혼자 죽거라!"

한 곳에 머물러 있던 윤임의 시선이 해진의 얼굴을 향했다.

"모든 게 다 헛된 꿈이었던 게다. 전하와 너의 그릇은 크기부터 달랐어. 네가 다 잘못한 것이다. 그래. 어쩌면 너도 원자를 위해서 그리했겠지. 그럼 원자를 생각해서라도 살아라."

"원자를 위해서가 아니었소."

갈라진 듯한 목소리가 돌아왔다. 해진이 깜짝 놀라며 윤임과 눈을 맞췄다.

"그건 또 무슨 소리더냐?"

"처음부터 다 그녀를 위해서였지."

"전하 말이냐? 임아! 너 아직도 정신을 못 차린게냐?"

그때 그의 뺨을 타고 한 줄기의 눈물이 흘러내렸다.

"누이, 아시오? 원자는 전하를 닮았소. 내가 아니라."

"임아."

우는 윤임을 바라보는 해진의 얼굴에 안타까움이 묻어났다. 윤임은 그런 해진의 시선을 피해 고개를 돌렸다.

"원자가 나를 따르고 나를 아비라 부르며 안겨들 때마다 언젠간 전하의 마음도 원자처럼 변할 것이라 소망했단 말이오."

해진이 눈을 무겁게 감아 뜨며 말했다.

"다 포기해라. 다 내려 놓거라. 이러다 세월이 흐르면 원자가 장성하여 너를 찾아오겠지. 국서의 노릇은 네게 어울리지 않았어도 한 아이의 아비로 살 기회가 남았다."

윤임이 자리에서 벌떡 일어섰다.

"못 하오."

"임아!"

해진이 윤임을 붙잡으려 손을 뻗었다. 그러나 윤임은 해진의 손길을 뿌리친 채 밖으로 나갔다.

"어디 가십니까?"

사랑채 앞을 지키던 병사들이 당황하는 목소리가 들려왔다.

"비켜라!"

윤임은 막무가내로 그들을 뿌리쳤다.

– 히이이잉!

말 울음소리가 들려오자 해진은 윤임을 뒤따라 밖으로 나갔다.

"임아!"

그러나 이미 윤임은 말을 타고 사저를 떠난 뒤였다.

"하루 종일 책만 읽으시옵니까?"

장 상궁의 잔소리에 난 웃으며 책을 덮었다. 그녀는 껍질을 곱게 깐 귤을 가지고 들어와 내 곁에 앉았다.

"웬 귤인가?"

"제주에서 진상한 걸, 전하께서 보내셨사옵니다."

"그래?"

난 귤을 한 조각 입에 넣으며 배시시 웃었다.

"원자도 먹었겠지?"

418

"궐에 계시니 응당 드셨을 것이옵니다. 상왕전하보다도 더요."

"그럼 마음 편히 먹어야겠네."

귤 조각을 입에 넣는데 장 상궁이 조금 전까지 내가 보던 책 제목을 보며 말한다.

"이 책은 지난번에도 세 번이나 읽으셨다고 하지 않으셨사옵니까?"

"그랬지."

"어찌 또 읽으십니까?"

"아무리 읽어도 지루하지 않네. 궐에서 책을 볼 때는 무언가를 배우고 익혀야 한다는 마음으로 보았기에 한 번 읽는 것도 힘들었지. 하나 궐 밖에서 읽는 책은 그저 재미를 위한 것이니 어찌 술술 읽히지 않겠는가?"

"그럼 소인은 방해하지 않고 다시 물러가겠사옵니다."

장 상궁이 나가자 난 접었던 책을 다시 펼쳤다. 책을 읽으려는데 창 밖에서 익숙한 음색이 들려오기 시작했다. 난 책을 읽던 것을 멈추고 고개를 들었다.

점점 또렷하게 가까워지는 소리. 그 소리의 정체를 깨달은 순간 난 웃으며 창문을 열었다.

"우리 주상전하는 한가하기도 하시지. 어찌 또 여기까지 발걸음을 하셨……."

창 밖에 서 있는 사내의 얼굴을 본 순간 내 얼굴에서 웃음이 사라졌다. 그저 놀란 눈을 뜨고 앞을 내다보았다.

"전하인 줄 아셨습니까? 상왕전하."

그 사내가 내가 잃어버린 웃음을 가져갔나보다. 그가 웃으며 나
를 바라본다.

신홍연.

"옥에서 나는 소리 때문에……."

뒤늦게 당황한 내 얼굴이 화끈거렸다. 그가 자신의 허리춤에 매
달고 있던 줄을 풀어 앞으로 내민다. 바로 왕에게 있을 용이 새겨
진 반달 모양의 옥이었다.

"이것이요?"

"맞아요. 그걸 어떻게 당신이 가지고 있지요?"

"전하께서 주셨지요."

"전하가요?"

"예."

홍연이 고개를 끄덕였다. 때마침 밖으로 나가던 장 상궁이 창가
에 서 있는 홍연을 발견한 모양이다. 그녀가 서둘러 홍연에게 다가
와 고개를 숙였다.

"대감."

"오랜만일세."

장 상궁은 홍연과 나를 번갈아 쳐다보더니 홍연에게 말했다.

"안으로 드시지요. 차라도 내오겠사옵니다."

"길게 머물려고 온 것은 아닐세."

장 상궁의 청을 거절한 홍연이 나를 돌아보며 말했다.

"상왕전하께 청할 것이 한 가지 있는데 들어주실 수 있겠습니까?"

"무엇인데요?"

"저와……."

여기까지 말했던 홍연이 피식 웃는다. 난 그런 그의 머릿속에 든 생각을 알고 싶어 고개를 갸웃거렸다. 홍연이 말을 이었다.

"어디를 저와 가주실 수 있습니까?"

어디를 가자는 것인지를 물어야 했다. 이상하게 그만 알고 있을 목적지가 궁금하지 않았다. 애초에 거절할 마음이란 없었으니까.

"좋아요. 가요."

나의 대답에 홍연의 얼굴에 숨길 수 없는 미소가 번졌다.

"그 전에."

그가 자신의 손바닥 위에 비단 천을 펼쳤다. 그 위에 자신이 지닌 용을 올려놓았다. 여전히 짝을 잃은 옥은 계속 소리를 내고 있었다.

"전하의 옥을 잠시 제게 주시겠습니까?"

난 봉황이 새겨진 옥을 꺼내 홍연에게 전해주었다. 홍연은 자신의 옥 옆에 내가 준 옥을 나란히 붙여놓았다. 난 그렇게 옥이 하나가 되는 것을 물끄러미 쳐다보았다. 옥이 나란히 놓이자 소리가 그쳤다. 그는 그 상태에서 비단 천을 여러 번 돌려 감았다.

"계속 소리가 나면 다른 이들의 관심을 끌게 될 테니까요."

난 이해했다는 듯 고개를 끄덕였다.

※ ※ ※

"정말 소인이 함께 가지 않아도 되옵니까?"

"거창위도 얼마 걸리지 않을 테니 가마도 필요 없다 했네. 더욱이 나인이 붙을수록 일행이 늘어 관심만 끌게 될 테니까."

"하오나 아무리 그래도!"

"난 더 이상 왕이 아니네."

"상왕이시지요."

아이 대하듯 하는 장 상궁의 태도에 난 퉁명스럽게 대꾸했다.

"왕이 없으면 나라는 혼란에 빠지지만 상왕은 없어도 나라는 혼란에 빠지지 않네."

"전하!"

토닥거리는 우리를 보며 옆에 선 홍연이 큭큭 웃는다. 장 상궁과 나는 눈을 크게 뜨고 홍연을 돌아보았다. 홍연이 웃는 얼굴로 사과했다.

"이번만큼은 나를 믿고 상왕전하를 맡기시게. 무슨 일이 있어도 오늘 상왕전하를 이곳으로 도로 모셔올 테니."

장 상궁이 한숨을 쉬며 한걸음 뒤로 물러섰다. 난 홍연을 돌아보며 말했다.

"이왕 둘만 가게 된 거, 상왕전하라는 그 거창한 말도 빼주면 안 되나요?"

"예?"

"이름 불러요, 홍연."

이 말에는 홍연은 웃지 않았다. 평소 같으면 말도 안 되는 일이라고 할 장 상궁도 그런 나를 가만히 쳐다본다.

"난 더 이상 왕이 아니니까."

"그러죠."

홍연은 별다른 거절 없이 이를 받아들였다.

"가시지요."

홍연이 앞장섰다. 그의 뒤를 따라가려고 돌아선 순간이었다.

"응?"

난 걸음을 멈추고 길게 늘어선 담벼락 끝을 응시했다.

"상왕전하, 어찌 그러시옵니까?"

장 상궁이 걸음을 멈춘 나를 보며 묻는다.

누군가 이쪽을 보고 있었던 것 같은데?

❀ ❀ ❀

홍연이 나를 데려간 곳은 나도 아는 곳이었다. 바로 홍연과 내가 혼인 후 잠시 살았던 사저였다.

"여긴 왜?"

그와 살았던 기억은 고작 며칠이지만 막상 대문 앞에 서자 마음 속 한 켠에 묻어두었던 기억들이 새록새록 떠올랐다.

"실은 수련. 그대를 보고 싶어 하는 이가 기다리고 있소."

"누구죠?"

누군가 나를 기다린다는 말을 듣는 순간부터 가슴이 제멋대로 뛰기 시작했다. 답은 머릿속에 떠오르지 않지만 그 답을 알고 있는 것 같은 기분.

"원치 않으시면 돌아가셔도 됩니다."

나는 무거운 침을 삼키고는 그를 지나쳐 반쯤 열린 대문을 조심스럽게 열고 들어섰다. 곧장 보이는 것은 앞마당과 사랑채. 봄을 맞은 사랑채는 정리되지 않은 들꽃들이 곳곳에서 솟아나와 오랜만에 돌아온 주인을 반기고 있었다. 난 사랑채 앞으로 다가가 그곳 주변을 눈으로 살폈다.

"호호!"

그때 소녀의 웃음소리가 사랑채 뒤편에서 들려왔다. 그 소리에 이끌리듯 내 걸음은 사랑채를 돌아 안채 쪽으로 향했다. 안채와 사랑채를 이어주는 낮은 담벼락 사이로 소년 소녀가 웃는 얼굴로 마주 보며 이야기꽃을 피우고 있었다.

어릴적 홍연과 내가 달밤에 마주섰던 바로 그 담벼락이다. 나는 그들을 뚫어져라 쳐다보았다. 내가 홍연과 막 혼인했을 때 바로 그 나이. 둘 다 관례를 올렸는지 소년은 상투를 틀고 소녀는 가체를 하고 있었다. 사이가 좋아 보이는 그들의 모습에서 난 잊은 줄만 알았던 옛 기억을 떠올렸다.

"응?"

인기척을 느낀 소녀가 나를 돌아본다. 소녀와 내가 서로의 얼굴을 마주보았다. 그 순간 소녀가 나를 보며 활짝 웃는다. 그 웃음에 익숙한 사람의 그림자가 비친다. 바로 홍연이었다.

내 가슴은 철렁 내려앉았다. 소녀가 소년과 떨어져 내게로 걸어오기 시작했다.

"만나길 원치 않는다면⋯⋯."

홍연이 내 등 뒤에서 입을 열었다. 그러나 그의 말이 끝나기도 전에 내 걸음은 소녀에게로 가까이 다가가고 있었다. 우린 일정 거리 이상을 두고 서로를 마주 보며 섰다. 난 과거의 나와 마주한 기분이었고 그 소녀 아니, 옥하는.

"옥하니?"

이 한 마디를 내뱉는 순간 내 눈가에 눈물이 빠르게 찼다. 소녀가 나와 내 곁에 선 홍연을 번갈아 쳐다보더니 웃으며 고개를 힘차게 끄덕였다.

"네, 어머니."

홍연을 꼭 닮은 미소. 난 두 손으로 입을 가린 채 왈칵 울음을 터트렸다. 우는 나를 보며 소녀가 어쩔 줄을 몰라 했다.

"제가 무슨 실수를 했나요, 아버지?"

"아니다. 넌 실수하지 않았다."

옥하의 걸음이 내게로 더 가까워졌다.

"보고 싶었어요, 어머니."

너무나도 밝게 자라서. 그를 꼭 닮은, 그리고 조금의 원망도 담지 않은 눈으로 나를 바라봐줘서.

"고마워."

미안하다는 말이 먼저였는데 고맙다는 말이 먼저 나왔다. 옥하가 작은 손으로 나를 끌어안아주었다.

"제가 더 고마워요 어머니. 아버지가 어머니를 못 뵐 수도 있다고 했거든요. 그런데 어머니를 만나서 옥하는 너무 기뻐요."

"미안해. 미안해."

계속해서 미안하다는 나를 옥하는 한참동안 끌어안고 있었다.

옥하와 헤어져 돌아가는 길에 홍연은 연못가 정자로 나를 데려갔다. 난 정자에 걸터앉았고 홍연은 그 옆 기둥에 등을 대고 섰다. 그의 얼굴은 한결 편안해져 있었다.

"떠나기 전에 만나서 다행입니다."

난 퉁퉁 부운 눈을 그에게 보여주고 싶지 않아서 고개를 들지 않은 채 물었다.

"아까는 쉽게 말을 놓더니. 이젠 다시 전하라 부르는군요."

홍연이 멋쩍게 웃으며 말을 바꿨다.

"옥하 앞에서만큼은. 옥하는 자신의 어머니가 상왕이라는 사실을 모르니까요."

"계속 모르게 하실 거죠?"

"그대가 그러길 원할 걸 아니까."

"이제 와서 내가 상왕이라는 걸 안다고 바뀌는 건 없겠지만 저 웃음이 지켜줄 수만 있다면 뭐든 좋아요."

"나도 그렇게 생각하오."

이렇게 말하며 홍연은 한 손으로 내 턱을 조심스럽게 들어올렸다.

"많이 부었소. 이대로 돌아간다면 장 상궁이 크게 걱정할 텐데."

그의 이런 손길을 기다렸던 걸까? 다정한 그가 싫지 않았다. 다만 우리 사이의 공백이 그에게는 존재하지 않는 것이 이상할 뿐.

"옥하를 만나니 내가 왕이었다는 사실이 믿겨지지가 않아요. 긴 시간 동안 어미 노릇을 못했던 것만 기억날 뿐."

내 부은 눈을 살피던 홍연의 시선이 나와 시선을 맞춘다.

"그간 사정이 있어 그대가 도성에서 머물며 곁에 함께할 수 없었다고만 알고 있었소."

"그 사정을 말했나요?"

홍연이 내 턱을 잡았던 손을 놓으며 고개를 가로젓는다.

"옥하가 묻지 않으니."

"왜죠?"

"옥하에겐 이유가 중요한 게 아니었던 것 같소. 그대를 만나고자 하는 바람만 있을 뿐."

"내가 키웠다면 옥하가 저렇게 밝게 자라지 못했을 거예요."

궁궐이란 그랬다. 하지만 그 궁궐에서도 윤임이 아닌 홍연이 함께 했더라면? 옥하는 지금처럼 밝게 자랐을지 모른다.

"전이가 그대가 도성으로 돌아온 이유가 있다고 했어요. 그게 옥하 때문이었나요?"

"그렇소. 옥하가 혼인 후 그대를 만나고 싶다고 했거든."

"왜 거절하지 않았죠?"

"그대와의 약속을 지켰으니까."

그 한 마디에는 많은 의미가 담겨 있었다.

"그 말은……."

"그대도 옥하를 만나고 싶어 할 것이라 여겼소."

내색하지 못했을 뿐 품에 한 번도 안지 못하고 떠나보낸 옥하는 늘 내 마음 속에 있었다.

"날 위해서 그런 거죠?"

홍연이 말없이 고개를 끄덕였다.

"고마워요. 만약 평생 옥하를 만나지 못하고 살았더라면 죽을 때까지 후회했을 거예요."

홍연이 다시 연못으로 눈을 돌린다. 시간이 너무 지체되었다. 난 걸터앉았던 정자에서 일어섰다.

"그만 가요."

그보다 먼저 앞으로 걸어가려는데 등 뒤에서 홍연의 목소리가 들려왔다.

"실은 그대에게 할 말이 있소."

난 걸음을 멈추고 고개를 돌려 그를 바라보았다. 그는 나와 눈을 맞춘 채 뜸을 들였다.

"뭐죠?"

나의 반문에 그가 말문을 뗐다.

"옥하는 내일 아침 일찍 사위와 함께 돌아갈 거요. 나도 함께 갈 거고."

그가 도성을 떠난다는 말에 가슴이 시리도록 아파왔다.

"적어도 반년간은 도성으로 돌아오지 않을 것이오. 그래서 말인데, 우리와 함께 가겠소?"

아픈 줄만 알았던 가슴이 제 존재를 드러내며 힘차게 뛰기 시작한다.

"그 말은 옥하의 어머니로서?"

"그리고 내 부인으로서."

이 말에 난 다시 울고 말았다.

난 오래전 그와 함께하는 미래를 스스로 포기했었다. 이처럼 그
가 먼저 용기를 내주지 않았다면 이곳은 우리의 재회 장소가 아닌
두 번째 이별의 장소가 되었을 것이다. 난 그에게 고마웠다.

"수련⋯⋯."

그가 내 이름을 부른다. 난 그가 내미는 두 손을 맞잡으며 먼저
그의 입술에 짧게 입을 맞췄다. 그가 낸 용기에 대한 나의 용기였
다. 짧게 떨어진 입술에 아쉬움이 남았는지 맞잡은 손을 잡은 그가
나를 자신 쪽으로 끌어당기며 또 한 번 깊은 입맞춤을 해왔다. 오
랫동안 내 마음 속에서 잠들어 있던 그립고도 달콤한 향이 서로의
입술을 오갔다.

"갈게요. 함께 가요."

답은 정해져 있었다.

오늘 그와 함께 길을 나선 순간부터.

연못가에서 하나로 합쳐진 두 남녀를 바라보는 매서운 시선이

있었다. 바로 윤임이었다. 분에 움켜쥔 주먹이 덜덜 떨렸다.

'네 선택은 그자인 것이냐?'

✳ ✳ ✳

"기분이 이상해요."

대문 앞에서야 잡았던 홍연의 손을 아쉽게 놓던 내 말이었다. 홍연도 웃으며 말했다.

"나 역시도."

"참. 장 상궁이 반대할 수도 있어요."

"반대하지 않을 거요."

"어찌 그리 확신하세요?"

"글쎄."

짧게 웃으며 홍연이 말했다.

"데리러 오겠소."

난 고개를 저었다.

"아니에요. 보는 눈이 많으니 제가 그곳으로 갈게요. 서쪽 성벽이라고 했죠?"

"그렇소."

"기다려요. 최대한 빨리 그곳으로 갈게요."

홍연이 나를 두고 아쉬운 걸음을 돌리며 말했다.

"옥하가 기뻐할 거요."

난 웃으며 그와 짧은 이별을 했다.

❀ ❀ ❀

"돌아오셨사옵니까."

나인들이 나를 맞이하는데 장 상궁이 보이지 않았다.

"장 상궁은?"

"안채에 계시옵니다."

"그래?"

내가 왔다는 소식을 들었다면 제일 먼저 나왔을 장 상궁이었다. 이상하다는 생각이 들어 서둘러 안채로 향했다. 장 상궁은 안채에 홀로 앉아 두 눈을 감고 있었다.

"무엇하는가?"

내 물음에 그녀가 눈을 떴다. 그녀의 앞에는 커다란 짐이 한 보따리가 놓여 있었다. 한숨을 내쉬며 장 상궁은 그것을 내게 내밀었다.

"급한 대로 준비하였사옵니다. 더 필요한 것이 있으시면 차후에라도 보내드리겠사옵니다."

"그게 무슨 말인가?"

"거창위 대감과 떠나실 것이지요, 전하?"

난 눈을 크게 뜨고 장 상궁을 바라보았다. 놀라운 말을 스스로 내던진 것 치고는 그녀는 아무렇지도 않은 듯 말을 이어나갔다.

"조금 전 궐로 사람을 보내 주상전하께 말씀을 올렸사옵니다. 전하께서도 거창위 대감과 오랜 지기이시니 필시 두 분의 재결합을 기뻐하시겠지요."

"자네……."

"부디 원자마마를 생각하셔서라도 종종 도성에 들러……."

침착하게 말을 이어나가던 그녀가 순간 울컥하며 눈물을 보였다.

"장 상궁."

"울지 않고 보내드리려 했는데……."

난 어이없다는 듯 웃었다.

"보내다니? 누가? 누굴?"

"떠나시는 두 분을요."

"옥하를 만났네."

이 한 마디에 장 상궁이 두 눈을 번쩍 떴다.

"예?"

"그러니 자네도 함께 가세. 가서 옥하가 얼마나 어여쁘게 자랐는지 봐야지."

"하, 하오나."

잠시 고민하던 장 상궁이 슬픈 얼굴로 고개를 가로젓는다.

"소인은 감히 그럴 자격이 없사옵니다."

"없다니?"

"소인은 전하께서 즉위하신 후 하루라도 빨리 거창위 대감과 공주마마를 잊으시고 국서마마와 해로하시기를 바랐사옵니다. 이런 못된 마음도 품었던 소인을 데려가신다니요?"

"그래서 자네에게 벌을 주려는 것일세."

"벌이라니요?"

"앞으로도 나도 옥하의 곁에 평생 있으라는 벌. 대신 더는 나를 '전하'라 불러서는 안 되네. 무엇보다 옥하는 내가 공주였다는 것도 상왕이라는 것도 모르니."

장 상궁이 감격한 듯 옷깃으로 눈물을 훔쳐내며 물었다.

"허면 소인은 전하를 앞으로 무엇이라 불러야 하옵니까?"

난 웃으며 대답했다.

"이씨 부인."

도성의 서쪽 성벽. 숲으로 들어가는 입구이기도 했다.

"이곳이옵니까?"

짐을 들고 따라나선 장 상궁이 물었다. 난 고개를 끄덕였다.

"이곳이네. 우리가 너무 빨리 온 모양이군."

"그런 듯 하옵니다만."

장 상궁을 둔 채 주변을 살펴보던 나는 잡초들에 뒤덮인 비석을 하나 발견했다.

"응?"

그 비석에 다가가 손으로 잡초를 조금 걷어내자 그 위에 새겨진 글씨가 또렷하게 보였다.

금표내범입자 논기훼제서율처참

禁標內犯入者 論棄毀制書律處斬

(이 비석 안으로 들어가는 자는 왕명으로 처단한다.)

"이것은 폐주 때 세운 금표비가 아니옵니까?"

내 곁에 서서 금표비를 본 장 상궁이 말했다. 난 고개를 끄덕였다.

"내가 즉위 후 전부 없애라 하였지. 참 그러고 보니 내가 폐주를 피해 숨어들었던 그 동굴이 있는 곳과 멀지 않은 곳이군."

어릴 적 홍연과 헤어져 폐주를 피해 숨어들었던 동굴이 있던 장소. 난 그날 이후 몇 년간의 기억을 잃었다. 윤임 남매에 의해 동굴 안에서 발견되기 전까지의 기억 전부를.

"그러고 보니 그 몇 년간 전하께서는 도대체 어디에 계셨사옵니까?"

"기억나지 않네."

"조금도요?"

"처음에는 기억이 났네. 적어도 윤임에게 몸을 의탁하고 지내던 시절에는. 하지만 잃어버렸던 기억을 되찾은 뒤에는 거꾸로 그 사라졌던 시절의 기억을 까맣게 잊어버렸네."

"이상한 일이옵니다."

"그렇지? 나도 그리 생각하네."

사실 공주로서 기억을 되찾은 뒤에는 실종된 시기의 일을 되새길 여유가 없었다. 윤임에 대한 마음과 홍연에 대한 마음이 서로 부딪혀 만들어내는 혼란에 빠져 허우적대고 있었으니까.

"국서께 의탁하던 시절은 기억하시옵니까?"

"그땐 국서를 오라버니라 불렀지. 임지 오라버니라고."

아주 오랫동안 부르지 않았던 그 이름을 혼잣말처럼 중얼거린 순간이었다.

"아직도 나를 그리 부르던 때를 잊지 않고 있었더냐?"

"!"

깜짝 놀라 돌아서니 그곳에는 검을 뽑아 들고 있는 윤임이 서 있었다.

"오랜만에 그리 들으니 좋구나. 나도 더는 국서가 아니고 너도 더는 왕이 아니니, 어디 다시 한번 그리 불러보거라."

"마마!"

장 상궁이 나와 윤임 사이를 막아서며 두 팔을 벌렸다.

"장 상궁."

"더, 더는! 전하께 다가오지 마십시오!"

장 상궁의 시선은 그의 얼굴이 아닌 그가 손에 들고 있는 검을 향해 있었다.

"하하하!"

윤임이 겁에 질린 장 상궁을 보며 정신을 놓은 사람처럼 웃어댔다. 나는 그런 그에게서 폐주의 모습을 떠올렸다.

"혹여 내가 전하께 이 검으로 해코지라도 할까 걱정이 되시는가?"

"어서 가십시오! 곧 거창위 대감께서 오실 것입니다."

"거창위 신홍연이 온다? 그럼 서둘러야겠군."

"서두르시다니요? 무엇을?"

장 상궁의 물음이 끝나자마자 윤임이 검을 들어 장 상궁을 베어 버렸다.

"아악!"

짧은 외마디 비명과 함께 장 상궁이 무릎을 꿇으며 바닥에 털썩 주저앉았다. 순식간에 붉은 피가 그녀가 입고 있는 옷을 적시며 빠르게 번져나갔다.

난 두 손으로 입을 가린 채 터져 나오려는 비명을 막았다. 눈으로 보고도 믿기지 않는 일이었다.

"으……. 으헉……."

바로 숨이 끊어지지 않은 장 상궁을 향해 윤임이 차갑게 말을
던졌다.

"저승으로 갈 준비."

그는 무릎을 꿇은 채 거친 호흡을 내뱉는 장 상궁을 발로 밀쳐
쓰러뜨리고는 또 한 번 장 상궁의 몸에 검을 꽂았다.

"악!"

그것이 마지막이었다. 장 상궁의 숨은 끊어졌고 그녀는 힘없이
앞으로 쓰러져 미동조차 하지 않았다. 눈앞에서 벌어진 참혹한 일
에 난 눈물을 터트리며 윤임을 쏘아보았다.

"미쳤군!"

이 한 마디에 윤임이 나를 쏘아보더니 장 상궁의 시체를 밟고 내
앞으로 다가왔다.

"네가 날 이렇게 만든 거다, 전하. 아니, 이유나."

그가 한 손으로 내 멱살을 잡아 쥐었다. 그에게 붙들린 채 나는
소리쳤다.

"살인자!"

이 말에 기분이 상했는지 그는 나를 바닥으로 내동댕이쳤다.

"내가 이 생에서 마지막으로 죽이는 사람은 바로 너다."

그가 검을 들었다. 이미 이성을 잃은 듯 보이는 그의 손아귀에서
내 목숨이 끊어지려는 순간이었다.

잠깐의 침묵을 가르는 소리가 들려왔다. 그것은 내가 지니고 있는 봉황이 새겨진 옥에서 나는 소리였다. 다시 말해 이 옥에서 소리가 나기 시작했다는 것은 홍연이 가까이 왔다는 증거였다.

홍연이 왔어!

윤임도 이 옥에 대해서 알고 있었다. 그가 눈을 번뜩이더니 들고 있던 검을 도로 검집에 꽂았다. 이어 거친 그의 손길이 날 강제로 일으켜 세웠다.

"홍…… 읍!"

홍연을 부르려 하자 그가 손으로 내 입을 틀어막고는 숲속으로 끌고 들어가기 시작했다.

❊ ❊ ❊

그의 손은 내 입뿐만 아니라 코까지도 힘껏 누르고 있었다. 이 때문에 끌려가는 동안 숨을 제대로 쉴 수가 없어서 눈도 뜨기가 어려웠다. 이대로 숨이 멎는다고 생각한 순간 그의 손이 내 얼굴을 떠났다.

참았던 숨을 몰아쉬듯 힘겹게 호흡하며 주변을 살폈다. 분명 낮인데 내가 정신을 차린 곳은 캄캄한 어둠이었다. 빛은 그리 멀지 않은 입구 쪽에서 비춰 들어오고 있었다. 난 그제야 이곳이 동굴 안임을 알았다.

"결국…… 여기로구나."

내 곁에 선 윤임의 검 끝이 내 목 끝에 닿았다. 난 두 손으로 바닥을 짚은 채로 누워 윤임을 올려다보았다. 어둠이 익숙해지고 작게 스며들어오는 빛으로 눈앞의 윤임의 얼굴이 드러났다. 이 순간 시리도록 차가운 미소를 지은 채 날 바라보는 그의 눈에서는 눈물이 흘러내리고 있었다.

"널 이곳에서 발견했지. 아주 추운 겨울이었다."

정신을 잃고 있었던 나는 기억하지 못하던 그날.

"내 운명도 이곳에서 널 발견하는 순간부터 뒤틀렸다."

흥분한 그를 어떻게든 달래서 이곳을 빠져나가야 했다. 이 근처에 있을 홍연에게 위험 사실을 알리고 도망쳐야 했다.

"어째서 나는 안 되느냐? 어째서 홍연이냐? 왕위를 버린 네가 선택한 사내가 어찌 내가 아니라 홍연이냔 말이다!"

"오라버니……."

"넌 나의 세상이었다. 내가 살아가고 내가 숨 쉬는 유일한 이유였다. 네가 한강수에 빠져 죽은 줄 알았을 땐 너를 죽인 폐주를 죽이고 너를 뒤따를 생각이었다. 그만큼 넌 나 윤임이 사랑한 유일한 여인이자! 내 목숨과도 같은 여인이었단 말이다!"

죽음이 두려워서 거짓말을 늘어놓을 수도 있었다. 그러나 지금 그에게 그 어떤 말을 하더라도 이미 상처받아 무너진 그의 마음을 돌리는 것이 불가능하다는 걸 알았다.

"그건 과거니까요."

"뭐?"

"오라버니와의 일은 제겐 과거니까요."

난 그를 바라보며 울며 말했다. 윤임이 이를 악물었다.

"애초에 홍연과 너의 인연도 과거였다."

난 그를 조소하며 말했다.

"아직도 모르겠어요? 그는 이렇게 자신의 마음을 드러내지도 제게 강요하지 않았어요. 그런데 오라버니가 제게 자신의 마음을 드러내겠다며 벌인 일들을 돌이켜봐요."

많은 사람들이 죽었다. 그는 그 엄청난 희생의 대가로 내게 사랑을 부르짖고 또 요구한다.

"그렇다면 내 마음을 봐다오. 널 위해 내가 한 일들이 아니라!"

"한때 잠깐이나마 오라버니를 사랑했던 기억까지 더럽히고 싶진 않아요. 그러니 절 이제 보내주세요."

그때 옥이 다시 울기 시작했다.

"수련!"

홍연의 목소리도 들려왔다. 홍연이 가까워졌다는 것을 느낀 윤임이 검을 잡은 손에 힘을 주었다.

"저승에서라면 너도 내게 다시 기회를 주겠지."

"제발 그만해요! 윤호를 생각해요. 그 아이에겐 오라버니는 이 세상에 하나뿐인 아버지라고요!"

"넌 그 아이도 내게서 빼앗아 가지 않았더냐?"

윤임이 내게 반문하며 쓰러져 있는 내게 검을 휘둘렀다. 그가 검을 내려치는 것을 본 나는 두 눈을 질끈 감았다.

그리고 어둠이었다. 검이 내 몸을 베는 고통 따위도 없었다. 마치 고막을 다친 것처럼 모든 소리가 사라졌다.

그리고 점점 가까워지는 발소리. 동굴 안을 울리며 여러 사람이 다가오는 발소리가 들려왔다.

- !

난 감았던 눈을 떴다. 그러나 한 줄기의 빛도 보이지 않는 캄캄한 어둠뿐이었다. 윤임의 모습도 소리도 전혀 보이지도 들리지도 않았다.

"이게 대체……."

멀지 않은 곳에서 사람의 목소리가 메아리치듯 들려왔다.

"누이는 좋은 사람이었지. 하나 산 사람은 살아야 하지 않겠는가?"

그것은 전이의 목소리였다. 난 자리에서 벌떡 일어섰다. 이어 홍연의 목소리도 들려왔다.

"공주마마는 돌아가신 것이 아닙니다."

"홍연?"

그의 목소리를 듣자마자 난 어둠 속을 헤집듯 소리가 나는 방향으로 조심스럽게 걸음을 내딛었다.

"홍연? 거기에 있어요?"

그러자 멀리서 돌아오는 목소리가 있었다.

"이곳은 과인이 직접 들어갈 것이다."

난 어둠 속으로 내딛던 걸음을 멈췄다. 듣고도 의심스러웠다. 그
것은 죽은 폐주의 목소리였기 때문이었다.

"수련아. 이 안에 있느냐?"

그가 나를 찾고 있었다.

"수련아."

아주 오래전 폐주가 나를 찾기 위해 동굴 속으로 들어서던 모습
이 떠올랐다. 그 순간 소녀였던 내가 느낀 공포의 감정도 고스란히
되살아났다. 난 폐주를 피해 앞으로 가려던 방향을 바꾸어 돌아섰
다. 마치 어릴 적 폐주에게 쫓기던 소녀처럼 난 깊은 동굴 속으로
도망치듯 내달리기 시작했다.

.

.

.

여자들이 소곤거리는 소리가 가까운 곳에서 들려왔다.

"정말이야?"

"그렇다니까. 아까 경찰들이 하는 말을 엿들었는데 실종되었을
때 그 옷차림 그대로 발견됐대."

"그래서 병원에 도착했을 때 여름옷이었구나."

"그래서 저체온증으로 의식을 잃은 거래잖아."

"다른 외상은 없대?"

"검사 결과가 나와 봐야 알 테지만 지금은 저체온증 증상밖에 없다나봐."

"대체 반 년 동안 어디에 있었던 걸까?"

"일단은 깨어나야 알겠지."

"그럼 같이 실종된 여자애의 행방도 알 수 있으려나?"

눈꺼풀이 무거웠다. 힘을 주어 들어 올리려고 해도 쉽지 않았다. 천천히. 아주 천천히 힘주어 눈을 뜨자 간호복을 입은 여자 두 명이 보였다. 그녀들은 서로의 얼굴을 쳐다보며 대화하느라 여념이 없었다. 난 그녀들에게 도움을 구하기 위해 소리를 내려 했지만 이역시 쉽지 않았다.

"으음……."

어렵게 소리를 내자 그녀들이 동시에 나를 돌아보았다.

"어머? 깨어났니?"

"의사선생님 호출해. 어서!"

"알았어!"

머리가 너무 아팠다.

그리고 여긴…… 어디지?

※ ※ ※

"유나야, 정신이 드니?"

"유나야. 엄마야."

난 힘없이 눈을 깜빡였다. 내가 누워 있는 침대 주위로 익숙한 얼굴들과 그렇지 않은 얼굴들이 잔뜩 모여 있었다.

"엄마?"

"그래. 엄마야. 아휴, 유나야! 엄마가 얼마나 걱정했는지 아니?"

엄마가 누워 있는 나를 끌어안았다.

"엄마……."

이상하게 피곤이 계속 몰려왔다.

"깨어났으니 몇 가지 좀 물어보겠습니다."

한 남자가 수첩을 꺼내 들며 말했다. 그러자 엄마 옆에 서 있던 아빠가 화를 냈다.

"방금 깨어난 거 안보입니까? 일단 안정부터 취해야 할 거 아닙니까?"

"아버님 심정을 알지만 저희 경찰 입장에서는 함께 실종된 황나래 양도 찾아야 하기 때문에……."

"함께 실종되다니요? 우리 유나가 실종되고 한참 뒤에 실종된 아이가 아닙니까?"

"어쨌든 황나래 양이 마지막으로 목격된 곳이 이유나 양이 실종되었던 여고 동굴 주변이었고…….”

“이보세요, 박 형사님. 아니, 박설우 형사님. 내 딸이 안정부터 취해야 하니 이만 나가주시죠.”

아빠의 언성이 높아지자 의사 가운을 입은 남자가 나섰다.

“일단 보호자 외에 분들은 모두 나가주십시오. 그리고 형사님, 밖에 기자들 좀 어떻게 해 주십시오. 다른 환자들에게도 피해가 가지 않습니까?”

의사의 항의에 형사는 밖으로 나갔다. 그제야 난 내가 누워 있는 곳이 병실 안이라는 걸 깨달았다.

“엄마…….”

“응? 왜? 어디 아프니? 응?”

“내가…… 왜 여기에 있어?”

[서울 중구에 위치한 모 여자고등학교에서 창고로 사용되던 동굴에서 실종된 이양이 실종 6개월째인 어제 저녁, 실종된 바로 그 장소에서 학교 경비원들에 의해 발견되었습니다. 이양은 저체온증 증상을 보여 인근 병원으로 옮겨졌다고 합니다. 김민상 기자.]

[예.]

[현재 이양의 상태는 어떻습니까?]

[이양이 입원해 있는 병원 의료진에 따르면 저체온증으로 정신을 잃은 채 발견되었던 이양은 현재 의식을 빠르게 회복하고 상태가 많이 좋아졌다고 합니다.]

[지난 6개월간 한국을 떠들썩하게 만들었던 실종사건이기도 합니다만. 실종이니 납치니 가출이니 참 말이 많았었죠. 경찰의 조사 결과는 어떻게 나왔습니까?]

[예. 경찰은 이양의 건강 상태가 조금 더 회복된 상태에서 퇴원 후 본격적인 조사에 들어가겠다고 했습니다.]

[이양이 실종된 후 몇 달 후 같은 장소에서 실종된 황양에 대해서는 무슨 소식이 있습니까?]

"엄마."

난 병실의 텔레비전 속에서 나오는 뉴스를 보다가 옆에 앉아 있는 엄마를 불렀다.

"응?"

"나래는 아직도 어디에 있는지 아무도 몰라요?"

나래는 심령연구회 회장이었다.

똑부러지는 성격에 전교 1등일 정도로 공부를 잘하는 여자애였는데.

"너랑 상관없어."

엄마는 리모컨으로 텔레비전을 꺼 버리며 말했다.

아마 내게 걱정거리를 주고 싶지 않은 것 같았다.

"하지만 뉴스를 보니까 나래도 나랑 같은 곳에서 실종됐다고……."

"같은 곳이어도 같은 날짜가 아니야. 한참 뒤야. 그러니까 넌 신경 쓰지 마. 지금은 네 몸이나 신경 써."

엄마가 내가 목에 걸고 있는 옥을 툭툭 두드렸다. 난 목에 걸려 있는 옥 목걸이를 쳐다보았다. 실종되기 전에 착용하고 있었고 발견된 뒤에도 착용하고 있었던 목걸이였다.

엄마의 말대로 나래를 신경 쓸 때가 아니었다. 난 반년 전 심령연구회 모임으로 수정여고 안에 있다는 오래된 동굴에 숨어들었다. 그리고 그 기억을 마지막으로 지난 반년간의 기억이 없다. 왜 반년 동안 실종되던 날 입었던 옷차림으로 지냈는지도 모른다. 잠깐 잠든 사이에 내가 알던 계절은 여름에서 겨울이 되어버렸다.

난 도대체 어디에 있었던 걸까?

4일간 병원에 입원해 있었다. 그사이 형사 아저씨들도 여럿 다녀갔다. 그러나 소득은 없었다. 내가 실종되었다는 지난 반년간의 기억이 전혀 없었기 때문이었다. 오히려 내 자신이 반년간 실종되었다는 사실을 받아들이기가 어려웠다.

퇴원하는 날. 차가 출발하자 난 뒷좌석에 홀로 앉아 실종된 지 반년 만에 스마트폰을 켰다.

— 변태에게 납치된 거 아냐?

— 뭔가 말할 수가 없는 일을 당한 거겠지.

— 내가 실종되었다던 친구가 살해 당했다에 내 전재산을 건다ㅋㅋㅋㅋ

— 친구가 살해당하는 거 보고 충격받아 단기 기억상실증??? 뭐 이런 거 걸린 거 같음.

기사 댓글을 보던 나는 한숨과 함께 스마트폰의 전원을 껐다. 그사이 자동차는 병원을 나와 강변북로에 들어섰다. 나는 창밖을 내다보다가 아빠에게 물었다.

"아빠. 여긴 집으로 가는 방향이 아닌데?"

조수석에 앉은 엄마가 말했다.

"그 집도 아직 있는데 일단 지금은 다른 곳에서 지내고 있어."

"왜?"

아빠가 말을 받았다.

"네가 실종되고 납치니 살해니…… 기자들이 밤낮으로 몰려와서 들끓는 통에 주민들 항의가 빗발쳤거든. 그렇다고 네가 언제 돌아올지 모르는데 이사는 갈 수 없고. 그래서 그 집 비워두고 다른 곳에서 지내고 있었어."

"그랬구나."

엄마가 뒷좌석에 앉은 나를 돌아보며 말했다.

"아직도 뭐 기억나는 거 없니?"

"어?"

"너 실종됐을 때 말이야."

아빠가 엄마에게 화를 냈다.

"나중에 물어봐! 아직 아픈 애한테 뭘 자꾸 물어봐?"

난 아픈 게 아니다. 그런데 기억을 잃어서 아픈 아이가 되어버렸다.

"아니…… 전혀."

그리고 아픈 나는 해줄 말이 없다.

"그래?"

엄마는 한숨과 함께 다시 앞을 보며 돌아앉았다. 난 머리를 차창에 기댄 채 유리 너머의 밖을 쳐다보았다. 앙상한 나뭇가지들의 나무들을 보면서도 여전히 겨울인 게 실감이 나지 않는다.

"휴우—"

작게 한숨을 내쉬며 계속 창밖을 응시하던 그때였다. 달리는 도로 옆으로 조선시대 건축물로 보이는 누각이 눈에 들어왔다. 머릿속에 찌릿한 통증이 느껴지며 동시에 누군가의 미소가 떠올랐다 사라졌다.

"아빠. 저거 뭐야?"

"저거라니? 뭐?"

"저기 옛날 건물 있는 거."

"옛날 건물?"

아빠가 내가 가리킨 방향을 슬쩍 돌아보더니 말했다.

"아, 저기? 아마 저게 망원정일걸?"

"망원정?"

"잘은 모르지만 저것 때문에 여기 이 근처가 망원동이잖아."

"망원동?"

내가 여기에 온 적이 있었을까? 왔던 것 같기도 한데 기억은 정확히 나지 않는다.

"왜? 갑자기 무슨 일인데? 혹시 뭐 기억나는 거라도 있니?"

엄마가 내게 묻자 난 이렇게 되물었다.

"저기에 잠깐만 들르면 안 될까?"

"추우니까 감기 걸려! 잠깐만 보고 빨리 가는 거야? 응?"

"네."

내가 앞장서서 걷고 그 뒤를 아빠와 엄마가 뒤쫓았다. 마치 엄마와 아빠의 호위를 받으며 망원정이 있는 곳으로 가는 기분. 이런 기분은 내게 낯설지 않았다. 무언가 익숙했다. 나를 뒤따르는 사람들과 망원정을 향해 꽂혀 있던 내 시선. 오래전 일인 듯하지만 생각해보면 그리 오래지 않은 기억이었다.

난 도대체 언제 이곳에 왔었던 것일까?

"엄마. 내가 여기에 온 적이 있었어요?"

"글쎄다. 엄마는 여긴 처음인데. 친구들이랑 왔었겠지."

망원정 주변으로는 작은 공원이 조성되어 있었다. 하지만 추운 날씨에 공원에 나온 사람을 찾아볼 수가 없었다. 난 공원을 지나 망원정으로 들어서는 작은 문 앞에 섰다. 문만 열고 들어가면 곧 장 망원정으로 오르는 언덕길이었다. 그 문은 마치 내가 잃어버린 기억의 문 앞에 서 있는 듯 한 기분을 만들어냈다.

이 문만 열면.

이 문만 열면.

안개 속에 갇힌 듯한 머릿속에서 벗어나, 내가 알고자 하는 답을 알려줄 것만 같았다.

"휴우―"

깊게 심호흡을 한 나는 닫혀 있는 문을 힘껏 열었다. 날씨는 추 웠지만 눈은 전혀 오지 않은 날씨. 그런데 망원정으로 오르는 길 을 바라보자 마치 내 무릎까지 눈이 쌓여 있는 듯한 착각이 들었 다. 그것은 기억이었다. 내가 잃어버렸던 기억의 한 조각!

나는 허겁지겁 망원정이 위치한 언덕을 향해 올라가기 시작했 다. 내딛는 걸음 한 번에 잊혀졌던 기억 하나가 떠오르고, 내딛는 걸음 한 번에 잊고 있던 한 소년의 미소가 희미한 그림자처럼 떠올랐다. 난 그 소년의 정확한 얼굴을 보고 싶었다.

"유나야!"

아빠가 부르는 소리도 더는 들려오지 않았다. 난 그렇게 홀로 가장 먼저 망원정 위에 올랐다.

– 빵빵!

망원정 아래로 차들이 지나다니는 시끄러운 소리가 들려왔다. 내 기억은 바로 거기서 멈춰 있었다. 금방이라도 잡힐 듯 떠오르려던 소년의 모습도 사라져버렸다. 난 힘없이 두 눈을 감았다. 내 잃어버린 기억도 흔적도 여기서 끝이었다. 좌절감에 사로잡힌 내 어깨가 힘없이 축 늘어지던 그때였다.

"공주마마."

나를 부르는 듯한 울림 있는 소년의 목소리에 난 감았던 눈을 떴다. 내 옆에 나보다 대여섯 살은 어려보이는 갓을 쓴 소년이 서서 나를 향해 환하게 웃고 있었다.

"공주마마."

소년의 형체와 마주하자 그를 향해 나의 입이 열렸다.

"홍연……."

바로 그 소년의 이름이 입에서 흘러나온 것이다. 모든 답은 그렇게 풀렸다.

"유나야. 오늘 퇴원한 애가 그렇게 뛰면……. 너 우니?"

난 울고 있었다.

"기억났어요."

"기억났다고?"

"전부 다…… 전부 다 기억났어요."

❀ ❀ ❀

쉽게 받아들일 수 없는 이야기라는 건 알고 있었다.

"유나야. 네 말을 믿지 않으려는 건 아니야. 단지 받아들이기 힘들 뿐이지."

알아요, 엄마.

"게다가 십 년을 넘게 조선에서 있으면서 애를 두 명이나 낳았다고? 유나야, 네가 사라진 건 딱 반년이었어. 아무리 요즘 과학기술이 뛰어나다지만 반년 동안 애를 두 명이나 낳을 순 없지. 다시 말해서……."

저도 알아요, 아빠.

"꿈이겠지."

단정 짓는 아빠의 말에 난 한숨을 길게 내셨다.

"저도 꿈이 뭔지는 알아요. 하지만 이건 꿈이 아니에요. 꿈이 이렇게 생생할 리가 없으니까요! 게다가 이 목걸이……!"

난 목에 걸린 옥 목걸이를 내보였다.

"이게 열쇠예요. 이건 소리가 나는 음옥인데 원래 하나였던 옥이

나뉘어져……."

"유나야."

엄마가 내 말을 끊었다.

"오래전이라 기억은 잘 안 나지만 네가 태어났던 병원 간호사가
준 것 같아. 아마 그 병원에서 태어난 아이들은 기념으로 하나씩
가지고 있을걸?"

아빠도 엄마의 말에 동조했다.

"무엇보다 조선에 여왕이 존재했다는 말은 받아들이기가 어렵
구나. 네 말대로 검색해보니 '신홍연'이라는 사람은 없었어. '윤임'
은 있었지. 국서가 아니라 장경왕후의 친족으로."

"그건 저도 아는 역사구요! 제가 말하려는 역사는……!"

"자자, 유나야. 넌 아주 충격적인 일을 겪었어. 아직 기억이 다 되
돌아온 것도 아니고."

"돌아왔어요!"

"게다가 오늘 퇴원했지. 일단 들어가서 쉬렴. 한숨 푹 자고 나서
다시 이야기하자. 응?"

아빠는 더는 내 말을 들으려 하지 않는다. 그렇다고 울먹이기 시
작한 엄마를 붙들고 이야기할 순 없었다.

"알았어요."

힘없이 돌아서 낯선 내 방으로 돌아왔다. 아직 정리되지 않은 짐
들이 침대 주위로 가득 쌓여 있었다. 방문을 닫으려는데 밖에서 아

빠가 엄마에게 하는 목소리가 들려왔다.

"내일 정신과 예약부터 알아볼게."

엄마가 흐느끼며 말했다.

"애가 너무 충격을 받았나봐."

"충격이겠지. 반년 동안 기억이 하나도 나지 않는데……. 형사들은 계속 떠올리라고 강요하고. 아직 예민한 시기야. 저럴 수 있어. 상담 받으면 괜찮아질 거고."

"그게 문제가 아니라고요. 이야기를 지어내고 이러는 건 상관없어. 다만 저런 이야기로 회피할 정도로 끔찍한 일을 당한 거라면……."

이 모든 건 충분히 예상했던 반응이다. 적어도 내 편이 되어주길 바랐는데 이젠 내 부모님이 낯설게만 느껴졌다. 진짜 내 가족, 내 어머니는 바로 조선에 있는 어마마마라는 생각이 들어 눈물이 핑 돌았다.

난 침대에 누우려다가 창가로 다가갔다. 창문 열자 찬 겨울의 공기가 훅 들어왔다. 펼쳐지는 도시의 야경들. 여기에 있는 가족이 내 가족이라면 조선에 있는 가족도 내 가족이었다.

몸은 고등학생의 몸 그대로였지만 난 조선에서 보낸 기억들에 대한 확신이 있었다. 무엇보다도 그곳엔 내겐 아이들과 사랑하는 사람이 있었다.

동굴이 문이라면 열쇠는 옥이다. 난 목에 걸고 있는 옥을 한 손으로 꼭 쥐었다. 이대로 가만히 있을 수만은 없었다. 그곳으로 직접 가서 확인할 수밖에는.

※　※　※

새벽 한 시가 넘도록 안방 쪽에서 부모님이 대화하는 소리가 들려왔다. 이후에 엄마가 내 방을 찾아왔다. 난 방 불을 끄고 침대에 누워 잠든 척을 했다. 내가 자는 것을 확인한 엄마가 나가고 나서도 나는 한참을 누워 있었다.

온 집 안이 조용해진 것을 확인한 후 스마트폰 시계를 확인한 건 새벽 세 시를 막 넘긴 시각이었다. 난 정리되지 않은 내 짐 속에서 작년에 할머니가 선물해주신 한복을 꺼내 입었다. 한복을 감싸고 있던 검정색의 긴 너울처럼 생긴 면사포도 목도리처럼 둘렀다. 기억을 더듬자면 여름에 사라졌던 나는 겨울의 조선에서 깨어났다. 지금은 겨울이지만 조선은 날씨가 언제일지 확신할 수가 없었다. 한복 위에 코트까지 단단하게 걸쳐 입은 나는 몰래 집을 빠져나와 택시를 잡아탔다.

"수정여고로 가주세요."

택시 아저씨는 백미러를 통해 나를 흘깃 쳐다보았다. 코트 사이로 보이는 한복을 보았는지도 모른다. 난 너울로 목 주변을 덮으며 창밖으로 시선을 돌렸다.

나래와 함께 넘었던 담벼락이 그대로였다. 한복을 입고 코트까지 걸친 채 담벼락을 가뿐히 넘는 건 그때나 지금이나 쉽진 않았다. 몇 번의 시도 끝에 혼자 담벼락을 넘자 드는 생각은 나래에 대한 것이었다.

나래도 나처럼 조선으로 갔을까? 하지만 그곳에서 나래를 본 적이 없었는데.

이윽고 동굴 앞으로 다가간 나는 굳게 잠긴 펜스를 떠올렸다. 그런데 펜스가 열려 있었다. 얼마 전 내가 발견되었기 때문인지 펜스 주변으로 '수사 중'이라는 노란 경찰테이프가 둘러쳐져 있었다. 오히려 이 때문에 마치 살인현장을 보는 듯 을씨년스럽기만 했다.

각오했던 일이잖아.

그나마 안심이 되는 것이라면 이 옥이 열쇠가 된다는 사실을 깨달았기 때문이었다. 언제든지 마음만 먹으면 다시 이곳으로 돌아올 수 있을 것이라는 확신이 나를 움직이게 했다. 난 노란테이프를 줄넘기처럼 가뿐하게 넘고 어두컴컴한 동굴로 들어섰다. 지금 이 동굴이 주는 어둠의 공포보다도 무서운 것은 따로 있었다.

윤임을 다시 만나게 될지 모른다는 두려움. 그 두려움을 안은 채난 동굴 속으로 걸어들어가며 홍연의 모습을 떠올리려 애썼다.

정신을 차렸을 때는 난 동굴 바닥에 누워 있었다. 금방 정신을 차릴 수 있었던 것은 두꺼운 코트를 걸친 채 깨어났기 때문이었다. 다행인 건 윤임은 보이지 않았다.

"홍연!"

난 바로 동굴을 뛰쳐나왔다. 그러자 동굴 주변으로 가득 쌓여 있는 눈이 나를 맞이했다. 시기는 겨울. 그 말은 내가 마지막으로 사라졌던 봄으로부터 시간이 반년 이상 흘렀다는 것을 의미했다.

　홍연을 찾아야 해!

어디로 가야 홍연을 찾을 수 있을지를 생각했다. 먼저 신수근의 집을 떠올리고 그곳을 향했다. 그러나 막상 도착한 그곳에서는 집으로 보이는 형체를 찾을 수가 없었다. 한 겨울에 꽁꽁 얼어버린 인공연못 하나만 덩그러니 놓여 있을 뿐이었다. 난 지나가는 나무꾼을 불러 세웠다.

"여기 있던 집은 어디로 갔죠?"

"집? 아, 이 폐주의 장인 댁을 말하는군."

"폐주…… 네! 맞아요."

"여기가 연못이 된 건 아주 유명한 일인데 이곳 사람이 아닌가 보군?"

그는 내가 한복 위에 걸치고 있는 코트를 매우 흥미롭게 살피며 말을 이었다.

"폐주가 폐위되고 즉위하신 전하께서 어명을 내려 연못으로 만들어버렸잖소."

"폐주가 폐위되고 즉위하신 전하요?"

그건 나다. 난 그런 일을 한 적이 없었다.

"그렇소. 물론 전하께서 원했다기보다는 공신들의 주장 때문이었겠지. 적어도 들리는 소문에 전하께서는 매우 너그러우셔서 폐주와 형제지간임을 떠올리며 폐주를 처형시키지 않고 교동으로 유배를 보내지 않으셨소. 비록 얼마 못가 거기서 죽었다지만."

"그게 무슨 말이에요? 전하께서 폐주와 형제지간이라니요?"

우린 오누이였다. 남매.

"거참, 답답한 사람일세! 막 한양에 오셨소? 하늘이 바뀐 지가 언젠데."

"전하께서는 폐주와 형제가 아니라 오누이셨잖아요."

그가 황당하다는 듯 나를 쳐다본다.

"무슨 말을 하는거요? 그럼 지금 이 나라의 임금이 사내가 아니라 계집이라는 거요? 퉤! 어디 그런 망측한 소리를 하시오!"

그가 기분이 상한 듯 그대로 나를 지나쳐 지나가려 했다. 난 그를 다시 붙잡았다.

"폐주가 쫓겨나고 진성 공주께서 즉위하셨잖아요?"

"도대체 그게 무슨 뚱딴지같은 소리요? 지금 주상전하와 죽은 폐주의 선왕께 공주라고는 혼인도 못하고 어릴 적 죽은 공주마마들뿐이라던데. 그래서 대비마마와는 지금 즉위하신 전하, 한 분만 계셨잖소. 진성대군마마."

"진성대군이라니…… 그럴 리가 없어요!"

"이제 보니 한양 사람이 아닌 게 아니라 미친 사람이군. 비키시오, 난 갈 길이 바쁜 사람이니!"

그가 나를 밀치고 지나가던 그때였다.

"물렀거라! 어서 물렀거라!"

많은 수행원을 거느린 행차가 저 멀리서부터 다가오기 시작했다. 양반들은 길옆으로 물러서 고개를 숙였고 평민들은 바닥에 넙죽 엎드렸다.

행차가 오는 것을 멀리서부터 지켜보던 사람들이 쑥덕거렸다.

"고작 약관을 넘긴 나이에 위세가 대단하시구면."

난 그들에게 다가가 물었다.

"저 사람이 누군데요?"

"아, 모르시오? 세자저하의 외숙부이자 승하하신 중전마마의 오라버니가 아니시오."

"세자의 외숙부?"

"자자, 어서 물러섭시다. 자칫했다 무슨 봉변을 당할지 모르니. 에헴!"

그들도 고개를 숙이고 길옆으로 물러섰다. 난 그들을 따라 길옆으로 물러서 너울을 쓴 채로 고개를 숙였다. 하지만 행차가 내 앞을 지나가기 전, 호기심에 고개를 들고 말았다. 수행원들에게 둘러싸여 남여를 타고 있는 사람은 젊은 사내였다. 그리고 난 그의 얼굴을 똑똑히 알아보았다.

윤임!

갓 이십대를 넘긴 그가 바로 그곳에 있었다. 그는 왕이 내릴 수 있는 호피로 만든 외투를 걸친 채 남여에 비스듬히 앉아 생각에 잠긴 표정이었다. 난 눈으로 보고도 믿기 어려운 광경에 넋을 잃고 그를 빤히 쳐다보았다.

바로 그때였다.

"응?"

모두 고개를 숙이고 물러난 상황에서 유일하게 고개를 숙이지 않고 그를 쳐다보던 나를 발견한 것이다. 그가 한 손을 들어 남여를 멈춰 세웠다. 그것이 나 때문이라는 것을 깨닫고는 서둘러 너울을 뒤집어썼지만 이미 때는 늦어 있었다. 그는 남여에 앉아 뒤늦게 고개 숙인 나와 시선을 맞추려는지 고개를 이리저리 움직이다가 하인을 불렀다.

그는 말하지 않았다. 단지 손으로 가리켰을 뿐이었다. 그의 하인이 재빨리 내게 뛰어오더니 말도 없이 그가 있는 남여 쪽으로 등을 떠밀었다.

"저⋯⋯!"

말릴 새도 없이 어느새 난 그가 앉아 있는 남여 앞으로 불려갔다. 내가 다가온 것을 본 그가 한 손을 불쑥 내밀어 내 턱을 들어올렸다. 얼마나 겁에 질려 있었는지 내 눈꺼풀이 파르르 떨려오고 있었다.

그 윤임이 아니야! 날 죽이려던 윤임이 아니라고!

"혹 나를 본 적이 있소?"

난 시선을 내려 깐 채 고개를 세차게 가로저었다. 목소리 대신 고갯짓으로 돌아온 내 대답에 그는 긴 침묵으로 나를 응시했다.

"대감마님. 늦으셨습니다요."

하인이 끼어들었다. 윤임은 내 턱을 들어 올렸던 손을 거두더니 말했다.

"가자."

"예."

그가 탄 남여가 다시 앞으로 움직이기 시작했다. 그는 자신에게서 점점 멀어지는 내 얼굴을 오랫동안 응시하다 고개를 앞으로 돌려버렸다.

윤임이 나를 알아보지 못했다. 그것이 어떤 의미인지 난 알고 있었다. 받아들이기가 어려웠을 뿐이다.

"여기의 시간은 미래에서 내가 알던 역사야."

하지만 그 말은 내가 알던 역사는 사라졌다는 뜻이다. 윤임이 나를 알아보지 못한 것이 빼도 박도 못하는 그 증거. 진성 공주는 존재하지 않은 인물이 되어버렸고, 진성 공주가 아닌 진성대군이 중종이 되어 즉위했을 것이다.

그렇다면 영산군은? 여진은? 홍연은? 옥하와 윤호까지……. 전부 없었던 사람이 되었다는 것일까?

"으흐흑……."

난 연못이 되어 터만 남은 집 앞에서 엎드려 흐느꼈다. 두 눈으로 보고도 도무지 받아들일 수가 없었다.

"안 돼! 이건 안 된다고!"

도대체 여기는 어디일까? 내가 알고 있는 세계이지만 정작 내가 알고 나를 알던 사람들이 없는 이 세계는.

❀ ❀ ❀

그렇다면 이제 내가 가야 할 곳은 단 한 곳뿐이었다. 나를 아는 사람들이 존재하는 세계로 가는 것이다.

난 동굴 앞에 섰다. 그리고 목에 걸고 있던 옥을 풀어 손에 쥐었다. 봉황이 새겨진 옥을 가만히 내려다보며 생각했다.

부모님 말대로 내 기억이 틀렸던 것일까?

정말 난 꿈을 꾼 걸까?

하지만 꿈이라면 지금 내가 온 이 세계 역시 현대인의 관점에서는 말이 안 되는 곳이었다.

"이젠 다 상관없어……."

내가 알던 이들이 없다면 더는 이 세계는 내겐 필요 없는 세계였다. 다만 꿈이라고 해도 믿기 어려울 정도로 생생했던 기억들. 홍연과 함께하고 다시 만난 옥하와 함께할 것이라 믿었던 미래.

이젠 누굴 원망해야 할까?

한참을 흘린 눈물이지만 다시 뺨을 타고 흘러내렸다. 난 그 눈물을 옷깃으로 훔친 채 동굴 안으로 들어서려고 했다. 그 순간이었다.

언제부터인가 서서히 불어난 구름이 하늘에서 눈을 뿌리기 시작했다. 난 하늘에서 내리는 그 눈을 가만히 바라보다 중얼거렸다.

"양화답설……."

홍연과 내가 함께했던 그곳은 이곳에서도 남아 있을까? 난 동굴로 들어가려던 발길을 돌려 마지막으로 망원정에 오르기로 결심했다.

눈이 내리고 있는 망원정 위에는 아무도 없었다. 게다가 고층의 건물들에 둘러싸인 미래와 달리 망원정 주변은 탁 트여 있어 아무 것도 막혀 있는 것이 없었다. 찬바람이 망원정 안으로 쌩쌩 불어 닥치자 난 목에 두른 너울을 풀어 머리부터 뒤집어썼다.

이곳에서 소중히 간직했던 기억은 말 그대로 애초에 존재하지 않는 기억이 되어버렸다. 양화답설의 풍경을 넋을 잃고 바라보던 나는 또다시 그곳에서 무너졌다.

"으흐흑……."

홍연은 존재하지도 않은 사람이 되어버렸다. 이 세계에도 다른 세계에도 그 어느 세계에서도 존재할 수 없는 사람이 되어버렸다.

난 이 사실을 받아들일 수가 없었다. 그와 함께 존재하지 않는 사람이 되어버린 많은 사람들까지 잃어야 했으니까. 난 그렇게 마지막으로 이 세계를 떠나기 전 모두를 잃고 홀로 남은 사람의 고통 속에 있었다.

그 익숙한 소리가 다시 내 귀에 들려오기 전까진.

흐느끼던 나는 귀를 의심하고 자리에서 벌떡 일어서 돌아섰다. 누군가 망원정으로 천천히 다가오고 있었다. 그의 걸음이 내게 한 발자국씩 가까워질수록 소리도 더욱 가깝고 분명하게 들려왔다. 내가 지닌 옥에서 소리가 나고 있었고 또한 망원정을 오르는 갓을 쓴 사내에게서도 그 소리가 났다.

마침내 그 사내가 망원정 위에 올라 나와 마주하자 난 두 눈을 의심했다.

"그럴 리가 없어."

그는 너울로 얼굴을 가린 채 마주 선 나를 보며 생긋 미소를 지었다. 그 미소에는 많은 감정들이 담겨 있었고 나는 이 순간 그 감정을 공유할 수 있는 유일한 여인이었다.

다른 누구도 아닌 그는,

바로 그는,

신홍연이었으니까.

난 머리를 덮고 있던 너울을 벗으며 우는 얼굴로 그를 향해 물었다.

"누구죠, 당신은?"

두려웠다. 그가 존재한다 한들 조금 전 만났던 윤임처럼 나를 전혀 모른 채 스쳐 지나갈까 봐. 마침내 그에게서 답이 되돌아왔다.

"난 그대의 부마요, 수련."

"!"

나는 왈칵 울음을 터트렸다. 이런 내게 그가 다가와 살포시 끌어안았다. 익숙한 체취가 나는 그의 가슴에 고개를 파묻은 채 난 한참을 흐느꼈다.

너울은 더는 멀리 날아가지 않았다.

다만 어깨 위로 흘러내렸을 뿐이다.

※ ※ ※

우리 두 사람은 나루에서 배를 탔다. 홍연의 이야기는 바로 그곳에서 시작되었다.

"옥에서 나는 소리를 들었소."

그의 손에 놓인 옥은 갈라지지 않은 채 하나의 모습을 유지했다.

"동굴로 따라 들어갔지. 윤임이 거기 있었소."

난 그 날의 기억을 떠올리며 온 몸에 소름이 돋았다.

"그래서요?"

"그가 검을 들고 있더군. 그리고 옥의 소리도 더는 들려오지 않았지. 난 그대의 행방을 물었소."

"윤임이 알려주던가요?"

홍연이 고개를 가로저었다.

"전혀. 대신 나를 죽이려고 하더군."

"그래서요? 다쳤나요?"

걱정하는 내 얼굴에 홍연은 웃는 얼굴로 화답한다.

"그가 휘두른 검은 내 몸에 닿지 않았소. 갑자기 어두워지며 밤처럼 동굴 안이 빛 한 줄기 없이 깜깜해졌소. 나가는 곳을 찾으려 숨을 죽이는데 옥 소리가 들려왔소. 난 그대일거라 여겼지. 그리고 그 소리를 따라갔소."

우리 탄 배 위로 계속 눈이 내리고 있었다. 홍연은 그 눈을 내가 조금이라도 덜 맞게 해주려 너울을 덮고는 목에는 자신이 가져온 털목도리를 둘러주었다. 목도리가 목을 감싸자 그의 향이 내 코끝을 감싸며 마음이 평온해졌다.

"그랬더니요?"

"어린 시절의 그대가 보였소. 폐주에게 쫓기고 있더군. 그대는 폐주를 피해 동굴 속으로 달아났고 난 그런 그대를 쫓았소. 그런데 갑자기 다시 어두워지며 동굴의 입구가 나타나더군. 그곳을 나오자 이곳이었소. 바로 이 세계."

그제야 존재할 수 없는 그가 이 세계에 있는 이유를 알 것 같았다.

"그 말은……."

그는 자신의 손에 들린 용이 새겨진 옥을 응시했다.

"이 옥 때문이 아닐까 싶은데."

"하지만 그랬다면 이해할 수가 없어요."

그는 내가 사라진 후 이 옥을 지닌 채 매년 동굴을 찾아왔었다. 그러나 그는 사라진 적이 단 한 번도 없었다.

"나도 그렇게 생각하오. 분명 이 옥은 신비한 옥이지만 왕실의 것이니 왕손에게만 신비한 능력을 보이는 것이라 여겼으니 말이오."

여전히 의문이 다 풀리진 않았지만 한 가지는 확실하다. 내가 옥을 통해 동굴을 문처럼 사용한 것 같이 홍연 역시 옥을 통해 이 세계로 왔다. 그가 전혀 모르던 이 낯선 세계로…….

"그 후에는요?"

"반 년 정도 시간이 흘렀을 거요. 처음에 나는 모든 것이 혼란스러웠소. 선왕인 당신을 아는 사람이 없었고 옥도 찾을 수가 없었소. 내가 알던 이들을 아는 사람이 없었고 내가 알던 이들은 나를 알아보지 못했으니까."

"영산군은요? 혹 여진이는요?"

"우연히 즉위하신 새 전하의 행차를 본 적이 있소. 영산군의 얼굴과 똑 닮았더군. 그런데 새 전하는 즉위 전에 영산군이 아니라 진성대군이셨다 했소."

그건 차라리 안심이었다. 나를 기억하지 못하더라도 영산군을 닮은 누군가가 이 세계에 존재한다는 것은 큰 위안이 되어주었으니까.

"그동안 이곳에 있었다면 나를 찾았나요?"

이 부분에서 홍연은 잠시 슬픈 표정을 지었다.

"애타게."

그러면서 그는 잡고 있던 내 손에 살짝 힘을 주었다. 난 그런 그의 어깨에 머리를 기댄 채 속삭이듯 말했다.

"당신이 없는 줄 알았어요. 그래서 이 세계를 떠나려 했었고요."

"그래서? 지금도 떠날 생각이요?"

난 그의 어깨에서 고개를 들어올렸다. 그리고 그의 얼굴을 올려다보며 말했다.

"이 세계에서 당신이 아는 사람은 나 하나뿐이잖아요. 마찬가지로 나 역시도."

"옥하가 더는 존재하지 않소. 그대가 낳은 원자도."

말로 설명하기 어려운 감정이 나를 스쳐지나갔다. 이 순간 홍연이 없었다면 나 홀로 견뎌내기 어려운 그런 감정들이었다. 어느덧 우리가 탄 배가 두물머리에 닿았다. 홍연은 그곳에서 우리가 반정 때 잠시 피해 살았던 집으로 나를 데려갔다. 그 집은 그대로였다.

"여긴 어떻게 그대로죠?"

"다행인 건 그대와 떠나기 위해 준비한 넉넉한 여비가 이곳에서 통용된다는 것이었소. 이 집과 그 일대를 사들일 만큼 여유가 되었지. 그리고 난 그대를 찾아 헤맸던 거요."

"홍연……."

문이 열리자 하인들이 나와 홍연을 맞이했다.

"어서 오시지요, 나으리."

"내 내자이다."

"아, 마님. 인사 올립니다."

난 그와 함께 집 안으로 들어섰다. 집 담벼락을 따라 홍연과 한 바퀴 걷던 나는 다시 울음이 터지고 말았다. 홍연이 걸음을 멈추고 날 돌아보았다.

"수련?"

"당신이 이곳에 있어서 정말 다행이에요. 하지만 우리를 기억하는 사람들이 더는 없어요. 아이들도 모두 사라졌어요. 이런곳에서 나는······."

"수련."

홍연이 웃으며 내 양 손을 맞잡았다.

"사라진 것이 아니요. 그 아이들이 다시 우리의 곁으로 돌아오게
합시다."

"예?"

난 울던 눈을 크게 뜨고 그와 눈을 맞췄다. 그가 나를 바라보며
짓는 미소가 내게 큰 위안이 되어 돌아온 순간 그가 내게 고백한
다. 수없이 수차례 나를 향해 되새기게 하듯 반복했던 그 고백을.

"그대의 말대로 이 세계에는 우리를 아는 이들이 없소. 그런 이
곳에서 우리는 다시 처음부터 시작할 수 있을 거요."

"홍연······."

"이수련. 이 세계에서 다시 나 신홍연의 아내가 되어주시오."

난 이곳에선 더는 조선의 공주도 조선의 왕도 아니었다. 오직 우
리만이 서로의 존재를 알고 있는 이 세계에선.

"네, 그럴게요."

난 웃으며 그의 품에 안겨들었다. 그렇게 우리들의 이야기는 처
음부터 다시 시작되려 하고 있었다.

두 사람만의 세계에서.

〈완결〉